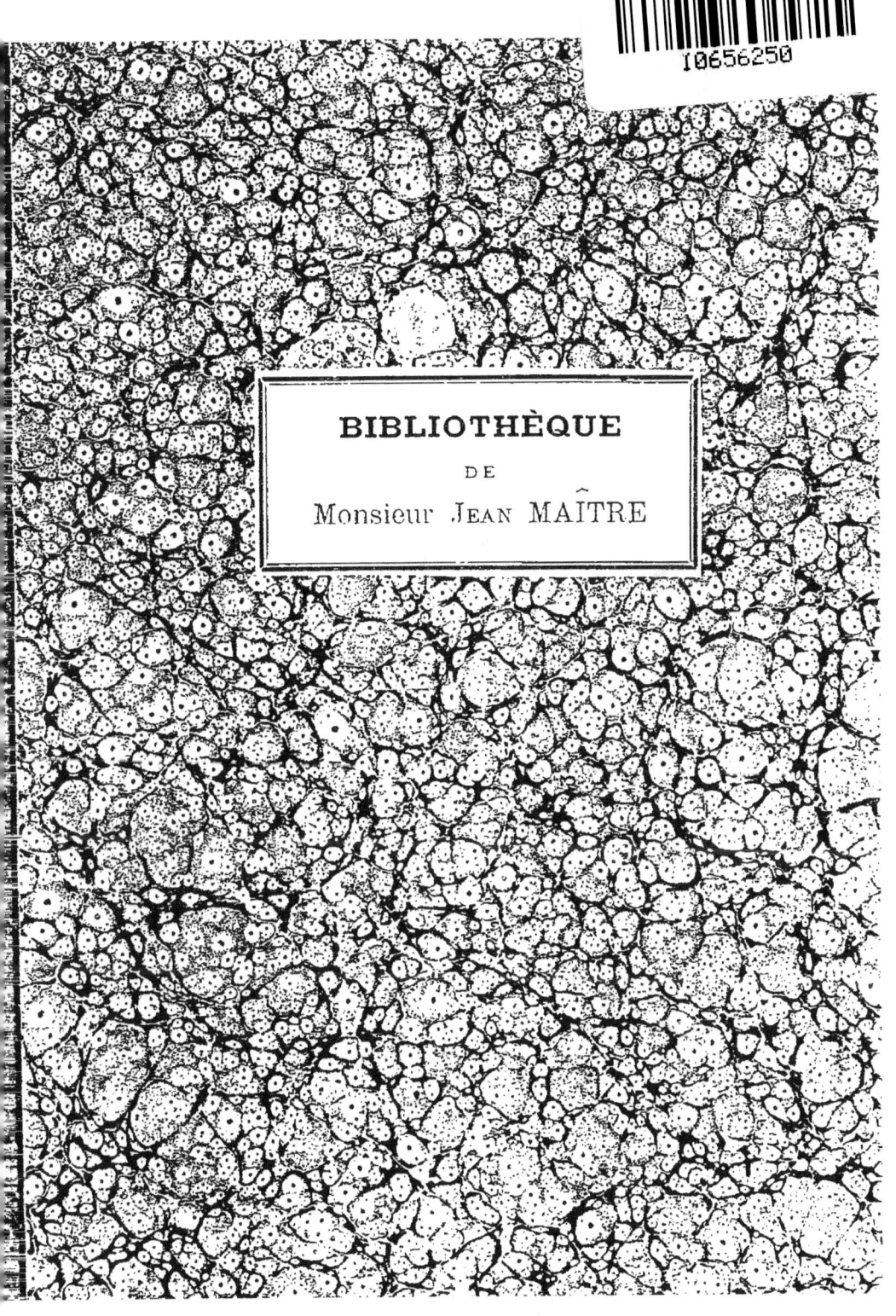

BIBLIOTHÈQUE

DE

Monsieur Jean MAÎTRE

OEUVRES

DE

HENRI FONFRÈDE.

Bordeaux, Imprimerie de SUWERINCK, Bazar Bordelais.

ŒUVRES

DE

HENRI FONFRÈDE,

RECUEILLIES ET MISES EN ORDRE

PAR CH.-AL. CAMPAN,

SON COLLABORATEUR.

TOME SIXIEME.

BORDEAUX.

CHAUMAS-GAYET,   LAWALLE JEUNE,
LIBRAIRE,   LIBRAIRE,
fosses du Chapeau-Rouge.   allées de Tourny.

PARIS,
W. COQUEBERT, LIBRAIRE,
rue Jacob 48

1844.

DU

GOUVERNEMENT DU ROI,

ET DES LIMITES CONSTITUTIONNELLES

DE LA

PRÉROGATIVE PARLEMENTAIRE.

AVIS DE L'ÉDITEUR.

———

J'ai cru devoir réunir dans ce volume tous les ouvrages publiés par M. HENRI FONFRÈDE, sous la forme de livre ou de brochure.

L'écrit intitulé : *Du Gouvernement du Roi, et des limites constitutionnelles de la Prérogative parlementaire*, a été imprimé à Paris dans les premiers jours de l'année 1859.

Ce fut un dernier effort du publiciste Bordelais, pour empêcher la chute du ministère du 15 avril, et les déplorables résultats de la coalition parlementaire qui a été si funeste à la France.

J'ai dû reproduire cet ouvrage intégralement et tel qu'il a été publié par l'auteur. J'aurais désiré qu'il fût possible de supprimer quelques attaques personnelles qui se trouvent dans les dernières pages de ce beau livre, mais il m'a semblé que c'était un devoir pour moi de ne rien changer à des travaux que M. FONFRÈDE lui-même regardait comme complets.

DU

GOUVERNEMENT DU ROI,

ET DES LIMITES CONSTITUTIONNELLES

DE LA

PRÉROGATIVE PARLEMENTAIRE.

DÉDIÉ

A la Chambre des Députés de France,

PAR HENRI FONFRÈDE.

> « Les Français regretteront trop tard de n'avoir
> » pas eu plus de respect pour l'expérience, et d'avoir
> » méconnu sa noble origine sous ses vêtements usés
> » par le temps. »
> (NECKER , *du Pouvoir exécutif dans un grand Etat.*)

MESSIEURS LES DÉPUTÉS,

Le but de ce livre est de définir les limites de votre prérogative; c'est pour cela même que je vous l'offre. Ce n'est point par une fantaisie paradoxale que j'agis ainsi : c'est la conviction morale et rationnelle de vos droits qui dicte ma démarche.

Tout pouvoir politique doit être indépendant, sans quoi il ne serait pas un pouvoir.

Tout pouvoir politique doit avoir des limites, sans quoi il serait absolu.

Vous êtes donc à la fois indépendants dans votre vote, et limités dans votre droit.

Sur quelque sujet que ce soit, en quelque circonstance que ce soit, vous avez la faculté de voter en quelque sens que ce soit; aucune puissance humaine n'a les moyens de vous en empêcher.

Mais il ne suit pas de là que tous vos votes fussent légitimes et constitutionnels; il ne suit pas de là que vous eussiez le droit de voter contre la constitution en vertu de laquelle vous délibérez. Là se trouve la limite que *vous pourriez*, mais que *vous ne devez pas* franchir.

Votre conscience est donc la seule barrière qui puisse arrêter, dans sa source même, l'usurpation de pouvoir à laquelle vous convient et vous convieront toujours les préjugés révolutionnaires.

C'est donc à votre conviction morale que je m'adresse. C'est la voix d'une confiance respectueuse que j'oppose à la voix des flatteurs ambitieux qui vous défèrent une inconstitutionnelle souveraineté, afin d'obtenir de vous la délégation de cette puissance usurpée.

Je viens vous dire qu'en cas de dissentiment avec les deux autres pouvoirs de l'État, la royauté et la pairie, vous n'avez pas le droit de faire violence à leur volonté, pas plus qu'ils n'ont le droit de faire violence à la vôtre; que vous n'avez pas le droit de leur refuser votre concours, pas plus qu'ils n'ont le droit de vous refuser le leur. Car si un des trois pouvoirs avait ce droit, les deux autres pouvoirs n'existeraient plus, et la Charte aurait disparu.

Vainement vous parle-t-on d'*un dernier mot*, nécessaire pour trancher les dissentiments entre les grands pouvoirs de l'État. C'est la plus grave de toutes les erreurs. C'est une illusion complète de croire qu'on atteindrait, par un tel moyen, la solution d'un tel problème. Ce *dernier mot* est le moyen de faire naître la difficulté, bien loin de la résoudre; car on n'obtiendrait jamais que les autres pouvoirs se laissassent détruire sans se défendre. Et s'ils se laissaient détruire, que resterait-il?

Les grandes crises morales et politiques ne se tranchent pas: elles se dénouent. Elles ne se tranchent point par une solution absolue imposée par un des pouvoirs aux deux autres; elles se dénouent par une transac-

tion volontaire entre eux, ou bien l'État tombe en
révolution.

Les choses humaines vont ainsi : pour que leur
progrès s'accomplisse dans une voie transactionnelle
et amiable, il faut qu'aucun des pouvoirs n'ait sur les
autres une prépondérance obligatoire; car le pouvoir
qui disposerait d'un tel privilége, sûr de la victoire,
ne voudrait plus transiger, ce qui le rendrait nécessairement absolu; l'électorat serait tout, la royauté et
la pairie ne seraient rien : vous verriez ensuite ce que
deviendrait l'électorat lui-même devant la réforme qui
le menace. Votre *dernier mot* détruirait d'un seul
coup tout l'édifice.

Lisez donc, Messieurs, sans prévention, les réflexions que j'ai l'honneur de vous soumettre; un
examen attentif vous convaincra que, loin d'être l'ad-
versaire de votre prérogative constitutionnelle, j'en
suis le défenseur sincère et désintéressé.

Agréez l'hommage du profond respect
avec lequel je suis

Votre dévoué concitoyen,

HENRI FONFRÈDE.

AVANT-PROPOS.

Si quelqu'un me dit :

Sous la Charte de 1830, le peuple est souverain; l'élection transporte cette souveraineté dans la Chambre élue; donc, par représentation du souverain, la chambre élective est souveraine; donc elle a le droit, en cas de dissentiment, d'imposer sa volonté aux deux autres pouvoirs.

Je ne répondrai rien. Je n'accepte pas la discussion sur ce terrain. Elle serait absurde, le débat serait jugé d'avance. Je dirai seulement : si vous admettez la souveraineté du peuple, supprimez la pairie et la royauté; brûlez la Charte, et qu'il n'en soit plus question.

Si un nouvel interlocuteur survient et me dit :

Sous la Charte de 1830, le peuple n'est pas souverain; mais la souveraineté réside dans les classes moyennes : par l'élection, les classes moyennes transportent la souveraineté à la Chambre élue; donc la Chambre des députés doit être prépondérante; donc, en cas de dissentiment, elle a le droit d'imposer sa volonté aux deux autres pouvoirs, parce qu'elle représente directement le pays.

Je ne répondrai pas davantage, car évidemment c'est la même argumentation sous une autre forme. Si la Chambre élue représente le souverain, que ce souverain soit le peuple entier, ou les classes moyennes seulement, il est bien évident que, dans le second cas comme dans le premier, elle est souveraine; et mon contradicteur serait trop modeste en se servant du mot *prépondérante*, qui affaiblit la pensée sans parvenir à la déguiser.

Mais si un troisième champion se présente, me disant : la souveraineté n'est ni dans le peuple, ni dans la classe moyenne; elle est dans les trois grands intérêts sociaux représentés par les trois pouvoirs de la Charte; et cependant la Chambre élective a le droit de dominer les deux autres pouvoirs, *parce qu'elle représente le triomphe de la classe moyenne* : alors je déclare que si je ne réponds pas, c'est que je ne comprends plus un mot à cette inexplicable logomachie.

La souveraineté, où que vous la placiez — si tant est que la souveraineté existe quelque part dans ce monde — n'est point représentée par l'élection : — le gouvernement *électif* n'est point le gouvernement *représentatif*, parce que l'élection, qui représente une partie des intérêts sociaux, ne peut pas les représenter tous; parce qu'il est dans une nation des intérêts moraux immenses que l'élection ne comprend pas, et dont, au contraire, elle tend souvent à détruire les droits et l'influence légitime.

Avant donc de discuter à perte de vue sur le *gouvernement représentatif*; avant de créer pour ce gouvernement, type et modèle, des axiomes théoriques qu'on veut ensuite nous imposer comme des articles de foi d'une religion politique infaillible, il faudrait clairement définir le gouvernement représentatif lui-même, ce que n'ont jamais fait les adversaires qui m'ont accusé de le méconnaître.

J'avoue d'abord, très-franchement, que je ne comprends

pas cet être mystérieux, étrange enfant de la souveraineté du peuple qu'il renie, et qui le renie à son tour en attendant qu'elle puisse le dévorer. Je comprends la monarchie constitutionnelle de la Charte : là tout est clair et précis, défini, certain. Mais le gouvernement représentatif, abstraitement considéré, est une énigme dont je demande le mot.

L'expression d'abord est trop vague pour fournir les bases d'une discussion satisfaisante : la qualité *représentative* peut être jointe à une monarchie, à une aristocratie, à une démocratie. On n'a pas entendu, sans doute, que le gouvernement représentatif dût revêtir chez tous les peuples la même forme, admettre partout des institutions identiques, et n'avoir qu'un mécanisme toujours semblable, toujours soumis aux mêmes règles, toujours soumis à ces axiomes qu'on veut nous imposer avec une fierté si dogmatique et si raisonneuse à la fois.

Je ne veux donc point m'égarer sur ce terrain brumeux. Je n'admets pas un être absolu et générique, nommé le *gouvernement représentatif*; mais j'admettrai des gouvernements spéciaux, adaptés aux mœurs, aux besoins, au caractère de chaque peuple; mœurs, besoins, caractère, situation sociale, en un mot, *représentés* par des institutions analogues, composant l'ensemble du gouvernement, en harmonie avec l'état de la société elle-même.

Cet aperçu préalable est essentiel, car il attaque au cœur les théoriciens représentatifs qui, chaque jour, deviennent plus absolus, à mesure que la logique les force à pencher vers l'école démocratique où leurs faux principes les poussent.

En effet : de ce qu'un gouvernement, calculé d'après

certaines bases, combiné dans de certaines formes, sous l'empire de certaines règles, a été représentatif chez une nation, il ne s'ensuit pas qu'on puisse le prendre pour type, pour modèle général; il ne s'ensuit pas qu'avec les mêmes formes et les mêmes règles, il fût également représentatif chez une autre nation, à une autre époque, dans des circonstances dissemblables. Les formes et les règles du gouvernement représentatif de l'Angleterre pourraient fort bien ne pas être représentatives en France; et très-certainement elles sont anti-représentatives en Espagne.

Ainsi donc, point de formes nécessaires, point de règles infaillibles, point d'institutions types auxquelles on puisse exclusivement attribuer la qualité de *représentatives*. Ce type générique et précis n'existe pas. A mesure qu'une nation vit et dure à travers les siècles, elle emporte son gouvernement avec elle, et, pour durer, il faut qu'il se modifie comme elle, afin de rester la représentation la plus exacte du pays réel. Si le gouvernement reste en arrière de la civilisation, ou si quelques esprits téméraires veulent le pousser en avant plus rapidement que la société elle-même ne peut marcher, il y a désharmonie, trouble, résistance en haut ou en bas, enfin révolution, si une transition opportune ne rétablit pas l'équilibre.

Je ne sais donc, en vérité, ce que l'on veut dire quand on formule d'une manière impérieuse des règles fixes, des axiomes immuables, des articles de foi *représentatifs*, et j'ai bien peur que ceux qui les proclament ne se comprennent pas parfaitement eux-mêmes.

Il s'est toujours fait dans leur cerveau une confusion étrange entre les mots *élection* et *représentation*. Leurs prédécesseurs, plus logiques à la souveraineté populaire, nommaient la chambre élective *Chambre des représentants*: alors il n'y a rien à objecter. La Chambre des représentants est naturellement le gouvernement représentatif. Mais nous qui voulons être conséquents, et raisonner dans la situation française de la Charte, nous dirons que, si vous tenez absolument à changer le titre de monarchie constitutionnelle, et à le remplacer par celui de *gouvernement représentatif*, nous y consentirons volontiers; mais il faudra alors logiquement dire que les trois corps de ce gouvernement sont représentatifs; que la royauté, la pairie, la Chambre des députés sont représentatives : et alors comment, je vous prie, violons-nous les règles de ce genre de gouvernement, en accordant le même caractère à toutes ses parties? — Mais c'est le système qu'on nous oppose qui les viole, ces règles, puisqu'après avoir proclamé le *gouvernement représentatif*, il agit comme si la Chambre élective était seule représentative, et que le reste du gouvernement ne le fût pas!...

Si l'on me demande la différence que je vois entre l'*élection* et la *représentation gouvernementale*, il me sera, je crois, facile de l'expliquer.

Il ne suffit pas, en effet, qu'une institution soit représentative pour qu'elle constitue un *gouvernement représentatif*. Il faut, et j'insiste sur ce point, qu'elle représente, parmi les *influences sociales*, celles qui sont indispensables à tout gouvernement, celles qui ont une direction intelligente, morale, celles qui sont susceptibles d'hiérarchie dans leurs rapports, d'unité dans leurs vues, et de suite dans l'exécution. — Or, il est une foule d'époques et de circonstances où l'élection, loin de représenter cette partie des influences sociales, les exclut presque toutes; et toujours, même lorsqu'elle en admet une partie, elle en repousse une portion importante. — Quand elle exclut toute cette aristocratie politique et naturelle, elle représente et propage l'anarchie. Quand elle n'en exclut qu'une partie — et c'est le cas le plus avantageux — elle ne produit qu'une représentation partielle, incomplète, insuffisante à donner au gouvernement sa direction et son unité. Voilà pourquoi le gouvernement représentatif ne peut pas être constitué et organisé dans la chambre élective; voilà pourquoi la Charte y a joint la royauté et la pairie, qui représentent précisément les deux grands intérêts sociaux que l'élection ne peut pas, ne peut jamais représenter.

Et remarquez que je parle ici pour l'hypothèse où nous sommes, pour un état de civilisation avancée; mais si nous remontions plus près de la barbarie primitive des peuples, vous verriez que l'élection représenterait la barbarie et l'ignorance de ces peuples, et serait *anti-gouvernementale* précisément parce qu'elle serait *représentative*.

Vous verriez les améliorations sociales les plus évidentes introduites par le pouvoir malgré des résistances de fait, qui seraient devenues des résistances législatives si elles eussent été représentées par l'élection, et qui alors auraient été un invincible obstacle au progrès. Si la Russie eût été représentée par l'élection sous Pierre le Réformateur, qu'aurait fait ce grand homme? — Je pourrais prendre un exemple plus près de nous.

Nous allons donc laisser de côté toutes les théories abstraites du prétendu *gouvernement représentatif*, dont rien ne peut nous indiquer le type idéal d'une manière certaine. Nous écarterons, par conséquent, tous ces axiomes

prétentieusement étourdis, qui tracent un cadre obligatoire auquel la société serait tenue de se conformer, en
dépit de ses mœurs et de sa situation spéciale. Nous nous
bornerons à examiner la monarchie constitutionnelle telle
qu'elle est réglée par la Charte, et nous en déroulerons les
conséquences.

Une autre explication est nécessaire.

On nous objecte des précédents. On affirme que depuis
quarante ans le gouvernement représentatif a été conçu et
réclamé avec les principes qu'on nous oppose, et que nous
nions, parce qu'à nos yeux ils ne sont que des préjugés
révolutionnaires. On nous cite les luttes de l'opposition
sous la restauration, les discours de nos grands orateurs,
les maximes et les actes des 221 qui ont produit la révolution d'où est sorti notre gouvernement actuel; on en
induit une sorte de fatalité logique qui obligerait ce gouvernement à rester fidèle à ces précédents, à se faire l'exécuteur des tendances politiques où il a puisé son origine.
On aura peut-être assez de mémoire pour joindre des arguments bien mesquins à ces arguments généraux, en
m'opposant quelques actes de ma vie, ou quelques phrases
de mes propres écrits.

Je ne fais aucun cas de cette double argumentation; je
vais dire pourquoi.

Depuis quarante ans, le libéralisme français produit
par les théories abstraites du xviiie siècle, est remarquable,
selon nous, par de grands élancements d'esprit, mais aussi
par de grandes erreurs morales et politiques, que les illusions du moment, les ressentiments fébriles du passé, et
les espérances de l'avenir nous ont fait prendre trop long-
temps pour des vérités. C'est ce malheur qui a corrompu

à leurs sources des efforts généreux. Nous devons conserver de la reconnaissance et de l'admiration pour les esprits distingués de cette époque tourmentée, mais il est temps de répudier l'héritage de leurs erreurs. Relisez attentivement les discours des orateurs de l'opposition sous la restauration ; relisez les écrits célèbres des hommes politiques de ces temps de lutte, leurs pamphlets, leurs journaux ; jugez-les de sang froid, et à chaque ligne vous verrez le virus révolutionnaire vicier leurs efforts pour la découverte de la vérité. Si vous n'avez pas fait ce travail, faites-le. Je l'ai fait, moi, et je suis resté confondu en relisant dans Benjamin Constant, par exemple, l'incroyable appareil de subtilités employé à masquer des théories creuses, sans application possible aux réalités. J'ai rougi de mes admirations passées et de ma crédulité. — Si vous me parlez des 221, vous me rendrez bien plus positif encore. — Les 221, qui renfermaient dans leur coalition dix systèmes politiques antipathiques et contradictoires, ayant tous une négation commune contre ce qui existait, et une négation au moins aussi répulsive les uns contre les autres ! amalgame confus de désirs généreux, de vues ambitieuses, d'irritations personnelles ; armée bonne pour monter à l'assaut du pouvoir, mais parfaitement incapable de l'exercer, si elle l'avait conquis ; et tellement aveugle, tellement inexpérimentée, qu'elle ne se doutait pas le moins du monde qu'au lieu de conquérir le pouvoir, elle le détruisait. — Car j'avance comme un fait qui ne peut être raisonnablement contesté, que si les 221 avaient prévu les conséquences de leur adresse, et la révolution qu'elle contenait dans son sein, la moitié d'entre eux ne l'aurait pas votée. Quel malheureux exemple va-t-on donc m'op-

poser, à moi qui veux en tirer les conséquences les plus
victorieuses pour la cause que je défends? Mais n'anticipons
pas.

Restent donc les récriminations personnelles qu'on peut
m'opposer par quelques citations de mes actes ou de mes
écrits.

Ceci est moins que rien. Qu'importe au débat? Qu'importe à la vérité des choses?... Si je voulais faire comme
tant d'autres, argumenter, distinguer, expliquer, il me serait peut-être facile de prouver que les contradictions
qu'on me reproche n'existent pas, ou sont bien moindres
qu'on ne le dit. Mais, en vérité, je ne prendrai point cette
peine; je ne fatiguerai pas mes lecteurs par une plaidoirie
personnelle. Qu'importe, encore un coup?... Admettez
que je me sois trompé, que j'aie passé par plusieurs transformations pour arriver au développement d'une pensée
complète; je ne vois rien de plus ordinaire et de plus simple au monde. Je ne suis pas de ceux qui se croient infaillibles, qui assurent triomphalement qu'ils ont vu la vérité du premier coup, et qu'ils pensent aujourd'hui ce
qu'ils ont toujours pensé. Non, vraiment; je compte pour
quelque chose l'expérience des faits, le spectacle des révolutions, les connaissances acquises par l'étude successive
des hommes et des événements qui ont passé sous mes
yeux; je n'ai pas la moindre honte à dire que cette expérience a puissamment modifié mes pensées. Le désintéressement de ma vie et la médiocrité de ma fortune prouvent trop la sincérité de mes paroles, pour que je m'arrête un seul instant à la démontrer.

Un mot encore. On me reprochera, je le sais, de m'appuyer sur quelques-uns des aperçus politiques émis par

les écrivains royalistes sous la Restauration : j'en conviens très-volontiers. De même que tous les arguments employés alors par l'opposition n'étaient pas justes et vrais, de même tous les arguments des écrivains royalistes n'étaient pas absolutistes et faux. Je l'ai déjà dit, il y avait des torts des deux côtés ; d'un côté la contre-révolution, de l'autre la révolution ; et de gouvernement possible, ni d'un bord ni de l'autre : c'est ce qui rendait la catastrophe inévitable. Parmi les arguments des royalistes, il en était de très-justes, de très-vrais, de très-profondément sociaux ; mais ils en faisaient usage pour un pouvoir dont les préjugés invincibles voulaient se servir de la constitution elle-même pour détruire la constitution. Nous, aujourd'hui, nous en faisons usage pour un pouvoir qui tend nécessairement à la consolider. Un avocat, si cela lui plaît, peut employer le même argument de droit à l'appui d'une mauvaise cause, tout autant qu'à la défense d'une bonne. Il perd la première, et gagne la seconde : cela se voit tous les jours, et cela doit être, parce qu'il faut, pour le succès, non-seulement que le raisonnement soit juste, mais encore, et surtout, que la nature même du *point de fait de la cause* en comporte l'application.

Passons outre.

GOUVERNEMENT DU ROI,

ET DES LIMITES CONSTITUTIONNELLES

DE LA

PRÉROGATIVE PARLEMENTAIRE,

— ❖ —

CHAPITRE PREMIER.

**Idée générale de ce livre.—Pourquoi je l'écris.—Situation
où je suis en l'écrivant.**

—

Sous tous les gouvernements possibles, il y a une
opposition ; car la nature humaine étant imparfaite, le
gouvernement fait par des hommes, pour des hommes,
et confié à des hommes, est nécessairement imparfait
dans son organisation, imparfait aussi dans son mode
d'action.

Il ne peut donc satisfaire tous les intérêts. Les intérêts
non satisfaits, légitimes ou non, sont opposants.

Sous un gouvernement absolu, leur opposition est
muette jusqu'au jour où elle éclate.

Sous un gouvernement libre, leur opposition a la parole, la presse, la tribune ; elle est exagérée et retentissante.

Cela vaut mieux, dit-on. Par cette manifestation constante, les ressentiments s'exaltent, se font connaître : le
gouvernement peut les adoucir en les satisfaisant, si

leurs demandes sont justes; si elles sont injustes, il les connaît du moins, et peut préparer sa défense contre leurs attaques. Sous le régime absolu, le gouvernement est privé de ces deux importantes ressources : il vit dans une confiance trompeuse, et périt le jour qu'il est attaqué.

Je conviens de ces avantages; mais il y a aussi ce mauvais côté, que le retentissement des plaintes outrées de l'opposition propage la méfiance, exalte les irritations, offre un point de ralliement commun à tous les mécontentements, enrégimente légalement toutes les résistances à l'action du pouvoir social, et augmente considérablement ainsi les obstacles qu'il rencontre pour diriger la société dans la voie du progrès.

Ces inconvénients sont immenses; ils sont presqu'insurmontables aux époques qui suivent une révolution.

Quoi qu'il en soit, l'opposition étant inévitable dans la constitution d'un gouvernement libre, il faut en prendre son parti; il faut l'admettre comme élément nécessaire, et agir en conséquence.

Mais si l'existence d'un parti d'*opposition* est une nécessité de cette forme politique, j'en conclus que l'existence permanente d'un *parti de gouvernement* en est une conséquence nécessaire aussi, et beaucoup plus indispensable : car si le gouvernement, toujours attaqué, n'était pas toujours défendu, il périrait, et la constitution elle-même aurait organisé sa mort.

Je suis de ce parti de gouvernement. Ce livre est destiné à en expliquer, à en développer les principes.

Faites attention que je dis parti *de* gouvernement, principes *de* gouvernement, et non pas *du* gouvernement. C'est ce qu'il ne faut pas confondre.

En effet, au milieu de toutes les modifications du gouvernement, à travers tous les ministères, toutes les majorités, toutes les royautés, qui passent et qui changent sous les coups des révolutions ou de la mort, il y a un être identique, toujours durable, toujours nécessaire, toujours vivant et actif, c'est LE *gouvernement* : c'est un certain ensemble de principes et de faits sociaux dont aucun gouvernement ne peut se passer; principes et faits sans lesquels il n'y a pas de gouvernement possible, sous quelque forme politique que ce soit—et par conséquent point de société humaine.—Un million d'hommes placés côte à côte, sans gouvernement, ne sont point une société. Ce serait une foule confuse, désertant la civilisation pour retourner à la barbarie native; ce serait l'empire du nombre, de la force; ce serait la souveraineté sociale fractionnée en autant de parts que d'individus; ce serait, en un mot, la souveraineté du peuple dans toute sa laideur idéale.

Or, de même que le parti *de l'opposition* exagère ou abandonne parfois les vrais principes *d'opposition*, il peut arriver aussi que le parti *du* gouvernement exagère ou abandonne les vrais principes *de* gouvernement.

Alors on peut distinguer de chaque côté quels sont les hommes politiques, quels sont les véritables hommes d'État. — Ce sont ceux qui résistent dans chaque parti pour ramener l'influence sociale dont ils défendent la bannière, aux limites qu'elle n'aurait dû ni laisser envahir, ni franchir elle-même.

Alors, dans le moment décisif, les hommes montrent ce qu'ils sont réellement, et ce qu'ils peuvent ; alors l'érudition, l'argumentation, l'abstraction sont de peu d'importance. — C'est un mouvement rapide et subit, c'est une réaction instantanée et décisive qui doit s'opérer dans la volonté, se manifester au dehors, et se cramponner résolument à la vérité. — Un homme, en pareil cas, fût-il seul contre tous, ne doit pas hésiter. Ce n'est plus la majorité qu'il doit chercher à se concilier en la flattant dans ses erreurs ; c'est la vérité seule dont il doit planter la bannière en terre, en face même des masses égarées ; c'est sur son corps qu'elles doivent marcher pour arriver au gouffre qui les attend, s'il n'a pas la force de les arrêter.

Certes, je n'ai pas l'orgueil de me croire un de ces hommes prédestinés à de si grandes choses ! — Mais j'ai la conscience que, pour les accomplir, c'est la puissance du génie qui me manque : ce n'est ni l'instinct de l'esprit, ni la force de la volonté. — Je confesse humblement que ce défaut d'équilibre en moi, entre la puissance d'esprit qui voit et qui veut, et la puissance d'action nécessaire pour accomplir, est le défaut naturel qui travaille ma position et mon caractère. De là, sans doute, viennent les mouvements âpres et heurtés, les variations rapides, qu'on m'a reprochés, avec raison peut-être — c'est possible. Mais, en convenant de la rationnalité du reproche, je n'en persiste pas moins à croire que ceux qui me l'ont adressé et qui me l'adressent encore, ne comprenaient guère ce qu'ils faisaient ; car, à toutes les époques, s'attachant aux formes extérieures, ils m'accusaient d'exagération, lorsqu'en réalité j'étais plus modéré qu'eux, et très-décidé à les arrêter eux-mêmes aussitôt qu'ils voudraient aller trop loin ; — ce qui est toujours arrivé.

Ainsi, jusqu'à la révolution de juillet, depuis la *Tribune de la Gironde* jusqu'à ma protestation publique con-

tre les ordonnances de Charles X, j'étais en avant de l'opposition, qui elle-même m'accusait d'exagération, lorsque
mon seul tort était d'avoir vu juste, d'avoir compris
qu'une révolution était inévitable, et que ceux qui
croyaient travailler à l'empêcher, je parle des doctrinaires
et des défectionnaires, l'accéléraient de toutes leurs forces,
sans s'en douter.

Mais le lendemain du fait, l'instinct, sans réflexion ni
raisonnement, me fit comprendre l'aberration de droit
qui se préparait. Je vis qu'au lieu d'une exception momentanée aux règles de la monarchie, c'était la destruction de la monarchie qu'on allait organiser; je vis qu'on
allait essayer de pousser le gouvernement à se faire révolution lui-même; je vis qu'on allait, en un mot, essayer
de construire un gouvernement en niant tous les principes de gouvernement. — Je m'arrêtai, sans transition,
sans ménagement, sans préparation — et je me mis à refouler en arrière ceux que la veille je guidais en avant.

Alors, tout était suspendu, rien n'était refait : Charles X était à Rambouillet, la charte n'était point revisée.
On ne savait encore si le parti qui l'avait défendue la
respecterait, la détruirait ou la modifierait. — Seulement,
tout le monde, enivré d'une invincible illusion d'affran-
chissement, s'imaginait que la destruction du mal qu'on
avait redouté suffisait à la société, et que le bien allait
naturellement en sortir.

Je ne partageais pas cet entraînement. — Dans la mu-
nicipalité révolutionnaire dont j'étais membre, je rédigeai
les écrits où je réclamais publiquement l'établissement de
la dynastie nouvelle, et où, en même temps, je m'oppo-
sais avec force à tous les changements qu'on voulait faire

à la charte.—Je niais la souveraineté du peuple; je re-
poussais l'absolutisme électif, par conséquent l'initiative
parlementaire, la prépondérance élective, l'abolition de
l'hérédité de la pairie, l'abaissement du cens électoral.
J'annonçais les conséquences inévitables de ce déplacement
subit dans les conditions constitutionnelles du gouvernement; et, puisqu'on me l'a si souvent reproché, il m'est
bien permis de le répéter ici—dans toute l'opinion libérale en France—ma voix seule se fit entendre en ce sens,
au mois d'août 1830. Tout le reste suivait le torrent
révolutionnaire ou même le précédait.—C'est un acte dont
personne ne peut réclamer sa part. C'est le seul souvenir
dont je réclame l'inscription sur mon tombeau, tant je
suis convaincu que la conservation intégrale de la charte
était, en 1830, le seul moyen de préserver la France des
malheurs qu'elle a soufferts depuis et des agitations
convulsives qui lui en présagent de plus grands peut-être
dans l'avenir.

Arrivé à Paris dans les premiers jours du mois d'août,
je vérifiai par les yeux le mal que j'avais vu par l'esprit;
je le trouvai plus grand encore; jamais une pareille confusion morale n'entra dans le monde. Cette pauvre
chambre des 221, confondant sans cesse l'exception révolutionnaire et la règle constitutionnelle, ne comprenant
ni la charte de 1814, ni la charte de 1830, voulant un
jour faire de la royauté avec de la république, et le lendemain, de la république avec de la royauté; voulant toucher à tout et n'osant rien toucher; ne sachant pas diriger
la révolution qu'elle avait faite à son insu, ne voulant
pas cependant se laisser diriger par elle et ne voulant pas
non plus laisser au gouvernement le pouvoir de la diri-

ger, de peur qu'on l'accusât elle-même de s'opposer aux
progrès révolutionnaires; en dehors de la chambre — les
sociétés populaires — je ne dis pas les sociétés secrètes, car
elles ne se donnaient pas la peine de se cacher, annonçant
tout haut qu'au 7 août on leur avait escamoté la république, mais qu'elles sauraient bien la retrouver avant long-
temps; plus d'un député pensant à peu près comme elles,
s'alliant à elles; l'affiliation déjà préparée dans les départements, et j'en parle avec connaissance de cause, puisque
sur mon refus d'y participer pour la Gironde, on me répondit en me serrant la main : « *Nous ferons contre vous
et les vôtres, ce que la Convention a fait autrefois contre votre
père et contre ses amis.* »

C'était m'affermir dans mon dessein de résistance, loin
de m'en détourner. Je revins donc à Bordeaux, ayant
sondé la profondeur du gouffre. Je dis ce que je pensai.
On ne me crut pas; on m'accusa d'exagération. Je restai
seul, ou à peu près, jusqu'aux événements décisifs qui
confirmèrent promptement mes prévisions. Je restai seul,
n'espérant plus qu'un bon gouvernement sortît du chaos
que j'avais vu, et persuadé que si la Providence en faisait sortir un gouvernement quelconque, même faible et
médiocre, nous lui devrions d'éternelles actions de grâce.
—Il faut donc lui rendre grâce aujourd'hui, car elle a
certainement fait pour nous plus qu'il n'était permis de
l'espérer. La société française a passé par un miracle de
huit ans pour arriver jusqu'à ce jour.—Mais n'abusez
pas de cette merveille; car elle n'est pas de nature à toujours durer.

Or, donc, ce qui est fait est fait. Je n'ai pas besoin que
les lois de septembre me défendent d'en montrer les dé-

fauts. Comme je désire la consolidation de l'édifice, ce n'est pas moi qui irai signaler et élargir les lézardes de ses fondements. Si l'organisation de la charte nouvelle, malgré ses imperfections, peut vivre et durer, je ne demande pas mieux. Je suis même fortement résolu à la soutenir autant qu'il sera en moi, contre les conséquences même de ses défauts. — Mais il y a une chose que je ne veux pas, et une chose que je veux. — Je ne veux pas faire l'apologie de ses erreurs pour plaire à ceux qui ne les comprennent pas. — Je veux empêcher, à tout prix, que, faute de les comprendre, on les outre, on les exagère, on les rende irrémédiables, par les conséquences exagérées ou fausses qu'on en tire.

Je viens donc défendre les principes de gouvernement, ces principes éternels sans lesquels il n'est pas de société humaine; je viens les défendre, je ne dis pas seulement contre l'opposition, mais contre les faiblesses du gouvernement lui-même. — Et c'est ce que je tiens à bien expliquer avant d'aller plus loin; car il ne faut pas laisser le plus léger prétexte aux ingénieux docteurs qui, pour se faire un moyen de popularité, accusent le ministère du ROI d'être, sinon l'instigateur de mes écrits, du moins le complice de mes opinions.

Loin de là; car j'adresse au ministère actuel, au ministère de MM. Molé et Montalivet, un reproche semblable à celui que je faisais aux doctrinaires, bien avant l'apostasie où ils sont tombés; je lui reproche de ne pas être assez conservateur, de ne pas être assez gouvernement du roi; d'humilier en droit la prérogative royale devant la prérogative élective, afin que celle-ci, satisfaite de la suprématie de son droit, consente à ne pas la transformer en usurpation de fait. Je lui reproche, en un mot, d'éluder la difficulté, au lieu de la regarder en face et de la vaincre.

Sans doute, j'en conviens, le ministère actuel n'est pas aussi coupable que les doctrinaires. Car, en voyant la désertion dont M. Duvergier de Hauranne, par exemple, est coupable envers les principes de gouvernement, je ne fais plus aucune distinction entre ses doctrines et celles du républicanisme le plus complet. Le républicanisme est plus logique, en arrivant au même résultat : voilà tout, et le *National* a très-bien jugé la position.

Mais le ministère n'est pas logique non plus, car il accorde encore en droit, je le répète, ce qu'il serait forcé de contester demain en fait, si le fait se présentait. — Ou bien, s'il ne le contestait pas, il consentirait lui-même à l'anéantissement du gouvernement du roi.

Or, le principe de gouvernement, en France, c'est précisément le gouvernement du roi. Hors de là, rien n'est réalisable. Le gouvernement des chambres serait, je ne dis pas mauvais, mais je dis impossible. Vouloir le fonder, c'est vouloir détruire en France, non pas les abus du gouvernement, mais le principe même de gouvernement, le principe sans lequel le gouvernement ne peut pas être. Or, qu'on arrête ses abus, qu'on limite son action, qu'on le retienne dans la sphère constitutionnelle, rien de mieux ; mais qu'on le détruise dans son essence, qu'on le nie dans son principe, non : cela ne peut jamais être, l'essai même ne doit pas être toléré.

Dans l'état actuel des choses, le ministère a sans doute fait un progrès. Il ne rougit pas du gouvernement du roi... Il le reconnaît même, il le proclame. Je l'en re-

mercie au nom de la société française et de l'Europe entière. Le *Journal des Débats*, qui, en ce point, me paraît
l'organe sincère du pouvoir, démontre avec une grande
force la majestueuse imbécilité de l'axiome prétendu représentatif, *le roi règne et ne gouverne pas.* — Mais ce
n'est pas tout; car si après avoir proclamé que le roi gouverne constitutionnellement, vous lui ôtez constitutionnellement aussi les moyens de gouverner, que faites-vous,
et qu'avez-vous gagné?

Or, cet axiome : *le roi règne et ne gouverne pas*, et celui-ci : *la chambre élective a le droit de refuser son concours
au gouvernement du roi*, ne sont absolument qu'une seule
et même pensée sous deux expressions différentes. Il importe donc bien peu que vous contestiez l'un si vous admettez l'autre; le second n'est que le moyen d'exécution
du premier.

Je lutte donc contre le ministère, moi aussi, bien loin
qu'il soit mon complice. Je conviens que la difficulté
qu'il doit vaincre est immense; je conviens que les préjugés révolutionnaires se sont habilement masqués sous
les préjugés représentatifs, et qu'ils ont ainsi réussi à reprendre, sous cette apparence trompeuse, l'empire qu'ils
commençaient à perdre en se montrant sous leur forme
naturelle. Je conviens que le ministère, dans l'affaire de
la conversion des rentes et dans celle des chemins de fer,
a eu assez d'habileté pour faire triompher le gouvernement du roi de la coalition parlementaire qui voulait
profiter du dissentiment pour le transformer en refus de
concours. Je conviens que le ministère, sans avoir recours à la jactance de parole de ses prédécesseurs, a montré bien plus de force et bien plus d'habileté, qu'il a ré-

sisté à des votes mauvais et abusifs devant lesquels le ministère doctrinaire se serait évanoui d'une respectueuse
terreur, ainsi qu'il l'avait déjà fait lors du traité américain, de la conversion des rentes, et de la loi de disjonc-
tion. — Mais tout cela, qu'est-ce ? — C'est une suite d'*accidents heureux* qui ont empêché la destruction de l'autorité royale, l'anéantissement du gouvernement du roi. Et
qui peut se répondre d'être toujours heureux, toujours bien
inspiré, toujours vainqueur des coalitions électives qui,
par leur nature, sont forcément inconsciencieuses; car
elles justifient toujours l'emploi des plus mauvais moyens
par la sanctification du magnifique résultat dont elles
font parade, tandis qu'elles ne sont créées, cimentées, sou-
tenues que par un instinct commun de haine et d'ambition? Qui peut, dis-je, répondre d'être toujours heureux
contre ce machiavélisme démocratique? — Personne. Eh
bien ! à la première défaite, au premier *refus de concours*,
que restera-t-il du gouvernement du roi? Le fait de l'u-
surpation parlementaire se joignant à l'abandon de la
prérogative royale, tout sera dit. — Il y aura un remède
sans doute, mais un remède qui ne peut rien guérir. —
On pourra sacrifier le ministère pour éluder le jugement
définitif. Mais alors la lutte sera nécessairement trans-
mise au nouveau ministère qui suivrait celui-ci, et tôt
ou tard il faudra bien que la question se décide.

C'est pour préparer les esprits à sa solution que j'écris
aujourd'hui.

C'est sans doute un singulier spectacle que de voir
deux anciens amis, M. Duvergier de Hauranne et moi,
sortir des rangs du même parti où ils s'étaient rencontrés
arrivant de deux points, sinon opposés, du moins bien dif-

férents : que de les voir, dis-je, sortir du même parti pour
attaquer le ministère du roi, et lui adresser les reproches
les plus contraires; l'un, prétendant que le ministère veut
faire dominer le gouvernement *personnel* du roi sur la
chambre des députés; l'autre, prétendant que le ministère
défend trop faiblement le gouvernement du roi, et le soumet trop à la prérogative parlementaire. En voyant ceci,
plusieurs diront que, puisque deux esprits exagérés atta-
quent le ministère en sens opposé, c'est une preuve que le
ministère est dans le *juste-milieu,* et que c'est lui qui a
raison. Je désire qu'il en soit ainsi : je désire me tromper; car je n'ai aucun intérêt personnel à satisfaire, point
de place à demander, point de ministère à conquérir; je
ne suis pour rien dans ce bruyant duel de portefeuilles
dont M. Duvergier de Hauranne se fait le héraut d'armes
ou le champion lui-même; j'ignore lequel des deux. Je
ne porte donc dans ce débat ni sentiment de rivalité
égoïste, ni sentiment de malveillance intéressée contre
personne. Je n'ai qu'un but : assurer, autant qu'il est en
moi, le triomphe de la vérité.

CHAPITRE II.

Axiome fondamental.

Le concours des trois pouvoirs constitue le gouvernement de la charte.

Donc aucun des trois pouvoirs ne peut refuser ce concours sans détruire le gouvernement de la charte, et sans
entrer en état révolutionnaire.

C'est par cette assertion que je commence. C'est par cette conclusion que je finirai.

Je prie mes lecteurs de ne prononcer leur jugement sur cet ouvrage qu'après l'avoir lu jusqu'au bout.

Ce qui pourra leur paraître exagéré ou faux en commençant, leur paraîtra juste et modéré quand ils auront fini.

CHAPITRE III.

Organisation du Gouvernement représentatif tel qu'il est réglé par la Charte

Nous mettons le pied sur un terrain réel. La charte est un gouvernement certain dont nous pouvons apprécier le PRINCIPE et les effets. Nous pouvons voir de quoi, en quoi, et pourquoi il est représentatif.

Les combinaisons de la charte n'ont point été arbitrairement imaginées. Dans la vie historique des peuples, les gouvernements ne s'improvisent pas, ne *s'inventent pas*, si j'ose m'exprimer ainsi, comme une conception subite, enfantée par une volonté actuelle. Le gouvernement, reflet successif de la civilisation de toutes les époques, est le produit presque nécessaire de l'état du pays, de ses mœurs, de ses passions, de ses besoins, de ses intérêts. Sans cela, il serait un corps hétérogène, une superfétation, un effet sans cause, qui ne ferait que paraître et disparaître sans avoir pu fonctionner.

On voit facilement que les faits historiques, les divers incidents de la vie des nations, ajoutent graduellement

aux gouvernements des peuples les institutions nécessaires à leur représentation. C'est ainsi que de crise en
crise, d'essais en essais, de révolution en révolution, nous
sommes arrivés à la charte, et il ne faut que l'analyser
avec un peu d'attention pour se convaincre que, dans son
système, l'élection ne constitue pas la représentation nationale.

En effet, le gouvernement doit être la représentation,
bien moins de la volonté mobile, changeante, des citoyens rassemblés et consultés à intervalles sur des questions que la plupart ne peuvent connaître, que des besoins
et des intérêts successivement établis par le cours des âges
jusqu'au moment actuel inclusivement. C'est de la *direc-*
tion traditionnelle de ces intérêts et de ces besoins, c'est
de la *conservation* des droits et des biens qui en résultent,
c'est des *modifications* nécessitées à la fois et produites par
le progrès des lumières et l'expérience acquise de génération en génération, que le gouvernement doit être *repré-*
sentatif.

De là, la triple nature de la représentation nationale,
qui, sous une forme ou sous une autre, se trouve plus ou
moins dans tous les gouvernements possibles, et qui constitue leur vraie légitimité.

Analysée ainsi, la monarchie constitutionnelle nous
présente ses trois grands corps politiques sous la forme
qui me paraît faciliter le plus complètement l'exactitude
de la représentation nationale, mais qui n'exclut pas la
possibilité d'autres formes gouvernementales plus appropriées aux mœurs de certains peuples : car, pour les peuples qui ne seraient pas en harmonie avec notre civilisa-

tion libérale, nos formes constitutionnelles ne seraient
point un *gouvernement représentatif*.

Dans notre système constitutionnel, la royauté représente cette unité, cette direction, cette tradition, successivement établies et conservées d'âge en âge par la nation,
et qui constituent la principale partie de son être; la
royauté n'est point née d'un fait fortuit ou d'une volonté
individuelle, ni même d'une volonté préméditée et concertée entre tous; elle s'est produite naturellement comme
un fait co-existant à la nation elle-même; vivant, agissant, progressant avec elle; perdant ou acquérant avec
elle sa force, sa gloire, sa prospérité. Formulée en plusieurs dynasties successives, la royauté française n'en est
pas moins restée immuable, héréditaire, représentation
sacrée de l'unité nationale et de son action à l'intérieur
et à l'étranger : c'est la base fondamentale, c'est la clef de
toute notre représentation.

Puis, je vois la pairie. Là se trouvent, dans les notabilités en possession des avantages acquis, l'instinct, le
besoin, le désir de les conserver, et, par conséquent, la
représentation du principe conservateur des intérêts successivement formés par les siècles, dans la propriété, dans
les positions sociales, dans la nature hiérarchique et co-
ordonnée d'une société qui n'est pas née d'hier, et dont on
ne pourrait supprimer les résultats consacrés par le temps
sans frapper mortellement au cœur son existence actuelle.
Cette portion si essentielle du gouvernement représentatif
est malheureusement affaiblie par la suppression de l'hérédité dont elle aurait dû rester le symbole social. Ceci
n'est point un progrès, c'est un mal; il est accompli : le
supporter, c'est résignation; le louer, serait apostasie.

Enfin, la chambre des députés ne représente point le pays, la France, comme on le dit si faussement; mais elle doit représenter un des intérêts du pays, une des portions de l'existence nationale. Elle représente ce besoin actuel, sans cesse mobile et changeant, mais souvent aussi juste et bien fondé, qu'éprouve la partie de la population médiocrement favorisée des biens sociaux, de s'élever, de se grandir, d'améliorer sa position, d'arriver à son tour, le plus promptement possible, à tout prix, même avec précipitation et imprudence, aux situations les plus heureuses et les plus enviées : c'est ce qu'elle appelle le *progrès*. — Si l'on vous dit que l'élection des classes moyennes représente autre chose, on vous trompe; on met sous vos yeux une utopie démentie par les faits. Il faut ne s'être jamais mêlé d'élections, et ne pas savoir les mobiles réels qui les décident dans leur ensemble, pour contester cette vérité.

La représentation des classes moyennes n'est donc pas à elle seule le *pouvoir représentatif*. La chambre des députés, dans ses conditions actuelles de cens démocratique, de fractionnement électoral, de macédoine confusément composée par des élections locales, de coteries et d'intrigues, dans de petits chefs-lieux sans vie morale et politique; temporairement réunie, sans tradition, sans passé, sans cohésion, ne représente en réalité que très-peu de chose, qu'une très-petite partie de la vie morale de la nation, qu'une faible parcelle de l'intelligence générale de ses besoins. Loin d'être l'élément représentatif tout entier, la chambre des députés est le moins représentatif de nos trois pouvoirs. Voilà pourquoi le gouvernement s'évanouit et se dissout dans ses impuissantes mains, lorsque, séduite

par de pernicieux conseils, elle essaie épisodiquement de
s'en emparer.

Il faut espérer que cette détérioration ne sera que momentanée ; mais il est impossible de nous dissimuler à
nous-mêmes que la chambre des députés est la partie
imparfaite de notre gouvernement, et que son impuissance
paraît chaque jour davantage, parce que, depuis la révolution de juillet, on a voulu assigner à l'assemblée élective un rôle qui n'est pas le sien dans le gouvernement ;
elle est placée en dehors de son principe réel. Tant qu'elle
s'opiniâtrera à jouer ce rôle, elle sera petite et de plus en
plus impuissante. Quand elle ne portera plus ses vues au
delà de sa sphère constitutionnelle, elle sera puissante et
vraiment représentative dans ses attributions ; elle rendra
au pays les services qu'il a droit d'attendre d'elle. Ce n'est
point la loi électorale qu'il faut réformer, ce sont les attributions politiques de la chambre des députés qu'il faut
autrement comprendre.

Comment les trois pouvoirs constitutionnels composant
notre représentation nationale doivent-ils fonctionner ?
Quels sont leurs attributions, leurs droits, leurs limites ?
La charte les a clairement exprimés, et cependant les théoriciens représentatifs, comme si le gouvernement était de
nos jours chose trop facile et trop simple, se sont em-
pressés d'y ajouter des conditions toutes nouvelles, dont
la charte n'a pas dit un mot ; et sous prétexte d'assurer la
vérité du gouvernement représentatif, ils ne vont à rien
moins qu'à détruire la charte elle-même et tout principe
de gouvernement.

Le sens le plus vulgaire indique qu'une grande nation
comme la France a besoin que son gouvernement ait une

direction unique, ferme, constante, et non pas trois directions simultanées, contraires, variables, rivales; c'est
pour cela que le gouvernement ne doit avoir qu'un chef,
le roi; c'est pour cela que le roi doit être *héréditaire*; c'est
pour cela qu'il ne faut qu'un centre politique dans l'État;
c'est pour cela qu'il faut que ce centre soit immuable, inviolable, sacré.

Mais en même temps que la sécurité nationale et la direction générale du pays exigent cette concentration et
cette unité de pouvoir, les intérêts individuels, la fortune,
la liberté des citoyens, exigent des garanties contre les
erreurs éventuelles du pouvoir royal. C'est pour cela que
les chambres législatives sont instituées : l'une, pour la
défense des intérêts acquis, inévitablement menacés par
les intérêts qui veulent acquérir; l'autre, pour la défense
des intérêts nouveaux, qui seraient durement repoussés
par les intérêts déjà établis qui craindraient de perdre
leur position.

C'est ainsi que la charte a compris le gouvernement
représentatif. Au roi, elle a donné l'action, la direction,
l'exécution. Aux trois pouvoirs réunis, la législation et
la surveillance de tous les actes d'exécution dont les agents
deviennent responsables devant les chambres, s'ils ont en-
freint les limites que la constitution leur impose.

Ainsi, nul abus sérieux n'est à craindre; les lois sont
successivement discutées par les deux chambres; chacune
peut en repousser les dispositions qui blesseraient les intérêts qu'elle représente; chacune peut y introduire les
modifications qui lui paraissent utiles à ces intérêts. Le
pouvoir royal envisage l'ensemble dans l'intérêt général
qui lui est confié. Les ministres, nommés par le roi, ne

peuvent enfreindre les lois , puisqu'ils sont responsables
devant les chambres qui les ont votées. — Quelles garanties
vous faut-il encore?

Eh bien! tout cela n'est rien aux yeux des inventeurs
du gouvernement prétendu représentatif. La monarchie
constitutionnelle que nous venons de définir, ils l'appellent
une œuvre d'*absolutisme*, et voici ce qu'ils veulent mettre
à la place.

Vainement la charte définit et détermine le *gouvernement du roi*, ses formes et ses règles; les théoriciens représentatifs affirment que le roi ne doit point gouverner,
qu'il doit seulement *régner*, c'est-à-dire regarder les ministres gouverner sous les ordres de la chambre élective.

Selon eux, la chambre élective doit gouverner. C'est
elle qui doit former dans son sein une majorité directrice
du gouvernement; qui doit trier dans cette majorité les
hommes qu'elle juge les plus capables de bien exécuter le
système de gouvernement qu'elle a conçu. Ces hommes,
elle les désigne au roi pour ministres; le roi doit accepter
le système et les hommes. S'il les repousse, il se met en
rebellion contre le gouvernement représentatif de ces
messieurs. Alors la chambre a le droit de lui refuser son
concours, c'est-à-dire de refuser de remplir ses fonctions
afin d'empêcher le roi de remplir les siennes, jusqu'à ce
qu'il ait renoncé à la part de puissance législative et à la
puissance exécutive entière que la charte lui attribue, et
qu'il ait accepté des mains de la chambre le système et les
hommes qu'elle juge convenable de lui imposer.

Vainement répondons-nous à ces grands publicistes que
la charte n'a jamais parlé de toutes les belles choses qu'ils
ont inventées; bien plus, qu'elle dit précisément tout le

contraire; qu'elle impose seulement au roi la condition
d'obtenir l'approbation des chambres pour les lois qu'il
veut faire exécuter par les ministres responsables nommés
par lui; que le droit et le devoir de la chambre sont d'examiner si les lois présentées sont bonnes ou mauvaises, et
non pas d'exiger impérieusement qu'elles soient présentées
par tels ou tels hommes. Vainement leur faisons-nous
observer que si, au lieu d'apprécier les lois selon leurs
avantages ou leurs défauts, ils votent pour elles ou contre
elles, selon le nom des ministres qui les contre-signent,
alors le gouvernement ne sera plus qu'une lutte personnelle entre les aspirants au ministère, au lieu d'être un
travail consciencieux dirigé vers le bien du pays. En vain
ajoutons-nous que la corruption la plus évidente résulterait de cette usurpation du pouvoir royal par la chambre;
et que la chambre elle-même, poussée dans une telle voie,
tomberait en décomposition, n'aurait plus de majorité,
et s'éparpillerait en une multitude de minorités; que ces
minorités, contractant rapidement des alliances mobiles
et contradictoires, imprimeraient au scrutin l'apparence
mensongère de plusieurs majorités opposées, source incessante de faiblesse et d'anarchie au sein du gouvernement
lui-même. — Rien ne les touche, rien ne les arrête. Ils
raisonnent, ils impriment, ils intriguent, et finissent par
reprocher au gouvernement *personnel* du roi le résultat
des attaques inconstitutionnelles qu'ils ont osé diriger
contre lui!...

Il semble que le délire de l'ambition ne puisse aller
plus loin. Cependant ce n'est rien encore, et ce qui suit
passe toute croyance.

En effet, si la chambre élective s'était prêtée aux usurpations représentatives où l'on voulait la pousser ; si elle avait voulu imposer au roi un système inventé par elle et des ministres par elle choisis, et que le roi les eût repoussés, je concevrais, à la rigueur, les plaintes ardentes des théoriciens représentatifs. Mais les choses se sont bien autrement passées. La chambre élective, qui, malgré les fausses maximes dont on cherche à l'enivrer, est inspirée par un esprit de conservation instinctif, a donné son approbation au ministère du roi. La chambre n'a présenté au roi aucun autre système, aucun autre ministère, et la secte représentative reproche au gouvernement personnel du roi d'avoir faussé le gouvernement représentatif en refusant ce que la majorité ne lui a pas seulement offert !

En point de fait, nous n'avons pas à discuter cet incroyable non-sens, puisque la chambre élective n'a présenté au roi ni système politique, ni ministère qu'il ait refusés, il est bien évident que toutes les accusations dirigées contre le gouvernement personnel du roi sont chimériques. Mais en droit, en théorie, examinons les prétentions des sophistes de la prépondérance élective.

CHAPITRE IV.

Dans la monarchie de la Charte, la Chambre élective doit-elle être prépondérante ?

La chambre élective peut avoir, dans certains cas donnés, une grande influence morale sur le gouvernement ; je ne le conteste pas. Cela dépend des circonstances, des

hommes, des événements politiques. Il est bien évident
que, dans certaines conditions, si elle émet de grandes
vues, si elle produit de grands hommes, ils lui donneront
une *prépondérance relative*. Mais ce n'est pas de celle-là
qu'il s'agit ici; car ce genre d'influence est naturellement
mobile, variable; il n'a rien d'organique ni de législatif;
il ne dépend pas de la constitution de le créer ou de le
détruire. Le génie, la vertu, l'éloquence, existent par
eux-mêmes. — Si les grands talents, les grandes vues,
émanent de la pairie, c'est dans la pairie que la prépondérance morale résidera. S'il y a un grand homme sur le
trône, c'est lui qui exercera la prépondérance sur le mécanisme gouvernemental. Si, au lieu de cela, le roi est
un homme médiocre, et qu'un grand génie occupe le ministère, c'est le ministère qui sera l'influence prépondérante.

Mais la question soulevée est celle-ci : — En cas de dissentiment entre la royauté et la chambre élective, celle-
ci a-t-elle le droit constitutionnel d'imposer sa volonté à
la couronne, en lui refusant son concours, jusqu'à ce que
la couronne ait cédé ?

Or, je dis que la chambre élective ne doit pas avoir
cette prépondérance coërcitive, pour trois raisons, dont
une seule suffirait.

1º La charte lui interdit expressément le droit d'imposer sa volonté à la couronne, de même qu'elle interdit à
la couronne d'imposer sa volonté à la chambre.

2º La chambre élective ne peut pas avoir, en matière
de gouvernement, une majorité *à priori*, spontanée, durable, homogène; par conséquent, elle est incapable de
gouverner.

3° Si, malgré l'impossibilité organique d'une majorité homogène et durable dans la chambre, et malgré les stipulations expresses de la charte, la chambre se déclarait *prépondérante*, elle prendrait ainsi la direction exclusive du gouvernement, la constitution serait détruite, l'État serait bouleversé et perdu.

Je vais démontrer successivement ces trois vérités.

Je répète d'abord, avant de commencer cette démonstration, pour laquelle je demande la plus grande attention à mes lecteurs, que je n'entends nullement contester l'*influence morale* de la chambre élective sur le gouvernement. Je n'entends nullement dire qu'un ministère *incapable*, qui présenterait des *lois mauvaises* que la chambre repousserait comme *mauvaises*, ne fût pas profondément ébranlé dans son pouvoir; et que, dans certains cas, il ne fût pas dans l'intérêt bien entendu de la royauté de changer de ministère pour se trouver en harmonie avec la chambre.

Je ne suis pas si fou que de nier cette vérité. Mais je dis que la libre appréciation du fait appartient au ROI : que c'est à lui de juger si, d'après la nature des lois présentées et des votes émis, il doit changer de ministère et de système, et que la chambre n'a pas le droit de lui forcer obligatoirement la main par un *refus de concours*. — Je dis même que la folie de l'opinion contraire est d'autant plus dangereuse, que l'influence morale de la chambre, en pareil cas, est déjà un levier plus que suffisant pour agir sur la couronne, quand il y a une majorité réelle sérieusement opposée au ministère. D'où il suit que le refus de concours est superflu, s'il y a réellement une majorité homogène, et qu'il est horriblement dangereux, s'il n'y a pas de majorité homogène; parce qu'il tend sans cesse à favoriser la naissance d'une majorité de *coalition*, qui devient alors le but de toutes les fractions dissidentes. Or, voilà la ruine du gouvernement représentatif.

Procédons par ordre.

CHAPITRE V.

La Charte interdit à la Chambre des députés de refuser son concours à la Couronne, de même qu'elle interdit à la Couronne de refuser son concours à la Chambre des députés.

La charte, d'abord, que dit-elle ?

Elle établit trois pouvoirs, organes de la représentation nationale.

A la couronne, à la pairie, à la chambre des députés, elle attribue collectivement la législation.

A la couronne seule, l'exécution par ministres responsables, nommés par le ROI, accusables par une des chambres, jugeables par l'autre.

D'où il suit que :

Chacun de ces trois pouvoirs doit être indépendant, sans quoi il ne serait pas un pouvoir.

Chacun de ces trois pouvoirs doit être limité, sans quoi il serait absolu.

Indépendant dans l'exercice de ses droits, limité par les droits mêmes des deux autres pouvoirs.

D'où il suit qu'aucun de ces trois pouvoirs ne peut constitutionnellement faire de ces droits un usage qui détruirait les droits des deux autres : celui des trois pouvoirs qui agirait ainsi sortirait de la constitution et entrerait en état révolutionnaire.

Ainsi donc, si la couronne avait présenté un projet de loi à la chambre élective, et que celle-ci l'eût rejeté, le roi n'a pas le droit de contraindre la chambre à l'accepter, et il ne peut faire exécuter par ses ministres la loi rejetée.

Par réciprocité, si la chambre, en vertu de son initiative, proposait à la couronne une mesure importante, la conversion des rentes, par exemple, ou telle autre plus importante encore, et que le roi repoussât cette proposition, la chambre n'a pas le droit de le contraindre à l'accepter et à l'exécuter.

Dans un cas comme dans l'autre, il y a décision constitutionnelle définitive. La mesure est rejetée, sauf sa reproduction éventuelle dans la session suivante.

Voilà la charte dans son texte et dans son esprit.

Mais l'école révolutionnaire et l'école doctrinaire n'admettent que la moitié de cette vérité. Si la proposition du roi a été repoussée par la chambre, ces deux écoles, d'accord avec nous, conviennent très-volontiers que le roi n'a le droit ni de contraindre l'acceptation de la chambre, ni le droit de s'en passer ; mais s'il s'agit de la seconde hypothèse, si c'est la volonté de la chambre qui a été repoussée par la couronne, alors l'école révolutionnaire et l'école doctrinaire ne veulent plus de la charte ; elles ne veulent plus l'égalité des trois pouvoirs législatifs : elles veulent donner à la chambre, au moyen d'un *refus de concours*, une prépondérance coërcitive qui force le roi à accepter et à exécuter la volonté parlementaire qu'il n'approuve pas.

Ainsi, nous sommes fondé à dire que nos contradic-

teurs réclament l'absolutisme en faveur de la chambre;
mais que nous ne réclamons pas l'absolutisme en faveur de
la couronne. Nous demandons seulement l'*égalité législative* telle que la charte l'établit.

Ainsi, nous sommes fondé à dire que nous ne réduisons
point la chambre à n'être qu'un pouvoir consultatif, et
que nous lui laissons la décision législative qui lui appartient : tandis que nos adversaires réduisent la royauté
à un rôle purement consultatif, lui demandant, pour la
forme, un consentement dont ils prétendent avoir le droit
de se passer.

Quant à la chambre des pairs, l'école doctrinaire ne
s'en occupe pas plus maintenant que l'école révolutionnaire. On fait, de part et d'autre, comme si elle n'existait
pas : car nous n'avons pas encore entendu les doctrinaires
réclamer pour la pairie le droit de *refuser son concours* aux
deux autres pouvoirs. Ils l'admettent, à ce qu'il paraît,
comme simple spectatrice du débat.

D'où il résulte bien clairement, le cas échéant, que la
chambre des députés seule serait investie de toute la puissance législative, et réduirait au néant la part de législation que la charte attribue au roi et à la pairie.

Mais ce n'est rien. Le roi resterait encore investi de la
puissance exécutive que la charte lui confère *à lui seul*.
L'école révolutionnaire et l'école doctrinaire vont travailler
à lui ôter aussi cette puissance exécutive.

Voici comment.

Cette puissance exécutive ne peut s'exercer que par des
agents responsables.

Oter au roi le choix de ses agents, les destituer et les
remplacer par les agents de la chambre élective, c'est le

moyen infaillible d'absorber, au profit de cette assemblée,
le pouvoir exécutif, comme on aurait déjà absorbé en sa
faveur la totalité du pouvoir législatif. Pour me servir de
l'expression consacrée par le général en chef de l'école
doctrinaire, c'est le *triomphe complet des classes moyennes*;
et pour me servir de l'expression de son premier lieute-
nant, c'est le *gouvernement de la démocratie parlementaire*.

Eh bien! au moyen du refus de concours, rien n'est
plus simple que d'organiser cette seconde destruction de
la royauté constitutionnelle; on a imaginé, pour complé-
ter l'œuvre révolutionnaire, ce qu'on est convenu d'appeler
les *questions de cabinet*. — Alors, ce n'est plus l'utilité, la
bonté, la valeur des lois présentées que la chambre juge :
non, c'est le *choix personnel des ministres* qu'elle apprécie;
c'est une lice qu'elle ouvre pour un tournoi ministériel,
pour un duel de portefeuilles. — Quand elle juge convenable de casser les choix faits par le roi et d'y substituer
les ministres choisis par elle, elle aurait le droit, selon
l'école doctrinaire, de rejeter non-seulement les mauvaises
lois qu'on pourrait lui présenter, droit que nous ne cher-
cherons jamais à lui contester; mais, bien mieux que cela,
elle aurait le droit de rejeter les meilleures lois, les lois
les plus utiles, les plus indispensables à la paix publique
et à la société, le budget, par exemple, ou les fonds secrets,
afin que la couronne, prise par famine et privée des
moyens financiers nécessaires au mécanisme du gouvernement, fût dépouillée du pouvoir exécutif, ainsi qu'elle
l'aurait été déjà de sa part du pouvoir législatif, jusqu'à
ce qu'elle eût renvoyé les agents exécutifs de son choix,
pour accepter forcément les agents exécutifs imposés
comme *sine quâ non* par la chambre.

Parmi ces questions de cabinet, qui toutes me paraissent des germes de révolution très-dangereux, quoiqu'ils avortent souvent, il en est une sorte plus merveilleuse que toutes les autres : c'est la question de cabinet qu'on est convenu de discuter chaque année lors de l'*adresse* au début de la session. C'est, à mes yeux, le dernier terme de la déraison humaine. Aussi nous consacrerons un chapitre particulier aux questions de cabinet, en général, et à celle de l'*adresse*, en particulier.

Par ce qui vient d'être exposé, il est si évident que la charte a donné aux trois pouvoirs législatifs des droits égaux, il est si évident que le *veto* de chacun de ces pouvoirs sur les volontés législatives des deux autres, est formel et inviolable, qu'il faut en conclure qu'aucun des trois pouvoirs n'a le droit d'imposer sa volonté aux deux autres; sinon les deux autres n'existeraient plus, ils n'auraient plus de libre arbitre, ils n'auraient plus d'être moral, ils ne seraient plus rien. — Donc, le *refus de concours*, qui n'a d'autre but que de faire prévaloir la volonté de la chambre élective sur le *veto* de la couronne, est inconstitutionnel et révolutionnaire.

Voilà qui est constant pour ce qui touche les mesures législatives.

Pour ce qui concerne le pouvoir exécutif, le *refus de concours* constitue une usurpation bien plus flagrante et bien plus complète.

Car le pouvoir exécutif appartenant en entier à la couronne, ici la spoliation serait absolue, sans excuse, sans prétexte.

Dire au roi : nous refusons le budjet, ou telle autre loi évidemment indispensable, parce que nous voulons

que le gouvernement vous soit impossible, jusqu'à ce que
vous ayez renoncé au droit de choisir vos ministres, et
que vous ayez accepté ceux que nous voulons vous imposer, c'est une violation si complète de la charte qu'il est
impossible de la dissimuler. — Quant aux conséquences
funestes de cette usurpation, nous nous en occuperons
ci-après, et nous y reviendrons encore au sujet des questions de cabinet.

Pour le moment, examinons seulement les raisons constitutionnelles et morales qui détruisent dans son essence
même le droit de refus de concours.

Chose étrange ! de ce que le roi gouverne avec le concours des chambres, on en conclut que la chambre élective a le droit de refuser son concours !

Mais en entrant dans votre système, de ce que les chambres gouvernent avec le concours du roi, en concluerez-
vous que le roi ait le droit de refuser son concours aux
chambres ?...

En concluerez-vous que le roi, en cas de dissentiment,
ait le droit de dire à la chambre élective : « Jusqu'à ce que
» vous ayez consenti à la loi que je vous propose, jusqu'à
» ce que vous ayez agréé les ministres que j'ai nommés,
» je refuse mon concours, j'arrête l'administration, j'ar-
» rète la justice, je n'organise plus la défense du pays ? »

Non, sans doute; personne n'admettrait une pareille
prétention.

Il n'est donc pas vrai que les pouvoirs dont le concours
est nécessaire au gouvernement, aient le droit de lui refuser ce concours; parce qu'il n'est pas vrai, parce qu'il
ne peut pas être vrai, que la charte ait donné aux pouvoirs qui constituent le gouvernement organisé par elle,

le droit de rendre ce gouvernement impossible et de l'empêcher de fonctionner. Cette idée seule est le comble de
l'absurde.

Voilà pourtant le droit que l'on réclame pour la chambre des députés contre la royauté. On lui donne simplement le droit de *mettre le royaume en interdit*, jusqu'à ce
que la pairie et la royauté aient courbé la tête sous les
injonctions du pouvoir électif ; car refuser le budget, par
exemple, n'est-ce pas rendre le gouvernement impossible,
tout autant que si le roi suspendait son action exécutive
dans le royaume ?...

Les théoriciens représentatifs, confondant toujours le
fait exceptionnel et révolutionnaire avec la règle normale
et constitutive, disent que le refus des subsides a toujours
été un moyen employé par les peuples pour arracher à
l'absolutisme les libertés qu'ils ont successivement conqui-
ses. Je pourrais faire voir que le fond même des choses
était tout autre qu'aujourd'hui. Alors le trésor public
n'existait pas ; alors la royauté possédait en son nom,
disposait des finances, sans contrôle et sans surveillance
de la part de la nation ; c'était au roi, considéré comme
gérant pour son compte les destinées de son royaume,
qu'on refusait les fonds, afin d'obtenir des concessions
politiques qui changeassent graduellement cet état de
choses, et qui constituassent une royauté, puissance publique, agissant pour l'État, au nom de l'État, et sous la
surveillance de l'État. C'était une marche révolutionnaire
et ascendante de la société, employant le fait extra-légal
pour arriver à l'établissement régulier et libre de l'ordre
politique. Or, maintenant que cet état légal est conquis, existe, est constitué, l'emploi du moyen révolution-

naire est devenu absurde, parce qu'il détruirait ce qu'il a conquis.

Mais, sans entrer dans le développement de ces idées qui nous entraîneraient trop loin, il me suffit d'indiquer ces deux points. — D'abord, que la société étant constituée régulièrement, il n'y a plus lieu à faire usage du refus des subsides pour contraindre le pouvoir royal à céder des droits qui déjà sont possédés par la nation. Ensuite, qu'autrefois on refusait les subsides au roi, afin de parvenir à constituer l'État, tandis qu'aujourd'hui on les refuserait à l'État lui-même, pour détruire le roi. Certes, je crois que non-seulement il n'y a pas d'analogie dans les deux positions, mais que jamais il n'en exista de plus opposées.

Ainsi donc, *refuser le concours*, qu'est-ce, en réalité, pour le cas qui nous occupe?

Ici je ne veux pas laisser d'équivoque. — On dit le roi gouverne avec le *concours* des chambres — c'est-à-dire le roi fait exécuter les lois que les chambres ont *approuvées;* il les fait exécuter par des *ministres responsables devant les chambres*.

Or, ce n'est pas de ce *concours-là* que nous parlons. Nous admettons parfaitement que la sanction des chambres, leur vote approbatif, puissent être refusés par elles, quand la mesure pour laquelle on réclame leur appui *leur paraît mauvaise*. Ce concours-là, les chambres ont toujours le droit de l'accorder ou de le refuser, et le roi ne peut jamais s'en passer. C'est pour cela qu'elles sont faites, c'est leur droit le plus évident, c'est la cause, c'est la raison de leur existence.

Mais n'équivoquons pas sur les mots. Refuser le con-

cours, dans le sens qu'on donne à ce mot, pour en faire résulter la prépondérance de la chambre élective sur la royauté, c'est tout autre chose que de repousser une mesure que la chambre trouve mauvaise. — Bien au contraire, c'est refuser d'approuver une mesure que la chambre trouve bonne, et qu'elle refuse parce qu'elle la trouve bonne, et si bonne même, que le gouvernement ne peut pas s'en passer, et que le roi ne peut plus remplir ses fonctions de roi telles que la charte les a consacrées.

Ce n'est plus là le droit de la chambre, c'est l'abus de son droit, c'est la destruction du gouvernement de la charte, c'est l'absolutisme électif revêtu d'un simulacre de vote constitutionnel.

Refuser, en ce sens, *son concours* au gouvernement, c'est, de la part de la chambre, refuser de remplir ses fonctions, tout autant qu'un juge qui refuserait de juger, qu'un général qui refuserait de combattre.

La chambre a été essentiellement instituée pour approuver les lois bonnes, et pour repousser les mauvaises. En rejetant une loi indispensable et bonne, qu'elle sait bonne et indispensable, elle détruit donc par l'abus de son droit l'objet même pour lequel ce droit lui a été confié, et elle le détruit afin de détruire par contre-coup le droit constitutionnel de la royauté. Or, c'est l'absurde même; c'est là qu'on peut dire vraiment qu'il n'y a pas de *droit contre le droit*.

Il faut bien distinguer la forme légale dans laquelle un droit est exercé, de la moralité même qui le constitue. Il y a une foule de choses qu'on pourrait faire sous une forme légale, et que cependant on n'a pas moralement le droit de faire.

Ainsi—et remarquez que, pour donner à mon raisonnement plus de force, je prends pour exemple l'omnipotence la plus légalement absolue que présente aujourd'hui notre ordre social—l'exemple du jury :

Qu'un jury absolve un coupable, et qu'il condamne un innocent à mort, le verdict est tout *aussi légal* que s'il eût acquitté l'innocent et condamné le coupable.

Eh bien! déduirez-vous de *ce fait légal* cette maxime-ci : — que *le jury a le droit de condamner l'innocent et d'absoudre le coupable* ?

Non, sans doute; cette maxime atroce, anti-sociale, impie, ne sera soutenue par personne. Jamais un jury, ni qui que ce soit, au ciel ou sur la terre, n'a le *droit* de condamner un innocent. — Par erreur, par abus, par méchanceté peut-être, un jury peut abuser de son droit et condamner l'innocent qu'il devrait acquitter; — mais ce n'est pas là son droit, ce n'est pas là le droit que la loi lui a décerné. — Et si, en condamnant l'innocent, *il le savait réellement innocent*, son verdict a beau être légal, il n'en a pas moins violé, de la façon la plus épouvantable, le fondement le plus sacré de tous les droits, et de son droit tout le premier.

Je suis fâché, pour résumer ma pensée, d'être obligé d'employer une phrase où la redondance des mots frappera désagréablement quelques lecteurs; mais je les prie de me le pardonner. La langue française ne me fournit rien de mieux, et je veux être clair aux dépens même de l'élégance du style.

Voici donc la maxime fondamentale de tout droit humain et social.

C'est que nul être moral, doué de libre arbitre et de

conscience, n'a le droit de faire de son droit un usage essentiellement contraire à la nature de ce droit, et destructeur du droit d'autrui.

Le vote de la chambre qui rejeterait une loi bonne, qu'elle saurait bonne, afin d'ôter au roi l'usage des droits que lui assure la charte, est donc aussi illégitime que le vote d'un jury qui condamnerait un innocent qu'il saurait innocent.—Le député et le juré sont également parjures, quoique différemment criminels.

Qu'importe cette démonstration? m'a-t-on répondu. Qu'importe qu'on conteste théoriquement à la chambre élective le droit du refus de concours? Ne l'a-t-elle pas en fait? Pouvez-vous l'empêcher d'en user? Ne lui avez-vous pas reconnu la liberté de la tribune, de la parole, du vote? Comment ferez-vous pour l'empêcher de s'en servir ainsi qu'elle le voudra?

Cette objection m'inspire une grande pitié d'esprit pour ceux qui la font. A ce compte, la puissance serait la mesure de la justice; et parce qu'on aurait la faculté d'abuser de ses droits, on pourrait le faire sans remords? Toute infraction morale qu'il serait impossible d'empêcher et de punir serait par cela seul légitime? De ce que des hommes, délégués par leurs concitoyens pour agir législativement dans les limites de la charte, peuvent franchir ces limites sans que nous puissions les arrêter, il s'ensuit qu'ils en ont le droit? De ce qu'ils peuvent parler et voter librement, il s'ensuit qu'il n'y a plus ni limite morale, ni limite constitutionnelle à leur parole et à leur vote? Et par cela seul que l'abus qu'ils auraient fait de leur droit serait irrépressible, nous devrions le tenir pour constitutionnel?

Eh! mon Dieu, je reconnais que les quatre cent cinquante-neuf députés de la chambre peuvent physiquement
mettre une boule noire contre le budjet. Ils ont une boule
blanche et une boule noire à leur disposition : personne
ne leur tient la main; ils peuvent faire de leur vote ce
qu'ils veulent. S'il leur plaisait de voter l'abolition de la
monarchie, l'abolition de la propriété, l'abolition du droit
paternel, ils le peuvent également. Mais en vérité, ce n'est
pas de cela que nous nous occupons. Ce n'est pas le fait
matériel que nous discutons, c'est le fait moral, c'est le
droit; et nous croyons avoir nettement établi que la chambre des députés n'a pas celui d'abuser de ses fonctions,
d'envahir tous les pouvoirs, d'usurper la totalité du pouvoir législatif dont la charte ne lui attribue que le tiers,
et le pouvoir exécutif que la charte lui interdit en totalité,
d'arrêter la marche du gouvernement, de rendre l'administration impossible, pour obliger la couronne à renoncer aux droits les plus sacrés qu'elle tient de la charte.
Voilà la haute question de morale politique qui s'agite
entre nous, et il ne faut pas la faire dégénérer en faux-
fuyants et en arguties déclamatoires.

Mais la démonstration de cette vérité n'est pas aussi
vaine qu'on le dit; car le moyen de la faire pénétrer dans
la chambre, c'est de la répandre dans le pays, c'est de
convaincre la conscience des députés eux-mêmes par le
raisonnement; et quand ils seront une fois persuadés des
limites de leur prérogative, on n'aura plus à craindre
qu'ils méconnaissent celle de la couronne. Suis-je donc si
coupable de compter sur leur patriotisme et leur loyauté?

Mais vous, au contraire, qui me combattez — et Dieu
sait si vous êtes aussi désintéressés que moi dans cette

question! — ne sentez-vous pas qu'en essayant de persuader à la chambre élective qu'elle est prépondérante, qu'elle
a le droit de refuser son concours pour imposer sa volonté
à la couronne, vous la poussez, vous l'excitez dans cette
carrière funeste? — Qu'en prêchant l'omnipotence élective,
vous en faites naître, vous en réchauffez l'ambition
dans l'esprit de tous les concurrents parlementaires qui
visent au pouvoir, et qui se serviront de ce moyen pour
y parvenir, en flattant sans cesse l'opinion démocratique?
— Ne voyez-vous pas que celle-ci ne demande pas mieux
que de rabaisser la royauté par vos mains, afin de la trouver plus à sa portée quand le moment suprême sera venu.

CHAPITRE VI.

**La Chambre élective ne peut être prépondérante, parce
qu'elle ne peut avoir de majorité, à priori, homogène,
durable, ce qui lui rend le gouvernement
impossible.**

Remarquez bien ceci : si, pour me servir de l'expression
consacrée, vous accordez à la chambre élective le *dernier
mot,* vous lui accordez le gouvernement tout entier.

Investie du premier mot par l'initiative, du second mot
par la discussion et le vote, du dernier mot par le refus de
concours et la prépondérance qui en est la suite ; imposant
au roi le choix des ministres après avoir imposé le système de gouvernement ; tenant les ministres dans une dé-
pendance incessante, qu'aggrave alors presque sans utilité
leur responsabilité qui n'a plus d'objet, puisqu'ils ne sont

que ses mandataires passifs et révocables par elle à chaque instant, dites-moi ce qui lui manque encore, et quelle est la partie du gouvernement qu'elle ne domine pas d'une manière absolue?

Il ne faut pas se le dissimuler : avec ces maximes, il n'y a plus dans l'État d'autre pouvoir gouvernant que la chambre élective. Les deux autres corps politiques ne servent que de modérateurs, de contrôles, de barrières provisoires, pour éviter qu'elle n'agisse subitement et pour la forcer à calmer un peu ses élans. — Mais ce qu'elle veut faire, elle a le moyen certain de le faire. Ce qu'elle veut empêcher, elle a le moyen certain de l'empêcher. — La royauté et la pairie n'ont ni le moyen de faire ce que la chambre élective veut empêcher, ni le moyen d'empêcher ce que la chambre élective veut faire. Le *refus de concours* est une réponse à tout.

Or donc, pour savoir si, malgré la charte, on doit donner le gouvernement à la chambre élective, il n'est pas mal, ce me semble, d'examiner si elle est capable de l'exercer. — Sur quoi j'ai la témérité de vous répondre qu'elle est incapable de gouverner. — Je ne dis pas seulement de *gouverner bien*, mais même de *gouverner mal*. — Elle ne gouvernera pas du tout. — Vous pourrez lui déléguer le gouvernement, elle pourra l'accepter; mais l'exercer, non, jamais : seulement elle empêcherait la couronne de gouverner, et la France tomberait dans une sorte de marasme social, d'insignifiance politique, de décousu universel, dont plusieurs fois déjà nous avons entrevu les indices alarmants.

En un mot, dans le système que je combats, la chambre élective peut faire tout ce qu'elle veut faire; elle peut

empêcher tout ce qu'elle veut empêcher. Que lui manque-t-il donc pour gouverner?... Deux choses qui lui
manqueront éternellement : — la pensée et la volonté.

C'est ce que nous allons exposer. Dans le chapitre suivant, nous ferons voir les maux qui découleraient de
cette absence de gouvernement, malheurs auxquels nous
avons échappé jusqu'à ce moment, précisément parce que
ce que vous nommez *gouvernement représentatif* n'a pu
fonctionner; parce que la chambre, grâce à Dieu, n'a pas
voulu ¦être prépondérante; parce qu'enfin le ROI, quoiqu'avec bien de la peine, a pu continuer à gouverner malgré les empêchements inouïs que les tentatives multipliées
de la démocratie extra-parlementaire et parlementaire ont
opposées à ses sages desseins.

La première nécessité de tout gouvernement, c'est l'*u-
nité*; la seconde, qui découle de la première, c'est la *direction*; la troisième, qui résulte des deux autres, c'est la *suite*
dans les vues, la *modération* dans l'exécution, et la *patience* dans les difficultés.

La chambre élective, ¦telle qu'elle est composée par notre mécanisme électoral et par la mobilité incessante des
classes moyennes, dont toute la force d'esprit est absorbée dans des travaux industriels, est incapable de toutes
ces qualités, sans lesquelles il n'y a pas de gouvernement
possible.

La chambre, quand elle s'assemble, ne peut avoir d'autre unité, d'autre direction que celle qu'elle recevra d'une
majorité formée dans son sein par une certaine simili-
tude de pensées et d'opinions, qui uniront un nombre
plus ou moins considérable de ses membres. — Jusqu'à ce
qu'il y ait une majorité formée, on peut dire que la cham-

bre n'a pas d'être moral, d'existence collective. Elle a quatre cent cinquante-neuf membres, mais pas de corps. —Et si jamais ce corps, cette majorité se forme, elle n'aura pour âme qu'un souffle passager et changeant qui lui inspirera mille décisions irrationnelles et mille incertitudes pires encore que ses décisions. — Car pour gouverner, non-seulement il faut bien agir, mais il faut agir constamment, tous les jours, à la minute. La vie gouvernementale n'admet pas de solution de continuité, pas plus que la vie humaine.

C'est pourquoi les assemblées purement électives ont toujours été incapables de gouverner. — C'est que, représentatives d'une foule qui ne fait pas corps elle-même, elles demeurent empreintes de cette confusion originelle, promptement aggravée par les partis qui se disputent le pouvoir parlementaire.

Il y a donc, entre les théoriciens représentatifs et moi, une bien grande opposition d'idées; car, selon eux, le gouvernement appartient à la chambre des députés, parce qu'elle est élective; et moi, je dis, au contraire, qu'elle est incapable de gouverner, parce qu'elle émane de l'élection. Je dis que la royauté doit gouverner, précisément parce qu'elle n'est pas élective; c'est pour cela qu'elle est représentative de la direction gouvernementale. La royauté élective ne représenterait plus rien. Ce serait le contresens le plus complet, car elle concentrerait en elle seule le néant gouvernemental des quatre cent cinquante-neuf députés.

L'élection, sans doute, peut et doit entrer comme élément dans un gouvernement représentatif, mais non pas pour s'emparer du gouvernement lui-même. La nature

des choses veut que l'élection serve de barrière, de contre-
poids, de limite, mais non pas de moteur et de direction.

Examinez comment est nommée la chambre des députés, comment elle est composée, et comment elle fonc-
tinone.

L'élection de la chambre des députés se fait au scrutin,
dans une réunion subite d'électeurs divisés par arrondissements; d'électeurs qui n'ont aucune relation politique
entre eux, qui ne font pas corps; foule éparse, sans lien
moral ni matériel, que le même instant réunit et sépare,
et qui ne se retrouvent plus ensemble qu'aux élections
futures. Ces électeurs sont pris dans une prétendue classe
moyenne, qui n'est point une classe, qui n'a point d'être
collectif, qui n'a ni unité, ni direction, ni stabilité. Cette
prétendue classe moyenne , confusion pêle-mêle de vingt,
cinquante, cent classes différentes, ayant chacune des intérêts moraux et industriels, souvent dissemblables, quelquefois opposés, n'ayant d'autre mobile que des affections
personnelles ou des intrigues locales, ne peut porter dans
ses choix, ni vues d'ensemble, ni vues politiques, ni système gouvernemental, ni connaissance générale du pays,
ni connaissance des rapports extérieurs. Les électeurs
eux-mêmes, frappés des abus de leur mission, s'en dé-
goûtent et s'éloignent du scrutin, emportés ailleurs par
leurs travaux et le soin de leur propre fortune. Les élections tombent alors aux mains des minorités;les plus misérables motifs d'intérêts locaux décident la moitié des
choix. On nomme un député dans l'espoir d'avoir une
route de plus, ou un hôpital au chef-lieu d'arrondissement; et l'on ne peut soutenir que cet état de choses
tend à s'améliorer; au contraire, partout il s'aggrave,

partout la foi élective s'éteint dans ceux-là mêmes dont elle consacre la puissance. J'en dirai plus loin la raison.

Ce serait donc, je le déclare, le plus grand de tous les miracles, si une assemblée ainsi élue était homogène, compacte, classée en majorité et en minorité. Ce serait un miracle plus grand encore, s'il y avait dans cette assemblée un pouvoir représentatif d'initiative et de direction gouvernementale.

Mais ce n'est pas tout. Les élus eux-mêmes, quels sont-ils? — De plus en plus ils seront pris dans les localités d'arrondissement, dans le rayon du clocher. J'en sais qui n'en étaient jamais sortis. Ils peuvent avoir du patriotisme et de bonnes intentions, j'en suis convaincu; mais l'expérience des affaires publiques, la connaissance des intérêts généraux, les traditions diplomatiques, les notions gouvernementales, où les ont-ils apprises, et comment peuvent-ils *représenter*, diriger, gouverner les intérêts qui s'y rattachent?

Et ce n'est rien encore. — Cette assemblée ainsi composée est-elle durable, fixe? A-t-elle le temps, le moyen, la passion d'acquérir ce qui lui manque? — Nullement. Elle est momentanée, transitoire, passagère. Ses membres aspirent à la fin de la session pour retourner chez eux; pendant la session, à peine peut-on obtenir leur assiduité aux séances. Et cela est naturel : ils ont été élevés pour être notaires, négociants, cultivateurs, fabricants, avocats;... mais pour être hommes d'Etat et gouvernants, je ne sache pas qu'ils aient fait ce que faisaient à Rome les jeunes sénateurs, ce que font en Angleterre les héritiers des lords, ou ce qu'y faisaient les fils de familles nobles qui, par la clientelle de leur maison, étaient à peu

près sûrs d'arriver à la chambre des communes, avant la
réforme. — Puis, après trois ou quatre lambeaux de session, passés à faire, défaire, et refaire encore, pour les
abandonner enfin, mille tentatives avortées de ministère
et d'intrigue, la chambre est dissoute, et c'est à recommencer. Cette mobile assemblée cède la place à une assemblée nouvelle plus mobile encore et plus morcelée.

Le jour où cette chambre improvisée par les électeurs
entre en session, les docteurs de l'école représentative demandent qu'on la prie de formuler, dans son adresse au
roi, le système de gouvernement que veut la majorité, et
de lui indiquer le nom des hommes qu'il doit prendre
pour ministres ?... Mais en vérité, cela ressemble à une
mauvaise plaisanterie. Il n'est que trop évident que cette
assemblée, éloignée des affaires, et réunie tout-à-coup,
ne peut avoir aucune opinion raisonnée, collective, commune, aucune majorité *à priori*, sur l'ensemble, sur les
besoins, sur les faits du gouvernement. — Croire qu'une
pensée de gouvernement quelconque sortira de là, comme
Minerve du cerveau de Jupiter, c'est une inconcevable
dérision.

Là chambre, dites-vous, est élective; donc elle représente les opinions les plus éclairées de la France, dans
leur ensemble; donc elle doit produire un faisceau de lumières qui guidera le gouvernement. — Ceci est autre
chose, distinguons : sans doute les capacités du pays seront en partie représentées dans la chambre. Mais les préjugés, les erreurs, les passions, les factions mêmes y seront aussi représentés, et c'est la lutte de ces mille forces
opposées qui se réalisera dans la chambre. C'est de là que
vient la confusion, non la direction. Je conviens bien

que le gouvernement peut trouver dans l'assemblée de sages avis, de bons conseils, quelques connaissances individuelles; mais tout cela ne prouve pas que les quatre cent cinquante-neuf députés des arrondissements aient pu mettre subitement en fusion quatre cent cinquante-neuf intelligences et volontés individuelles, pour en faire tout à coup un être unique, un être moral, ayant volonté, direction, capable de penser, vouloir et diriger lui-même. Qu'il y ait dix, vingt, trente ébauches de systèmes particuliers dans la chambre, je vous l'accorde volontiers; mais qu'il puisse en surgir un système unique, compacte, général, durable, et suivi, c'est ce que je nie de toutes mes forces. Cela ne s'est jamais vu et ne se verra jamais.

La chambre sans doute, composée d'hommes mûrs et sincères, pourra, si elle n'est pas troublée par les factions, apprécier avec discernement les mesures que le gouvernement du roi lui proposera, écouter les motifs à l'appui, y comparer les objections, et voter ensuite pour ou contre, selon que les avantages ou les inconvénients lui paraîtront l'emporter. La majorité peut, et difficilement encore, s'y former ainsi. — Mais alors il est évident que ce n'est plus la couronne qui doit subir le gouvernement de la chambre. C'est, au contraire, la chambre qui doit attendre un gouvernement de la couronne, et nous rentrerons dans la vérité de la monarchie constitutionnelle.

Mais si le gouvernement était dans la chambre, que deviendrait-il dans l'intervalle des sessions? Le gouvernement irait donc faire ses moissons ou ses vendanges? Ou bien, prendrez-vous le terme moyen de certaines constitutions basées sur la souveraineté du peuple, où la cham-

bre élective laisse un comité permanent dans la capitale
pour achever l'étouffement de la royauté, pour éviter
qu'elle puisse respirer quelques mois ?

Lorsque le gouvernement émane de la couronne, ainsi
que le veut la charte, la chambre élective a un point fixe
sur lequel elle peut assurer ses regards. Elle a à débattre
une organisation réelle, unique, avec ses lois et ses mesures réglementaires. Par conséquent, c'est un moyen de
grouper en faisceau les opinions approbatives d'un côté,
les opinions désapprobatives de l'autre; par conséquent,
c'est un moyen d'organiser, de discipliner, de maintenir
la chambre en majorité et en minorité régulières. Mais
si, au contraire, c'est du sein de la chambre que le gouvernement doit naître et dominer, par l'initiative et la
prépondérance de la majorité parlementaire, alors elle n'a
plus de terrain fixe pour la pensée et pour le raisonnement.
Toutes les opinions, tous les systèmes, toutes les tendances y surgissent, s'y heurtent, s'y croisent; le morcellement
de la chambre en petites minorités ardentes et confuses y
devient inévitable, et achève de lui ôter toute direction
gouvernementale.

Ce n'est donc pas une question puérile que celle de savoir si la pensée, la volonté, le système de gouvernement,
doivent émaner de la couronne pour être contrôlés par la
chambre, ou de la chambre pour être contrôlés par la couronne. C'est là, au contraire, le point culminant du débat politique.

En effet, selon nos adversaires, s'il n'y a pas de majorité
dans la chambre actuelle, c'est la faute du ministère, qui
n'a ni une volonté, ni une pensée, ni une capacité assez
grande pour former cette majorité, et se l'attacher d'une

manière durable et compacte. Bien : mais alors daignez m'expliquer comment, avant d'exister, cette majorité aurait pu désigner et créer ce ministère auquel vous reprochez de ne savoir pas la former lui-même ? Jamais pétition de principes fût-elle plus évidente ? Vous êtes punis par votre assertion même. C'est qu'en effet, aucune majorité normale ne pouvant naître spontanément dans la chambre, elle ne peut ni créer, ni diriger un système de gouvernement, ni un ministère. — C'est pourquoi le ministère doit avoir la majorité; mais la majorité ne peut pas avoir le ministère. S'il en était autrement, vous n'auriez plus besoin de la royauté dans votre constitution. La royauté y serait même aussi impossible que superflue.

Je dis que le ministère doit avoir la majorité; mais il ne suit pas de là qu'il doive se retirer si cette majorité n'est pas entièrement conforme à ses desirs, si elle rejette certains projets de lois, ou si elle émet quelque proposition à laquelle il ne juge pas convenable de donner son assentiment. La nature des objets sur lesquels porte le dissentiment doit être appréciée mûrement par le ministère. De cette appréciation dépendra sa conduite. Si l'objet n'est pas très-important, il peut transiger; s'il est grave, et qu'il croie son opinion fondée, utile au pays, il doit rester au pouvoir pour la représenter dans la session suivante. Si la majorité lui fait défaut, il doit s'efforcer de la ramener par des efforts intelligents et raisonnés. S'il la perd sur un point, il doit tâcher de la reconquérir sur un autre. S'il est convaincu, par un mûr examen, qu'il s'est trompé, et que la chambre avait raison, il ne doit pas avoir honte d'adopter l'avis de la chambre. Rien n'est plus glorieux que de sacrifier son amour-propre

à l'intérêt public. Mais jamais le ministère ne doit se retirer par un dépit d'enfant, et déserter la prérogative de
la couronne pour s'épargner quelques tribulations parlementaires ; il doit rester, dans l'intérêt du pays, autant
que dans celui du pouvoir : car, si on laissait passer en
principe que le ministère doit être d'accord en tout avec
la majorité, et se retirer aussitôt qu'il la perd, nous n'aurions aucun ministère durable ni possible. Cet accord perpétuel est une ridicule utopie. Il n'est possible ni d'un
bord ni de l'autre : il faudrait changer le ministère dix
fois par an, si, sur tous les points, il fallait suivre les
fluctuations de la majorité. Un tel système serait le pire
de tous les fléaux pour le pays.

Lors même que j'accorderais l'impossible aux théoriciens que je combats, lorsque j'admettrais que les opinions
éparses et individuelles des quatre cent cinquante-neuf
élus d'arrondissements, qui s'ignorent les uns les autres,
pussent se classer et s'unir subitement, comme par une
sorte d'attraction magnétique, et que ce classement miraculeux produisît à l'instant une majorité directrice et
gouvernementale, combien de temps durerait cette majorité ?... Ne voyez-vous pas que sa durée, que sa continuité
rationnelle serait impossible, parce qu'elle serait intérieu-
rement minée par les difficultés qui s'opposaient primitivement à sa formation ? Que cette majorité prépondérante
n'ayant plus d'autre ciment que sa propre volonté, et cette
volonté venant à défaillir, à varier, à s'impressionner en
sens contraire, selon le choc et les sophismes des partis et
les intérêts toujours en lutte dans l'assemblée, changerait
elle-même de direction plusieurs fois dans l'année, quelquefois dans un mois, quelquefois dans une seule séance ? Com-

ment donc un gouvernement fixe, stable, suivi, pourrait-il
résulter d'un tel système ? Comment le pays pourrait-il y
compter pour asseoir sa destinée ? Comment l'étranger
pourrait-il y compter pour asseoir ses relations interna-
tionales ? Comment l'industrie, le commerce, l'agriculture,
pourraient-ils y compter pour asseoir leur prospérité
présente et leur avenir ?

Il y a dans les mesures gouvernementales un double
aspect auquel il faut toujours penser : la cause, le motif
d'intérêt général qui les dicte, qui doit faire leur essence,
et l'effet qu'elles produiront ensuite une fois qu'elles seront mises à exécution.

Or, la cause, le *motif général*, ce n'est que du centre et
du sommet de la société, du gouvernement où aboutissent
tous les rayons, toutes les informations de l'administration entière du pays, qu'on peut l'apprécier, et que, par
conséquent, la conception complète, la direction générale
peuvent émaner.

Mais l'effet des mesures sur les intérêts particuliers
dans toutes les parties de l'État, c'est aux extrémités mêmes, dans les localités diverses, qu'on éprouve cet effet,
et qu'on peut par conséquent l'apprécier. C'est donc à la
représentation émanée de ces intérêts particuliers que doit
en appartenir le contrôle, la surveillance, l'approbation
ou le rejet.

Voilà pourquoi la nature des choses ne permet pas à la
chambre élective de prendre une autre participation au
gouvernement. Elle en fait partie sans doute, mais pour
approuver ou rejeter, non pour créer et diriger. C'est
d'en haut que le mouvement doit partir; c'est d'en bas
que la surveillance doit émaner. Vous n'aurez jamais de

majorité et de gouvernement représentatif qu'à ce prix.

La chambre des députés, élue par les intérêts individuels
des gouvernés, est donc représentative des limites que
doit rencontrer l'action du gouvernement sur eux; mais
elle n'est pas représentative des principes du pouvoir, des
tendances gouvernementales, de l'unité, de la direction
sociale. Elle est, par sa nature même, une limite de l'action royale, et non pas une action limitée par le pouvoir
royal. — L'opinion contraire rend tout gouvernement
impossible, parce qu'elle conçoit le gouvernement à
rebours.

Je suis fâché de prendre pour exemple ce qui se passe
sous nos yeux. On m'a déjà accusé d'insulter la chambre
élective lorsque j'ai dit, il y a deux ans, que si les choses
duraient ainsi, la France s'écrierait un jour : *Ah! que je
serais mieux gouvernée si je n'avais pas de députés!* On a
calomnié ce cri de douleur que m'arrachait le triste spectacle des maux du pays, aggravés par les préjugés libéraux qui déconsidéraient eux-mêmes les institutions libérales en les poussant dans des voies où elles devenaient
impuissantes pour le bien. Mais consultez maintenant la
France entière : elle vous répondra que, dans l'intervalle
qui sépare les sessions, elle se sent passablement gouvernée, et qu'elle le serait bien mieux sans les empêchements
laissés par la session passée et sans les empêchements qu'on
prévoit de la session future; elle vous répondra qu'aussitôt
que la session s'ouvre, le gouvernement s'éteint, que ses
ressorts s'arrêtent, qu'il ne peut plus fonctionner; qu'il
n'est plus question d'administrer les intérêts du pays, mais
de lutter dans la chambre élective pour conserver ou détruire le ministère; que le ministère, absorbé par les in-

trigues parlementaires, n'a plus une minute pour régler
les vastes intérêts qui lui sont confiés ; que tout s'anéantit
à la fois, gouvernement et administration, parce que tout
tombe dans la chambre : de telle sorte que si la session
durait toute l'année, la France serait toute l'année privée
d'administration et de gouvernement.

Et pourquoi cela ? parce que votre système, donnant à
la chambre l'initiative, la prépondérance, le gouvernement
tout entier, la pousse dans une carrière où il lui faudrait
accomplir l'impossible. Vous voulez absolument lui faire
découvrir en politique la pierre philosophale ou la qua-
drature du cercle ; et pendant le temps qu'elle emploie à
poursuivre les chimères que quelques ambitieux jettent
pour appâts à ses préjugés, la royauté s'éteint et le pays
meurt.

Et c'est justement quand le pays, fatigué de l'expérience
à contre-sens dont vous lui faites payer les frais, commence à comprendre cette impuissance du pouvoir électif,
que vous venez réclamer la prépondérance et le gouvernement pour la chambre des députés !... Vous choisissez
bien votre moment !...

Non, la chambre élective ne représente pas l'action
gouvernementale, le fond, l'essence, l'existence intime des
intérêts généraux du pays. — Eh mon Dieu !... s'il faut
vous en convaincre, voyez depuis quarante ans le caractère changeant, mobile, quelquefois rapidement porté
d'un extrême à l'autre, qui a fait la physionomie de nos
diverses assemblées électives ? Croyez-vous que la réalité
du pays subisse des transformations si promptes et si opposées ? Qu'il soit, à de si courts intervalles, républicain,
anarchiste, royaliste, impérialiste, absolutiste, constitu-

tionnel, libéral, révolutionnaire, doctrinaire, ce qui n'est
qu'une variété révolutionnaire, pour tomber enfin dans le
néant de direction politique où la chambre des députés
s'achemine sous nos yeux ?... Non, sans doute, il n'en va
pas ainsi. L'élection n'a représenté pendant ce siècle de
quarante ans que ce qu'elle peut représenter : la surface,
non le fond; l'impression du moment, non la sensation
réelle et profonde des intérêts nationaux; l'emportement
de l'esprit, non la maturité de la raison; la confusion des
conceptions individuelles, non l'ensemble d'une idée ou
d'une volonté générale et rationnelle. — Le pays, la nation, ses intérêts, ses besoins, ses mœurs changent et se
transforment sans doute, mais lentement, graduellement.
Il faut de longues années, des siècles quelquefois, pour
que le fond même des choses soit changé; tandis que l'o-
pinion superficielle, poussée par les ambitions et les partis dans les luttes électorales, varie et s'emporte comme
le souffle des vents dans un jour d'orage. Et c'est au corps
qui représente essentiellement cette mobilité incessante,
inévitable, éternelle comme la nature de l'homme lui-
même, qu'on a donné l'initiative et qu'on veut donner la
prépondérance — c'est-à-dire, le gouvernement !!!

On me répondra, je le sais, que si les majorités électives, depuis quarante ans, ont été si souvent mobiles et
contradictoires, cela ne tient pas à l'essence même du
pouvoir démocratique, mais à des circonstances passagè-
res qui violentaient, qui faussaient l'action et le résultat
du travail électoral. — C'est une erreur. C'est là l'essence
même du pouvoir démocratique. L'histoire du monde
vous l'apprend. Les républiques antiques n'ont duré que
par la force aristocratique, souvent héréditaire, qu'elles

avaient eu la sagesse ou l'instinct de créer en elles-mêmes,
contre le principe de la souveraineté populaire qui les
rongeait au cœur. — Mais quand j'accorderais à mes adversaires la distinction de fait qu'ils invoquent, ils n'en
seraient pas plus avancés. Car les circonstances qui
ont agi sur le travail électoral depuis quarante ans, et
qui lui ont imprimé cette mobilité fatale, se reproduiront
éternellement en variant sans cesse, et c'est pour cela précisément que l'assemblée élective ne représente pas le fond
même du pays, mais l'impression actuelle et mouvante
de l'opinion. Vous aurez toujours des ambitions, des coteries, des partis ; vous aurez toujours des intrigues locales,
des affections locales, des inimitiés locales ; vous aurez
toujours, dans les classes moyennes, un individualisme
sans cesse croissant, qui ôtera de plus en plus tout ensemble systématique et profondément organisé à votre travail
électoral. La mobilité élective, l'inconsistance élective, que
vous qualifiez d'*accidentelle*, de condition transitoire à
subir pour arriver à une élection représentant réellement
l'unité, la direction, la tendance gouvernementale du pays,
loin d'être une situation momentanée, se montrera de
plus en plus à tous les yeux l'état irrémédiable et funeste
où vous aurez condamné la France à périr de fatigue et
d'épuisement.

On me fait encore une objection, indice d'une bien
grande préoccupation de la part d'hommes éminents et
instruits qui devraient ne pas avoir oublié ce que cent
fois ils ont démontré eux-mêmes. — On me dit : — la
majorité élective peut être gouvernementale, directrice,
prépondérante, car cela s'est vu long-temps dans le parlement d'Angleterre, car cela s'est vu long-temps en France

sous le ministère de Casimir Périer. — Deux erreurs de
fait insoutenables.

En Angleterre, d'abord, la haute influence, l'influence
primordiale, l'influence directrice, la prépondérance, en un
mot, n'a point appartenu à la démocratie parlementaire,
parce qu'il n'y avait pas réellement de démocratie parlementaire, du moins en majorité, dans le gouvernement
anglais. La chambre élective n'était point élective; c'était
un simulacre. Les *bourgs-pourris* et la clientelle de l'aristocratie y mettaient bon ordre. L'aristocratie, classe orga-
nisée et stable, disposait ainsi des deux assemblées délibé-
rantes, et le pouvoir royal, émanation de l'aristocratie
elle-même qui marchait comme lui la couronne sur la tête,
— car les comtes et les ducs ont leur couronne, comme
le roi, — contraint à suivre la même voie, trouvait au
moins dans l'aristocratie constitutionnelle un rempart
contre la tourmente populaire. Malgré les luttes inciden-
tes et partielles des chambres du parlement, le fond restait intact et commun. En Angleterre, le pouvoir n'était
pas réellement divisé; il s'exerçait sous trois formes différentes; mais la même influence décisive, après quelques
oscillations, faisait mouvoir ces trois corps représentatifs.
Le pouvoir conservait par conséquent son unité et sa direction. Mais aujourd'hui, que la réforme a brisé l'unité
aristocratique, voyez si l'organisation de la chambre des
communes n'y a pas été mobilisée du même coup ? Voyez
si les majorités et les minorités régulières s'y trouvent
encore avec le même ensemble ? Et la désorganisation
parlementaire y aurait fait des progrès bien plus grands,
si les anciennes mœurs du pays ne conservaient à la chambre des communes un reste d'unité et de direction, que

les influences démocratiques en France tendent à ôter de
plus en plus à notre chambre des députés. Vous comparez
donc deux choses parfaitement opposées. Vous voulez faire
en France, avec la prépondérance démocratique contre la
royauté et la pairie, ce que la prépondérance aristocratique, sœur et presque reine de la royauté elle-même, a
fait en Angleterre contre la démocratie. — Encore dois-je
indiquer un autre élément du débat, qu'il n'est pas nécessaire de discuter ici : c'est que la plupart des opposants
anglais sont bien plus monarchiques que les libéraux
français, même modérés; et que le peuple anglais a des
croyances monarchiques et religieuses, bien autrement
vives que les croyances religieuses et monarchiques du
peuple français, si dangereusement ébranlées par la philosophie et la révolution. — Tout homme d'État doit tenir
grand compte de cette double différence, et comprendre
que plus l'aristocratie est faible en France, plus il faut
donner de garanties à la royauté contre la mobilité populaire.

Quant à ce qui s'est passé sous le ministère de Casimir
Périer, j'éprouve un sentiment de malaise en faisant observer à ceux qui soulèvent une telle objection, l'inexac-
titude de leurs souvenirs et l'inconsistance de leur esprit.
Tout le monde sait d'abord qu'on avait été obligé de dissoudre la chambre posthume des **221**, qui ne pouvait
sortir de l'ornière révolutionnaire où elle était tombée
sans le savoir, et qui d'ailleurs, par cela seul qu'elle était
issue d'une *coalition*, était incapable de donner ou de recevoir une direction quelconque. Tout le monde sait que
les élections de 1831 produisirent une chambre sans majorité, puisque la question de la présidence ne fut décidée

que par *une seule voix*, et que Casimir Périer voulut se
retirer par ce motif. Tout le monde sait que la force seule
des événements fit tout, qu'ils décidèrent Casimir Périer
à rester, que la crainte de la tourmente révolutionnaire
qui menaçait de tout renverser obligea les diverses nuances dans la chambre à se réunir pour former une masse
capable de résister au choc de l'ennemi commun. Ce fut
cette animation extérieure à la chambre, la volonté du
gouvernement et l'impression des dangers du moment, qui
formèrent dans la chambre une majorité *militante*, défen-
sive, résistante, mais qui n'avait rien d'organique, de gouvernemental, qui n'avait pas de direction primitive émanée
de l'élection. Combattre l'émeute et arrêter le torrent démocratique, voilà son œuvre, sa grande œuvre. Mais diriger
la société et le gouvernement, c'est de quoi elle ne s'est pas
seulement occupée, c'est de quoi elle ne pouvait s'occuper,
c'est de quoi elle était incapable, et les événements l'ont
bien prouvé; car aussitôt que l'émeute a disparu, aussitôt
que le torrent insurrectionnel est rentré dans ses cavernes,
qu'est devenue cette majorité type, cette majorité directrice, cette majorité prépondérante qu'on nous cite pour
modèle?... Elle s'est éparpillée en lambeaux. — Et plus
la société sera matériellement tranquille en France, plus
l'esprit d'individualisme se fera jour. J'en dirai plus loin
l'invincible motif. Plus donc une majorité directrice et
compacte sera impossible dans la chambre, plus la chambre élective sera incapable de gouverner, plus donc il sera
dangereux de l'exciter à vouloir faire usage de la prépondérance que ses flatteurs lui offrent sur nos deux autres pouvoirs politiques.

Et d'ailleurs, le fait parle encore plus haut que le rai-

sonnement. Que vous sert de revendiquer la prépondérance pour la chambre des députés, et de prétendre que
cette chambre est susceptible de majorité directrice pour
en faire usage?—Cette théorie crée-t-elle dans la chambre une majorité homogène qui n'y est pas ; qui ne peut
pas y être ; qui, si elle y était, vous traînerait derrière elle,
au lieu de vous suivre ; qui ne veut pas et ne peut pas
faire usage de cette prépondérance?—Quand cette majorité directrice existera, vous n'aurez pas besoin de faire
tant d'efforts pour prouver sa possibilité. Le fait lui-
même vous dispensera de preuves.—Plus vous raisonnez,
au contraire, pour prouver ce fait, plus il est clair qu'il
n'existe pas.

CHAPITRE VII.

**Si, malgré la Charte, et malgré l'impossibilité d'une
majorité organique et durable dans la Chambre
élective, celle-ci se déclarait prépondérante
et agissait en conséquence, la constitution
serait détruite; l'État serait bouleversé
et perdu.**

Ce chapitre-ci est presque de pure forme; je l'écris par
respect pour l'ordre logique des idées, car il doit précéder les conclusions que je veux établir et développer dans
les chapitres suivants. Mais il ressort tellement du chapitre précédent dans lequel il est implicitement contenu,
qu'il n'est pas nécessaire de s'y arrêter longuement.

Si la chambre se déclarait prépondérante, et faisait
prévaloir sa volonté sur celle de la pairie et de la royauté,

dont elle anéantirait aussi le *veto constitutionnel*, la constitution serait détruite : cela est bien évident, puisqu'au lieu de trois pouvoirs qu'elle établit, il ne resterait plus qu'un pouvoir, faisant seul la loi, à laquelle les deux autres pouvoirs ne donneraient qu'un *consentement forcé*, consentement nul, sans valeur dans le droit politique comme dans le droit civil.

C'est une grande erreur de croire que le mécanisme du gouvernement constitutionnel exige que les trois pouvoirs soient toujours d'accord. C'est une erreur bien plus grande et certainement bien puérile de croire qu'on rétablirait cet accord, parce qu'on donnerait à l'un des pouvoirs le droit de méconnaître et d'opprimer la volonté des deux autres. Le désaccord subsisterait toujours, seulement il serait masqué par un mensonge.

La loi ne devient loi que par l'assentiment libre des trois pouvoirs. Il suffit donc qu'un des pouvoirs la refuse, pour qu'elle meure avant de naître. Ce n'est point là un dérangement du mécanisme constitutionnel, c'est au contraire son jeu normal et régulier. Il serait ridicule de vouloir obtenir l'unanimité pour le rejet, comme on l'exige pour l'adoption. L'un au contraire exclut l'autre ; car, par cela seul que l'adoption des trois pouvoirs est nécessaire pour faire la loi, le refus d'un seul la détruit. D'ailleurs, comme la loi est nécessairement présentée par un des trois pouvoirs, l'unanimité pour le rejet est toujours impossible, car celui des pouvoirs qui a proposé la loi a certainement voté pour elle.

En cas pareil, il faut donc tenir la loi pour bien repoussée, ne point dire que c'est un point d'arrêt dans le gouvernement, ne point chercher à en sortir par un coup d'État, ni du roi, ni de la chambre.

Mais si, par le refus de concours, on donne à l'un des pouvoirs le moyen de faire prévaloir sa volonté sur le vote négatif des deux autres, c'est une manière frauduleuse de simuler la loi, c'est une solution négative masquée en solution affirmative, c'est un mensonge politique, c'est l'omnipotence d'un des pouvoirs détruisant virtuellement les deux autres : loin d'être le salut du gouvernement représentatif, c'est son anéantissement.

Plus loin nous verrons que ce *mensonge politique* ne produirait pas le résultat qu'on cherche ; que s'il réussissait momentanément, il laisserait subsister le désaccord des pouvoirs sous le voile fictif de l'union forcée qu'on aurait imposée aux deux pouvoirs opprimés, et que de cette guerre morale naîtraient inévitablement de plus graves discords.

Mais, supposons maintenant que le *refus de concours* produisît le résultat qu'on cherche : que la royauté et la pairie cédassent ; que la chambre élective fît triompher sa volonté, et par conséquent s'emparât du gouvernement ; je dis que l'État serait perdu, et qu'il ne pourrait être sauvé qu'en un cas : celui où la chambre des députés, succombant sous le poids de cette usurpation, et comprenant à la fois son impuissance et son crime, abdiquerait volontairement le pouvoir qu'elle aurait envahi dans un moment d'exaltation, et ferait contre elle-même un coup d'État en faveur de la couronne, pour réparer le coup d'État qu'elle aurait frappé contre la couronne par le *refus de concours*.

En effet, supposons que le refus de concours a triomphé; la chambre des députés voulait une mesure, n'importe laquelle pour le moment : ce sera la conversion, ce sera l'intervention, ce sera tout autre mesure, si vous voulez. La pairie et la royauté ne la voulaient pas. Pour surmonter leur opposition, la chambre des députés refuse le budget; la royauté, vaincue par famine, ainsi que la pairie, cèdent et donnent leur consentement. La chambre élective, touchée de cette soumission, retire son interdit, et vote le budget qu'elle avait refusé. — Ou bien, si vous l'aimez mieux, la royauté n'a pas le courage d'aller jusqu'au bout; elle n'attend pas que la chambre ait refusé le budget, elle cède sur la simple menace de ce refus. Cela revient absolument au même.

D'abord, permettez-moi de vous le dire : à mes yeux, il y a cent à parier contre un qu'en cas pareil la royauté et la pairie avaient raison dans leur résistance, et que la mesure qui leur serait imposée ainsi — surtout si elle est capitale, et il n'y a évidemment que des mesures capitales qui puissent motiver l'usage de pareils moyens — est mauvaise ou du moins très-dangereuse. Nous ne sommes plus aux temps où la couronne avait des intérêts particuliers opposés à ceux de l'État. Nous ne sommes plus aux temps où l'aristocratie avait des priviléges onéreux pour le reste des citoyens. Le roi et la pairie sont donc parfaitement liés aux intérêts généraux qu'ils représentent : nulle préoccupation personnelle ne les influence. Le sort du roi, sa dynastie, son avenir, tout est lié à la prospérité générale de l'État; il n'est pas légalement responsable, cela est vrai, mais il est moralement, historiquement, dynastiquement responsable; les malheurs publics ébranlent son pouvoir, son existence. La chambre des députés, au contraire, appuyée de tous les partis, de toutes les ambitions, de tous les intérêts particuliers dont elle représente la tendance, n'est responsable de rien. Chaque membre s'isole, rentre dans ses foyers, soutient au besoin qu'il a voté contre la mesure qui a mal réussi, ou dit qu'elle a mal réussi parce que la couronne l'a mal exécutée. Il est donc facile de voir que la chambre se détermine avec plus de légèreté, avec moins de réflexion et de maturité, parce qu'elle est plus agitée et moins responsable.

Or, dans un tel état de choses, pour que la couronne résiste assez pour s'exposer à un *refus de concours*, il faut que la mesure à laquelle elle s'oppose lui paraisse bien grave, bien dangereuse, bien fatale. — Si ce n'était qu'une mesure susceptible de légers inconvénients, la couronne n'attendrait pas une telle extrémité. La chambre n'aurait certainement pas besoin d'en venir au refus de concours.

Je dis donc que, sur dix fois que la couronne et la pairie se seront trouvées en une telle dissidence avec la chambre élective, il y a neuf à parier contre un que c'est la chambre élective qui se trompait. Partez de 1838, remontez à 1830 ; énumérez les avortements de discords qui se sont manifestés depuis la conversion des rentes jusqu'à l'abolition de l'hérédité des pairs, et vous aurez la preuve de la vérité de mon assertion.

Ce sera donc une mesure, au moins douteuse dans ses résultats, sinon complètement mauvaise, que la chambre des députés aura imposée à la royauté, au moyen du refus de concours.

Mais il faut l'exécuter cette mesure. — Qui sera chargé de son exécution ? — La couronne qui ne la voulait pas, qui s'y est opposée tant qu'elle l'a pu, qui n'a cédé que devant le refus de concours; la couronne à qui, par conséquent, par la même occasion, on aura imposé, pour exécuter cette mesure qu'elle ne voulait pas, des ministres qu'elle ne voulait pas davantage. Et vous appelez cela avoir rétabli l'unité, l'union, l'harmonie entre la couronne et la chambre?...

Et cette exécution de la volonté imposée au trône par le *refus de concours,* si elle réussit mal, si elle amène de désastreuses conséquences, qu'en dira la chambre? N'est-il pas évident qu'elle mettra en suspicion la bonne foi de la couronne? Qu'elle dira que la mesure échoue, parce qu'ON met des obstacles secrets à son exécution? Oh! c'est alors qu'on crierait avec emphase contre le gouvernement *personnel* du roi! C'est alors que vous verriez la royauté compromise, et la démocratie vous répéter avec une opiniâtreté très-logique : — A quoi votre roi vous sert-il? Qu'en faites-vous? Puisque vous lui avez imposé des ministres et des lois qu'il ne voulait pas, à quoi peut-il être bon pour l'exécution? Ne voyez-vous pas qu'il ne peut servir qu'à les entraver? Ou il ne fait rien, alors il est inutile; ou il tâche d'amortir l'exécution de la mesure que vous lui avez imposée malgré lui, alors il est dangereux. Dans tous les cas, il faut le supprimer.

La conséquence logique des faits pousserait donc la chambre à gouverner elle-même. Peut-être ne supprimerait-elle pas le roi; elle se contenterait de supprimer la royauté : ce n'est plus au roi que les ministres imposés par la chambre rendraient compte de l'exécution, ce serait à la chambre. Ils auraient besoin de prouver à la chambre qu'ils ne se laissent pas influencer par l'opposition que la cou-

ronne avait montrée à la volonté parlementaire, et qu'ils
font tous leurs efforts pour la réaliser de leur mieux. Et
si les résultats étaient trop mauvais, qui sait si les ministres de la chambre ne s'efforceraient pas d'en jeter le
blâme sur le roi lui-même? S'ils ne viendraient pas se
plaindre indirectement de l'influence du roi? S'ils ne viendraient pas dire : *Nous devions savoir tout ce qui se passait, cela est vrai!.... mais nous n'avons pas tout su?....*

Croire que le refus de concours rétablirait l'union entre les pouvoirs de l'État, c'est une véritable folie. Ce serait, et je le prouverai tout à l'heure, déchaîner au contraire tous les discords, tous les dissentiments, toutes les
factions.

Mais, pour le moment, je veux seulement insister sur
ceci, que le refus de concours conduirait inévitablement
la chambre à prendre en main le gouvernement. — Or,
comme sa majorité, déjà si mobile, changerait encore
plus rapidement de face à mesure que les événements pro-
voqués par elle se développeraient, son gouvernement
n'aurait ni suite, ni direction, ni fixité. Les rênes de
l'État flotteraient au hasard de toutes les ambitions; la
chambre changerait les ministres du roi dix fois par an,
elle essaierait de toutes les incapacités et de tous les systèmes; le pays, dans son ordre intérieur, serait anarchisé;
dans ses relations extérieures, il serait déshonoré et perdu.

Axiome fondamental : — Ne pas faire tout ce que voudrait le pouvoir royal est quelquefois une nécessité, et la
chambre doit alors résister; — mais obliger la couronne
à exécuter, par des ministres qu'elle ne veut pas, une mesure qu'elle repousse, ce serait détruire le gouvernement
lui-même. Il serait beaucoup plus court de se passer de

roi, que de le traiter en esclave, et de s'en faire ainsi un
ennemi ou une victime. — Or, le refus de concours ne
peut avoir que l'un ou l'autre résultat.

— · — ·⊕· — —

CHAPITRE VIII.

Des questions de Cabinet et de l'Adresse.

———

Avant d'aller plus loin, nous avons deux questions in-
cidentes à examiner.

Les questions de cabinet sont la monnaie du refus de
concours : ce sont les affaires d'avant-garde, qu'on a soin
de rendre les plus nombreuses possibles, pour enhardir
les assaillants, pour affaiblir le pouvoir royal, pour frac-
tionner encore plus l'assemblée élective, par le doute et
l'incertitude sur la vitalité du ministère, quel qu'il soit.
Et remarquez que plus l'assemblée est fractionnée en petites minorités, nombreuses, déçues dans leur ambition,
irritées de leurs échecs, plus il y a de chances pour la réussite du refus de concours définitif. Car ce sera toujours
une coalition de minorités qui se portera à ce dernier excès. Une majorité homogène et sincère s'en abstiendrait,
par sentiment de ses devoirs d'abord ; ensuite par la conscience même de sa force qui lui donnerait assez d'ascendant moral pour n'avoir pas besoin d'un coup d'état
contre la charte et contre la couronne.

Les questions de cabinet sont une tactique d'autant
plus dangereuse, et dont le gouvernement du roi doit
d'autant plus se garer, qu'elles s'enfantent les unes les au-

tres avec une merveilleuse facilité. —Des esprits superfi-
ciels ont pu croire, en effet, qu'une question de cabinet
résolue en faveur du cabinet le consolide, en lui assurant
le concours de la chambre élective. C'est une déception de
plus du prétendu gouvernement représentatif. Une question de cabinet, même favorablement résolue, affaiblit le
gouvernement du roi, pour deux raisons invincibles qui
se reproduisent toujours : une raison morale d'abord,
parce que la simple position de cette question établit de la
part du gouvernement du roi la reconnaissance volontaire de son infériorité en face de la chambre. Ce ne sont
plus ses actes qu'il lui présente; c'est son existence qu'il
lui soumet; c'est la permission d'exister qu'il lui demande
à mains jointes. Après le scrutin, même favorable, la démocratie parlementaire dit au gouvernement du roi : —
« Tu vis encore; mais c'est par ma permission; tu as re-
» connu ma suzeraineté : je te retrouverai bientôt affaibli
» et vulnérable, et je ne manquerai pas cette occasion de
» t'achever. »

Il y a ensuite une raison de fait pour qu'une seconde
question de cabinet, plus dangereuse pour le pouvoir,
surgisse de la première : c'est que, dans la lutte, les minorités coalisées ont mesuré leurs forces. Elles savent au
juste le nombre de voix qui leur a manqué. Elles savent
au juste quelle est la nuance, quelle est la fraction politique de la chambre qui leur a refusé l'appui de sa défection. Elles savent au juste quels moyens de séduction
elles ont besoin d'employer pour s'assurer le concours
de cette défection. Elles y travaillent de toutes leurs forces. L'intrigue redouble d'audace et d'artifice, et quand
elle croit avoir augmenté le fractionnement de la cham-

bre, dans la proportion désirable pour qu'une nouvelle
défection dans une nuance du parti gouvernemental se
joigne à la coalition et lui assure l'avantage numérique
du scrutin, alors elle lève le masque et fait apparaître sa
nouvelle question de cabinet, pour motiver le refus de
concours.

Il est très-naturel et très-juste, sans doute, dans la monarchie constitutionnelle, que les chambres discutent, ap-
prouvent ou rejettent, selon qu'ils leur paraissent bons
ou mauvais, ceux des actes gouvernementaux qui, d'a-
près la charte, ne peuvent avoir d'existence constitutionnelle que par leur sanction.

Certes, ce droit parlementaire est immense, irrésisti-
ble. Ainsi, la chambre élective peut arrêter d'un seul mot
toute entreprise qui lui paraîtrait porter atteinte aux droits
du peuple. ou qui donnerait une trop grande extension
au pouvoir royal.

Mais la démocratie parlementaire veut autre chose. Il
lui importe peu que le gouvernement agisse bien. Ce qui
lui importe, c'est d'être elle-même le gouvernement. Pour
cela, il faut devenir ministre; pour devenir ministre, il
faut renverser ceux qui le sont; pour renverser ceux qui
le sont, il faut des questions de cabinet : nous y voilà;
car soyez sûr que cette perversion de tout le régime gouvernemental n'a pas d'autre cause.

Une question de cabinet est donc celle qui, à l'occasion
d'un acte quelconque, met en discussion, non pas l'utilité ou les dangers de l'acte lui-même, mais l'existence du
ministère qui le présente ou le réclame. Ainsi, pour les
fonds secrets, par exemple, la coalition ne disait pas; *il
ne faut pas de fonds secrets au gouvernement*; elle disait,

au contraire, il faut des fonds secrets au gouvernement.
Refusons-les pour rendre le gouvernement impossible aux
ministres du roi, et nous emparer de leurs portefeuilles.

Voilà la question de cabinet dans toute sa pureté; ou,
pour parler d'une manière plus exacte, dans toute son
impureté.

Toute question de cabinet est donc une suppression
momentanée de la royauté. La chambre se fait roi; ou,
si l'on aime mieux, elle se fait reine, et, qui pis est,
reine absolue. Elle décide dans son omnipotence si elle
doit changer les hommes et le système du gouvernement : le roi est réduit à croiser les bras et à regarder
faire.

Une question de cabinet, en temps ordinaire, est donc
un acte constitutionnel dans la forme, inconstitutionnel
dans le fond. Mais on s'y est tellement accoutumé, que
personne ne s'en émeut. Trois ou quatre fois par an la
chambre élective usurpe ainsi la royauté sans qu'on en
prenne souci.

Mais à l'époque révolutionnaire où nous vivons, les
questions de cabinet, si fréquemment renouvelées, ont,
en outre, une tendance anti-dynastique : parce que, si
une dynastie depuis long-temps assise peut, à la rigueur,
supporter ces insurrections parlementaires, il n'en est pas
de même d'une dynastie naissante. Pour se fonder, pour
devenir stable et ferme, il faut que, dans ses premiers
règnes, sa vie politique n'éprouve aucune interruption,
aucune suspension; il faut que le peuple s'accoutume à
voir que le gouvernement émane de la couronne. Il ne
prendrait pas foi dans le pouvoir et dans la durée d'une
couronne qui serait à chaque instant mise en interdit par

les députés. Le roi ne doit pas être un *maître*, dit-on. Cela
est vrai, vous avez raison; mais vous ne pouvez craindre
qu'il le devienne, puisque vous pouvez empêcher tous les
actes de son gouvernement qui vous paraîtraient inconstitutionnels ou dangereux. — Et j'ajoute que, s'il ne doit
pas être un maître, il ne doit pas non plus être esclave;
il doit être chef légal de l'État, et les questions de cabinet
ne lui laissent même pas le rôle d'un commis.

Le propre des *questions de cabinet*, nous l'avons vu,
c'est d'ameuter toutes les ambitions de la chambre et de
les former en coalition croissante. Ensuite, le propre de
cette coalition de minorité est d'étendre et de multiplier
les questions de cabinet. Cette réaction est incessante et
perpétuelle. Résolues contre le gouvernement du roi, les
questions de cabinet le tuent; résolues favorablement pour
lui, elles l'affaiblissent et le préparent à recevoir de nouveaux coups. C'est ainsi qu'elles détruisent le gouvernement représentatif, en substituant forcément les coalitions
aux majorités homogènes et sincères.

Cela est inévitable; et pendant que les questions de cabinet déconsidèrent l'autorité royale et décomposent moralement la chambre elle-même, quel effet produisent-elles
dans l'administration du pays, dans l'esprit du corps électoral, dans la confiance générale des citoyens pour le gouvernement? Quel effet sur le commerce, sur l'industrie,
sur le crédit? Quel effet, au dehors, sur nos relations in-
ternationales?

Les questions de cabinet ébranlent tout, corrompent
tout, compromettent tout.

Aussitôt qu'une question de cabinet est publiquement
constatée, l'administration du pays est suspendue. La force

morale, qui doit la diriger, n'existe plus. Dans les quatre-
vingt-six départements, tous les yeux se tournent vers la
chambre. Le gouvernement du roi s'éclipse dans une nuit
profonde. Chaque administrateur, se voyant déjà compromis par son dévoûment actuel, songe, non pas à exécuter le système jusqu'alors suivi, mais à l'enrayer pour
attendre, et pour rester en panne jusqu'à ce qu'on sache
d'où le vent doit souffler. On s'occupe bien plus à se faire
des titres à la confiance du ministère futur que la question
de cabinet peut enfanter, qu'à obéir fidèlement au ministère qu'elle menace de tuer. Le ministère lui-même n'or-
donne plus avec fermeté. Avant de s'occuper à gouverner,
il est contraint de s'occuper de vivre. L'interrègne gouvernemental est complet : c'est un temps d'arrêt général.
La machine ne fonctionne plus; la société inquiète s'agite
précisément parce que le gouvernement ne marche pas;
l'existence nationale compromise sert d'enjeu à la partie
que jouent quelques ambitieux avides de pouvoir.

En même temps, le peuple, qui s'aperçoit de cette inaction morale du pouvoir public, voyant la royauté exilée
du gouvernement, voyant la chambre contester aux ministres les portefeuilles qu'ils ont reçus du roi, voyant la
chambre, non pas repousser un acte mauvais, mais repousser un acte bon, pour faire tomber ceux qui le présentent, ce qui, certes, est le fait le plus absolutiste que
l'on puisse imaginer, s'accoutume à penser que la royauté
n'est qu'une chimère idéale, une fiction impuissante; que
tout le pouvoir est dans la chambre élective, puisque,
non-seulement elle fait les lois, mais encore destitue ou
nomme ceux qui les font exécuter. Tout le pays se démo-

cratise en conséquence, et la royauté perd ses autels dans tous les cœurs.

Sur quelle base fixe la prospérité de l'État pourrait-elle s'établir avec un pareil système? Quel intérêt peut être stable quand l'instabilité du pouvoir est proclamée comme axiome fondamental du gouvernement représentatif? Et s'il n'y a plus confiance au dedans, comment y aurait-il confiance au dehors? Comment les nations étrangères pourraient-elles lier des relations durables et confiantes avec un gouvernement exposé à changer sans cesse de ministère et de direction?

C'est ici qu'il convient d'examiner la question de cabinet qui naît tous les ans de la discussion de l'adresse, et presque de la nomination du président de la chambre. C'est, je l'ai déjà dit, le dernier terme de la déraison humaine. J'ai une grande répugnance pour les questions de cabinet, en général; mais j'éprouve une invincible horreur pour celle de l'adresse.

Tous les ans, la session des chambres commence donc par une question de cabinet, celle de l'adresse — et c'est un bien merveilleux contre-sens; car une question de cabinet mettant en doute l'existence du système et des hommes du gouvernement, il en résulte toujours qu'une session qui commence ainsi, prend pour base une *crise*, un ébranlement qui se fait sentir dans toute sa durée. — Au lieu de ramener la force gouvernementale, l'ouverture des chambres l'éteint. Tout le monde reste en suspens, attendant avec anxiété le résultat du duel politique dont elles donnent le signal. — Quoi! chaque année le premier acte des chambres assemblées est d'exproprier la royauté de son indépendance gouvernementale, et vous vous étonnez que

la session elle-même, au lieu d'être un appui pour le gouvernement, ne soit qu'un grand empêchement à toute
unité, à tout progrès, à toute direction? Grands enfants
que vous êtes! vous semez l'anarchie, et vous voudriez
que l'ordre social germât dans vos sillons!

Eh bien donc, cette question de l'adresse, cette question
de cabinet, vous l'avez vue depuis la révolution de juillet
constamment décidée en faveur de tous les ministères qui
se sont succédé : à quoi cela leur a-t-il servi? En quoi
cela a-t-il empêché leur affaiblissement, leur ébranlement
et leur chute? Comptez-les, dénombrez les victimes mi-
nistérielles dont vous avez jonché vos catacombes parlementaires : pleurez sur cette moisson dévorante de tous
vos hommes d'état; frémissez en comptant le petit nombre de ceux qui vous restent encore, et que votre système
doit anéantir comme tous leurs devanciers. — Je n'en ex-
cepte pas même Casimir Périer. La mort seule l'a sauvé
de vos coups; s'il eût vécu jusqu'à ce jour, ou son ministère aurait tué les questions de cabinet, ou les questions
de cabinet auraient tué son ministère d'épuisement et de
langueur.

Dans l'année 1838, la question de l'adresse n'a-t-elle
pas été résolue en faveur du ministère? Cela a-t-il empêché deux ou trois autres questions de cabinet de surgir
dans le courant de la session? De sorte qu'au lieu de s'occuper de son pays, la chambre s'est occupée toute l'année
de savoir si elle tuerait ou laisserait vivre le ministère.
Ne voyez-vous pas que c'est dégrader le gouvernement représentatif que de le comprendre ainsi? Que c'est sacrifier
les intérêts généraux aux ambitions parlementaires? Que
c'est la négation la plus complète de l'ordre et du repos?

Et comment le ministère du 15 avril s'est-il sauvé de ce déluge de questions de cabinet, invoquées par la coalition?... Il s'est sauvé et a sauvé le gouvernement du roi comme lui, parce qu'il a eu assez de cœur pour supporter certains échecs sans fléchir, et pour en laisser peser la responsabilité morale sur les coupables meneurs de la coalition qui faussait le gouvernement représentatif sous prétexte de le ressusciter. — Grande leçon pour la France! — Puisse-t-elle porter ses fruits!

Mais enfin si, à toute force, il vous faut une adresse et une question de cabinet, ne pourriez-vous pas placer l'une et l'autre avec un peu plus d'opportunité? — Je vous en fais juges.

D'une session à l'autre, vous n'entendez pas sans doute que le ministère reste les bras croisés, attendant sans rien faire le retour des chambres? S'il se présentait les mains vides devant vous quand les chambres s'assemblent, vous lui demanderiez compte, avec raison, de cette longue inaction; vous lui reprocheriez sa tiédeur, sa paresse; vous lui feriez un crime de tous les projets de loi qu'il aurait pu préparer dans l'intervalle des sessions, et qu'il aurait négligé de concevoir, d'étudier, de mûrir, ainsi que le demandent les besoins du pays.

Ce serait fort bien, et vous auriez tout droit de vous en plaindre. — Eh bien! que faites-vous? Lorsque la session commence et que le ministère vous apporte le résultat de son travail de six mois, de ce travail qu'il a fait pour obéir à vos justes exigences; lorsqu'il vous apporte tous les projets de loi que l'examen attentif du pays lui a fait juger dignes de votre sollicitude, voilà que, pour débuter, vous délibérez si, avant de rien entendre, de rien discuter,

vous ne mettrez pas le ministère à la porte, lui et tous
les travaux préparés, et tous ses projets de loi, sans prendre seulement la peine de savoir s'ils sont bons ou mauvais?... Et pour y substituer quoi, s'il vous plait?....
Le néant. Un ministère nouveau que vous ne savez où
prendre, et qui lui-même, n'ayant rien de prêt, sera
obligé de vous tenir deux mois sans rien faire, pour tâcher d'improviser, à la hâte, pendant cet intervalle de
session, placé dans la session elle-même, des lois quelcon-
ques, qui, faute de temps et d'étude, n'auront ni ensemble ni véritable portée!... Et c'est par un début pareil
que vous voulez commencer toutes les sessions? C'est là
l'état normal de votre gouvernement représentatif? Vous
lui préparez à l'avance un néant périodique annuel! Et
vous ne voyez pas que si les choses s'établissaient ainsi,
la France regarderait le retour des sessions parlementaires comme une véritable calamité!

Si vous voulez que les ministres s'occupent sérieusement entre les sessions à préparer le travail de la session
suivante, laissez-leur au moins la perspective assurée de
vous présenter le résultat de leur travail. Ne leur dites
pas que vous commencerez la session future par examiner s'il vous convient ou non d'en prendre connaissance :
dites-leur au contraire que vous discuterez avant de juger,
que vous vérifierez avant de condamner. Eh! mon Dieu,
je vous le répète, s'il vous faut absolument une adresse
et une question de cabinet, placez-la à la fin de la session,
au lieu de la placer au commencement; alors, si les travaux du ministère ne vous ont pas satisfaits, vous expri-
merez au roi vos sentiments ; vous aurez au moins jugé
avec connaissance de cause : vous n'aurez pas paralysé

toute l'action du pouvoir pendant la session. Si votre adresse enfante alors un nouveau cabinet, il aura le temps, dans l'intervalle des sessions, d'élaborer le travail de la session future; et ce nouveau travail, vous devrez l'examiner aussi l'année suivante avant de vous prononcer pour ou contre le nouveau cabinet. — Mais au début d'une session, mettre en question l'existence du ministère, et par conséquent le rejet de son travail de six mois, sans l'examiner ni l'entendre, et cela pour y substituer un ministère inconnu, qui n'a et ne peut avoir aucun travail préparé à vous présenter; laissez-moi vous le dire avec douleur, mais sans intention caustique et malveillante, c'est faire autant de mal à la France, que vous devriez et que vous pourriez lui faire de bien en suivant une direction tout à fait contraire.

Ne croyez pas néanmoins que j'approuverais une adresse de la chambre, enjoignant au roi de renvoyer ses ministres, pas plus à la fin de la session qu'au commencement (1). Dans un cas comme dans l'autre, je la tiens

---

(1) Voici comment Benjamin Constant lui-même s'exprime sur ce point :

« Une adresse qui déclare les ministres indignes de la confiance publique, n'est qu'un cri de vengeance. Cette déclaration est une atteinte directe à la prérogative royale : elle dispute au prince la liberté de ses choix. Quand vous accusez les ministres, ce sont eux seuls que vous attaquez; mais quand vous les déclarez indignes de la confiance publique, le prince est inculpé dans ses intentions et dans ses lumières ce qui ne doit jamais arriver dans un gouvernement constitutionnel.

» L'essence de la royauté dans une monarchie représentative, c'est l'indépendance des nominations qui lui sont attribuées; il faut donc lui laisser cette prérogative intacte et respectée; il ne faut jamais lui contester le droit de choisir. Il ne faut pas que les assemblées s'arrogent le droit d'exclure, droit qui, exercé obstinément, implique à la fin celui de nommer.

» On ne m'accusera pas, je pense, d'être trop favorable à l'autorité absolue; mais je veux que la royauté soit investie de toute la force, entourée de toute la vénération qui lui sont nécessaires pour le salut du peuple et la dignité du trône.

» La déclaration que l'on propose deviendra ou une formule sans conséquence, ou une arme entre les mains des factions. »

BENJAMIN CONSTANT, *Principes politiques*.

pour usurpatrice et fatale. Mais je vous dis seulement, en
entrant pour un moment dans votre système, qu'une telle
adresse aurait bien moins d'inconvénients parlementaires
à la fin de la session qu'à son début, et qu'elle serait
moins complètement irrationnelle.

Voyez, quant à vos relations extérieures, l'effet que
produit inévitablement votre adresse annuelle.

Pendant l'intervalle des sessions, la diplomatie n'a pu
traiter qu'avec la plus grande incertitude avec le ministère, parce qu'elle ignore si l'adresse ne renversera pas le
cabinet. — La session commence : voilà la diplomatie aux
écoutes. — Avec qui traitera-t-elle désormais ? — Elle l'i-
gnore.

Comment suivrait-elle sérieusement un traité commencé avec M. Molé, pour le continuer peut-être avec
M. Passy, ou l'achever avec M. Odilon-Barrot ?... Ainsi
le système extérieur est ébranlé en même temps que le
système intérieur. Tout est suspendu à la fois. Les négo-
ciations seront reprises ou brisées selon que les boules
blanches ou les boules noires auront permis au roi de
conserver ses ministres, ou lui en auront imposé de nouveaux. Chaque ambassadeur tient un courrier prêt. Les
chevaux sont sellés et bridés pour porter dans toutes les
cours européennes la mort ou la résurrection du ministère. Avec un pareil état de choses, renouvelé tous les ans
au moins une fois, que peut-il s'établir de durable ? —
Hommes et choses, théorie et pratique, vous tenez tout
dans une oscillation perpétuelle. Les plus misérables intrigues ont espoir et chance de triompher tour à tour.
L'Europe dit : — Voyons faire ces gens-là ; nous traite-
rons avec eux quand ils sauront enfin ce qu'ils veulent :

la sagesse du roi des Français nous rassurait ; mais qu'importe sa haute capacité, si la démocratie parlementaire
parvient à lui imposer des ministres impuissants ou téméraires !

Je viens d'exposer une partie des maux que la question de cabinet, formulée tous les ans dans l'adresse, fait
peser sur la patrie et sur la royauté. Maintenant, je prie,
en grâce, les grands publicistes de la démocratie parlementaire de faire l'exposé contraire, et de tracer le tableau brillant des avantages que la discussion de l'a-
dresse peut avoir pour le pays. — Je déclare, moi, que
l'adresse ne présente jamais aucun avantage, quel qu'il
soit ; qu'elle fait perdre un grand mois de la législature ;
qu'elle prolonge, par conséquent en pure perte, les sessions qui sont déjà trop longues, qui fatiguent les députés,
qui les écrasent, et pendant lesquelles on ne fait pas les
affaires du pays, précisément parce qu'on s'épuise en longs
bavardages dans l'intérêt des chefs ambitieux des coteries
parlementaires. Prenons pour exemple ce qui se passe
sous nos yeux. Si, au lieu d'employer un mois à préparer et à discuter une stérile et dissolvante adresse, la
chambre avait commencé, le lendemain de sa constitution définitive, à élaborer les projets de lois, plusieurs
mesures utiles seraient déjà votées ; au lieu de cela, elle
ne s'est encore occupée que des misérables intrigues des
ambitieux qui la divisent et qui l'exploitent. N'est-ce pas
un beau titre qu'elle s'est fait à la reconnaissance du pays
qui souffre, et qui attend les dispositions administratives
et commerciales, dont elle ne s'occupe seulement pas ?
Croit-elle que le pays n'a pas un plus grand besoin de la
loi des sucres, des chemins de fer, de toutes les mesures

qui touchent le progrès industriel et financier, que de savoir si la coalition fera introduire une phrase louche
dans l'adresse, ou si le ministère parviendra à l'écarter?...
On veut, dit-on, manifester par-là la majorité de la
chambre... Dites donc qu'on veut la dissoudre, la rendre
impossible, et la déconsidérer : c'est à ce résultat fatal
que l'on marche, et les quatre-vingt-six départements
s'en aperçoivent, si la chambre elle-même ne s'en aperçoit pas.

D'ailleurs, cette majorité dont on fait tant de bruit, et
dont personne ne conteste les droits, n'a-t-elle pas le
moyen infaillible de se manifester en repoussant les projets de lois qui lui paraîtraient mauvais? N'est-ce pas là
une puissance assez grande, assez forte, assez invincible?
Avez-vous besoin d'y ajouter un malheureux tournoi de
paroles creuses ou passionnées qui retentissent dans le
vide, et qui, sans résultats possibles pour le bien, ébranlent à la fois la stabilité du gouvernement et la sécurité
du pays?...

On m'accuse sans cesse d'attaquer la constitution, de
provoquer des coups d'état... En vérité, c'est risible!
Faudrait-il donc un coup d'état pour que la chambre
comprît que cette adresse annuelle est une dangereuse et
stérile inutilité, pour qu'elle y renonçât, pour qu'elle
consacrât son temps aux affaires du pays, au lieu de les
négliger, de consommer le temps en intrigues et en con-
tre-intrigues, et de suspendre pendant un mois la vie gouvernementale et administrative de la France ? — Plus j'é-
tudie la charte, et plus je m'assure qu'elle ne prescrit rien
de semblable, et qu'il n'est aucunement besoin de la violer
pour revenir au bon sens et à la raison.

Mais les questions de cabinet, cet enfantement perpétuel de l'avortement du refus de concours, ont encore un autre vice presque aussi grave que tous ceux que je viens d'exposer : —c'est qu'elles rendent presque impossible au roi de confier chaque ministère à des hommes spéciaux, et qu'elles portent ainsi une double atteinte à la bonne préparation des projets de lois. —Examinons ces deux points de vue ; certes, ils en valent la peine.

En effet, une *question de cabinet* est discutée dans la chambre. La coalition l'emporte. Le cabinet succombe. Il faut en constituer un autre. Où le roi le prendra-t-il? Et comment le composera-t-il? Ici la réponse n'est pas douteuse ; toutes les voix vont crier : *dans la majorité triomphante!* —C'est-à-dire dans la coalition.

Mais qu'est-ce que la coalition? —C'est une union faite entre les diverses fractions parlementaires, union concertée et représentée par l'alliance de leurs chefs. —Sera-ce l'alliance même de ces chefs que le roi mettra en possession du ministère?

On comprend à la minute que ce serait absurde, impossible... La masse des votes dirigés contre le cabinet actuel, par exemple, a pour chefs, dans chaque nuance de la chambre, M. Berryer, M. Thiers, M. Guizot, M. Odilon-Barrot, M. Garnier-Pagès, etc. Je ne pense pas que personne ait jamais rêvé un ministère ainsi composé. D'ailleurs si les capacités spéciales à certains ministères ne faisaient pas partie de la coalition triomphante, le roi n'aurait plus la possibilité de leur confier les ministères auxquels elles seraient appropriées.

Mais, sans aller aussi loin, il est évident que les coteries parlementaires tendant à envahir le gouvernement, unis-

sent étroitement entre elles les notabilités qui y prennent
part. Elles se promettent fidélité ; elles prennent l'engage-
ment de ne pas entrer l'une sans l'autre au pouvoir. Si le
roi a besoin d'en prendre une pour occuper un ministère,
il faut qu'il subisse forcément l'admission des autres. Si,
au contraire, les spécialités désirables se trouvent en dehors de l'alliance, les hommes de celle-ci les repoussent,
et ne veulent pas entrer au cabinet avec elles. Ainsi mille
difficultés naissent, se croisent, se compliquent. Le roi
aura trouvé des ministres spéciaux pour les finances et
la diplomatie ; mais quand il faudra pourvoir à l'intérieur
et au commerce, par exemple, les hommes spéciaux pour
ces deux parties se trouveront avoir d'autres engagements parlementaires, et ne voudront pas entrer au ministère avec les deux premiers. Le roi parviendra-t-il à
vaincre cette difficulté ? il lui faut encore un ministère
de la justice et de l'instruction publique. — Ces spécialités-
ci se trouveront avoir des engagements contraires avec
tout ou partie des quatre autres, exigeront le remplacement de l'un des choix convenus, par un autre choix, et
ne voudront accepter que sous cette condition. Enfin quand
le ministère sera près d'être complet, les difficultés renaî-
tront, parce que les premiers rôles, ainsi que cela se voit
au théâtre, jalouseront les seconds, et repousseront eux-
mêmes les spécialités dont ils craindraient l'éclat et la rivalité. Ils obligeront eux-mêmes le roi à prendre d'hon-
nêtes médiocrités pour certains portefeuilles, afin d'éviter
que les notabilités rivales y glissent leurs partisans et
prennent ainsi trop d'ascendant dans le conseil des ministres. N'est-ce pas là la véritable cause qui a décomposé le
cabinet du 6 septembre, qu'on avait formé avec tant de

peine ? — Puis, arrive enfin la question de la présidence :
or, vous concevrez sans peine que plus vous effacez la
royauté, plus la présidence du conseil tendra à devenir la
royauté elle-même, sous prétexte d'être une *présidence
réelle*; plus les ambitions se la disputeront, plus il leur
faudra combiner le cabinet de manière à s'en concilier les
suffrages, plus il leur faudra procéder par imposition
forcée dans les choix, ou par exclusion également obligatoire; plus, par conséquent, le roi sera enchaîné, plus la
composition du cabinet deviendra difficile, et finira par
être impossible.

Voilà comment le système vicie le gouvernement au
cœur, en ôtant au roi le choix libre de ses ministres, choix
dont la charte a fait la première de ses attributions, et qui
est en réalité le premier principe DE gouvernement, dans
tous les gouvernements possibles. — On vante l'art infini,
le discernement admirable avec lequel Napoléon choisissait
pour agents de son pouvoir les hommes les plus capables
dans chaque genre ?... Mais à quoi lui aurait servi cet
infaillible instinct de son génie, si les coalitions parlementaires lui avaient interdit l'usage des spécialités qu'il
voulait choisir ?

Ici l'on va crier encore à l'impérialisme, on va dire
que je réclame le pouvoir absolu. — Eh non, sans doute !
mais je réclame ce qui, dans tous les gouvernements, est
indispensable : ce qui est indispensable au pouvoir constitutionnel, tout aussi bien qu'au pouvoir absolu, le libre
choix de ses agents, le libre choix des organes du pouvoir.

— Il y a cette différence dans les deux cas; c'est que les
agents du pouvoir absolu agissent ensuite despotiquement,
au lieu que les agents du pouvoir constitutionnel agissent

en se conformant aux règles constitutionnelles, et ne peuvent faire exécuter que les lois consenties par les chambres. Voilà la grande condition qui sépare la monarchie absolue de la monarchie constitutionnelle. Mais l'une et l'autre ont également besoin du libre choix de leurs agents, ou bien elles n'existent plus.

Mais de cet esclavage où le système prétendu représentatif place la royauté pour la composition du ministère, résulte un autre vice non moins fatal à l'État : — je veux dire la mauvaise préparation des lois qui sont présentées aux chambres.

D'abord, il est évident que les hommes spéciaux dans les diverses branches du gouvernement étant souvent interdits au choix du roi, par l'antagonisme parlementaire des diverses combinaisons qui se disputent le ministère, la préparation des lois souffre déjà par l'éloignement des spécialités qui devraient en concevoir la pensée première, et en coordonner la rédaction. Vous ne savez pas ce que c'est qu'un homme de plus ou de moins pour faire une loi. Vous ne savez pas peut-être que souvent un homme est plus capable de la bien faire que toute votre assemblée !...

Mais ce n'est rien encore : non-seulement le roi est esclave de la coalition pour la composition de son ministère ; mais, ensuite, par une juste conséquence de ce faux principe de gouvernement, le ministère, aussitôt qu'il aura été enfanté par la coalition, ne peut plus compter sur elle. Elle ne l'appuie que jusqu'au moment de sa formation *exclusivement*. Aussitôt qu'il est, il n'est plus ; son âme, sa vie, lui manquent : il n'a plus de levier ni de point d'appui pour sa législation et pour son action. Son pré-

tendu gouvernement représentatif s'évanouit comme une
ombre ; il n'a plus devant lui qu'une foule éparse de partis
parlementaires, sans idées générales et collectives, cherchant quels sont, parmi les nouveaux ministres, les moins
solides, les moins forts, afin de les renverser, et de trouver
quelques nouvelles places à nicher quelques autres ambitieux dans le cabinet.

En une pareille situation, comment le ministère pourrait-il concevoir, d'un jet, une loi rationnelle, concordante
dans ses parties, marchant à son but d'une manière uni-
forme et logique ? Une loi semblable tomberait à l'instant
en minorité. Il faut que la loi soit une macédoine, image
fidèle des suffrages confus qu'elle doit obtenir. — On y
mettra telle disposition, parce que telle partie de la chambre la désire. On en supprimera telle autre disposition,
parce que tel autre banc la repousserait. On ajoutera un
troisième article pour apaiser les préjugés de la salle des
conférences. Quand on aura fait ainsi de la loi un pot-
pourri où l'on espère que les diverses fractions de la chambre trouveront à se satisfaire, alors, ce qui convient à l'une
ne convient plus à l'autre, et il faut encore remanier ce
malheureux projet, de manière à lui ôter les prétendus
torts qui lui sont reprochés, en sens souvent contradictoire ;
de telle sorte qu'il finit par être une espèce de résidu bâtard, sans vice ni vertu. Ensuite, quelquefois, on en a honte
en le voyant arrivé à cet état de décomposition morale,
et on l'abandonne. C'est à recommencer. Et, en définitive,
sans respect pour son agonie, il est assassiné par les amen-
dements de la chambre !

Ainsi la préparation même des lois est faussée, parce
qu'on est obligé, par le misérable système dont nous si-

gnalons les méfaits, à composer la loi, non pas pour la
faire bonne, mais pour avoir à tout prix la majorité.
Comme on a rêvé que la majorité était le gouvernement,
chacun se dit : — Ayons la majorité, nous gouvernerons.
Mais la majorité n'est point le gouvernement; ce n'est
qu'un instrument pour faire du gouvernement. Or, à
quoi bon acquérir cet instrument, si on ne l'obtient qu'à
des conditions telles qu'il devienne impossible de s'en servir ? — C'est une véritable niaiserie.

En résumé, la prépondérance élective, avant d'arriver
à la catastrophe définitive d'un refus de concours, armée
des questions de cabinet qui dégénèrent nécessairement en
coalitions, détruit tout libre arbitre du pouvoir royal,
toute possibilité de composition spéciale et rationnelle du
ministère, tout moyen de préparer les lois d'une manière
sensée et complète.

CHAPITRE IX.

De la Présidence réelle du Cabinet.

Il faut continuer encore cet examen. Il ne nous éloigne
pas du but; au contraire, il nettoie, chemin faisant, toutes
les broussailles de la route. Nous retrouverons facilement
ensuite le fil primitif de nos idées, pour marcher à leur
conclusion.

Les théoriciens représentatifs ayant débuté par les questions de cabinet, pour anéantir le *gouvernement personnel
du roi*, il en résulte, d'une manière invincible, dans leur

système, que le roi ne doit point diriger et présider le ministère. Il faut cependant un chef au cabinet ; et puisqu'on veut en exclure le roi, il a fallu créer une nouvelle institution : c'est la *présidence réelle* du conseil des ministres. Si vous demandez au juste ce que c'est que cette présidence réelle, certainement personne ne saura vous le dire. Il ne faut point s'adresser à la charte, car ni dans celle de 1830, ni dans celle de 1814, vous ne trouverez aucune trace de ce visiriat ridicule : c'est une institution indéfinissable qui n'est ni dans notre constitution, ni dans nos lois, ni dans nos mœurs. On dirait que la démocratie parlementaire, éprouvant encore quelque pudeur à tuer la majesté royale, s'essaie sur le président du conseil, auquel, à cet effet, elle délègue momentanément le rôle de roi.

Quoi qu'il en soit, dans le système prétendu représentatif, la démocratie voulant le ministère, elle veut avoir aussi le président du ministère à sa disposition. Le roi a donc nommé un président du conseil. Mais comme, en réalité, cela ne donne point aux ambitions parlementaires le gouvernement qu'elles ambitionnent, elles se sont écriées que ce n'est point un *président réel*, que c'est un président fictif, derrière lequel se cachait le gouvernement *personnel* du roi. — Et sur-le-champ M. Duvergier de Hauranne s'est exclamé sur l'humiliation d'un ministère qui abdiquait ainsi toute dignité, tout libre arbitre, qui n'était plus maître de sa pensée, et qui se faisait l'exécuteur de la pensée d'autrui, de la pensée du roi. — Voyez un peu le progrès de perversion fait par les doctrinaires ! Ils sont partis du respect des majorités constitutionnelles, et les voilà déjà parvenus à dire que le ministère se dégrade,

parce que, dans les formes constitutionnelles, il exécute la
pensée du ROI !... et les voilà qui fouillent dans le for
intérieur du pouvoir royal, pour le signaler à la méfiance
du pays !...

Ce langage est profondément inconstitutionnel ; mais
en même temps il a un malheur plus grand encore : c'est
qu'il n'a aucune espèce de sens.

Vous voulez un président réel ? Qu'est-ce qu'un président réel ? A quel type, à quel signe, à quel caractère
authentique reconnaîtrez-vous la réalité de la présidence ?
Vous dites que le ministère actuel perd sa dignité morale,
parce qu'il se fait l'exécuteur de la volonté du roi ? Que
faut-il donc pour que le ministère soit *réel* et *digne* ? Faut-
il absolument qu'il gouverne en sens opposé à la volonté
du roi ? Ou bien qu'il fasse sa propre volonté, sans s'informer si le roi l'approuve ou s'y oppose ? Oseriez-vous
soutenir l'une ou l'autre thèse ?

Rien n'est plus profondément immoral et plus révolu-
naire que ces diffamations contre le *gouvernement personnel*
du roi, parce que ce genre d'attaque est si vague et si en
dehors de toute espèce de preuve, qu'on ne sait sur quoi
en baser la réfutation. — Reprenons la matière à fond,
nous nous y retrouverons plus facilement.

Le roi est le chef constitutionnel du gouvernement.

Il gouverne par ministres responsables, exécutant les
lois votées par les chambres législatives.

Il est inviolable, non pas parce qu'il est en dehors du
gouvernement, mais parce que l'intérêt fondamental du
pays exige que la royauté soit irresponsable. Ce n'est point
parce qu'il ne fait rien, qu'il ne répond de rien : cette inviolabilité serait le comble du ridicule ! — Il est bien

clair que qui ne fait rien, ne répond de rien ; il ne serait besoin ni d'une charte ni d'une fiction constitutionnelle pour cela. C'est au contraire parce que la charte a conféré au roi le soin de faire beaucoup de choses, qu'il a fallu une loi expresse de l'institution politique pour déclarer qu'il n'était responsable d'aucun de ses actes, sans cela l'inviolabilité royale n'aurait aucune signification (1).

Les ministres sont responsables des actes de la royauté dont ils se font les exécuteurs, parce qu'ils acceptent volontairement cette charge. Il n'y a plus de lettres de cachet ; ils ne sont pas obligés d'être ministres sous peine d'aller à la Bastille ; ils sont libres, complètement libres de donner leur démission si la royauté leur paraît imprimer une fausse direction à leurs actes. Donc, s'ils restent et s'ils agissent, ils sont moralement responsables de tout ce qu'ils font.

Il est donc tout à fait impossible de comprendre ce que veut dire M. Duvergier de Hauranne avec ses accusations contre le *gouvernement personnel du roi*, à moins qu'il ne descende tout-à-coup au fond du gouffre républicain, et qu'il ne veuille baser l'inviolabilité royale sur le néant de la royauté ! — Dans un instant, j'arracherai à ce stupide système le voile qui le couvre encore.

Le roi n'est-il pas chargé de rétablir l'harmonie entre le ministère et les chambres quand elle vient à être trou-

---

(1) C'est une maxime fondamentale que le roi ne peut mal faire . *The King can do no wrong ;* ce qui ne signifie pas du reste qu'il n'a pas la puissance de faire le mal, mais qu'il est hors de l'atteinte des tribunaux, et que sa personne est inviolable et sacrée. (DELOLME, *Constitution d'Angleterre*).

On voit donc qu'en Angleterre le roi peut *vouloir,* et qu'il n'est pas responsable de ses volontés, exécutées par ses ministres dans les formes constitutionnelles.

blée ? N'est-il pas chargé de rétablir l'harmonie dans le ministère lui-même, si une scission politique ou administrative s'établit entre les divers ministres ? Pour juger le parti qu'il doit prendre, qu'il doit prendre lui personnellement, d'après ses réflexions, d'après ses vues d'intérêt général, ne faut-il pas qu'il connaisse à fond tous ses ministres, tous leurs débats, toutes les filiations par lesquelles ont passé les affaires pour produire le dissentiment qui les divise ?—Ne faut-il pas qu'il sache quel ministre a tort, quel ministre a raison ? Ne faut-il pas qu'il sache quelle est la partie du ministère qu'il doit changer, quelle est celle qu'il doit conserver, même pour se rendre au désir de la majorité ? Il faut donc qu'il assiste aux débats du conseil; or lui, lui le roi, peut-il assister aux séances du conseil, sans le présider ? Faut-il qu'il se soumette à la présidence d'un de ses ministres, qu'il lui laisse diriger la discussion et qu'il lui demande la parole ? —Faut-il, s'il voit prendre à ses ministres une détermination fatale à la France, qu'il s'abstienne d'exprimer son opinion personnelle pour les arrêter ? — Eh Dieu ! n'avez-vous pas honte qu'on soit obligé de vous dire de telles choses ? Ne savez-vous pas que si le ministère faisait un corps compacte, avec son président, en dehors de l'action et de la surveillance du ROI, en l'absence des chambres, l'heptarchie ministérielle serait despotique, et gouvernerait la France à sa fantaisie ? Ne savez-vous pas que si M. Thiers avait été un peu plus *président réel* du 22 février, il aurait achevé d'organiser l'intervention, avant que le roi en eût été informé ? Est-ce là ce que vous appelez le gouvernement représentatif ?

Ainsi donc, tenons pour certain que le roi est le prési-

dent RÉEL et IMMUABLE du conseil des ministres ; qu'il peut
sans doute nommer un président du conseil, pour régulariser l'organisation du ministère et la hiérarchie habituelle
de ses rapports. Mais ce président du conseil n'est que le
délégué du roi. Toutes les fois que le roi se montre, le
président du conseil doit s'effacer. Il préside dans les rapports du ministère avec le reste de l'État ; mais en face du
roi il est ministre et sujet.

L'inviolabilité du roi découle d'une source plus nationale, plus haute, plus sociale, que cet absurde néant auquel
l'école doctrinaire voudrait aujourd'hui le condamner, par
d'ingrates accusations contre son *gouvernement personnel !*

Dans l'ordre des faits politiques, la vindicte publique,
qui doit réprimer les fautes, les délits, les crimes contre
la bonne gestion des affaires nationales, ne doit pas agir
seulement en considérant le fâcheux effet et la réalité de
ces fautes, de ces délits, de ces crimes ; mais elle doit principalement agir en considérant de quelle utilité il est pour
la nation que ces fautes, ces délits, ces crimes soient
poursuivis et punis.

Or, comme dans les quatre-vingt-dix-neuf centièmes
des cas, il serait mille fois plus nuisible à la nation de
juger les fautes de son roi et de les punir, que de les tolérer, il faut nécessairement que dans toute monarchie la
personne du roi soit inviolable. Serai-je obligé de démontrer la vérité qui sert de base à mon assertion ? Me faudra-
t-il prouver que si, pour toutes les fautes commises par
le gouvernement royal, le roi pouvait être mis en cause,
sous prétexte qu'il y a participé par son *influence personnelle* sur ses ministres, il n'y aurait plus ni royauté,
ni gouvernement, ni société, ni repos, ni sécurité pour

qui que ce fût dans l'État, par l'effet des commotions perpétuelles dont l'État serait déchiré ?

L'inviolabilité royale découle donc de cette grande nécessité de l'ordre politique, et point du tout de ce stupide,
de cet impossible néant auquel des métaphysiciens ambitieux ont voulu condamner la personne du roi : en quoi
ils ont mis à découvert leur propre impuissance ; car de
même qu'ils ne peuvent faire quelque chose de rien, de
même ils ne peuvent réduire à rien ni une chose, ni un
homme quelconque dans l'État : — encore moins le roi
que tout autre.

Il faut pourtant que la vindicte publique ait son cours.
Ici se présente la responsabilité du ministre ; car si le roi
lui a ordonné un acte injuste, illégal, inconstitutionnel,
de deux choses l'une : ou lui, ministre, l'a approuvé, alors
il en est coupable et doit être puni ; ou bien il l'a désap-
prouvé, et néanmoins il l'a exécuté au lieu de s'y refuser
et de donner sa démission, alors il est parjure et coupable, et doit être encore justement puni.

Ainsi s'explique l'inviolabilité royale et la responsabilité ministérielle, basées, non sur l'impossible et absurde
néant de la royauté, mais sur l'intérêt bien entendu de la
nation elle-même, et conformément à toutes les règles de la
justice politique. Oui, de tout ce qu'a fait LOUIS-PHILIPPE,
ce dont la postérité lui tiendra le plus grand compte, c'est
d'avoir maintenu la virilité de la couronne constitutionnelle, malgré les clameurs audacieuses qui l'attaquaient
de toutes parts. Tout roi qui laisserait châtrer la royauté
serait une dupe stupide, traître aux intérêts les plus sacrés
de la nation. — Ce n'est pas sur le trône qu'il faudrait le
mettre, mais dans un couvent.

Voici maintenant l'argument réservé que les théoriciens représentatifs gardent pour la bataille décisive.

Si, disent-ils, le ministère lui-même n'est pas le gouvernement, si le roi est censé avoir une influence décisive sur les actes du gouvernement, alors, quoiqu'il n'en soit pas légalement responsable, du moins il en devient responsable moralement devant le pays. Si les mesures gouvernementales produisent un effet désastreux, c'est au roi lui-même que s'en prennent les ressentiments des populations souffrantes. Si, au contraire, le roi restait en dehors du gouvernement, et que le ministère gouvernât incontestablement par lui-même, la personne du roi ne serait pas exposée aux inimitiés populaires.

Cet argument est plus creux encore que tous les autres.

D'abord, personne n'a soutenu qu'il fallait officiellement déclarer au public que le roi faisait tout, et que les ministres ne faisaient rien. Seulement on vous a dit qu'il ne fallait pas imaginer un gouvernement contraire à la charte, pour imposer à la royauté un ministère et un système en dépit de son libre arbitre et de ses droits constitutionnels.

Ensuite, très-positivement, les ministres ont encore une très-grande part au gouvernement, quoique l'approbation suprême du roi soit nécessaire pour qu'ils puissent mettre leurs vues à exécution. Le roi ne se réserve naturellement que la vue de l'ensemble; la direction haute et générale de la politique intérieure et extérieure, et non pas tous les actes de gouvernement, auxquels sa vie entière ne pourrait suffire.

Enfin, aucune trompette officielle ne va déclarer au peuple que c'est le roi qui a fait telle chose, et que c'est le

ministre qui a fait telle autre. L'ensemble marche sous
la direction simultanée du ministère et du roi, et personne n'a droit de s'enquérir si telle mesure a été proposée par le roi et adoptée par les ministres, ou bien si elle
a été proposée par les ministres et adoptée par le roi. On
sait seulement que le ministère l'a exécutée sous la sanction du roi, et il est bien impossible qu'il en soit autrement.

Mais enfin, allons au fait. —Quand une fois les mesures du gouvernement du roi sont exécutées, ou elles réussissent convenablement, ou elles produisent un effet fà-
cheux pour la nation.

Dans le premier cas, sans doute, on ne trouvera pas
fort malheureux pour la monarchie que la reconnaissance publique monte jusqu'à la personne royale. Je soup-
çonne cependant que c'est ce qui a choqué quelques sus-
ceptibilités parlementaires ; je crois qu'elles auraient agréé
volontiers un état de choses où l'on aurait pu penser que
certains ministres avaient fait tout ce qui s'était opéré de
grand et de bon depuis la révolution, et que le roi s'était
contenté de les regarder faire sans s'en mêler.

Dans le second cas, les théoriciens représentatifs ont
rêvé et veulent nous faire croire que le ministère pourrait
assumer sur lui tout le mécontentement public, et couvrir
la personne royale sous son manteau !

Mais c'est le comble de la dérision ! Quoi ! si les peuples
souffraient par la mauvaise gestion des affaires publiques.
vous croyez que le roi serait bien venu à leur dire : —
Ce n'est pas ma faute si vous êtes mal gouvernés, c'est la
faute des ministres ? Moi, je ne suis rien, je suis un roi constitutionnel. c'est-à-dire, un roi neutre, un roi fainéant,

un immobile spectateur des sottises de mes serviteurs!
S'ils perdent le royaume, s'ils vous font mourir de faim,
s'ils compromettent ma dynastie et le repos du pays, cela
ne me regarde pas! Je n'ai pas le droit de *gouverner personnellement;* donc personnellement je ne réponds de rien.

Mais le peuple, qui ne fait pas grand cas du jargon métaphysique des théoriciens représentatifs, sentirait fort
bien que l'excuse du roi serait dérisoire. Il lui dirait : —
La charte ne vous donne-t-elle pas le droit de nommer, de
révoquer, de remplacer les ministres? Peuvent-ils exécuter
une ordonnance sans votre signature et sans votre permission? Qu'importe que vous ne nous fassiez pas mal vous-
même, si vous nous le laissez faire par vos ministres? C'est
à vous de les arrêter, de les empêcher, de les chasser.
Mais tant que vous les gardez, tant que vous les autorisez
à nous pressurer, vous êtes nécessairement l'un des auteurs,
et le premier auteur du mal que nous éprouvons.

Souvenez-vous donc que c'est un misérable charlatanisme que de prétendre couvrir la responsabilité morale
du roi en anéantissant son autorité. Légalement le roi ne
doit pas être responsable, mais moralement il l'est toujours;
il l'est nécessairement; il ne dépend ni de lui, ni de vous,
ni de personne au monde d'empêcher qu'il le soit. S'il ne
faisait rien, s'il ne remplissait pas sa charge de roi, on le
rendrait responsable précisément de ce qu'il ne la remplit
pas; on l'accablerait de sa nullité, de son néant; on le
comparerait avec dédain aux rois fainéants de notre histoire; on lui reprocherait tous les maux du pays qu'on
attribuerait à son inertie, à sa paresse; on le représenterait comme un fardeau stérile pour l'État, dont il consom-
merait les revenus et auquel il ne rendrait aucun service.

Si, pour éviter que le peuple attribuât au roi la haute direction du gouvernement, vous parveniez à persuader à la nation française que son roi ne doit répondre moralement de rien, parce qu'il ne fait rien dans le gouvernement, et que les ministres font tout, la royauté tomberait en France dans une déconsidération, dans un mépris, dans une répulsion si complète, que le premier ambitieux qui voudrait la pousser de l'épaule, la jetterait par terre, sans que personne se baissât pour lui donner la main et la ramasser !

J'ose donc vous dire que la *présidence réelle*, complément nécessaire de votre prétendu système représentatif, n'est, dans le sens que vous lui donnez, que le plus impossible des non-sens. Il ne dépend ni du roi, ni des chambres, de faire vivre une institution aussi fausse. Elle est un nouveau moyen de décomposition dans votre machine détraquée, et voilà tout. — Savez-vous ce qu'il faudrait pour faire un président réel tel que vous l'imaginez ? Une espèce de maire du palais, une variété de lord protecteur en herbe qui devraient effacer la royauté et présider le gouvernement à sa place. — Il faudrait un homme que la nature eût fait roi par l'esprit ; un homme qui primât tellement ses collègues et le parlement, qu'il eût sur tous un ascendant incontesté, à l'abri des faiblesses de son âme et des incertitudes de sa volonté. En avez-vous beaucoup de ces hommes ? Où sont-ils ? Où sont ceux qui marchent assez en avant des autres pour garder cette haute et suprême direction, lorque, hier encore, ils étaient dans la foule, et que demain un misérable caprice de scrutin peut les y faire rentrer ? — Ne bâtissez pas tant de grandeur sur tant de petitesse. — Vos présidents du conseil seront trop

près du niveau de leurs collègues pour avoir une de ces
suprématies réelles qui constitueraient pour ainsi dire
une seconde édition de la royauté! Vous pourriez, une
fois par siècle, rencontrer un de ces hommes éminents,
que la destinée aurait oublié de faire naître roi, et qui
se servirait de la prépondérance parlementaire pour s'élever au-dessus du trône. Mais prenez garde qu'alors il ne
fût plus dangereux qu'utile : la tentation est grande pour
le sujet qu'on place plus haut que le maître. Casimir Périer lui-même n'a pu exercer son apparente primauté
sans danger pour l'État, que grâce à la violence des circonstances et de la lutte. Une bataille n'est pas un gouvernement. Mais quand la nécessité du gouvernement serait venue, vous auriez vu que Casimir Périer serait
tombé, ou bien qu'il aurait été forcé, par la nature même
des choses, de se faire l'auxiliaire du roi pour gouverner
la chambre, et non pas le complice de la chambre pour
gouverner le roi!

De ce que le roi a nécessairement une influence personnelle, et par conséquent une responsabilité morale, suit-il
qu'il soit loisible de l'incriminer et de diffamer publiquement les actes de la royauté?—Nullement. Ce n'est pas
l'intérêt seul du roi qui le défend, c'est l'intérêt du pays.
Les bons citoyens doivent le comprendre; et n'est-il pas
déplorable de voir des hommes, jusqu'à présent honora-
bles, se laisser égarer par leur dépit ambitieux, jusqu'à
dénoncer eux-mêmes le gouvernement personnel du roi?
Quant aux ennemis de la royauté, est-il possible de calmer leurs exigences? Quel moyen y aurait-il, en supposant que le roi, pour leur plaire, consentît à s'anéantir
et à se mettre hors des affaires, quel moyen aurait-il de

les empêcher de supposer le contraire, et de lui imputer
d'avoir dit, fait, ou conseillé ce qu'il n'aurait ni conseillé.
ni fait, ni dit?—Tout cela n'est qu'un immense déploie-
ment de niaiseries pour supprimer le pouvoir constitutionnel du roi, sous prétexte de mieux le respecter. —
Laissez-le s'exercer dans les formes établies par la charte.
Vous n'avez rien à voir au-delà.

CHAPITRE X.

Des Coalitions. — De l'Intérêt particulier, et de l'Intérêt général.

Le mécanisme parlementaire, alimenté par l'action
électorale, est un des éléments de notre monarchie représentative.

Les assemblées électives ne peuvent point être en France
la source directrice et dominatrice du gouvernement de
l'État.

Mais elles doivent en être le soutien, l'indispensable
appui quand la royauté gouverne constitutionnellement
dans l'intérêt du pays; ou bien, elles doivent lui présenter
une infranchissable barrière, si elle voulait outre-passer
les limites que la charte a posées à ses attributions.

Tout ce qui tend à dénaturer, à fausser le mécanisme
parlementaire, dans l'assemblée élective surtout, est donc
un grand danger pour la monarchie représentative. Or,
les coalitions sont pour les assemblées électives le plus
grand de tous les fléaux. Elles les exposent à l'impuissance

d'abord, à la déconsidération ensuite, au mépris, à l'a-
bandon, à la ruine enfin, si quelqu'heureux épisode ne
les arrête au milieu de leur fatale carrière.

Le régime parlementaire dont nous avons emprunté les
formes à l'Angleterre sans pouvoir lui emprunter aussi
les éléments vitaux qui le constituent, et les traditions
respectées qui servent au pays de garanties contre ses
écarts, exige, pour fonctionner régulièrement, une majorité gouvernementale sans cesse attaquée par une minorité qui tend à devenir gouvernementale à son tour. La
première, développant les principes qui servent au pouvoir de moyen d'action sur la société ; la seconde, invoquant les principes qui servent de garanties à la société
contre les abus éventuels du pouvoir ; de sorte que si le
pouvoir accorde ce qui est juste, et n'exige que ce qui
lui est nécessaire, l'opposition a le dessous devant l'opinion publique. Lorsqu'au contraire l'opposition ne demande que ce qui est juste, et que la majorité gouvernementale le refuse, la force de l'opinion passe du côté de la
minorité qui devient majorité à son tour, et qui remplace
dans les conseils du roi l'influence qui y a succombé par
ses fautes.

Il faut donc, dans ce système, pour que le mécanisme
parlementaire fonctionne à l'appui du gouvernement
royal, que le parti qui attaque le ministère soit homogène et compacte dans ses principes, dans ses moyens,
dans son but, afin que le jour où il aura renversé le cabinet, il puisse en offrir un nouveau à la royauté.

Voilà la théorie telle que l'ont professée les plus chauds
adeptes du gouvernement représentatif dans leurs jours
des illusions les plus brillantes. —Or, quand une coali-

tion parlementaire, inconsciencieusement formée de quatre ou cinq nuances d'opinions hostiles et incompatibles
entr'elles, attaque le ministère, elle peut bien parvenir à
le détruire, mais non pas à le remplacer. Les coalisés,
unis par une hostilité commune tant que le combat dure,
sont désunis par leurs principes et par leurs intérêts le
lendemain de leur triomphe, et tombent dans l'impossibilité commune de s'accorder sur un système de gouvernement. Une majorité de coalition n'est donc point une
vraie majorité : c'est une mensongère complicité, c'est la
ruine du régime parlementaire.

Les artisans de cette combinaison perfide, pour la justifier, remontent jusqu'aux 221, et prétendent marcher
sur leurs traces.—Ils s'abusent bien profondément s'ils
croient trouver dans de tels souvenirs l'excuse ou la glo-
rification de la détestable intrigue dont la France est aujourd'hui le jouet et la victime.

Il est dans la vie sociale des époques néfastes où l'on
est fatalement condamné à subir un mal politique, pour
se guérir d'un mal plus dangereux et plus menaçant encore. C'est comme dans la vie humaine : on donne au
corps malade une irritation factice, on lui fait des plaies
extérieures, on lui oppose le feu du moxa, pour détourner l'irritation intérieure qui détruirait les sources mêmes
de l'existence; mais ce n'est pas un motif raisonnable pour
faire du moxa et des sinapismes le régime habituel et normal du corps humain.

La coalition des 221 n'était pas autre chose. C'était
un moxa politique. Les écrits, les discours, les votes de
cette époque nous étaient bons, parce que nous avions la
fièvre. Ils nous paraissaient beaux et constitutionnels,

parce que nos passions, exaltées par le ressentiment des
·trames contre-révolutionnaires, dominaient notre intelligence. Nous les admirions, parce que, tout jeunes,
tout nouveaux dans la vie parlementaire, nous étions
dupes de notre inexpérience même.

La coalition de 1824 à 1830, puissante comme moyen
d'empêchement, aurait été impuissante jusqu'au ridicule
pour gouverner elle-même. Composée de l'extrême gauche,
du centre gauche, d'une partie du centre droit, et même
d'une partie de l'extrême droite, quel gouvernement uni-
taire, rationnel, vital, aurait pu sortir de ce chaos? —
Imaginez-vous M. de Lafayette et M. Guizot, M. Mauguin
et M. de Chateaubriand, M. Laffitte et M. de Broglie, M.
Casimir Périer et M. Hyde de Neuville, M. Delalot et M.
Benjamin Constant, représentation assez exacte, ce me
semble, de la coalition de cette époque, composant un ministère, et guidant une majorité pour gouverner la France?

La coalition d'alors, comme toutes les coalitions possibles, n'était donc qu'un moyen de destruction, non de gouvernement. — Et que s'agissait-il de détruire?... Il fallait
détruire, pour ne pas être détruit soi-même, la contre-révolution qui s'avançait excitée par le fanatisme ultrà-mon-
tain et féodal. — Ce n'était pas du gouvernement qu'on faisait de part et d'autre, c'était la guerre. Et le résultat inévitable, quel devait-il être?... Une destruction gouvernementale ou de la charte ou de la restauration; une révolution que n'avaient pas prévue ceux qui l'accéléraient de
toutes leurs forces. M. de Chateaubriand, par exemple,
que je cite tout le premier, parce qu'il était, à son insu,
contre-révolutionnaire et révolutionnaire tout ensemble:
de sorte qu'il est devenu, par cette antithèse vivante, le

type, jusqu'alors inconnu, du plus grand aveuglement
politique imposé par l'amour-propre irrité aux lumières
de la plus haute intelligence.

Au surplus, l'incapacité gouvernementale, l'impuissance organique des 221 n'est plus un problème à démontrer. Le lendemain de la révolution de juillet, on les a
vus à l'œuvre. On les a vus se décomposer, se disjoindre,
s'éparpiller. On les a vus livrer la France à la dissolution
la plus complète jusqu'au 13 mars 1831. On les a vus former un ministère où se trouvaient à la fois M. Guizot et
M. Dupin, M. de Broglie et M. Laffitte, M. Molé et M.
Dupont (de l'Eure). On a vu cette confusion intellectuelle
réagir sur le pays entier, laisser flotter les rênes politiques, les rênes administratives, permettre à toutes les va-
nités individuelles de surgir en place du pouvoir social;
alors l'anarchie éclata tout à la fois dans le pays, qui
n'était plus gouverné, et dans le ministère, qui portait la
désunion dans son sein.

Oui, ce ministère était anarchique et impuissant, parce
qu'il était issu de la coalition des 221 ; parce qu'il en ré-
sumait les contradictions, les antipathies, les inconséquen-
ces. Alors, d'un ministère de coalition on tomba forcément dans un ministère de révolution, et le mal alla sans
cesse empirant de jour en jour ; conséquence déplorable,
mais logique, de l'esprit de coalition qui avait fait la base
du système, ou pour mieux dire du néant systématique
des 221. Et le mal aurait duré, aurait duré jusqu'à la
destruction complète de l'ordre social, si une main coura-
geuse et puissante, guidée par la haute pensée du ROI,
n'avait arraché violemment le pays à cette atmosphère
mortelle, pour le replacer tout à coup dans la voie gou

vernementale de la charte, d'où l'influence dissolvante de la coalition l'avait arraché.

Ce fut Casimir Périer ! — Casimir Périer, dont on a dit avec tant de bonheur que *ses défauts les plus saillants s'é-taient transformés en qualités précieuses; qu'il était igno-rant et brutal, et que ces deux vertus avaient sauvé la France !* — Et telle est la vérité. Si Casimir Périer eût été un fureteur de vieilles chroniques, s'il eût pâli sur l'his-toire au lieu de lire par instinct dans l'humanité contem-poraine qui se tordait en convulsions devant lui, s'il eût épuisé toutes les stratégies de la rhétorique et de l'école pour disserter sans conclure, pour parler au lieu d'agir, on l'aurait proclamé philosophe instruit et modéré; mais il aurait perdu le pays et la royauté.

Et comment sauva-t-il l'un et l'autre? En brisant, sans hésiter, l'esprit de coalition; en repoussant les hommes jusqu'alors réputés les plus patriotes, les plus éclairés, les plus ardents promoteurs des 221, lorsqu'ils ne se mon-traient pas entièrement unis d'esprit et de cœur au gou-vernement du roi; en rompant, à tous risques, avec MM. Lafayette, Lafitte, Odilon-Barrot, Mauguin, et avec tous ceux qui voulaient faire prévaloir les tendances démo-cratiques de la révolution sur les tendances monarchi-ques de la charte; en coupant le parlement en deux, les amis et les auxiliaires d'un côté, les ennemis et les adver-saires de l'autre. — Et aujourd'hui, ô miracle d'inconsé-quence, ceux-là mêmes qui viennent de ressusciter l'esprit de coalition, ceux qui s'appuient sur les votes des fractions parlementaires les plus antipathiques à leurs principes, pour rendre le gouvernement impossible à la royauté; ceux qui font un fastueux et sophistique éloge des coali-

tions en s'appuyant sur l'exemple faussement compris des
221, ceux-là mêmes invoquent le nom de Casimir Périer,
et se glorifient d'avoir été ses successeurs, eux qui travaillent à détruire son ouvrage, eux qui viennent d'introniser
dans la chambre élective l'esprit de coalition qu'il en avait
expulsé, eux qui viennent de brouiller tous les rangs, de
confondre tous les partis, qu'il avait séparés et classés pour
s'en rendre maître et rétablir l'unité dans le gouvernement.

Je le dis donc avec la ferme et complète conviction
d'une conscience désintéressée, introduire dans l'assemblée élective l'esprit de coalition pour créer un obstacle
au gouvernement du roi qui se renferme fidèlement dans
les limites de la charte, c'est une défection, c'est une apostasie, c'est un crime politique que rien ne saurait justifier. Invoquer à l'appui d'un tel acte l'exemple des 221,
c'est à la fois un contre-sens grossier et une haute inconvenance, car la royauté de juillet n'a rien fait qui puisse
motiver un tel rapprochement.

Après cela que nous dit-on ? — On nous dit que les
pouvoirs parlementaires, loin d'affaiblir la royauté, doivent être pour elle un nouveau moyen de force, de considération, de puissance ? Que pendant le ministère de Casimir Périer, la majorité parlementaire fortifia la royauté?
Qu'il en fut de même pendant le ministère du 11 octobre?
Que loin de voir une rivalité dangereuse entre les assemblées parlementaires et la couronne, il faut y voir une
alliance nationale, puissante pour diriger le pays dans les
voies du progrès et de la liberté ! Eh ! sans doute, tout
cela est vrai. Eh ! sans doute, nous proclamons comme
vous ces grands principes de la monarchie constitution-

nelle. Jamais nous ne les avons attaqués. C'est aux préjugés funestes que vous y avez substitués que nous avons
déclaré une guerre inexorable. Mais, pour que ces principes constitutionnels portent leurs fruits salutaires, il
faut que la pratique en soit sincère; il ne faut pas vous
empresser de les détruire vous-mêmes, quand vous n'êtes
plus ministres, pour en faire l'application. Dites un peu,
répondez !... La majorité du 13 mars était-elle une majorité de coalition ? La majorité du 11 octobre était-elle
une majorité de coalition ? Ces alliances adultères, qui
maintenant confondent fraternellement leurs haines et
leurs boules noires dans une hostilité commune contre le
pouvoir, vous comptaient-elles alors dans leur sein ? Nom-
miez-vous alors M. Arago, M. Isambert, M. Odilon-Barrot, président, rapporteur, secrétaire de vos commissions ?
Votre boule blanche rencontrait-elle dans l'urne celle de
M. Garnier-Pagès, pour exalter l'initiative parlementaire
au-dessus de la prérogative royale, et pour enjoindre au
ministère de venir vous rendre compte à deux genoux de
l'exécution d'un projet de conversion, que vous repoussiez
de toute la force de votre volonté ?... Non, non : alors vous
suiviez l'exemple de Casimir Périer; maintenant vous le
foulez aux pieds. Alors vous combattiez à outrance l'esprit de coalition; maintenant vous l'invoquez, vous le
ressuscitez, vous l'envenimez par d'insidieuses apologies,
par des adulations calculées. Plus tard, pendant le ministère du 22 février, lorsque vous supportiez noblement
une disgrâce passagère que je m'honorais de défendre avec
toute l'énergie d'une amitié fidèle que vous avez depuis
méconnue, parce qu'elle n'a pas voulu vous servir de
complice, vous souteniez l'unité parlementaire contre cette

première recrudescence de l'esprit de coalition, déguisé
sous le titre menteur de conciliation. — Et maintenant !...
maintenant Séides sans chaleur et sans foi d'une conciliation prétendue, cent fois plus fausse que celle du 22 février,
vous êtes devenus ultrà-conciliateurs vous-mêmes ! Vous
qui blâmiez les tendances de M. Molé vers le centre gauche, où il cherchait un auxiliaire à la royauté, vous avez
franchi le centre gauche pour vous appuyer sur les votes
de l'extrême gauche contre le gouvernement du roi ! — Et
puis, vous venez nous parler du parti gouvernemental,
quand vous l'avez scindé; de la bonne cause, quand vous
l'avez désertée; de la consolidation de la royauté par les
chambres, quand vous avez coalisé tous les préjugés antipathiques à la royauté, espérant lui forcer ainsi la main,
et rentrer victorieux dans un conseil dominateur de la
couronne !... Quand enfin jetant vos dépits colériques
dans cette voie de perturbation et de haine, vous avez ré-
veillé dans tous les partis qui commençaient à se croire
vaincus, l'espérance d'envahir le pouvoir par la large brèche que vous lui avez faite, et que vous vous efforcez
d'élargir chaque jour !

Revenons à notre sujet.

Les coalitions ressemblent à une majorité, comme une
pierre fausse ressemble à un diamant. Le prétendu système représentatif que nous examinons, demandant aux
assemblées purement électives un genre de majorité qu'il
leur est absolument impossible de produire et de conserver, les pousse inévitablement dans le système des coalitions. C'est de la fausse monnaie politique en permanence.

L'initiative et la prépondérance décisoire et coërcitive
confiées à une assemblée élective, nécessitent tout cet écha-

faudage frauduleux : questions de cabinet, présidence réelle, coalition, refus de concours, tout cela pour arriver à la réalisation de la fameuse maxime : *le roi règne et ne gouverne pas*.

Et en arrière de tout cela, quel fondement avez-vous ? — Vous n'en avez d'autres que ceux-ci : la souveraineté du peuple et le mandat impératif.

C'est ce que je vais prouver rapidement.

Pour donner à l'usurpation du cabinet sur la royauté, et à l'usurpation de la chambre sur le cabinet, une apparence tolérable, il a fallu concéder à la royauté une sorte de voie d'appel auprès des classes moyennes, représentant idéalement la masse de la nation elle-même. Le roi donc, quand une coalition veut lui forcer la main, peut la dissoudre et tenter des élections générales. — Mais, selon l'école prétendue représentative, ces élections générales produisant une représentation composée spécialement *ad hoc* pour la question contestée, cette représentation nationale doit être obéie, et le roi doit céder à son arrêt si elle confirme la sentence des premiers juges.

Or, là, sans voile, incontestablement, vous voyez que, selon l'école doctrinaire, les classes moyennes exercent la souveraineté, que la pairie et la royauté sont dépouillées de toute force, de toute qualité, de toute vertu *représentatives*. Les électeurs nomment leurs députés, et selon le mandat qui résulte de cette élection générale, selon l'ordre des représentés transmis par les représentants élus, le roi et la pairie doivent obéir. — Voilà le système. — Or, ce n'est autre chose que le *mandat impératif* du peuple souverain un peu plus proprement habillé ; et comme la coalition des minorités peut aussi bien se former dans les colléges électoraux que dans la chambre, voyez le résultat probable de cette combinaison !...

Avant de raisonner théorie, examinons le point de fait constitutionnel. La charte ne dit rien de semblable. La charte exige le concours libre de la royauté et de la pairie pour faire la loi, tout aussi bien après la seconde élection qu'après la première; la charte n'a dit nulle part, qu'en cas de dissolution, la chambre élective qui serait ensuite nommée aurait des pouvoirs plus étendus que celle qui a été dissoute. La charte n'a pas dit que cette chambre serait souveraine, trancherait les questions en dernier ressort; que la royauté et la pairie cesseraient d'être représentatives, cesseraient d'être des pouvoirs représentatifs, et perdraient leur droit politique, parce que les électeurs, assemblés après une dissolution, auraient élu une nouvelle chambre des députés. Vous pourriez la dissoudre vingt fois et la renommer vingt fois, que votre vingtième chambre élective n'aurait pas, d'après la charte, plus de droits que la première. Si la vingtième fois elle méconnaissait les droits constitutionnels de la pairie et de la royauté, elle serait incontestablement usurpatrice et révolutionnaire.

Les trois pouvoirs politiques constituent un gouvernement représentatif, précisément parce qu'ils représentent les trois grands intérêts sociaux. Si vous parvenez, par une coalition usurpatrice, dans l'intérieur d'un de ces pouvoirs, à lui faire méconnaître et opprimer les deux autres, il arrivera qu'au lieu d'avoir un gouvernement représentatif des intérêts sociaux, vous aurez l'absolutisme oppressif d'un de ces intérêts sur les deux autres; et pour que rien ne manque à ce contre-sens anti-représentatif, c'est au pouvoir le plus mobile, le plus variable, le moins habitué aux affaires politiques, le plus absorbé dans le soin et la représentation des intérêts particuliers, que vous donnez le droit de trancher despotiquement les plus hautes et les plus difficiles questions d'intérêt général !...

La grande erreur de tout ceci, c'est de confondre toujours l'*élection* et la *représentation* — deux choses essentiellement distinctes — distinctes de deux manières fondamentales.

D'abord l'élection, par sa nature, ne représente ni la volonté générale, ni l'intérêt général.

Ensuite, même quant à l'intérêt particulier discutant sa cause devant l'intérêt général représenté par le gouvernement du roi, l'élection même ne le représente que très-imparfaitement, parce que très-souvent elle est falsifiée par mille circonstances épisodiques.

En premier lieu, l'élection ne représente ni la volonté générale (1), ni l'intérêt général; il n'est rien de si facile à prouver.

Les députés sont bien qualifiés *députés de la France*; mais ce n'est pas la volonté collective de la France qui les nomme; — c'est la volonté fractionnée en quatre cent cinquante-neuf arrondissements, petites parcelles isolées, où les motifs les plus circonscrits, les plus individualisés, les plus *particuliers*, décident les choix. Les députés sont en réalité les *procureurs fondés* de leurs bourgs, tout au plus de leurs départements; ces bourgs ne sont pas *pourris*, comme en Angleterre, mais ils sont isolés dans une at-

---

(1) Je me sers provisoirement de cette expression parce qu'elle est reçue; car, selon moi, il n'y a pas de *volonté générale*.

mosphère très-égoïste et très-spéciale. Ce n'est pas que,
selon la nature des questions à débattre, il ne se rencontre une certaine analogie entre les intérêts de plusieurs
bourgs, qui alors s'unissent pour voter ensemble dans la
chambre. Mais qu'importe ! Les intérêts particuliers analogues se classent d'un bord, les intérêts particuliers qui
ont une analogie contraire se classent du bord opposé; le
scrutin donne la majorité à la réunion la plus forte.
Alors l'intérêt particulier le plus nombreux triomphe de
l'intérêt particulier le plus faible. — Mais, en définitive,
c'est toujours le triomphe d'un intérêt particulier, pas
autre chose. L'intérêt particulier le plus nombreux n'est
point pour cela l'intérêt général. Eh ! mon Dieu ! quelquefois le vainqueur et le vaincu sont presque égaux en
nombre : vous aurez, je suppose 220 députés d'un côté,
et 215 de l'autre. — Croyez-vous que la décision exprime
l'intérêt général du pays ?

L'intérêt général est un tempérament, une transaction
opérée entre les intérêts particuliers qui luttent dans le
pays. Mais le scrutin de la chambre n'est point un tempérament entre ces intérêts, c'est leur bataille; c'est la
défaite du plus faible par le plus fort.

La royauté, au contraire, par cela seul qu'elle ne représente aucun arrondissement électoral en particulier,
représente nécessairement l'ensemble général du pays.

Le député est inévitablement cloué à l'intérêt de son
département; il manque souvent de connaissances générales pour apprécier les besoins des provinces de France
éloignées de la sienne. Il ne se croit point chargé de les
défendre. Au contraire, il plaide contre elles le plus souvent. S'il plaidait pour elles contre l'intérêt du départe-

ment qui l'a nommé, il ne serait pas réélu, il serait traité d'apostat, de mandataire infidèle ! Son mandat est si étroit et si particulier, qu'il ne lui est pas possible de parler pour l'intérêt général, si cet intérêt était, même indirectement, contraire à celui de ses électeurs. — Ce qui se voit très-souvent.

La royauté, au contraire, précisément parce qu'elle n'est pas élective, prend dans sa position même une analogie générale avec le pays entier, sans acception de ses divisions locales. La royauté ne représente, ni la Gironde, ni le département du Nord, ou des Bouches-du-Rhône; elle représente l'ensemble général de la France; c'est une sorte de tempérament éternel, de transaction vivante entre tous les intérêts opposés; et c'est cette transaction, ce tempérament qui représente le véritable intérêt général, et qui doit constituer la direction morale du gouvernement.

Prenez une des plus hautes questions de notre âge, celle qui préside à la direction du travail, à la production des richesses, par conséquent au but vers lequel marchent ardemment aujourd'hui tous les désirs des populations : — le système prohibitif, d'un côté; la liberté commerciale de l'autre. — C'est peut-être dans cette question que se trouve la solution de toutes les difficultés de notre époque !...

Comment la question sera-t-elle envisagée par la chambre élective ?

Évidemment chaque département, selon l'intérêt que sa position lui a fait, classera ses députés sous une bannière ou sous l'autre. Tous les intérêts prohibitifs se rangeront d'un côté, tous les intérêts maritimes et commerciaux se rangeront de l'autre. Le scrutin prononcera. Ce sera donc

l'intérêt particulier le plus nombreux qui triomphera et
qui fera la loi en sa faveur. — Mais l'intérêt général, que
deviendra-t-il dans tout cela ?... Et comme la loi, une
fois faite en faveur de l'intérêt particulier le plus nombreux, exigera des corollaires et des développements dans
le même sens; comme les intérêts une fois engagés et victorieux éprouveront de nouveaux besoins pour suffire à
leur extension, le système deviendra toujours plus favorable pour les uns, toujours plus oppressif pour les autres,
et l'intérêt général, le tempérament juste et raisonnable
entre les intérêts particuliers, sera chaque jour de plus
en plus méconnu, de plus en plus foulé aux pieds.

La royauté, au contraire, le gouvernement du roi ne
représente ni l'intérêt prohibitif, ni l'intérêt maritime et
commercial; la royauté n'a pas d'avantage à favoriser l'un
au détriment de l'autre. Au contraire, sa gloire, sa force,
sa prospérité sont intéressées à les traiter équitablement
l'un et l'autre; car les diverses parties du territoire contribuent proportionnellement à tout ce qui consolide les
finances, la force armée, la force administrative de la
couronne. C'est donc le tempérament équitable, la transaction raisonnable entre ces intérêts, que la royauté cherche inévitablement par sa nature même et pour son propre
intérêt. — C'est par cette analogie avec l'intérêt général
qu'elle en est la représentation éternelle et nécessaire.

Car ce n'est point l'élection, la délégation matérielle
qui constituent la représentation réelle. C'est l'analogie des
situations morales. — C'est pour cela qu'il arrive très-
souvent dans le cours des choses qu'un intérêt est défendu
par un champion qu'il n'a pas élu, mais qui le représente
spontanément, parce qu'il y a analogie entre les deux cau-

ses, entre les deux intérêts, entre les deux positions.
N'avez-vous pas vu certains intérêts bien mieux défendus
par la chambre des pairs que par la chambre des députés ?
Cependant les pairs n'avaient point reçu mandat électif
pour les défendre, et les députés l'avaient reçu ! C'est
pour cela aussi qu'il arrive très-souvent que les députés
nommés pour représenter l'intérêt du pays, ne le représentent pas du tout, et ne représentent que leur intérêt à
eux, ou les âpres exigences d'une coterie et d'une localité.

Et voilà que, par l'appel souverain déféré aux classes
moyennes, après la dissolution de la chambre élective,
vous subordonnez la représentation de l'intérêt général du
pays, la royauté, au mandat impératif donné à la représentation des intérêts particuliers en lutte les uns avec les
autres ! Le pouvoir représentatif, qui est placé au point
de vue de l'intérêt général, ce pouvoir royal, ce grand
corps nécessairement impartial au milieu de la lutte, parce
que son intérêt même lui commande l'impartialité, vous
lui arrachez tous les droits que la charte lui a donnés,
vous lui ôtez la décision générale qu'elle lui a confiée,
vous lui ravissez le choix de ses agents, vous lui ôtez son
libre arbitre, pour faire prononcer une sentence sans appel par cette confusion populaire qui surgit de tous les
points isolés de la circonférence, au milieu des passions,
des intérêts en lutte et des mille inexpériences électorales
de la foule agitée !... Et vous appelez cela un gouvernement représentatif !... J'appelle cela, moi, la destruction
de tout principe de gouvernement, de toute espèce de
gouvernement.

La conséquence de ce faux système est d'ailleurs de
détruire toute majorité véritable dans la chambre élective,

et d'y substituer la tendance perpétuelle à la coalition des
intérêts particuliers. C'est ce que j'ai déjà prouvé ; c'est
ce que je vais prouver sous un autre point de vue.

En effet, la décision souveraine n'appartenant plus alors
aux trois pouvoirs, mais étant ainsi déférée au pouvoir
électif nommé par les intérêts particuliers, chacun plaidant pour sa propre cause et cherchant à devenir juge et
partie, par cela seul il ne se fait plus, dans l'ensemble
électoral, aucune abstraction générale, aucun effort pour
concevoir la question gouvernementale dans son ensemble.

Les électeurs d'abord, les députés ensuite, se groupent
en vue de l'intérêt particulier qu'ils ont à faire triompher :
tout autre motif s'efface. Obtenir la moitié, plus un, des
suffrages, c'est leur unique but. Il n'est plus question
d'avoir raison, il s'agit d'être les plus nombreux. Pour
arriver là, on ne pèse plus les raisons, on compte les suffrages, et tout est dit. Une coalition, fût-elle la plus in-
consciencieuse du monde, devient un argument sans réplique ; le gouvernement n'est plus qu'une addition de boules
blanches et une soustraction de boules noires.

Or, si la chambre n'était pas déclarée prépondérante,
il n'en serait pas ainsi. Elle aurait toujours besoin, pour
donner à son verdict législatif sa force exécutoire, d'obtenir l'assentiment des autres pouvoirs : et pour cela,
c'est à la raison, à la justice, à l'influence morale qu'elle
devrait avoir recours. Ce serait vers ce but noble, grand,
généralisé, que convergerait le travail de tous les esprits ;
il ne suffirait pas d'opposer à la royauté et à la pairie un
chiffre de scrutin, car la pairie répondrait par un scrutin
contraire, et la royauté par son *veto*. — Il faudrait que
le scrutin de la chambre élective fût appuyé de motifs

pris dans l'intérêt général, pour amener les autres pouvoirs à la transaction nécessaire. Mais en donnant à la chambre élective le pouvoir souverain de trancher par elle-même la difficulté en dépit des autres pouvoirs, vous l'affranchissez de la nécessité de toute vue morale, de toute généralisation d'intérêts, de tout travail politique. — Coaliser les intérêts particuliers, consacrer l'alliance des hostilités éparses contre tous les pouvoirs généraux de l'État, sera le labeur incessant du pouvoir électif.

Et pourquoi, à mesure que vous donnerez un empire plus souverain à la représentation des intérêts particuliers, la représentation même de ces intérêts particuliers sera-t-elle de plus en plus inexacte et fausse ? — Je vais vous le dire, et vous serez forcés d'en convenir.

C'est que, à mesure que les intrigants verront le pouvoir politique se renverser ainsi de haut en bas, c'est toujours en bas qu'ils s'adresseront : et comme les développements de l'industrie absorberont de plus en plus dans les classes moyennes la partie la plus éclairée, la plus commerçante, la plus envahie par l'esprit de spéculation et de travail, cette portion de la population s'occupera peu de débats politiques et d'intrigues électorales; plus elle aurait besoin de concentrer les élections en elle, plus elle les laissera dériver vers la partie inférieure des colléges électoraux, parce que ses intérêts industriels ne lui laisseront plus la libre disposition de ses loisirs. Vous avez confondu dans vos calculs l'animation extraordinaire des moments de crise avec l'état habituel et normal de la société. Vos classes électorales feront absolument comme vos gardes nationales. Dans les moments de troubles, de luttes, les légions sont complètes et ralliées au premier

rappel; quand le calme est rétabli, quand la société reprend son assiette, chacun reste à ses affaires, et personne
ne veut plus seulement monter la garde : de même pour
votre mécanisme électoral, dont tout le monde s'éloignera
d'autant plus que la société sera plus occupée à ses affaires industrielles. De sorte que l'élection deviendra chaque jour moins gouvernementale, parce qu'elle sera abandonnée de plus en plus aux influences secondaires. — Ce
qui ne serait point arrivé, si vous aviez réfléchi que vous
ne deviez point sacrifier les mœurs monarchiques du pays
aux opinions démocratiques qui nagent à la surface du
sol. Et c'est dans cette disposition des esprits que, par le
refus de concours, vous voulez rétablir l'empire du *mandat impératif* confié aux représentants, non pas même des
classes moyennes, mais des minorités les moins éclairées
et les moins morales de cette partie de la société ! — C'est
à ce verdict, partial et fractionné, que vous voulez su-
bordonner toutes les grandes influences gouvernementales
du pays !

L'histoire humaine est-elle donc destinée à rester l'i-
mage d'un grand, d'un éternel mensonge? Quand le
pouvoir royal, fruit de la conquête et du privilége, représentait l'intérêt particulier du monarque, les peuples
lui avaient laissé la libre disposition des intérêts généraux : depuis qu'une garantie inviolable est accordée aux
peuples contre les abus éventuels et fort improbables de
l'autorité royale, on conteste l'autorité royale elle-même,
on lui ôte la direction des intérêts généraux, on lui ravit
les moyens de remplir sa charge, et on lui reproche ensuite de ne pas l'accomplir dignement. — Voilà les anna-

les du monde depuis le chaos physique d'où il est sorti, jusqu'au chaos moral où il est tombé !

Et nous, modernes enfants de ce monde caduc, c'est du chaos moral que nous cherchons à nous dégager. Mais comme notre esprit en est lui-même troublé, c'est au chaos moral, à l'anarchie morale du nombre, à la multitude éparse encore imprégnée de sa réaction insurrectionnelle contre le pouvoir, que nous demandons la règle et la loi qui doivent rétablir l'unité, la direction, la liberté sociale, — en d'autres termes — le gouvernement !

Aussi pouvons-nous remarquer en France, depuis la ré-volution de juillet surtout, deux tendances opposées qui nous empêchent de reculer vers l'état de révolution, et qui ne nous permettent pas d'avancer jusqu'à l'état de gouvernement; deux tendances qui nous poussent tout à la fois, l'une à vouloir être gouvernés, l'autre à rendre le gouvernement impossible; deux tendances simultanées qui tiennent le vaisseau en panne, livré aux interminables débats des deux parties de l'équipage qui, toutes les deux, prédisent la tempête, mais qui la voient venir des deux bouts opposés de l'horizon.

Voici les termes réels de cet effrayant problème. — C'est que, tous les jours, l'art industriel s'accroît et se ra-mifie sans limite et sans mesure; c'est qu'il en résulte, dans les intérêts matériels, un développement, une éner-gie, un fractionnement individuel toujours croissant. C'est un enfantement toujours incessant de travail, d'activité, d'importance, qui s'attache à l'individualisme moral et physique, qui le rend orgueilleux et inguérissable, qui absorbe la vie entière de l'individu dans le travail de sa profession industrielle, pour arriver à la fortune, et qui

le rend avide d'exercer le pouvoir gouvernemental, pour
lequel il ne lui reste ni loisir, ni étude, ni expérience,
ni capacité.

Donc, plus les intérêts particuliers, multiples, ardents,
complexes, opposés, quelquefois mutuellement hostiles,
exigeraient une direction centrale, certaine, stable, au
cœur et à la tête de la société, plus, au contraire, les forces individuelles deviennent excentriques, et attirent le
pouvoir politique de la tête du corps social vers les extrémités : en un mot, plus les institutions républicaines deviennent impossibles et seraient fatales, plus les opinions
deviennent démocratiques. Et voilà que les doctrinaires
eux-mêmes, ces hommes qu'on croyait les derniers apô-
tres de la foi monarchique, la démolissent au grand jour,
en détruisant l'essence même de la royauté ! Plus les intérêts individuels auraient besoin de la tutelle puissante
d'une royauté, non pas absolue, mais complète, non pas
souveraine, mais directrice, plus ces intérêts individuels,
armés des préjugés représentatifs, se dressent orgueilleux
de leur nombre et de leur force, pour neutraliser et rendre vaines les attributions morales de la royauté. Ils veulent bien lui permettre d'exister, mais non pas d'agir ;
ou bien d'agir, mais non pas de vouloir ; ou bien de vouloir, pourvu que, d'avance, ils lui aient dicté ses volontés ;
en un mot, ils lui permettent d'être, à condition qu'elle
soit comme si elle n'était pas !.... Et puis, ils se plaignent
de n'être pas gouvernés, ils se scandalisent de l'impuissance du pouvoir royal, ils lui reprochent de *se faire
petit* !...

De se faire petit, accusateurs insensés !... Mais avec quoi
voulez-vous donc qu'il se fasse grand, quand vous lui ôtez

tout libre arbitre, toute latitude, toute action spontanée?... Comment voulez-vous qu'il dirige la société quand
vous lui ordonnez impérieusement d'attendre de vous une
direction que vous ne lui donnez pas?... Mais puisque,
selon vous, le roi ne doit pas gouverner, puisque le gouvernement doit émaner de la chambre élective, être exercé
par des ministres imposés au pouvoir royal par la majorité, à qui donc la faute, je vous prie, si le gouvernement
est petit? Tâchez d'abord d'avoir une grande chambre, une
grande majorité, une grande fabrique de grands ministres,
et vous aurez ensuite un grand gouvernement. — Grand
édifice bâti par des nains!

CHAPITRE XI;

Des 221.

A mesure que nous avançons, tous les rayons conver-
gent vers le foyer qui doit les concentrer. Chaque pas nous
montre à la fois l'inconstitutionnalité et l'impossibilité du
système qui veut substituer le gouvernement électif au
gouvernement représentatif; du système qui arrache à la
couronne le gouvernement que la charte lui a déféré sous
la surveillance des chambres, et qui le transporte à une
seule des chambres, investie de la souveraineté populaire,
manifestée par le mandat impératif des électeurs.

Mais voici qu'on nous arrête par une prétention fort
extraordinaire. — Nous arrivons trop tard, dit-on, c'est
une question jugée : les 221 l'ont décidée. De cette déci-

sion est sortie la révolution de juillet. De la révolution de
juillet sont sorties la charte et la monarchie actuelles. Donc
elles sont soumises à ce grand fait qui a tranché la querelle entre les deux prérogatives, et qui a décidé pour toujours que la prérogative de la chambre élective doit primer celle de la royauté.

C'est aller trop vite... Analysons cette assertion, et vous
allez voir la masse de bévues qu'elle contient.

D'abord, il serait extraordinaire qu'une si grande difficulté fût infailliblement et pour toujours jugée, la première fois qu'une chambre, fort inexpérimentée en pareille matière, l'aurait décidée par impromptu. L'infaillibilité des 221 serait, à mon sens, une prétention fort ridicule,
surtout quand on sait qu'une partie d'entre eux a fait la
révolution sans la vouloir, sans s'en douter, et qu'ils s'en
sont amèrement repentis.

Il serait, à mon avis, tout à fait exorbitant que les destinées politiques de la France fussent immuablement en-
chaînées à une doctrine fausse, parce que vingt ou trente
votants, dans un moment de convulsion sociale, auraient
passé de la royauté à la révolution.

Il n'y a eu chez les 221, dans la partie morale et in-
tentionnelle de leur acte, rien d'assez mûr, d'assez prévoyant, d'assez réfléchi; il y a eu, au contraire, trop de
combinaisons hâtées, trop de motifs différents et opposés
dans ceux qui agissaient pourtant de concert, trop de sur-
prise dans le résultat obtenu, pour qu'on puisse déduire
de cette catastrophe politique un système rationnel et complet. Il est trop visible, au contraire, que ce n'était qu'une
improvisation confuse et incohérente, n'ayant ni système
ni gouvernement arrêté.

Mais à part ce côté politique et moral du débat, sur lequel nous aurons occasion de revenir avec détail, le fait même qu'on nous oppose n'est pas vrai : la question de primauté entre les deux prérogatives n'a pas été tranchée par les 221 ; je dis plus, elle n'a seulement pas été posée : c'est une autre question qui, tout à coup, lui a été substituée et qui seule a été résolue !

Il peut y avoir eu un parti qui ait prémédité la révolution, mais à coup sûr ce ne sont pas les 221. Ils ont servi d'instrument, voilà tout ; ils ont servi d'instrument aveugle, absorbés qu'ils étaient par les petites intrigues ambitieuses qui fermentaient dans leurs diverses fractions. Ils faisaient grand fracas de maximes parlementaires qui fournissaient la décoration apparente du drame ; mais sous leurs pieds surgissaient de toutes parts les maximes de la souveraineté populaire qui les comprenait mieux qu'ils ne se comprenaient eux-mêmes.

M. de Chateaubriand, l'un des instigateurs les plus inconséquents des 221, dans son livre sur le congrès de Vérone, a fait tout haut amende honorable. *Si nous avions prévu le résultat, s'est-il écrié, nous nous serions abstenus.* — Sans doute, j'en suis convaincu. — Mais si vous aviez un peu réfléchi, au lieu de beaucoup déclamer, vous auriez très-facilement prévu le résultat. Il n'y a rien de plus simple : toutes les fois que, dans une monarchie constitutionnelle, vous arriverez à soutenir que la majorité élective peut imposer sa décision souveraine à la couronne, si vous transformez cette maxime en fait, la couronne sera détruite. Vous pouvez recommencer cent fois : cent fois vous aurez ce résultat.

Mais comme les 221 n'avaient pas compris cela, ils

allaient hardiment de l'avant ; ils jouaient à la révolution ,
et croyaient jouer simplement *à la majorité*. On leur avait
dit que c'était une partie d'échecs régulière ; qu'ils pouvaient aller jusqu'à la fin, en ripostant coup pour coup,
et que quelque miracle sauverait la royauté. Puis, quand
le roi fut *échec et mat*, ils en furent ébahis !

Encore faut-il le reconnaître, c'est le roi lui-même,
c'est Charles X qui s'est empressé de supposer aux 221
une portée politique bien plus hostile que celle qu'ils
avaient réellement, car ils en avaient bien peu. D'eux-
mêmes, ils n'auraient pas tiré à conséquence. Leur adresse
n'était point un refus de concours. Si, au lieu d'une phrase
vague et comminatoire, leur commission du projet d'a-
dresse eût exprimé l'intention positive de refuser le budjet dans le cas où le roi ne renverrait pas le ministère Polignac, la chambre n'aurait pas voté l'adresse ; il fallut,
pour obtenir ses suffrages, se borner à des phrases générales, et à cette assertion vague que le *concours n'existait
pas*, sans exprimer aucune résolution positive sur quoi
que ce fût : de sorte que beaucoup de ceux qui votèrent
pour cette phrase, y voyaient simplement l'intention de
s'opposer aux mesures inconstitutionnelles que pourrait
proposer le ministère Polignac, et point du tout exprimer le dessein de refuser tout ce qui serait proposé, même
bon, si le roi s'obstinait à garder son fatal ministère. En
un mot, ils voulaient exprimer la volonté de défendre la
charte, si elle était attaquée, et non pas la volonté de détruire la charte, de peur qu'on ne l'attaquât.

L'adresse des 221 n'était donc en elle-même qu'un équivoque involontaire et sophistique. Charles X s'y trompa
ou fit semblant de s'y tromper ; il n'était pas fâché d'avoir

un prétexte pour recourir à la force contre des institutions qui lui étaient antipathiques. Il s'était mépris : la force n'était pas pour lui.

S'il eût été mieux conseillé, il eût compris que cette simple assertion, que le *concours n'existait pas*, ne signifiait à peu près rien; qu'il en fallait venir à un vote positif sur une mesure constitutionnelle pour savoir ce dont la chambre était capable; que cette phrase vague et générale était bien loin d'exprimer la volonté de refuser le budget; et que la chambre elle-même eût-elle dit : *Nous refuserons* le budget, de là à le refuser réellement, il y avait un intervalle immense qu'elle ne franchirait pas. Alors les choses se seraient autrement passées; nous n'aurions pas eu de révolution, au moins pour cette fois, et l'on n'aurait pas extrait de l'adresse des 221 les fausses maximes, les théories inconstitutionnelles qu'on en a déduites et qui n'y sont même pas.

Mais Charles X aima mieux supposer que l'adresse des 221 contenait ce qu'on avait fait semblant d'y mettre, afin de s'en faire un prétexte au coup d'état qu'il méditait. — Alors le débat parlementaire fut subitement interrompu, au lieu d'être éclairci et conduit jusqu'à sa solution. A la place de cette question-ci : *La chambre a-t-elle le droit d'exiger le renvoi des ministres du roi?* fut substituée celle-ci : *Le roi a-t-il le droit de casser la loi électorale et la loi de la presse par ordonnances?* Or, certainement l'une n'équivaut pas à l'autre, et c'est cette dernière seulement qui a été résolue.

On n'a donc pas décidé, par la révolution, que la chambre avait le droit d'exiger le renvoi des ministres du roi. —On a décidé simplement que le roi n'a pas le droit de

violer la charte par ordonnance, et de faire la loi à lui
tout seul.—Or, c'est une décision que nous n'avons jamais contestée, et que nous reconnaissons très-volontiers.
C'est une décision que je pourrais contester moins que
personne, moi qui ai joué ma tête contre les ordonnances
de Charles X, en protestant publiquement contre elles, et
en invoquant contre elles la résistance de mes concitoyens
de la Gironde. Mais nous soutenons que la chambre, non
plus, n'a pas le droit de faire la loi à elle toute seule,
malgré le roi; qu'elle n'a pas le droit d'exiger le renvoi
des ministres du roi; en un mot, que la charte est obligatoire pour elle comme pour la couronne; voilà tout.

Si Charles X, au lieu de faire un coup d'état, eût laissé
marcher le drame parlementaire, alors la question de prérogative aurait peut-être été posée. Peut-être la chambre
en serait-elle venue à cette extrémité de rejeter le budjet,
de refuser tout concours, de voter contre la vie intime du
gouvernement, pour exiger le renvoi du ministère. Alors
nous aurions vu ce qui serait arrivé. Mais la question
n'ayant pas été posée, très-certainement il est absurde de
nous dire qu'elle ait été résolue. Je suis convaincu, moi
qui ai connu beaucoup des 221, qu'ils n'auraient pas refusé le budjet, et que si, par impossible, ils l'avaient refusé, ce flagrant abus du vote parlementaire aurait changé
toutes les chances politiques, et aurait ramené l'opinion
à la royauté.

Mais qu'est-il résulté de cette substitution subite d'une
question à l'autre?

Il est arrivé trois choses :

1° La question de prérogative constitutionnelle est restée pendante et non résolue.

2° Le parti révolutionnaire, le parti de la souveraineté
du peuple, profitant de la confusion des idées, a soutenu
que la question de prérogative avait été résolue dans son
sens.

3° Enfin, la couronne, étouffée par les préjugés élec-
tifs qui la cernent, n'a pu cependant convenir que la question de prérogative eût été résolue contre elle, ce qui aurait tué la monarchie nouvelle dès sa naissance. Mais
elle n'a pas osé non plus nier la solution prétendue, et
elle s'est arrangée le mieux qu'elle a pu de la situation
fausse et indécise où cette ambiguité a retenu son gouvernement.

Si vous voulez savoir maintenant d'où est provenue
toute la mobilité parlementaire, toute l'instabilité ministérielle, toute cette masse flottante d'intrigues et de con-
tre-intrigues qui ont annihilé, morcelé, fracturé la chambre, le gouvernement et le pays depuis 1830, en voilà la
cause incessante et fatale.

Car comprenez bien, une fois pour toutes, que s'il était
constitutionnellement décidé que la chambre doit examiner les actes du gouvernement pour leur valeur réelle,
pour leur rapport, bon ou mauvais, avec les affaires du
pays; s'il était bien constaté qu'elle ne doit pas adopter,
combiner, rassembler ou disjoindre des noms d'hommes
pour faire ou défaire un ministère; qu'elle doit laisser ce
soin au roi que la charte en a investi par sa *prérogative
constitutionnelle*, alors la discussion serait courte, claire,
sincère. On examinerait les lois pour ce qu'elles valent;
on rejetterait les mauvaises, on adopterait les bonnes. Et,
de leur côté, les ministres n'ayant à songer qu'aux affaires du pays, n'ayant à méditer que les lois, les projets de

réglement, les affaires administratives de leur département, y consacreraient tout leur temps, tout leur travail
d'esprit, toutes leurs études, et le gouvernement représentatif vous donnerait tout ce qu'il peut renfermer d'utile et
d'avantageux.

Mais dans le système qui place le choix des ministres
et la direction du gouvernement dans la prépondérance de
la prérogative parlementaire, vous avez un résultat tout
opposé. La chambre s'occupe à savoir quel ministère elle
doit former, et non pas quelles lois elle doit adopter. Elle
examine les actes, dans le but de s'en servir pour renverser ou pour soutenir les hommes du ministère, et point
du tout dans leur rapport avec le bien réel du pays. Les
lois ne sont qu'un prétexte pour discuter les personnes.
Toutes les ambitions parlementaires s'ameutent en ardentes rivalités. Tous les partis hostiles se coalisent pour détruire, parce qu'il faut qu'ils détruisent pour avoir l'espérance de se mettre à la place de ceux qu'ils auront détruits. La chambre joue au ministère; au lieu d'un gouvernement vous n'avez qu'une immense intrigue; une intrigue infinie, éternelle, qui renaît d'un bord aussitôt
qu'elle a trouvé une solution du bord opposé.

Cela n'est pas un accident de notre position; c'est le
résultat inévitable et logique de la prépondérance élective.
— Le jour où la prérogative royale ne sera plus contestée,
le jour où il sera reçu, dans les mœurs et dans l'opinion
publique de France, que le roi seul choisit ses ministres,
et que les chambres doivent se borner à repousser ce qu'ils
proposeront de mauvais et à adopter ce qu'ils proposeront
d'utile, tout rentrera dans l'ordre, dans le bon sens, dans
la voie du bien public et de la véritable liberté. L'influence

morale, la confiance qu'acquerra la chambre des députés par cette loyale conduite, lui vaudront cent fois plus de puissance réelle que l'usurpation gouvernementale où on la pousse : tentative folle qui ne peut mettre à découvert que sa parfaite inaptitude à l'accomplir.

Le plus grand intérêt de la France, le moyen direct et positif pour elle d'avoir enfin un gouvernement réellement représentatif de ses intérêts, au lieu d'être représentatif des ambitions qui veulent l'exploiter tour à tour, c'est donc de consolider la prérogative royale dans son intégrité constitutionnelle. Voilà l'œuvre que la révolution de juillet doit accomplir, si elle veut fonder quelque chose en France. —Jusque-là, on nous dira solennellement que les 221 ont décidé qu'il faut marcher sur la tête et penser avec les pieds ! — Le respect que je leur porte m'oblige à déclarer que c'est un aphorisme très-ridicule auquel ils n'ont jamais pensé.

CHAPITRE XII.

Théorie du dernier mot.

Nous approchons du dénouement. Voici la crise du débat.

L'équilibre, nous dit-on, c'est l'absence du mouvement ; l'absence du mouvement, c'est la mort du gouvernement. Donc, il faut qu'un des trois pouvoirs soit prépondérant pour faire pencher la balance et marcher le gouvernement ; donc, il faut qu'un des trois pouvoirs ait le *dernier mot* en cas de dissentiment, et comme la chambre des députés,

élue par la classe moyenne, représente le plus grand intérêt du pays, il est juste et politique que ce soit elle qui
tranche la difficulté.

On continue et l'on dit :

Cela est d'ailleurs utile pour éviter une collision révolutionnaire; car si un des pouvoirs n'est pas chargé de
terminer constitutionnellement le débat, alors il faudra
que leur dissentiment soit terminé de part ou d'autre par
un appel à la force. C'est donc pour détruire à l'avance
les chances de révolution violente, qu'il est convenable
d'accorder la prépondérance à la chambre élective. Bien
entendu qu'elle n'en devra faire usage que dans les *cas
extrêmes.*

Tout cela n'est qu'un ensemble d'illusions, dont certaines sont de véritables puérilités.

Analysons méthodiquement cette argumentation.

Prévoyant d'avance le cas où les trois pouvoirs seront
en dissentiment sur une matière très-essentielle, vous voulez stipuler que la chambre élective pourra faire la loi aux
deux autres pouvoirs.

Ce qui signifie qu'au lieu d'accorder un *veto* réel et
positif à la royauté, vous refaites la faute de l'assemblée
constituante, et vous n'accordez au roi qu'un *veto suspensif.* — Et remarquez que ce *veto* n'est point indéfini comme
vous le prétendez. Le roi n'a pas les moyens de dissoudre
plusieurs fois la chambre. Après la première dissolution,
il faut qu'il cède. Car calculez le délai de la première
session, de la dissolution, de la réélection, de la seconde
session, vous verrez que l'année serait écoulée, qu'il n'y
aurait pas de budjet voté, et que, par conséquent, la
royauté n'aurait plus les moyens d'attendre une troisième

chambre. D'ailleurs, je vous le demande, que signifieraient des élections générales, coup sur coup et consécutives? Quel pays supporterait une telle hygiène politique?—C'est absurde et impraticable.

Tout se réduit donc à ceci, qu'au lieu du *veto absolu* stipulé dans la charte, vous voulez revenir au *veto suspensif* de la constitution de 1791. Vous allez même plus loin; car l'article 2 du titre III de la constitution de 1791, qui traite de la sanction royale, n'obligeait le roi à céder qu'après *deux législatures subséquentes* qui auraient persisté dans la décision de la première. Or, par la force des choses, votre *refus de concours* serait obligatoire après les premières élections générales qui suivraient le vote prépondérant de la chambre. La royauté n'aurait presque jamais la possibilité d'appeler de la seconde chambre à une troisième convocation. Direz-vous que, sous la constitution de 1791, le roi n'avait pas le droit de dissoudre l'assemblée nationale législative?... Cela est vrai; mais cela ne change pas la question au fond, parce que cette assemblée se dissolvait de plein droit tous les deux ans, et comme il fallait deux législatures subséquentes à la première, en tout trois, pour épuiser le *veto suspensif* du roi, il était toujours, en définitive, renvoyé à l'examen d'une assemblée résultant de nouvelles élections. Il faut même observer que les législatures de la constitution de 1791, durant *deux ans,* et ne pouvant être dissoutes, il fallait jusqu'à *six ans* avant que le *veto* suspensif du roi fût constitutionnellement épuisé devant les deux législatures subséquentes où il avait droit de porter son appel.—Vous, vous lui accordez *un an* tout au plus. Ensuite, vous déclarez le pouvoir électif souve-

rain. Vous êtes donc bien plus anarchiques que la constitution de 1791 elle-même !

Voilà la réalité des choses.—Or, il me semble qu'une
disposition si importante aurait dù être textuellement
écrite dans la charte. Pourquoi ne l'y avez-vous pas in-
sérée, en 1830, quand vous l'avez revisée? Pourquoi n'a-
vez-vous pas déclaré que le *veto* du roi n'était que suspensif, et qu'après un refus de concours, s'il dissolvait la
chambre, il devait nécessairement céder au vote de la
chambre suivante, si elle persistait?—Pourquoi vous ne
l'avez pas fait?... Parce que vous n'auriez pas osé. Parce
que tous ceux qui savent un peu, en France, ce que c'est
qu'une monarchie constitutionnelle, auraient jeté les hauts
cris, d'un bout du royaume à l'autre. — Cependant une
disposition si importante ne peut se suppléer. Vous ne
pouvez constitutionnellement arracher au roi un *veto* que
la charte lui garantit sans distinction ni restriction. Ce
n'est point par une argutie, par une induction, par une
extension arbitraire du droit électif que vous pouvez ainsi
changer, modifier, dénaturer la royauté de la charte, et y
substituer le *veto* suspensif de 1791, encore affaibli.

Mais, dites-vous, en cas de dissentiment, il faut bien
qu'un des pouvoirs le termine.

Je nie hardiment cette assertion. Car si un des pouvoirs
décide à lui seul, le gouvernement représentatif n'existe
plus.

Mais ce n'est pas mon seul motif. Mon motif véritable,
le voici : c'est qu'il est impossible que le dissentiment des
pouvoirs soit terminé par le refus de concours : votre
dernier mot prétendu ne serait que le premier mot d'une
révolution.

En effet, s'il y avait entre la royauté et la chambre un dissentiment, un discord grave, profond, enraciné, dans les rapports intimes, dérivant de la volonté sérieuse et des intérêts capitaux de l'un ou l'autre pouvoir — et fort évidemment ce n'est que de ce cas qu'il peut être question entre nous — vous avez rêvé qu'il suffira que vous arrangiez d'avance dans vos idées que l'un des deux pouvoirs doit céder à l'autre, pour qu'il cède réellement quand le moment arrivera? — Mais c'est un pur roman que vous faites là. La royauté calculera sa force. Si elle se croit capable de résister, elle résistera; sinon, elle cèdera provisoirement. Mais dans le fond des choses, le dissentiment ne sera point éteint; il sera seulement masqué, dissimulé; il se ramifiera partout. Il renaîtra dans tous les actes du pouvoir exécutif jusqu'à ce que vous l'ayez détruit ou enchaîné. Parce que vous aurez humilié la couronne par l'imposition forcée de la volonté parlementaire, vous n'aurez pas changé pour cela la nature des intérêts en litige; ils ressortiront par tous les pores du gouvernement. Du côté de la couronne, ils produiront le ressentiment et l'hostilité; du côté de la chambre, la méfiance et l'inévitable tendance à dominer de plus en plus la prérogative royale, sur la sincérité de laquelle elle ne pourra plus compter.

Ainsi, pouvez-vous penser que si Charles X eût cédé aux 221, le discord aurait cessé, l'harmonie se serait rétablie, la chambre serait devenue monarchique, et la royauté libérale? Eh! mon Dieu! ce serait tout le contraire qui serait arrivé, et votre mauvais plâtrage n'aurait rien arrangé.

D'abord le pouvoir royal aurait été dégradé, déconsidéré, détruit. Car personne n'aurait cru qu'il cédait par

conviction. Tout le monde aurait pensé qu'il cédait par
peur et par lâcheté. Tout le monde aurait pensé que, par
tous les moyens possibles, il s'efforcerait d'entraver par-
dessous main l'accomplissement du système démocratique
qu'on lui aurait imposé.—Et cela n'aurait pas pu être
autrement.

Et du côté de la chambre, ç'aurait été bien pis. Fière
de sa victoire, en même temps que remplie de méfiance
envers la couronne, elle n'aurait point déposé ses armes
parlementaires. Bien au contraire, elle aurait voulu en
faire un usage décisif, pour consolider et assurer la durée
de sa victoire.—Nous ignorions alors quelle exagération
démocratique se cachait sous l'apparente modération de
la coalition des 221 ; ils l'ignoraient eux-mêmes. Mais
les événements, les principes, les publications qui ont
suivi la révolution de juillet, nous ont appris que tout
ce vernis extérieur n'était qu'une surface trompeuse qui
couvrait une ardeur radicale des plus intenses. Aussitôt
que le refus de concours aurait eu triomphé de la royauté
de Charles X, tout ce volcan politique aurait commencé à
surgir du pays égaré, à bouillir, à déborder le gouvernement. La chambre en aurait été d'autant moins maîtresse,
qu'elle-même, à cette époque, avait des idées très-fausses
et très-incertaines. Je n'en veux pour preuve que la manière dont elle avait accueilli le projet de loi municipale
de M. de Martignac. La chambre était imbue de l'axiome
insensé, *le roi règne et ne gouverne pas,* qui était alors
dans toute sa vogue, et qu'aucune voix libérale n'aurait osé contester. Sur-le-champ elle aurait voulu le réaliser. Toute la presse libérale l'aurait excitée avec ardeur ;
si elle avait hésité, la presse l'aurait dépopularisée. Tout

le monde aurait dit : — à quoi nous servirait d'avoir fait triompher la prérogative parlementaire, si nous n'en profitions pas en obtenant les institutions populaires qui doivent en réaliser les fruits? Voulez-vous attendre que Charles X reprenne force et courage pour recommencer à s'opposer aux volontés du pays représentées par la chambre? — Et la chambre elle-même, dupe de sa propre faiblesse, aurait voulu faire parade de libéralisme. Il n'est pas un homme d'état qui puisse douter de ce résultat.

Or, comment la royauté de la restauration aurait-elle pu se maintenir en face de ce mouvement? — Aurait-elle cédé? Elle aurait été démolie à coups de votes, au lieu d'être démolie à coups de pavés. — Aurait-elle essayé de résister? Comment l'aurait-elle pu? La prépondérance du premier refus de concours n'aurait-elle pas décidé la prépondérance du second? Ayant cédé une fois, il aurait fallu que la couronne cédât toujours. Quand la chambre aurait eu exprimé une volonté positive, aurait-elle souffert un refus de la couronne? Toute la presse ne lui aurait-elle pas reproché comme une niaiserie d'avoir remporté la victoire et de ne pas savoir en profiter? Ne lui aurait-on pas démontré que le gouvernement représentatif était faussé, puisque le roi méconnaissait une seconde fois la volonté du pays?—Quoi! lui aurait-on dit, vous souffrez encore une charte octroyée, vous souffrez encore l'initiative exclusive de la royauté, vous souffrez encore que la cour dispose des places, des faveurs, des ministères? Vous ne voyez pas que l'ancien régime prend un autre masque pour aller à ses fins?

Ainsi donc une royauté humiliée, détruite, en but à la méfiance ; une chambre excitée et pressée d'établir défi-

nitivement sa victoire sur un terrain démocratique qu'elle
ne connaissait pas; toutes les ardeurs populaires soulevées;
la royauté obligée de céder à toutes les exigences, même
les plus fatales; les haines réciproques pires que jamais,
et une crise à chaque instant imminente, voilà le résultat
qu'auraient obtenu les 221, si Charles X avait cédé.

Concevez donc, et n'oubliez plus que, s'il n'y a pas de
cause grave de dissentiment, si les *cas extrêmes* ne sont
pas arrivés, c'est une folie inexcusable de songer au refus
de concours; et que, quand le cas est réellement extrême,
quand il y a une cause grave de dissentiment entre les
deux pouvoirs, vous ne faites disparaître ni cette cause ni
ses effets, parce que, dans les cases métaphysiques de votre
cerveau, vous aurez décidé à l'avance que l'un des deux
pouvoirs doit céder à l'autre. Vous croyez éviter ainsi une
révolution? En vérité, votre confiance me remplit de sur-
prise. Vous n'avez donc jamais lu l'histoire? Vous n'avez
donc jamais vu de révolution, si vous imaginez qu'on les
neutralise à l'avance par une formule constitutionnelle
préparée tout exprès pour maîtriser les *cas extrêmes!*

Eh! Messieurs, les cas extrêmes ne se maîtrisent pas,
ne se régularisent pas ainsi, précisément parce qu'ils sont
des CAS EXTRÊMES!

Savez-vous ce que vous faites en prévoyant les cas extrêmes, et en stipulant à l'avance que, dans ces *cas extrê-*
mes, la chambre élective doit faire prévaloir sa volonté sur
la prérogative constitutionnelle du roi? — Vous viciez
l'état habituel et constant du gouvernement par la prévi-
sion d'une prépondérance dont chaque parti soutiendra
que l'application est arrivée. Vous soumettez le corps social bien portant à un régime violent sans cesse tenté, et

quand le moment de s'en servir arriverait enfin, le remède serait usé, déconsidéré, détruit.

Ainsi, tout parti parlementaire qui n'est pas au pouvoir soutiendra inévitablement que le *cas extrême* est arrivé, et que la chambre doit refuser son concours au gouvernement du roi. Vous le voyez sous vos yeux, M. Duvergier ne soutient-il pas hautement, depuis un an, que
l'application de cette doctrine serait fort convenable, fort
constitutionnelle aujourd'hui, et que la situation actuelle,
sans être aussi extrême que celle de M. de Polignac, est
cependant *assez extrême* pour motiver le *refus de concours?*
Quelle leçon plus frappante la destinée peut-elle vous donner pour vous faire comprendre que si vous admettez la
doctrine du refus de concours, vous aurez toujours une
coalition tendant à se former pour en demander l'application; et que par conséquent cette tendance, qu'il faudra
toujours combattre, cette tentative, qu'il faudra toujours
repousser, troublera, désorganisera toute votre machine,
et empêchera le gouvernement et la chambre de s'occuper
des affaires du pays !

Oui, ne pas être au pouvoir, voilà le *cas extrême* que les
partis ne peuvent tolérer. Voilà les extrémités auxquelles
ils ne peuvent se résoudre. Ainsi, pour préparer un remède illusoire à la révolution éventuelle qu'un dissentiment grave pourrait amener, vous organisez une dissolution gouvernementale de toutes les minutes et de tous les
instants. Et quand un cas réellement extrême arriverait,
il briserait votre formule en lambeaux, selon que la force
serait d'un bord ou de l'autre. Croyez-vous que la théorie
du refus de concours aurait empêché Napoléon de faire

passer le conseil des cinq cents par les fenêtres de l'orangerie de Saint-Cloud ?

En thèse générale, il ne faut jamais prévoir les cas extrèmes. — Les cas extrèmes n'ont pas de solutions appré-
ciables d'avance. Les cas extrèmes ne se pacifient que par
une transaction volontaire. Or, il n'y aura jamais de transaction volontaire quand un des pouvoirs se sentira prépondérant, surtout si c'est un pouvoir électif. — Nous examinerons dans un instant ce côté de la question.

En attendant, je ne puis m'empêcher de réfuter une
supposition singulière que j'ai entendu faire plusieurs fois,
et qui prouvera à mes lecteurs combien on parle légère-
ment des plus graves épisodes de l'histoire.

Ainsi, l'on a dit. — Quand, au 13 mars, il a fallu résister à l'entrainement démocratique, Casimir Périer l'a
essayé et y a réussi. — Donc, si Charles X avait renvoyé
M. de Polignac et ses collègues, et qu'il eût appelé Casimir Périer au ministère, nous concevons bien que le mouvement démocratique se serait manifesté ; mais Casimir
Périer l'aurait réprimé pour Charles X, comme il l'a
vaincu pour Louis-Philippe.

Il faut avoir grande envie de se faire illusion à soi-
même pour croire une telle chose ! — Qui ne comprend
que les deux positions auraient été tout à fait opposées ?
Qui ne voit que l'immense difficulté que Casimir Périer a
rencontrée après le 13 mars, aurait dépassé vingt fois ses
forces, si, avant la révolution, il avait essayé de la vaincre sous Charles X ?

D'abord, Casimir Périer, à cette époque, n'était pas détrompé lui-même des erreurs révolutionnaires. Il a fallu

le coup de tonnerre de juillet pour lui ouvrir l'entende-
ment; mais là n'était pas encore le nœud du drame.

Si Charles X, avec ses alentours, ses antécédents, ses
tendances démasquées et vaincues, avait appelé Casimir
Périer au ministère, celui-ci aurait recommencé la généreuse impuissance de Martignac, avec bien plus d'obstacles et bien moins de force.

D'abord, il aurait fallu que Casimir Périer trouvât un
ministère homogène dans les 221. — Première impossibilité. — Ensuite, il aurait fallu qu'il trouvât un moyen
quelconque de paralyser la méfiance du parti libéral, qui,
d'un bout de la France à l'autre, l'aurait soupçonné et
accusé d'apostasie. — Seconde impossibilité. — Il n'aurait
pas pu servir Charles X contre la révolution, parce qu'entré au service de Charles X, il aurait été lui-même perdu
dans l'opinion; en même temps, tout le parti de Charles
X aurait travaillé à exciter contre le ministre, et la méfiance des royalistes, et la méfiance du parti populaire
lui-même. Avez-vous donc oublié la dépopularité qui
frappa à la minute M. Dupin pour avoir paru à Saint-
Acheul, et Casimir Périer pour avoir dansé un quadrille
dans un bal de cour?

Toute la gauche, Benjamin Constant, Odilon-Barrot,
Lafayette, Mauguin, Laffitte, auraient formé un *compte
rendu* bien autrement dangereux que celui que nous avons
vu depuis, parce que la méfiance, inhérente à la cour, à
l'émigration, à l'ancien régime, aurait donné à cette ag-
grégation de gauche une force qu'elle n'a plus eue après
l'expulsion de juillet. — Nous tous, qui, depuis, éclairés
par cette catastrophe, nous sommes voués à la résistance,
nous serions tous restés dans le mouvement, et Casimir

Périer serait resté sans appui, précisément parce qu'il aurait été appelé au secours de l'ancienne monarchie qui
aurait été l'objet d'un redoublement de méfiance.

A Dieu ne plaise que je veuille incriminer les mânes
exilées du vieux monarque ! Je respecte la couronne de
l'infortune, plus encore que la couronne de la royauté.
Ce n'est pas d'ailleurs dans l'homme seulement qu'était le
mal, c'était dans sa position politique. Il est des positions
si fatales, que ceux qui y sont placés ne peuvent commettre impunément la moindre faute. Ces positions sont
trop fortes pour la faiblesse humaine; personne ne peut
y résister.

Or, telle était la position de Charles X ; la méfiance
du pays lui imputait à mal, et le mal que ses préjugés
lui dictaient malgré lui, et le bien même qu'il aurait
voulu faire. La disposition des esprits était telle, que les
accusations les plus absurdes trouvaient foi dans l'opinion,
tout aussi bien que les méfiances les mieux motivées, quand
il s'agissait d'incriminer la royauté! Il aurait suffi que
Casimir Périer en approchât pour que l'assentiment public s'éloignât de lui.

Or, depuis, il n'en a plus été de même, malgré les
efforts du parti républicain pour ressusciter cette perversion des esprits. La position de Louis-Philippe permettait
d'essayer pour sa cause ce qu'on n'aurait pu tenter pour
Charles X. Les factions ont essayé de déconsidérer la *quasi-*
légitimité; les esprits roides et absolus ne voyaient pas qu'aux
époques de transaction, il faut des situations transaction-
nelles aussi : que si elles n'ont pas les avantages des situations complètes, elles n'en ont pas aussi les inconvénients;
qu'un roi tout électif n'aurait pu durer, parce que la

royauté élective est par elle-même un non-sens; qu'un
roi tout légitime n'aurait pu durer non plus, parce qu'une
suspicion invincible, quoique épisodique, s'était attachée
à la légitimité. Louis-Philippe, au contraire, réunissait
tout juste assez *de droit* et assez *de fait*, pour traverser le
détroit difficile que Charles X ne pouvait franchir par
quelque moyen que ce fût. — Qui ne comprend que si
Charles X ou Henri V eussent été sur le trône, les insur-
gés du cloître Saint-Méry les auraient renversés du premier choc, si même ces rois avaient duré jusque-là !

Le seul moyen que Charles X aurait eu de sauver sa
couronne, si la chose eût été possible, ce n'était point de
céder aux 221 ; au contraire, c'était de leur résister, mais
de résister constitutionnellement jusqu'au bout, au lieu
de se livrer à un coup d'état pour lequel rien n'était
préparé. — Il fallait courir le risque du refus de budget.
— Le budget n'aurait pas été refusé, et le roi aurait ensuite modifié son ministère, quand les droits de la couronne n'auraient plus été compromis. — Mais céder devant
le refus de concours, c'eût été une lâcheté qui l'aurait
déshonoré sans le sauver. — Déplorons les erreurs de son
esprit, mais honorons sa dignité. Il n'est pas un homme
de cœur qui ne préférât sa tombe dans l'exil, à la couronne
dégradée qu'il aurait portée quelques mois de plus, pour
la voir briser sur son front !...

On a dit : Charles X est mort dans l'exil pour avoir
pratiqué les principes prêchés par M. Foufrède. La reine
Victoria a régné en Angleterre, parce que son aïeul a
respecté la prépondérance parlementaire. Triple erreur.

D'abord la prépondérance élective en Angleterre, je l'ai
démontré, n'avait rien de comparable à celle qu'on veut

établir en France, parce que la nature des deux assemblées était différente.

Ensuite ce n'est pas la question constitutionnelle qui a tué Charles X, c'est la question révolutionnaire. C'est sa qualité de roi *de restauration*, c'est la méfiance que l'ancien régime et le nouveau se témoignaient en grinçant des dents.

Enfin, en Angleterre, rien de semblable; ni l'aïeul de Victoria, ni la reine elle-même n'ont eu à défendre une couronne *de restauration*; aucune méfiance, aucun ressentiment de la guerre civile et de l'invasion étrangère n'existe entre le peuple anglais et sa reine. Et M. Duvergier, déclamant en cette circonstance comme dans tous ses écrits, fait preuve d'une légèreté de pensée que rien ne peut corriger.

Maintenant on me demandera comment le gouvernement se démêlera des *cas extrêmes* où les deux pouvoirs seront en lutte, si l'un des deux n'est pas investi du *dernier mot* pour trancher le différend?

D'abord, ni moi, ni personne, ne pouvons nous charger d'imaginer une constitution infaillible; nous n'avons pas le don de préparer une panacée universelle pour tous les maux politiques. Il nous suffirait d'avoir démontré que *votre dernier mot* n'est qu'un remède de charlatan qui ne change rien à la nature du mal quand il existe, et qui peut le faire naître quand il n'existe pas.

Mais il ne faut pas perdre de vue que c'est précisément parce qu'aucun des trois pouvoirs ne sera investi de la prépondérance, que l'un ne pouvant surmonter l'autre, ils seront inévitablement poussés à transiger et à s'entendre, toutes les fois que le dissentiment ne sera pas d'une

nature si grave que la transaction en soit impossible; et si
le débat, au contraire, était d'une nature trop grave, le
dernier mot n'y changerait rien.

C'est l'habileté des gouvernants qui prévient les cas
extrêmes, et qui les empêche de naître. C'est à cela que
tendront tous leurs efforts; mais je le répéterai sans cesse,
si un des deux pouvoirs a la prépondérance, il sera sourd
à tout accommodement, et sera toujours si exigeant dans
l'application de son droit, que toute transaction amiable
sera impossible; votre théorie du dernier mot aura donc
fait naître les cas extrêmes au lieu d'y remédier.

C'est s'alarmer sans fondement que de croire que l'égalité des trois pouvoirs de la charte établira entre eux un
équilibre qui en détruira l'action et le mouvement. Si cela
était, la charte serait un contre-sens. A l'instant il faudrait y ajouter un article qui déclarerait que le gouvernement des trois pouvoirs n'est qu'un préalable, une pré-
face pour préparer l'absolutisme du seul pouvoir auquel
on attribuerait la décision souveraine, et qu'on investirait
de l'infaillibilité légale.

D'ailleurs, cet équilibre parfait, qui établirait dans
le gouvernement une sorte de paralysie d'action, n'existe
pas. Je n'en veux pour preuve que les craintes démocratiques des théoriciens révolutionnaires; car ils déclarent
eux-mêmes que si vous ne donnez pas le *dernier mot* à la
chambre élective, la nature des attributions de la royauté
suffira, malgré l'égalité législative, pour faire pencher de
son côté l'action du gouvernement.

Je crois qu'il en est ainsi; je crois qu'il doit en être
ainsi. C'est là l'indispensable principe de tout gouvernement. Sans cela, il n'y aurait ni monarchie, ni royauté

possibles. C'est à cette importante démonstration que nous
allons nous livrer; il en résultera que la simple exécution
de la charte, si on ne la vicie pas par l'introduction des
principes républicains que nous réfutons, assurera à la
royauté une influence suffisante pour gouverner, mais
tout à fait insuffisante pour gouverner arbitrairement et
pour méconnaitre les droits des chambres. — Et cela, sans
que nous réclamions pour la couronne ce *dernier mot* que
nous refusons à la prérogative parlementaire.

CHAPITRE XIII.

De l'Influence constitutionnelle de la Couronne.

D'abord, comme je ne veux point reculer devant la
difficulté, je commence par déclarer que s'il m'était démontré que l'égalité constitutionnelle des trois pouvoirs
de la charte ne laissât pas à la couronne une influence
suffisante pour faire pencher en sa faveur la balance du
gouvernement; s'il m'était démontré que l'équilibre des
pouvoirs de la charte fût tel qu'il faudrait, pour déterminer le mouvement gouvernemental, donner une prépondérance obligatoire, un *dernier mot* définitif à l'un des
pouvoirs, c'est pour la royauté constitutionnelle que je le
réclamerais, à l'exclusion des chambres, surtout à l'exclusion de la chambre élective. — Sur ce point mon opinion
est formelle. Dans l'état de la France, avec la charte qui
nous régit, avec les éléments électoraux qu'elle met en

œuvre, je déclare que le gouvernement attribué à la chambre des députés par la doctrine du *refus de concours* est, à mes yeux, la plus mauvaise de toutes les combinaisons imaginables, la plus impraticable, la plus impossible des hypothèses. Je ne connais guère de gouvernement assez mauvais pour ne pas être préférable à celui-là. Certes, il me sera bien facile de faire voir que la prépondérance accordée constitutionnellement à la couronne aurait bien plus d'avantages, et bien moins d'inconvénients que celle de la chambre élective.

Mais, je le répète, la royauté peut encore s'en passer. La charte n'a pas été tout à fait assez démocratisée en 1830 pour rendre le gouvernement entièrement impossible à la couronne, pourvu que la démocratie parlementaire n'en veuille pas outrer les conséquences; car si elle parvient à faire passer en règle pratique sa théorie du refus de concours qui n'est pas dans la charte, et l'absolutisme constitutionnel des coalitions de minorités qui détruit la charte, alors il est bien évident qu'aucun gouvernement ne sera possible, à quelque pouvoir, à quelque royauté, et à quelque ministère que ce soit.

Mais je raisonne dans l'hypothèse de la charte, dans l'hypothèse de la monarchie constitutionnelle, dans celle où le concours des trois pouvoirs forme le gouvernement, et où, par conséquent, aucun des trois pouvoirs n'a le droit de refuser son concours, c'est-à-dire de détruire le gouvernement.

Eh bien ! je dis que, dans cette hypothèse, l'équilibre des trois pouvoirs n'est pas tel qu'il puisse arrêter le mouvement des affaires publiques et la marche de l'État, et qu'il n'est pas nécessaire de donner à l'un des pouvoirs pour terminer le dissentiment un *dernier mot*, qui d'ailleurs, nous l'avons vu, ne peut jamais rien terminer.

Sans doute, j'en conviens, les trois pouvoirs ne seront pas toujours unanimes dans l'adoption des mesures qu'ils discuteront, d'où il résultera que toutes les mesures proposées de part et d'autre ne seront pas toutes converties en lois, ne seront pas toutes exécutées! — Mais est-ce que cela rend le gouvernement impossible? Est-ce qu'il est nécessaire, pour que le gouvernement soit possible, que toutes les mesures proposées soient converties en lois et exécutées? — Est-ce que le gouvernement représentatif de la charte n'a pas été calculé et combiné précisément pour que les mesures qui ne réunissent pas l'assentiment des trois pouvoirs ne puissent pas être exécutées? — Est-ce que ce n'est pas là précisément la garantie que la monarchie constitutionnelle donne à l'ordre et à la liberté? — N'est-ce pas vous qui inventez le refus de concours, non pas pour faire marcher le gouvernement, mais au contraire pour l'arrêter? Un projet est repoussé? Eh bien! on ne l'exécute pas. En quoi le gouvernement est-il arrêté? Il continue sa marche, au contraire : ne l'avez-vous pas vu pour les chemins de fer et pour la conversion des rentes? — C'est là le beau côté du gouvernement représentatif de la charte, c'est la sauvegarde qu'il donne contre le despotisme d'une partie de la société sur l'autre. Et vous, sous prétexte de faire marcher le gouvernement que vous prétendez être arrêté par un équilibre qui ne l'arrête pas du tout, c'est vous qui inventez le *refus de concours et votre dernier mot*, qui l'arrête, qui lui coupe bras et jambes, et qui le met dans la nécessité, ou de résister à cette inconstitutionnalité par la force, ou de laisser détruire l'indépendance de deux des trois pouvoirs en cédant à l'omnipotence élective !...

On le voit donc, le mal qui peut arrêter le gouvernement, c'est précisément la doctrine du refus de concours.
— Mais le simple rejet d'une mesure, d'une loi proposée
par un des trois pouvoirs, n'arrête nullement la marche
de l'État. Seulement on dit : — Soyons fidèles à la charte.
D'après elle, la loi étant déclarée constitutionnellement
mauvaise et repoussée, renonçons-y et passons outre. —
Si vous niez cette règle, que reste-t-il de la charte? Rien.
— Aujourd'hui la chambre des députés, pour venger le
rejet qu'elle aura éprouvé d'une mesure proposée par elle,
refusera son concours : demain ce sera la pairie; après-
demain la royauté. — Puis la force décidera, et il n'est
pas du tout évident que le *coup d'état électif* sera toujours
celui qui aura le dessus. La force, l'opinion, l'habileté,
varient, et le succès aussi. Quant au droit, il est égal
des trois côtés. La charte exige le concours des trois pouvoirs. Ou aucun d'eux n'a le droit de refuser ce concours,
ou tous les trois l'ont. — Alors à quoi bon?

Sans doute, si, en outre de leur égalité de droit, les
trois pouvoirs étaient d'une même nature en point de fait;
si la puissance exécutive était partagée en trois, comme la
puissance législative, alors l'équilibre des pouvoirs pourrait aller parfois jusqu'à produire une inaction forcée de
toute la machine gouvernementale. Mais il n'en est point
ainsi : le droit est égal entre les trois pouvoirs, mais non
pas le fait. C'est pour cela que la royauté a encore assez
d'influence pour donner l'impulsion à la machine, si l'é-
galité de droit établie par la charte est respectée par les
chambres. — Le roi ne peut pas envahir le tiers-législatif
qui appartient à la chambre élective, mais comme il a,

lui aussi, le tiers-législatif, et qu'il a toute la puissance
exécutive, l'influence qui en résulte lui donne la force
d'action nécessaire pour déterminer le mouvement des affaires. Il ne peut pas être absolu, mais il peut agir, diriger, quoiqu'en éprouvant des points d'arrêt partiels, des
limitations constitutionnelles. — Mais il n'en est plus de
même si vous admettez la doctrine du refus de concours :
alors la chambre absorbe à la fois toute la puissance législative et toute la puissance exécutive. Elle dépouille le
roi de tout, tandis que dans l'autre hypothèse le roi ne
peut la dépouiller de rien. Comparez les deux doctrines,
et jugez.

Au reste, des publicistes que j'estime beaucoup, crai-
gnent que l'influence constitutionnelle, qui me paraît suffisante pour la royauté, ne le soit pas en effet. Mais il me
semble que les arguments de la démocratie parlementaire
doivent leur démontrer que mon opinion est fondée. —
Car, pourquoi l'école doctrinaire, jointe aux radicaux,
demande-t-elle la prépondérance pour la chambre, c'est
qu'ils soutiennent que si on laisse les trois pouvoirs de la
charte fonctionner également, la couronne finira toujours
par faire pencher la balance en sa faveur. — C'est pour
cela précisément qu'ils invoquent la prépondérance pour
la chambre, afin d'éviter que la couronne ne reste directrice du gouvernement.

Or, c'est précisément parce que je conviens très-nette-
ment que l'égalité constitutionnelle finira par se résoudre
en faveur de la couronne, que je dis qu'il faut maintenir cette égalité, et qu'il ne faut donner le dernier mot,
obligatoire en droit, à aucun des trois pouvoirs.

En effet, que faut-il dans la monarchie constitutionnelle, dans la monarchie de la charte? — Faut-il qu'elle soit calculée de manière que la chambre élective ait nécessairement le moyen de suspendre, d'annuler le gouvernement du roi, même quand il se conforme à la charte?

Non, sans doute. Il faut seulement que le gouvernement du roi soit dépouillé de toute puissance arbitraire, qu'il ne puisse arriver à fonctionner qu'après avoir rempli les conditions constitutionnelles, après avoir passé par les investigations, par les discussions, par les votes, qui sont stipulés pour garantir qu'une mesure est bonne et utile à l'État. Eh bien! ce n'est précisément qu'après avoir rempli toutes ces exigences de la constitution, que le roi trouve dans la nature même des fonctions qu'il a reçues de la charte, les moyens de conquérir l'influence nécessaire à faire marcher le gouvernement. Loin d'être un défaut, c'est précisément là le mérite et le but de la constitution. Car si on en concluait, au contraire, qu'après que le roi a rempli toutes les formalités constitutionnelles, après qu'il a déféré au vœu de la charte, il faut cependant que la chambre ait le droit et le moyen d'arrêter son gouvernement; alors quel *maximum* d'absurdité n'introduiriez-vous pas dans votre constitution? — Quoi! rien d'arbitraire, rien d'inconstitutionnel dans les lois proposées — puisque, si elles étaient arbitraires et inconstitutionnelles, vous avez le droit de les rejeter, sans recourir au refus de concours : —rien d'arbitraire ni d'inconstitutionnel dans la conduite des ministres, car si leurs actes étaient arbitraires et inconstitutionnels, vous pourriez les accuser ou repousser leurs actes, quand la sanction législative leur serait nécessaire. — Et dans cette hypothèse, n'ayant aucun motif pour attaquer ni l'inconstitutionnalité des lois,

ni la culpabilité des actes du ministère, vous voulez avoir
le droit de rejeter une bonne loi, la meilleure loi, la plus
indispensable loi, le budjet, pour anéantir le gouvernement du roi, et, uniquement, parce qu'il vous plaît de
chasser ses ministres et d'en nommer d'autres? Ce qui signifie que, n'ayant aucun motif constitutionnel d'attaquer
le gouvernement du roi, vous voulez le changer, purement
et simplement parce que vous le voulez, et parce que vous
croyez que d'autres ministres vaudraient mieux que ceux
que le roi a choisis? — Or, je le demande, jamais le pouvoir du bon plaisir a-t-il été porté aussi loin? Jamais le
déplacement des fonctions politiques a-t-il été aussi évident?

Mais s'il en était ainsi, si la charte avait reconnu aux
chambres, non-seulement le droit de rejeter les mauvaises
lois, le droit d'accuser les mauvais ministres de leurs
mauvais actes, mais encore, si elle lui avait cru la capacité collective, l'avantage de position pratique, l'habitude
traditionnelle des affaires, suffisants pour apprécier, mieux
que le roi, l'habileté et la moralité des ministres, alors, au
lieu de dire : *le roi nommera les ministres*, elle aurait dit :
la chambre élira le ministère. Si elle ne l'a pas fait, c'est
qu'elle a compris ce que tous les législateurs ont compris,
excepté les doctrinaires et l'opposition, que, dans toute
monarchie, et même dans tout gouvernement, le choix
des agents exécutifs doit toujours appartenir *exclusivement*
au pouvoir exécutif, et qu'il n'y a jamais de gouvernement possible sans cela. — Il serait donc absurde, mais
absurde à un degré que la parole humaine ne pourrait
exprimer, que la charte eût raisonné comme nos adversaires le supposent, car alors voici quelle serait sa doctrine :

— « Je donne au roi le droit de nommer les ministres
parce que je crois que la chambre est plus capable que
lui de les bien choisir. » — Voilà votre doctrine du refus
de concours. — Ne la trouvez-vous pas bien logique et
bien constitutionnelle?

Et non-seulement la charte n'a pas raisonné, n'a pas
parlé ainsi, mais aucun publiciste dans le monde, avant
que la malheureuse métaphysique de l'école doctrinaire
eût essayé d'unir et de combiner des principes contradictoires, aucun publiciste dans le monde n'a raisonné ainsi.
—Et n'allez pas, je vous prie, me citer l'Angleterre, parce
que le raisonnement qui paraîtrait semblable à celui que
vous faites ne l'est pas, attendu que les éléments qui lui
servent de base sont tout différents. Je vous l'ai déjà
prouvé, j'y reviendrai encore.

En effet, non-seulement il est de règle que le libre choix
des agents exécutifs appartient au pouvoir exécutif, parce
que c'est une nécessité sans laquelle il ne pourrait exister
ni fonctionner; mais encore il est visible, et je veux insister sur ce point, que le pouvoir exécutif, dans une monarchie, est infiniment mieux placé pour bien choisir les
ministres, que le pouvoir électif ne peut l'être; et, de plus,
que la couronne a un intérêt immense à effectuer ce choix
pour le bien simultané du gouvernement et du pays.

Le roi, d'abord, est infiniment mieux placé que la
chambre pour connaître les hommes pratiques du gouvernement. Le roi les voit agir, la chambre les entend parler.
Or, la différence est grande.

Le roi voit la capacité des ministres s'exercer, non-seulement par les résultats obtenus, mais par les obstacles
écartés, vaincus, surmontés par eux dans le secret des af-

faires.—La chambre ne peut et ne doit jamais rien savoir de tout cela. Jamais elle ne voit dans le dedans des hommes. Elle n'aperçoit jamais que leur surface. Jamais elle ne les voit dans leur réalité. Ils arrivent devant elles parés, frisés, empanachés de sophismes, d'éloquence, de charlatanisme théâtral.

Le roi, par le seul fait de sa participation intime aux affaires, est obligé de s'unir intimement au travail ministériel, de voir toutes les affaires au même point de vue que le ministère, sauf à l'approuver ou à le repousser; mais enfin, il n'y a pas moyen, entre la royauté et le cabinet, de se méprendre sur le sens des choses, de jouer aux propos interrompus, ou aux quatre coins.

Or, les trois quarts du temps, c'est ainsi que la discussion s'organise, ou se désorganise dans la chambre élective. Le ministre le plus capable dans les affaires peut être conduit dans un guet-apens de tribune; la chambre, impressionnée par la susceptibilité de ses dispositions et par l'impressionnabilité magnétique du moment, peut être fréquemment dupe d'une méprise, tout autant sur les hommes que sur les choses, et réciproquement. C'est de là qu'il arrive qu'elle se contredit souvent dans ses votes, sans qu'il y ait contradiction dans ses intentions et dans son esprit.

L'influence exécutive, qui, en définitive, donne au roi les moyens de faire marcher le gouvernement malgré l'égalité équilibrée des pouvoirs législatifs, est donc bonne, utile, bien calculée pour le pays; d'autant que le roi, qui a tous les moyens possibles de bien apprécier les hommes, surtout quand il préside le conseil et que les ministres discutent devant lui, a, en outre, le plus grand intérêt, l'intérêt le plus constant, le plus essentiel, le plus positif, à faire les meilleurs choix possibles des ministres convenables au besoin des affaires.

Il est presque honteux d'être obligé de démontrer une vérité si claire, si palpable. Sur qui retomberont les dangers, les difficultés, les embarras du gouvernement, si les affaires sont dirigées par des ministres inhabiles?—N'est-ce pas la couronne qui, investie du pouvoir exécutif, éprouve à chaque pas les inconvénients, les périls, les obstacles de l'exécution?—La chambre des députés hasardera une mauvaise loi par son initiative, imposera un mauvais choix ministériel par sa prépondérance;—mais ensuite, elle se retire, elle s'éclipse; ses membres se séparent, et vont jouir de la tranquillité de la vie privée. —Le roi, lui, reste avec la mauvaise loi qu'on lui a donnée, avec les mauvais ministres qu'on lui a imposés pour exécuter cette loi.—C'est donc lui qui supporte toutes les conséquences directes, inévitables de ces deux faits, et non la chambre. C'est donc lui et non la chambre, qui a le plus grand intérêt, l'intérêt le plus immédiat, à bien choisir tout ce qui concourt à l'exécution dont il est chargé.

Je ne veux point développer plus longuement cette pensée; elle est dans l'esprit de tous les gens graves et réfléchis, de tous les hommes accoutumés aux affaires. Il n'y a que l'ambition des puritains parlementaires qui puisse la méconnaître; ils ne veulent pas que le roi gouverne, parce qu'ils veulent régner à sa place; voilà tout. Tout leur gouvernement prétendu représentatif n'est qu'un échafaudage qu'ils combinent et qu'ils élèvent afin de parvenir à être ministres du roi malgré le roi, et plus roi que le roi. Ce n'est qu'une mauvaise fabrique de méchants maires

du palais, géants de paroles et nains d'action. Rien n'est
plus antipathique à la nation française.

Ici, je le sais, on répète pour la millième fois une
vieille objection; on me dit : — « Votre système serait bon,
» si l'on était certain d'avoir toujours un roi capable, bon,
» juste, cherchant l'intérêt du pays, et assez habile pour
» le comprendre. Mais si, parmi une série de rois, il s'en
» trouve de médiocres ou de mauvais, que deviendra pour
» lors l'État, privé de ses garanties constitutionnelles? »

Mais je réponds : — Vous m'opposez le contraire de ce
que je fais. Je ne demande pas qu'on prive le pays de ses
garanties constitutionnelles contre les erreurs de la couronne; je demande, au contraire, qu'on les lui laisse,
mais à titre de garanties, non pas à titre d'usurpation
sur l'essence même de la royauté et contrairement à tout
principe de gouvernement. Si vous avez un roi faible, incapable, mauvais, son influence morale s'éteindra nécessairement par le mécanisme constitutionnel. S'il n'a pas
plus de force intellectuelle que ses ministres, ce seront les
ministres qui le mèneront, et non pas lui qui mènera les
ministres; si les ministres n'ont pas plus de force intellectuelle concentrée que les chambres, ce seront les chambres
qui mèneront les ministres, non pas par un *dernier mot*
obligatoire, ce qui n'est que l'absolutisme renversé en faveur du pouvoir parlementaire, mais par la nature même
des choses et de la constitution. Il n'est pas nécessaire,
pour cela, de violer la charte comme vous voulez le faire.
Est-ce que je demande pour le roi le pouvoir absolu?
Est-ce que je demande pour lui le droit de faire exécuter
les lois sans le consentement des chambres? Est-ce que
toutes les garanties constitutionnelles ne sont pas conser-

vées et respectées dans le système que j'expose dans ce livre? — Je demande, au contraire, qu'on les respecte de part et d'autre, partout. Eh! mon Dieu! soyez tranquilles, les droits parlementaires, tels même que je les ai reconnus, opposent aux abus du pouvoir royal des obstacles plus que suffisants. Si vous compreniez bien la crise transitionnelle où nous sommes, vous verriez que vous devriez avoir une crainte opposée à celle que vous manifestez. Vous devriez trembler constamment que les attributions de la couronne fussent trop faibles, et que celles de la chambre élective fussent trop fortes : c'est là le mal, le mal profond de la situation où quelques esprits irréfléchis ont précipité la France en 1830, parce qu'ils n'ont pas compris que la révolution était un fait exceptionnel, et n'était pas par elle-même un fait organique.

Car enfin, répondez! Est-il prudent de regarder toujours les dangers qui peuvent surgir d'un côté, et de ne jamais regarder les périls éventuels qui peuvent naître du bord opposé? Vous me dites : que deviendrons-nous dans votre système si vous avez un roi faible ou mauvais? Je vous réponds : vous aurez contre ce roi toutes les garanties constitutionnelles; le vote des lois — l'accusation contre les ministres qui consentiraient à se faire les instruments de ses mauvais desseins, et il n'en trouvera pas qui veuillent se compromettre à ce point. Je vous réponds : — ce roi n'a pas le *dernier mot* que vous réclamez pour la chambre; il n'a pas de refus de concours. Je vous réponds enfin : il est absurde de vouloir que les institutions humaines soient parfaites. Pour avoir les avantages immenses de la royauté, il faut forcément supporter ses imperfections éventuelles contre lesquelles vous avez d'ailleurs mille garanties dans les limites que lui opposent les forces parlementaires. Mais de peur 'des inconvénients éventuels, vous priver vous-mêmes des avantages essentiels, incontestables de la royauté, c'est une folie; c'est détruire l'action du gouvernement pour éviter ses abus. Or, l'anéantissement du gouvernement, le point d'arrêt qui le paralyse, est lui-même le pire de tous les abus.

Mais si, au lieu d'un roi faible et mauvais, il vous advient une chambre élective mauvaise ou faible, et que vous lui ayez donné le dernier mot, la décision infaillible et souveraine de tout, quelle garantie avez-vous contre cette désorganisation gouvernementale? — Croyez-vous que le *veto* du roi puisse arrêter les volontés égarées de la chambre aussi facilement que le *veto* de la chambre peut arrêter les erreurs du roi? — Mais vous savez bien qu'il n'en est rien. Le *veto* du roi?... Mais par votre système, vous l'aurez détruit! Vous l'aurez rendu suspensif, misérablement suspensif, éphémère, impuissant. Ce ne sera plus qu'une misérable dérision; car un seul appel est possible au roi devant le pouvoir électoral contre le pouvoir électif, et ne concevez-vous pas que dans mille occasions vous donnerez à décider en dernier ressort aux passions, à l'inexpérience, à l'ignorance même, n'ayant ni la possibilité, ni le temps, ni les documents nécessaires pour juger le fond des choses; que vous donnerez, dis-je, à cette confusion générale le droit de décider en dernier ressort, instantanément, les questions les plus en dehors de son aptitude et de ses spécialités?

Si d'ailleurs vous me permettez d'être franc jusqu'au bout, je vous dirai que, pour gouverner, il y a mille à parier contre un qu'une chambre élective sera toujours

plus incapable qu'un Roi. Je vous en ai dit les raisons.
C'est que le gouvernement qui exige unité, direction,
suite, patience, n'est pas dans la nature du pouvoir électif. C'est que le pouvoir électif ne peut d'ailleurs y mettre
de continuité, puisque chacun de ses membres est principalement absorbé par ses affaires particulières, et n'est
qu'épisodiquement, accidentellement, momentanément,
appelé à discuter les intérêts généraux; c'est que le pouvoir électif représente l'intérêt particulier stipulant les garanties de l'individu contre le pouvoir social, et non pas
le pouvoir social lui-même. C'est que ce corps tumultueux
a quatre cent cinquante-neuf têtes au lieu d'une, et ras-
semble dans un foyer commun toutes les ardeurs ambitieuses qui veulent exploiter l'intérêt public pour leurs
grandeurs individuelles et rivales. C'est que le gouvernement d'une chambre élective ne peut être un gouvernement, et dégénère inévitablement toujours en une intrigue
qui ne meurt jamais et qui tue tout.

Dans votre système, vous avez donc tout à la fois une
éventualité de mauvais gouvernement bien plus intense
que dans le mien, bien plus probable, bien plus inévitable, et surtout bien plus irrémédiable; car il est bien
plus facile de comprendre le *veto* définitif de la chambre,
empêchant le roi d'exécuter une mauvaise mesure, que
le *veto* suspensif du roi empêchant la chambre de commettre une grave erreur. — J'ose dire même que, dans
votre système, c'est une impossibilité complète que vous
imposez au roi. Si l'absolutisme électif, que vous baptisez
si faussement de gouvernement représentatif, se réalisait
jamais, non-seulement il n'y aurait plus de gouvernement
normal et d'administration suivie en France, mais en-

core, dans les cas extrèmes, vous obligeriez le roi à voir périr l'État sous ses yeux, et à rester les bras croisés sans pouvoir essayer seulement d'y porter remède.

Pour terminer cet exposé des mille erreurs, des mille impossibilités, des mille contre-sens du prétendu système représentatif, j'ai deux principales vérités à émettre encore. — L'une et l'autre nécessiteraient un volume chaque. Je ne leur consacrerai cependant qu'un chapitre à chacune, parce que le moment n'est pas encore venu de les développer. Il faut d'abord les mettre en circulation, les livrer à la controverse démocratique, laisser l'opinion publique user contre elle son premier feu, ses plus violents préjugés, ses présomptions les plus hostiles. — Quand cette première bourasque sera passée, j'y reviendrai.

En attendant, j'appelle de nouveau l'attention des hommes d'état sur les deux chapitres suivants, et sur la conclusion de cet écrit.

CHAPITRE XIV.

La société humaine n'est point une institution contractuelle et volontaire.
La loi n'est pas le gouvernement.
Il n'y a pas de souveraineté.

Le système libéral n'envisage l'espèce humaine que sous un point de vue complètement rationnel.

Il fait de la société humaine un jeu d'échecs régulier, ayant ses formules et ses conséquences logiques.

D'où il résulte que le gouvernement de la société, c'est

la loi; c'est-à-dire, la volonté générale exprimée en formules générales, s'appliquant ensuite aux cas particuliers qui rentrent dans les classifications qu'elle a établies.

Il résulte de là que la tendance libérale s'achemine toujours à ce but-ci. — Établir un légalisme complet, un gouvernement où la volonté arbitrale des gouvernants ne perce plus, où la volonté générale de la société, exprimée par la loi, soit tout et domine tout.

Or, ce point de vue est faux.

A ce point de vue faux, la même école rationnelle a donné un moyen d'exécution faux comme lui.

Elle a supposé qu'en colligeant les volontés individuelles éparses dans la société, en les rassemblant dans un foyer *électif* qu'elle appelle *représentatif*—immense erreur —elle faisait de la majorité de ses volontés individuelles un être compacte et unique, exprimant la volonté générale, par conséquent la loi. — A cette loi ainsi formulée, elle a attribué le gouvernement. D'où il résulte que la souveraineté de l'individu constitue la société, et que le vote électoral exprime cette souveraineté.

Ce corollaire, moyen d'exécution du principe, est au moins aussi faux que le principe lui-même.

Mettez plus ou moins de logique dans le développement de ces idées successives, vous aurez ou le système des classes moyennes de M. Guizot, ou le système de la réforme électorale de M. Odilon-Barrot, ou le système américain de M. de Lafayette, ou le système républicain d'Armand Carrel, ou le système démocratique de M.Garnier-Pagès, ou le système radical de M. Cavaignac. — Mais tout cela n'est que du plus au moins; c'est la déduction plus ou moins logique, et par conséquent plus ou moins fausse de la même erreur. Dans un système vous direz que *l'insur-rection est le plus saint des devoirs*; dans l'autre, que *le refus de concours est le plus sacré de tous les droits*. — Je n'y vois pas la moindre différence morale.

Il faut le dire, les classes moyennes qui aspirent aujourd'hui à absorber le gouvernement de la société, ne comprennent pas cela. La souveraineté élective leur paraît une excellente chose, tant qu'on la renferme dans les classes moyennes elles-mêmes. Parmi les doctrinaires, une partie ne comprend pas cette erreur de la société et la partage : ceux-là sont de bonne foi, ils manquent de portée d'esprit, voilà tout ; c'est la majorité de ce parti. Mais une autre partie des doctrinaires comprend l'erreur gouvernementale des classes moyennes, peut-être pas complètement, mais assez cependant pour s'en rendre compte ou à peu près : c'est la minorité des doctrinaires ; c'est la partie grave qui se laisse traîner à reculons sur la pente populaire, ne voulant pas complètement proclamer l'erreur elle-même, mais voulant la flatter pour s'en faire un instrument de pouvoir. Ceux-là sont les plus coupables, parce qu'ils ont un peu plus que les autres la conscience du mal qu'ils font ; mais leur orgueil a fait taire leur conscience, et ils sacrifient leur pensée à leur ambition.

Quant aux classes moyennes, leur intention est bonne. Leur erreur est excusable. Long-temps elles ont combattu contre l'absolutisme du pouvoir pour conquérir la liberté du pays. Elles avaient mille fois raison dans cette lutte. Après avoir atteint le but, elles se laissent emporter par une impulsion qui dure encore, et le dépassent. Après avoir conquis la liberté, elles veulent prendre le pouvoir et le gouvernement ; et comme cela est impossible par la

nature même des choses, elles anarchisent l'État par le travail à contre-sens qu'elles font pour le régler.

En même temps qu'elles empêchent ainsi l'organisation
régulière et efficace du pouvoir social, ce qui cause le mal
de tout le pays, elles déconsidèrent l'étendart qu'elles
avaient jusqu'à présent honoré, parce qu'au lieu d'un véritable intérêt général, il est trop visible que c'est leur intérêt particulier qui les pousse, et qu'elles veulent substituer leur pouvoir absolu à celui qu'elles ont détruit. C'est
l'omnipotence élective en remplacement de l'omnipotence
royale ; c'est le despotisme d'un des intérêts sociaux sur
tous les autres ; c'est le moyen de pousser l'opinion publique dans une progression toujours croissante d'erreurs,
en lui faisant croire que le remède à ce nouveau désordre
serait de porter la souveraineté encore un peu plus bas
dans la hiérarchie sociale : ce qui certainement, au lieu
de guérir le mal, le rendrait bien plus funeste et bien plus
irrémédiable.

Voilà la pente sur laquelle le pays est placé ; voilà le
chemin funeste où la France est engagée ; voilà le phare
trompeur qu'elle montrera au reste de l'humanité pour la
perdre avec elle ; tandis que si elle y substituait la lumière
éclatante et féconde des vrais principes sociaux, elle serait
la reine morale et la bienfaitrice du monde !

Ce grand, ce magnifique, ce sublime rôle, j'ai cru —
parlons plus franchement — je me suis efforcé de croire,
tant je le désirais, que M. Guizot l'avait compris. C'est là
ce qui m'avait inspiré ce dévouement profond, presque
fanatique, pour la cause de cet homme que je n'avais jamais vu qu'un quart d'heure dans ma vie. C'est là ce qui
m'inspirait contre M. Dupin, contre M. Thiers, une impa-

tience répulsive, quand je les voyais entraver la marche
ascendante de la glorieuse idée que j'avais incarnée dans
la personne de M. Guizot.—Dieu! quel mécompte j'ai
éprouvé, quand j'ai voulu sonder sa capacité d'intelligence et de volonté! Quand, au lieu d'une pensée spontanée, complète, génératrice, je n'ai trouvé en lui qu'une
tactique toujours subordonnée aux plus petites combinaisons du moment, toujours en prostration gouvernementale
devant les erreurs de la classe moyenne, toujours calcu-
lant la loi et la marche de la société, non pas sur les exigences essentielles au succès définitif, mais selon la majorité numérique des fluctuations électorales!—Je m'arrête :
le respect de mes liaisons passées m'impose silence. Ceux
qui m'ont accusé de violer le sanctuaire de l'intimité, savent bien que jamais je n'ai commis cette déloyauté. J'ai
montré seulement par où ce sanctuaire pouvait être ouvert aux regards, s'ils voulaient absolument m'y contraindre; eux qui m'ont pris pour hostie de leur sacrifice, pour
holocauste de leur réconciliation avec le Baal révolutionnaire; eux qui, poussés par l'âpre ambition d'un pouvoir
sans lequel il leur est, à ce qu'il paraît, impossible de vivre, m'ont pris pour instrument d'abord, pour bouclier
ensuite, pour victime expiatoire enfin.—Pauvres gens qui
ne sentent pas combien, dans ma lointaine retraite, je
vois leurs grandeurs petites et leur position descendue!—
Nous verrons un jour, quand les convenances me le per-
mettront, si ma plume saura tracer le tableau moral de
cet épisode historique. Pour le moment, revenons à l'objet de ce chapitre.

Le but donc auquel tend tout le développement du libéralisme, c'est de construire à la société un gouvernement

tout rationnel, tout légal; un gouvernement où le pouvoir de la loi suffise à la nation, où les gouvernants ne soient que la *bouche de la loi*, selon la belle expression de Montesquieu, parlant des magistrats judiciaires.

Mais ce qui peut être vrai, jusqu'à un certain point, quand il s'agit de la justice qui prononce entre les intérêts particuliers—et je dis *jusqu'à un certain point*, car, même dans cet ordre d'idées, ce n'est pas une vérité absolue—n'est pas vrai dans l'ordre des idées politiques et sociales.

Les théoriciens représentatifs, après l'école républicaine, ont imaginé que l'homme est un être tout rationnel, parfaitement possesseur de lui-même, libre de vivre en société ou en état d'isolement, et, par conséquent, s'étant uni en corps de nation d'une manière toute volontaire, toute contractuelle, à laquelle il dépendait de lui d'improviser et d'imposer des règles issues de sa volonté. C'est cette convention toute volontaire, toute arbitraire, toute philosophique, qu'ils ont appelée, les uns, *le contrat social*, les autres, *le gouvernement représentatif*. C'est de cette volonté spontanée et toute libre de l'homme, qu'ils ont voulu faire naître le pouvoir social, qu'ils ont appelé, les uns, la souveraineté du peuple, les autres, la prépondérance élective.

Cette constitution toute contractuelle, volontaire et libre de la société, n'est qu'un rêve sans bon sens, un mensonge anti-social.

La société n'est pas une institution contractuelle, produite par le vouloir et le consentement d'hommes égaux, agissant *à priori*, et bâtissant une organisation politique ou civile sur une table rase, où la représentation de leur

volonté collective, revêtue du nom de loi, soit possible et
efficace. — Voilà la première erreur qui vicie le libéralisme à sa base; l'erreur qui vicie non-seulement le *contrat social* de Rousseau, mais tous les contrats sociaux
qu'il plaira aux théoriciens d'imaginer.

L'homme d'abord n'est pas un être tout *rationnel*. —
Une partie, la plus grande partie de lui-même peut-être,
est *instinctive*, et comme telle sert de base et de source à
sa volonté, au lieu de se laisser complètement régler par
elle.

Voilà ce qu'il faut dire à l'orgueil de l'homme. Voilà
ce qui limite jusqu'à sa liberté naturelle, et qui ne permet pas de donner à la liberté sociale les bases légales
qu'on voudrait établir d'une manière systématique et
complète.

La société humaine, primitivement, n'est pas le produit de la partie rationnelle de l'homme; elle est le produit primordial de sa partie instinctive, nécessaire, inévitable. La société n'est pas une volonté, un contrat; elle
est un fait spontané, antérieur à toute loi, à toute convention; un fruit que produit la végétation humaine avec
les conditions inhérentes à sa nature bornée. Ensuite, de
ce fait découlent des faits secondaires chargés de mille iné-
galités, de mille spécialités, de mille modifications bizar-
res, impossibles à prévoir et à empêcher, de mille conséquences morales et matérielles auxquelles s'appliquent les
principes relatifs et rationnels du juste et de l'injuste, tels
que Dieu les a mis dans le cœur de l'homme; de là naît
une sorte de *quasi-contrat* postérieur, qui régularise, mais
qui n'a pas constitué, et qui ne peut pas constituer la
société; — et j'ajoute, qui ne peut pas même la régulari-

ser complètement, parce que la partie instinctive de l'humanité y oppose un invincible obstacle; de sorte que de la nature même des faits sociaux sortent la constitution et la loi qui les régissent, bien loin que la volonté de l'homme puisse faire cette constitution et cette loi pour créer et régler les conditions de la société.

Je me contente aujourd'hui d'exprimer ces idées premières; je vais y joindre leurs conséquences telles qu'elles sont destinées à terminer l'édifice social. Mais je ne veux pas remplir les intervalles entre les idées premières et les conséquences que je vais énoncer. Ce serait trop pour le moment; ce sera l'objet d'un autre travail.

La première conséquence de ceci, c'est que les formules que vous nommez *lois* ne sont pas l'expression de la volonté générale, parce qu'il n'y a pas de volonté générale; parce que, lors même qu'il y aurait une volonté générale, et qu'on pourrait en trouver l'expression, elle ne serait pas la loi.

La seconde, c'est que la loi, faite par la collection des volontés particulières représentées par l'élection, ne peut régler que la moindre partie du gouvernement; et que le gouvernement, considéré dans son ensemble, doit être soumis, partie au pouvoir de la loi, partie à la décision arbitrale des gouvernants.

La troisième, c'est que, sans ce mélange de *pouvoir légal* et de *pouvoir arbitral*, aucun gouvernement juste, raisonnable, durable, efficace et coordonné n'est possible.

La quatrième, c'est que la nation française est sous l'empire d'un préjugé déplorable et fatal, quand elle croit marcher vers la destruction de l'arbitraire, vers l'établissement de la liberté, vers le progrès du bien-être par le

commerce et l'industrie, en étendant sans cesse, indéfini-
ment et toujours, le domaine de la loi, et en restreignant
de plus en plus et systématiquement le domaine de l'ordonnance royale.

Ceci est la plus haute question politique de l'époque;
celle dans laquelle se résument toutes les conséquences fatales du libéralisme électif; celle dont l'opinion publique
est la plus infatuée; celle que je me propose d'attaquer le
plus énergiquement et le plus opiniâtrement qu'il me sera
donné, en concentrant sur ce point toute la force de mon
âme et de ma volonté; car, tant que certains intérêts généraux seront réglés par la *loi* à laquelle concourt le pouvoir électif, ces intérêts seront imparfaitement, inoppor-
tunément et déraisonnablement réglés, ce qui tiendra la
société dans un état d'agitation et de maladie perpétuel,
parce que le pouvoir électif est et sera éternellement inha-
bile à régler ses intérêts.

Enfin, la conséquence de toutes ces conséquences, c'est
que la classe moyenne base son omnipotence sur un sophisme qui, dans ses mains, fonctionne incessamment
contre elle-même, et qui doit la perdre dans l'abîme où
son absolutisme veut ensevelir la royauté encore toute vivante; la royauté qui se débat dans cet incalculable mar-
tyre, sorte de crucifixion nouvelle où elle se dévoue pour
le salut terrestre de l'humanité!

Gens du monde, hommes du moment, philosophes ambitieux, intrigants austères ou légers, réfléchissez à ceci :
— Passez devant moi, si vous voulez; continuez à prendre
la décoration parlementaire pour le drame du gouvernement, le costume des personnages pour les personnages
eux-mêmes; faites votre livre; mettez-y votre histoire et

vos pensées. — Je ne suis pas pressé de faire le mien; je passerai après vous, et je sais bien que vous ne prendrez pas ce que je veux y mettre.

En attendant, je vais continuer celui-ci.

CHAPITRE XV.

De l'esprit dynastique. — Seul il est la consécration du gouvernement représentatif de la Charte.

Les gens qui pensent comprendront que le chapitre qu'on vient de lire n'est pas un hors-d'œuvre jeté là au hasard. — Même, sans développement, il était nécessaire, indispensable, pour mettre l'esprit de mes lecteurs dans une situation sympathique à celui-ci. — C'est tout ce que j'ai voulu pour le moment.

Les préjugés libéraux se révoltent à l'idée de la royauté, renfermant dans un homme, chef de l'État, la représentation de l'intérêt général du pays. Cependant, toujours soumis à leurs idées de souveraineté populaire, les libéraux se résigneraient à la royauté, si le roi était l'élu du peuple, le mandataire des citoyens par voie de scrutin et d'élection; ils pardonneraient à la royauté son unité, sa force, sa majesté, s'ils pouvaient faire sortir toutes ces grandeurs de l'urne électorale.

Mais du moment que la royauté devient héréditaire, la souveraineté du peuple tombe en convulsion. — En effet, elle comprend bien dès-lors que le sceptre lui échappe, directement et indirectement. — Le fils qui monte sur le

trône en prenant l'épée, le sceptre, et la main de justice
du père, ne demande pas son titre au peuple souverain.
S'il le demandait, il n'y aurait plus ni roi, ni royauté, ni
représentation générale du pays, parce qu'il n'y aurait
plus dynastie, suite, succession, consolidation, fixité, représentation virtuelle et immuable de la durée nationale.

Le propre de la royauté c'est d'être spontanée, de naître
d'elle-même, d'être produite par l'ensemble des besoins nationaux qui la réclament impérieusement, et de sortir des
faits pour se spécialiser, s'appliquer, s'incarner dans la
personne humaine que les événements ont préparée pour
la recevoir, sans quoi il n'y a pas royauté. — *Royauté* et
élection sont le contre-sens le plus grossier : la royauté
élective ne représenterait rien ; ce serait le néant gouvernemental d'une chambre des députés concentrée et rétrécie
dans un homme ; et comme il ne faudrait que faire disparaître cet homme pour qu'une nouvelle élection reconsti-
tuât une nouvelle royauté au profit des ambitieux qui
la rêveraient, votre roi électif paraîtrait pour disparaître ;
vous auriez bientôt vingt prétendants à la fois qui se dis-
puteraient cette ridicule couronne souillée aux pieds de la
démocratie ; vous auriez tant de rois, que vous n'en auriez
plus.

Quoiqu'il soit arrivé parfois qu'un simulacre d'élection
ait accompagné l'apparition d'une royauté nouvelle, celle
de Hugues Capet, celle de Guillaume, celle de Napoléon,
celle de Louis-Philippe, l'histoire vous dira que l'élection
n'a été dans ces créations royales que la forme extérieure
destinée à consacrer un fait qui prenait son existence réelle
dans une cause plus sérieuse et plus vraie. La royauté
était sortie des événements, ainsi que je vous l'ai dit, par

la force d'une grande végétation sociale, dont elle était le fruit ; l'élection constatait la réalité d'un fait qu'elle n'aurait pu ni nier ni créer. Quel autre aurait pu être fait empereur à la place de Napoléon ? Quel autre aurait pu être fait roi à la place de Louis-Philippe? Cherchez bien. Voyez à quels candidats le sénat conservateur d'abord, les 221 ensuite, auraient pu dire : « Soyez empereur ! soyez roi par notre volonté souveraine! » Vous n'en trouverez pas. Je vous l'ai déjà dit : — en 1830, et même aujourd'hui, supposez la disparition de la branche aînée, de la branche cadette, de la race napoléonienne, quel roi vous donnerait votre prépondérance élective, et sans roi quel gouvernement feriez-vous en France?

La royauté, donc, n'existe qu'à condition de ne pas être élective. C'est pour cela qu'elle représente l'intérêt général, et qu'elle constitue la direction du gouvernement, légalement et constitutionnellement surveillé par les chambres. C'est pour cela qu'après être née spontanément des faits politiques et sociaux, il faut qu'elle tienne de l'hérédité la continuation future de son existence. C'est pour cela que l'esprit dynastique est la base en France de l'ordre gouvernemental, de la liberté, de la société tout entière. C'est pour cela qu'à l'heure où j'écris ces lignes, le plus grand besoin de la France, le devoir le plus sacré par conséquent des hommes éminents qui ont de l'influence sur l'opinion publique, c'est de rétablir dans le pays l'esprit dynastique que la révolution de juillet devait nécessairement ébranler en changeant la dynastie. Ce changement était nécessaire, je le reconnais ; mais tout nécessaire qu'il était, il n'entraînait pas moins après lui cette conséquence fâcheuse dont les préjugés révolutionnaires se sont d'abord emparés, et dont les doctrinaires eux-mêmes viennent de se faire une arme contre la royauté, espérant que la couronne aimera mieux ployer sous leur domination, que de s'exposer à des coups d'autant plus dangereux, qu'ils partent des mains qui devaient la défendre. — Quel perfide calcul !

Les puristes rationnels semblent croire que le talent, la vertu, le génie, étant personnels, le fils n'emprunte aucun reflet d'influence et de force politiques au sang, au nom de son père. C'est qu'ils n'ont pas réfléchi à ce que j'ai dit dans le chapitre précédent sur la double nature de l'homme, moitié instinctive, moitié rationnelle. L'empire moral de l'hérédité jaillit de l'instinct même de la nature humaine. Vous, simple citoyen, si vous avez eu des liaisons morales avec un citoyen comme vous, qu'il meure, et que vous rencontriez ses enfants, portant son nom qui seul vous rappelle ce qu'il était pour vous, ne vous sentez-vous pas émus, entraînés à témoigner au fils les sentiments que vous inspirait le père? Ce fils n'en est-il pas pour vous la représentation et l'image? N'êtes-vous pas heureux de lui rendre en affection, l'affection que vous portait son auteur? Le nom, le nom seul n'exerce-t-il pas sur vous un prestige invincible?

Eh bien ! il en est de même de la partie instinctive des nations, plus encore que des individus. L'esprit dynastique, la consécration de l'hérédité donne par elle seule au gouvernement une force, une influence inappréciables : ce n'est point une illusion convenue, c'est la plus positive des réalités. Voyez l'empire que le nom seul de Napoléon avait conservé. Il était mort, son fils était mort; il ne se présente qu'un neveu, homme inconnu, sans action glorieuse, sans service rendu au pays, sans aucun fait personnel qui parle pour lui, et par cela seul qu'il était héritier d'une sorte de magnétisme indirect de la dynastie improvisée et déjà morte de Napoléon, officiers et régiments se sont pressés un instant à ses côtés, et le retentissement populaire, sans raison, sans intérêt spécial, uniquement poussé par l'instinct du nom, semblait déjà répéter l'écho de l'ovation impériale de Strasbourg!

A quelle cause attribuer cette tendance irrationnelle des populations, si ce n'est à l'influence instinctive de l'hérédité sur la race humaine? Hérédité, filiation des esprits par la filiation du sang, parenté morale, que rien n'explique, mais que tout prouve, et qu'aucune réfutation ne peut atteindre! Ici, je le sais, arrive l'objection banale : en parlant pour l'esprit dynastique, je plaide, dit-on, la cause de Henri V. — Je plaide la cause de toutes les royautés vivantes, je ne plaide pas celle des royautés mortes; je plaide la cause de toutes les dynasties, en plaidant la cause d'une seule. Il ne dépend ni de moi, ni de personne, de faire autrement. Je ne suis pas assez ingénieux pour vouloir baser une royauté héréditaire sur la souveraineté du peuple; je sais trop bien que ces deux termes s'excluent et se détruisent : il faut opter. Or, mon choix est fait. Je ne veux de la souveraineté du peuple à aucun prix; je ne veux point être parricide; jamais je ne consentirai à immoler la France à un sophisme. Je veux la royauté avec toutes ses conditions nécessaires. L'hérédité est la première de toutes, et c'est pour la famille qui règne en France que la France doit la proclamer et la défendre; après Louis-Philippe, le duc d'Orléans; après le duc d'Orléans, son fils; ainsi toujours dans les siècles futurs. Et

pour moi, je le déclare, quoique partisan de la loi salique,
quand il reste des collatéraux mâles à la royauté, si jamais ils nous manquaient, j'aimerais mieux cent fois
que le sceptre tombât en quenouille que de le voir tomber en scrutin.

Oui, l'esprit dynastique est la base, la consécration, la
pierre fondamentale de la constitution, de la représentation nationale, de l'ordre et de la liberté. Que le trône
soit ébranlé, tout chancelle; que la succession soit mise
en doute, tous les intérêts sociaux regardent à droite et à
gauche pour chercher un point d'appui. Ils n'en trouvent
pas; mais toutes les ambitions ouvrent des yeux ardents,
et partagent en espérance la dépouille royale et la fortune
publique à la fois.

L'esprit dynastique est tellement indispensable à la
France que, dans le moment même où les nécessités im-
périeuses de la révolution nous ont obligés d'y faire une
exception rapide et momentanée, cette exception, que mo-
tivait trop évidemment l'esprit rétrograde et féodal de la
restauration, a pourtant ébranlé l'organisme social de la
France, a ressuscité les espérances délirantes de toutes les
factions, a ôté aux lois de détail leur force tutélaire, a
excité toutes les méfiances, toutes les craintes, toutes les
convulsions populaires, par cela seul que l'avenir du pouvoir royal pouvait être mis en question. Souvenez-vous
de l'état d'anxiété qui a rempli notre monde commercial,
qui a suspendu l'action industrielle, qui a resserré les capitaux, qui a laissé presque deux ans entiers le peuple
sans travail, et par conséquent poussé par ses souffrances
à augmenter encore l'agitation générale que la révolution
de juillet traînait nécessairement à sa suite, comme tou-

tes les révolutions possibles. Eh bien! ce trouble, cette
anxiété, ce désordre moral qui pouvaient enfanter de si déplorables malheurs, si la royauté de Louis-Philippe n'eût
soudé la dynastie nouvelle sur le trône de la dynastie exilée, c'est précisément à la suspension de l'esprit dynastique qu'il faut l'attribuer. A mesure que la soudure s'est
effectuée, les troubles ont disparu. Il n'y aura gouvernement complet que lorsque la soudure dynastique sera
complète aussi. — Illustres champions de la démocratie
parlementaire, c'est à la fixité monarchique, et non pas à
votre prépondérance que la France demandera son salut !

Et toi, peuple français, généreuse et brillante dupe que
tous les charlatans exploitent tour à tour, veux-tu de
nouveau rouvrir la carrière des troubles, de l'inaction
commerciale, d'une agitation convulsive sans cesse renou-
velée, qui t'ôtera tous les moyens d'aisances, de progrès,
d'ordre, de repos, et par conséquent de liberté? — La
chose est facile et simple; en voici les moyens. — Proclame ta souveraineté déguisée sous le nom de prépondérance élective; décrète que Louis-Philippe n'est que l'exécuteur obligé de tes volontés, à lui signifiées par tes
députés; que, s'il résiste à cette volonté prépondérante, il
ne sera que le locataire passager d'un palais d'où sa race
sera chassée avec lui, par les imitateurs glorieux des 221
qui l'y ont installée; décrète que les fautes du gouvernement peuvent être imputées au roi, sous prétexte qu'il dirige le ministère par son influence personnelle, au lieu de
recevoir avec respect les ministres et les ordres de tes mandataires prépondérants; décrète que les factions seront alors
autorisées à le rendre responsable des actes de son pouvoir;
décrète que la France électorale, vaste comice rassemblé,

multiplié, divisé dans toutes les villes et dans tous les villages, jugera le gouvernement dans la personne du roi, élira son successeur, sauf à le détrôner de nouveau pour en choisir un second, un troisième, selon l'occurrence et les caprices de la foule tumultueuse ; intronise en France les *kolos* armés et sanglants de la Pologne, où le sabre devenait le dernier argument électoral, la suprême raison d'État. A l'instant et bien long-temps avant de mettre à exécution ces folies souveraines de l'absolutisme électif, du moment qu'elles seront seulement présumables et possibles, tu verras le commerce languir, les capitaux disparaître, les lois devenir impuissantes, les partis se faire justice de leurs propres mains, les intrigues de l'étranger envahir le forum et la tribune, la liberté périr et la nationalité s'éteindre. — Nouvelle édition de la malheureuse Pologne, tu recommenceras son histoire, et de tes propres mains tu t'effaceras des annales du monde. — Elle avait du courage comme toi, la Pologne ! des cœurs généreux et dévoués, une population brave, ardente à défendre sa liberté. — Pourquoi l'a-t-elle perdue ? — Parce qu'au lieu d'être soutenue par l'esprit dynastique, elle était anéantie par la souveraineté élective, transformée en simulacre, en mensonge, en destruction de royauté !

N'allons pas si loin. Remontons seulement jusqu'au 18 brumaire : voyez dans quel état de délabrement et de dispersion l'organisme social était tombé en France, faute de fixité dans le pouvoir, faute de pouvoir inviolable et héréditaire, faute d'établissement dynastique. — Napoléon paraît, et malgré les commotions révolutionnaires, il entreprend de reconstituer cet esprit dynastique pour sa personne et pour sa race. — En un clin d'œil, tout renaît,

tout se pacifie, tout rentre dans l'ordre, et la prospérité
se rétablit. On objecte vainement que l'édifice impérial
s'est écroulé. Ceci n'est point venu du principe politique
que Napoléon avait pratiqué, mais de l'abus qu'en avait fait
son génie indomptable. Napoléon, quoi qu'on en ait dit,
n'est pas tombé sous la question libérale, pas plus que
Charles X n'est tombé sous la question constitutionnelle.
L'un est tombé sous les excès de sa tendance guerrière,
l'autre sous les excès de la lutte révolutionnaire et contre-
révolutionnaire. Il n'y a que cela de vrai dans ces deux
grandes catastrophes.

Ce n'est point à l'esprit dynastique que Napoléon voulait rétablir qu'il a dû sa chute. Bien loin de là : les
erreurs ardentes de son génie auraient été réparées, si la
dynastie napoléonienne s'était établie. Il est certain pour
tout homme qui comprend l'avenir que, sans les désastres
qui frappèrent dans ses armes la maison impériale de
France, Napoléon II, par la force même des choses, aurait
été conduit à modifier ce qu'il y avait de trop énergique
dans le pouvoir impérial. A la seconde génération impériale, le mal se serait atténué ; à la troisième, il n'en serait
plus resté vestige ; on n'aurait plus eu que les bienfaits
d'ordre, de fixité, de repos, de progrès, que l'esprit dynastique aurait produits.

Qu'est-ce que le 18 brumaire aux yeux de l'observateur
superficiel, imbu des erreurs de la souveraineté du peuple,
soit qu'il la borne à la prépondérance des classes moyennes, soit qu'il descende plus bas, dans le néant du pouvoir
politique? — Le 18 brumaire, pour un tel observateur,
n'est autre chose que trois ou quatre compagnies de grenadiers, guidés par un général déserteur de son armée

abandonnée dans les sables africains, et jetant par les fenêtres de l'orangerie de Saint-Cloud les représentants du
peuple français. — Mais le résultat seul de l'événement
ne vous dit-il pas que cette manière de considérer les
choses est absurde et fausse? Si ces prétendus représentants
eussent réellement représenté quelque chose; s'ils eussent
représenté, je ne dis pas le peuple français, mais seulement une portion morale de la nationalité française,
croyez-vous qu'ils auraient ainsi disparu par un coup de
main? Croyez-vous que quelques compagnies de grenadiers
changent en vingt-quatre heures la volonté, le sort, la
constitution d'un pays?—Eh non, sans doute, rien de tout
cela n'est le 18 brumaire. — Ce n'est qu'un épisode ac-
cessoire, un détail d'exécution, un des moyens de l'œuvre
politique que la nature même de la société accomplissait
pour reconquérir l'institution royale dont elle ne pouvait
plus se passer. Voilà la grande force morale que j'ai appelée le 18 *brumaire de la pensée*, il y a déjà deux ans;
et ne croyez pas que j'aie oublié ou que je rétracte ce que
j'en ai dit à Paris. — Il s'en faut du tout au tout; car j'y
persiste plus que jamais. Je n'avais qu'un tort alors, c'était
de croire aux doctrinaires, mais ce tort-là m'a promptement passé.

Oui, c'est cette grande tendance morale à laquelle Napoléon fit entendre sa forte voix, et qui, comme un vaste
et profond écho parti de tout le sol national, lui répondit :
— Me voici ! — C'est cette grande force morale qui constitue le 18 brumaire, et l'établissement qui en sortit. Que,
si les événements l'ont détruit, c'est que le génie du chef
était plus intense que les choses humaines ne peuvent
permettre et soutenir, et que voulant tendre les ressorts

plus fortement qu'ils ne pouvaient le supporter, ils cassèrent sous le poids d'un fardeau auquel nulle combinaison humaine n'aurait résisté. — Mais quand l'établissement dynastique de l'empire vous a manqué, qu'avez-vous fait? Vous avez installé l'établissement dynastique de la restauration; et quand celui-ci vous a manqué, qu'avez-vous fait? Vous avez invoqué l'établissement dynastique de Louis-Philippe; et si vous n'aviez pas eu un roi tout prêt, une dynastie toute prête à remplacer la dynastie déchue, dites-moi nettement comment vous auriez évité la république en 1830? Et si vous aviez eu la république, dites-moi, je vous prie, ce que vous seriez devenus? Et si la dynastie de Louis-Philippe vous manquait aujourd'hui, dites-moi ce que vous deviendriez encore?

La légèreté du peuple français est vraiment effrayante. Il n'a qu'une seule planche de salut pour traverser le chaos révolutionnaire et arriver à une organisation durable, et il prête l'oreille, avec plus ou moins de complaisance, aux déclamateurs ambitieux qui veulent lui persuader que cette planche est trop forte, et qu'il doit l'affaiblir de plus en plus, au moment qu'elle est chargée d'un poids si prodigieux!

L'esprit dynastique est tellement le fond de la société en France, la base même du gouvernement, que tous ceux qui le nient dogmatiquement au nom de la souveraineté du peuple, ou de la souveraineté de la raison, sont contraints à lui rendre hommage dans leurs paroles. Ne voyez-vous pas l'opposition du *compte rendu*, elle-même, se qualifier opposition *dynastique*? Ne voyez-vous pas les doctrinaires jurer leurs grands dieux qu'ils travaillent à consolider la dynastie, au moment même qu'ils la mena-

cent de ressusciter les 221 contre elle, pour la renverser,
comme celle de Charles X, si elle ne veut pas accepter
leur système et leur protectorat!

Ici, je suis fâché d'avoir à citer une anecdote dont j'ai
long-temps voulu repousser le fâcheux augure.

Il y a deux ans, je croyais encore à l'instinct gouvernemental des doctrinaires; je croyais qu'ils savaient ce
qu'était l'esprit dynastique pour la France; je croyais
qu'en face de l'instinct révolutionnaire qui pousse à la
souveraineté du peuple, ils comprenaient que le premier
devoir dans un homme d'état était, avant tout, plus que
tout, et en tout, de travailler à rétablir l'esprit dynastique; que, par conséquent, ils étaient disposés à se sacrifier
eux-mêmes, s'il était nécessaire, plutôt que de signaler à
la nation les fautes réelles ou prétendues que la royauté
pourrait commettre; et que jamais, pour leur cause personnelle, ils ne seraient capables d'exposer la couronne
aux ressentiments populaires.

Ainsi je les défendais devant des légitimistes, hommes
graves et instruits, dont l'antipathie contre les doctrinaires m'étonnait et me paraissait injuste. Et je leur disais :
pourquoi blâmez-vous, dans les doctrinaires, le *dévouement dynastique* que vous reconnaissez vous-mêmes indispensable à la royauté? L'application de ce dévouement
à une autre race que celle que vous servez dans votre
cœur peut vous contrarier, mais en soi vous ne pouvez
contester que ce ne soit un sentiment utile et politique,
sans lequel aucun gouvernement ne serait possible en
France.

Voici la réponse que j'obtins :

« Monsieur, me dirent ces légitimistes, nous honorons

en vous l'esprit dynastique, même en faveur de la royauté
nouvelle, quoique nous blâmions l'application que vous
en faites; nous l'honorons, parce que votre conviction
nous paraît sincère, désintéressée, inspirée par un dévouement réel pour le pays. Mais nous n'honorons pas l'esprit dynastique ou prétendu tel des doctrinaires, parce
qu'il n'est en eux ni une conviction, ni un dévouement;
il n'est qu'un moyen de parvenir, un instrument de pouvoir pour eux. — Ils ont eu du dévouement pour la dynastie de la branche aînée tant qu'ils ont espéré devenir
les organes, les employés, les ministres de son pouvoir;
ils sont devenus anti-dynastiques pour elle quand, à tort
ou à raison, elle n'a plus voulu d'eux. — Ils en feront
autant pour la dynastie nouvelle. Le jour où Louis-Philippe ne les voudra plus pour maîtres, il les aura pour
ennemis; ils deviendront anti-dynastiques une seconde
fois, ou, pour mieux dire, ils ne changeront pas, mais
ils paraîtront ce qu'ils sont. Si, pour exploiter la royauté
de Louis-Philippe, il faut ressusciter les 221, attaquer la
prérogative royale, ressusciter les tendances révolutionnaires, ils le feront dans l'intérêt de leur ambition, dus-
sent-ils renverser la seconde dynastie comme ils ont renversé la première. Nous les avons vus à l'œuvre avant
vous, et nous les connaissons mieux que vous. — Vous,
vous avez été révolutionnaire de bonne foi; et, maintenant
détrompé, vous êtes de bonne foi monarchique. — Les
doctrinaires n'ont jamais été et ne seront jamais réellement ni monarchiques ni révolutionnaires. — Ils ne seront jamais que *doctrinaires*, c'est-à-dire, prenant l'un ou
l'autre côté de la question selon qu'il conviendra à leur
amour-propre et à leur ambition. »

Il y a deux ans que cet avertissement me fut donné. —
Je laisse aux lecteurs le soin de décider si les événements
l'ont démenti ou confirmé.

Au milieu du brouhaha démocratique qui nous assour-
dit de toutes parts, les esprits, même les plus calmes, les
plus réfléchis, sont imbus de cette idée-ci, que souvent je
leur ai entendu exprimer :

Il est impossible, disent-ils, de lutter contre l'impulsion
générale. Tous ceux qui ont essayé ont échoué. Le peu
d'hommes qui restaient encore dans les rangs de la monarchie, la désertent et l'accusent. Le tiers-parti, d'abord,
a joint l'opposition ; puis les doctrinaires passent à la démocratie parlementaire. Que reste-t-il donc au gouvernement du roi ? — Les ministres qui en sont chargés et une
portion des fonctionnaires qui le servent ; nous disons une
portion, car beaucoup de ces fonctionnaires sont partisans
de la prépondérance élective, de peur que celle-ci les destitue quand elle aura triomphé. Pendant ce temps, les masses populaires sont ou fort indifférentes au sort du gouvernant, ou séduites par les déclamateurs libéraux qui
leur promettent une amélioration notable dans leur sort,
quand la royauté, réduite à une position descendue, laissera le gouvernement entre les mains de la chambre
élective. Que venez-vous donc nous parler de royauté,
d'esprit dynastique, d'établissement monarchique ? Tout
cela est un rêve du temps passé. — Vous plaidez devant
une chambre élective qu'on courtise, qu'on encense, à
laquelle on offre la prépondérance et le *dernier mot* contre
la royauté, et vous croyez qu'elle vous écoutera, vous qui
lui contestez cette flatteuse suprématie ? Vous plaidez devant des classes moyennes qui, par l'électorat, disposent

de tout, et vous voulez leur persuader qu'elles ne sont pas
souveraines, et qu'elles n'ont ni le droit, ni la capacité de
gouverner? N'espérez aucun succès. Nous allons à la démocratie; elle est inévitable. Arrangeons-nous pour en
souffrir le moins possible, et pour adoucir la chute. Après
nous, nos descendants feront comme ils pourront avec la
république!

Je vois tout cela, sans doute; je le vois surtout depuis
deux ans, depuis mon voyage à Paris. — Et c'est précisément parce que je comprends l'intensité du mal, la gra-
vité du danger, que j'écris et que je le signale à tous les
imprudents qui l'excitent ou qui s'en jouent.

Oui, le mal est effrayant. La tactique insidieuse des
doctrinaires l'a aggravé plus qu'on ne saurait dire; moins
par le mal qu'ils sont capables de faire que par l'abatte-
ment qu'inspire une pareille conduite aux gens de cœur
et de dévouement, qui désormais ne sauront plus à qui
l'on peut se fier après avoir éprouvé une telle défection.
C'est là le grand mal de la défection doctrinaire : car ceux
qui la composent n'ont ni assez d'énergie ni assez d'action
pour être redoutables par eux-mêmes; ce sont désormais
des gens sans importance, dans quelque parti qu'ils se
placent.

Oui, le mal est effrayant; oui, il peut amener une crise
funeste, qu'il est difficile, quoique possible encore, d'éviter;
mais cette crise elle-même ne sera point un dénouement
définitif. Ce sera une transition, cruelle peut-être à traverser, pour revenir ensuite aux véritables principes de
l'ordre social, c'est-à-dire à la monarchie. Car sans cela
la société périrait; la démocratie, telle que l'école révolutionnaire la conçoit, en y comprenant aujourd'hui les

doctrinaires, ne pouvant organiser aucun gouvernement en France.—Or, la France, pour leur plaire, ne consentira pas à périr.

Je ne crois point, je le déclare, à l'avenir démocratique des sociétés. Il n'y a que des professeurs comme les doctrinaires, ou des écoliers comme les républicains, qui puissent se faire une telle idée. La démocratie n'est pas un gouvernement possible. Qu'on en essaie une brutale ébauche au commencement d'une société, chez un peuple naissant, cela se conçoit; mais qu'une grande nation, vieille, civilisée, industrielle, amoureuse de luxe et de jouissance, veuille prendre la peine de se gouverner elle-même, au lieu de s'occuper de ses plaisirs et de ses travaux, et que ce miracle se passe en France, au dix-neuvième siècle! je pardonne à M. de Rémusat et à M. Duvergier de se laisser éblouir par un tel mirage, mais, en vérité, je ne me pardonnerais pas à moi-même, si pareil vertige pouvait égarer mon esprit.

La démocratie, même sous forme élective, n'est point la fin des sociétés humaines, n'est point leur but, n'est point leur organisation providentielle. C'est un désordre d'esprit passager qui doit faire encore des progrès, mais qui trouvera son remède dans son excès. Il faut savoir attendre, et la nation abdiquera elle-même une prétendue puissance qui la rendrait impuissante, une prétendue liberté qui la rendrait esclave, une prétendue fortune qui la ferait mourir de faim. La royauté, j'en suis profondément convaincu, est l'organisation gouvernementale essentielle, indispensable à la race humaine parvenue au degré de développement où elle s'achemine sous nos yeux avec tant de rapidité; la société verra bientôt, par expé-

rience, que l'élection n'est point, comme on le lui dit depuis cinquante ans, la source de la liberté et du pouvoir;
qu'elle détruit l'une et qu'elle tue l'autre; que l'élection
ne peut être employée utilement que comme contrôle et
surveillance, comme garantie, non comme gouvernement.
Alors de l'excès de décomposition démocratique où les
fausses abstractions de notre époque l'auront poussée,
l'espèce humaine réagira vers la royauté constitutionnelle,
et comprendra que tout ce qui la rend fixe, durable, in-
contestée, établit l'ordre social sur des bases libérales et
fécondes. — Je vais dire en terminant quelques mots sur
ce sujet, car je ne veux le développer à fond que dans un
an. Comme nous serons alors un peu plus avancés dans
la désorganisation parlementaire, le tableau brillant et
radieux de l'organisation monarchique fera un contraste
plus efficace et plus persuasif.

Tout gouvernement exige l'unité du pouvoir. Les pouvoirs peuvent être divisés, le pouvoir ne peut pas l'être; il
peut seulement revêtir trois formes qui expriment ses
trois modifications qui, en réalité, n'en font que deux :
la direction du gouvernement et sa surveillance. La direction appartient à la couronne, la surveillance aux deux
chambres, chacune dans l'intérêt qu'elle représente.

Ainsi, il peut y avoir tout à la fois unité, direction, force
dans le pouvoir, surveillance, garantie, limites infran-
chissables, opposées aux excès éventuels de ce pouvoir.

Voilà la charte. Ainsi, votre gouvernement fait un
tout, un tout représentatif de tous les besoins nationaux :
la direction, la conservation, la novation. Mais si vous
voulez le constituer par trois unités séparées, donnant
trois directions souvent dissemblables, quelquefois con-

traires, toujours rivales, vous plongerez la France dans
un éternel chaos; et, pour sortir de ce chaos où il vous
plait de la plonger, si vous donnez au pouvoir démocratique, au pouvoir novateur, le droit de refuser son concours aux deux autres, et de faire triompher sa seule
volonté pour dominer le pouvoir directeur et le pouvoir
conservateur, àlors vous tombez dans une révolution
permanente, pire cent fois qu'une révolution accidentelle
et passagère. — Ainsi, vous recommencerez le rève formulé
dans le programme fantastique de l'Hôtel-de-Ville; ainsi,
vous détruirez le 13 mars et l'œuvre de Casimir Périer;
ainsi, vous retomberez dans cette dégénération moribonde
que les novateurs de 1830 avaient si convenablement
et si ridiculement caractérisée sous le nom de *royauté entourée d'institutions républicaines*; c'est-à-dire une royauté
dévorée par l'anarchie au profit de l'invasion étrangère et
de tous les malheurs dont la Pologne nous montre la ca-
davérique immortalité.

Sans doute, pour gouverner, la royauté a besoin de
s'appuyer dans chaque pays sur l'influence dominante,
prépondérante, sur la force morale et matérielle que l'état
de la civilisation du pays a créée, et qui est placée tantôt
dans une région de la société, tantôt dans une autre, selon l'époque et les lieux. Sans doute, en France, aujour-
d'hui, cette force morale et matérielle, ce point d'appui
est dans les régions de la société qu'on a nommées si im-
proprement *classes moyennes*. Sans doute, c'est là principalement, mais non pas exclusivement, que la royauté
doit placer son levier de gouvernement. Mais gouverner
en s'appuyant sur la classe moyenne, ce n'est pas livrer le
gouvernement à la classe moyenne elle-même, ainsi que

ses flatteurs imprudents le réclament en son nom. Le roi doit gouverner par elle, mais non pas être gouverné par elle. Remarquez bien ceci; car voilà le nœud de la difficulté.

Non-seulement on a vu, dans le cours de cette discussion, que la foule éparse et divisée, que vous nommez classe moyenne, est incapable de gouverner, mais à cette vérité décisive, il faut ajouter celle-ci, tout aussi péremptoire : c'est que les classes moyennes se défendent par l'élection, que les positions supérieures sont défendues par la pairie, et que la masse du peuple français, du peuple travailleur, prolétaire, du peuple qui laboure, sue et souffre, est inévitablement et toujours représentée par la royauté; son instinct la lui montre comme une providence terrestre qui autrefois l'a délivrée de l'aristocratie féodale, et qui maintenant est destinée, tôt ou tard, à la délivrer de toute autre aristocratie qui voudrait devenir oppressive et féodale sous une forme différente.

Or donc, si le peuple voit la classe moyenne gouverner la royauté, lui imposer ses ministres, ses lois; si le résultat de cette usurpation est mauvais, pour le peuple, et il sera infailliblement mauvais, c'est contre les classes moyennes, qui le blessent déjà par mille points de contact, qu'il réagira, et c'est la royauté qu'il invoquera contre elles, comme autrefois il l'invoqua contre les hauts et puissants barons du moyen âge.

L'avenir démocratique des nations est donc une pure illusion, d'autant que l'industrie et le travail, se développant de plus en plus, ôteront de plus en plus aux citoyens, même dans les classes moyennes, tout loisir pour étudier le gouvernement et pour gouverner eux-mêmes. Vos col-

léges électoraux, déserts ou à peu près, livreront le scrutin aux minorités numériques et intellectuelles. Ils deviendront les *bourgs-pourris* de la démocratie introduite
dans votre classe moyenne elle-même.

Alors il arriverait que le gouvernement des classes
moyennes serait chaque jour un mensonge plus évident,
et que leur prétendue prépondérance ne serait qu'un prétexte mis en avant par quelques ambitieux, montés bien
ou mal aux sommités des bancs parlementaires, pour de
là opprimer et envahir la royauté.

Alors tout souffrirait à la fois : l'État dans son ensemble, parce que ses lois seraient mal faites et mal exécutées ;
les classes moyennes. parce qu'elles seraient à la fois ex-
ploitées par ces visirs passagers, et haïes par la classe
populaire, qui leur imputerait tous les torts d'un gouvernement exercé en leur nom ; les classes populaires, enfin,
qui, en perdant l'indépendance de la royauté, perdraient
la plus incontestable garantie qu'elles aient sur la terre.

Si donc les classes moyennes, au lieu de se dévouer à
la royauté et de l'appuyer de toute leur force morale, se
laissent séduire par les sophismes ambitieux des doctrinaires, et qu'elles veuillent dominer la royauté, devenir
royauté elle-même, exercer le gouvernement par leurs
mandataires, au lieu de le surveiller par leurs députés,
alors les classes moyennes travailleront à la ruine de
l'État, à leur propre ruine, à l'exaspération des classes populaires qui revendiqueront impérieusement ou leur part
de souveraineté, et la convulsion sera horrible et complète,
ou la résurrection de l'indépendance de la couronne, le rétablissement de la royauté, alors nous reviendrons au
port ; mais après une longue tourmente, après de longs et

cruels orages où la France aura perdu ses plus belles gloires et son meilleur sang !

Ici les sophistes parlementaires offrent aux classes moyennes un autre remède, dernier produit du délire métaphysique de leur cerveau : c'est de s'appuyer elles-mêmes, elles, les classes moyennes, sur les classes populaires, sur la démocratie, pour dompter et gouverner la royauté ! — Oui, si vous voulez descendre jusqu'au fond des combinaisons insensées de la coalition doctrinaire, c'est là ce que vous trouverez sous cet amas confus de sophismes de toutes sortes, entassés pêle-mêle, et mis successivement au jour, selon les besoins du moment, par M. Guizot : sophismes démocratiques, sophismes monarchiques, sophismes philosophiques, sophismes protestants ou catholiques, amalgame fatigant où l'attention de l'esprit se perd au milieu du mécontentement de l'âme et du désappointement de la volonté.

Me faudra-t-il démontrer la folie coupable de cette combinaison ? Me faudra-t-il démontrer qu'en se faisant un levier des exigences populaires et des principes démocratiques, pour effrayer et dominer la royauté, les classes moyennes deviendraient encore plus incapables de gouverner qu'elles ne le sont maintenant ? — Qu'elles doubleraient les maux populaires dont le ressentiment se servirait alors avec raison contre elles-mêmes de toutes les armes qu'elles lui auraient fournies contre le gouvernement du roi ? A défaut des lumières de la conscience, le plus vulgaire instinct de l'intérêt, de l'égoïsme même, ne doit-il pas apprendre aux classes moyennes que le remède offert par la coalition est le pire et le plus irrémédiable de tous leurs maux, le plus évident de tous leurs dangers ?

A tous ces dangers, à toutes ces anxiétés, à tous ces
malheurs, il n'y a qu'un remède, qu'une garantie, qu'un
contre-poids : — c'est le rétablissement de l'esprit dynastique qui, seul, en affermissant la royauté, consacrera la
durée et l'action du gouvernement du roi, surveillé par
les chambres, retenu par elles dans la sphère constitutionnelle : mais dans cette sphère pouvant agir librement et
moralement pour le bien du pays, avec lequel tous les intérêts de la royauté et de la dynastie sont étroitement liés,
éternellement unis et confondus.

Car, voilà la garantie décisive offerte par l'esprit dynastique, et je vous prie de bien y réfléchir. C'est pour cela
que la loi d'apanage était une bonne, une excellente loi,
l'une des lois les plus libérales, les plus monarchiques
dans l'intérêt du peuple même ; ainsi que l'a si bien dit,
sans en comprendre les causes, l'honorable M. Dupin
aîné, dans son traité spécial sur cette matière.

Il a pu se trouver, sans doute, des époques de barbarie et d'ignorance où la royauté dynastique a mal gouverné les peuples. Mais certainement une assemblée élective représentative de cette ignorance et de cette barbarie
aurait au moins aussi mal fait. Il faudrait être bien dé-
pourvu de philosophie historique pour croire que, dans
les temps privés de lumières générales et d'instruction
particulière qui ont précédé et suivi la renaissance de la
civilisation en Europe, une autre forme de gouvernement
aurait épargné aux peuples les malheurs qu'ils ont subis
sous leurs rois. En ces temps de ténèbres et de passions
violentes, supposez telle forme de gouvernement que vous
voudrez ; détruisez en France, en Espagne, l'inviolabilité,
l'hérédité des rois ; supposez-y la pratique, les formes ré-

publicaines et la souveraineté populaire; qu'y aurez-vous
gagné, si ce n'est un redoublement d'hostilité, de réaction, de persécution politique et religieuse? Croyez-vous
que le peuple espagnol eût alors détruit l'inquisition, qu'il
regrette encore aujourd'hui? Croyez-vous que l'influence
monacale n'y eût pas été encore plus forte que sous la
forme monarchique? Croyez-vous qu'en France, le peuple
qui coupait en morceaux et qui mangeait le maréchal
d'Ancre, eût été un législateur bien doux et bien pacifique?
Et n'avez-vous pas vu, même de nos jours, ce peuple,
quoique plus éclairé, agité par la crainte du choléra, se
ruer avec autant de barbarie que de stupidité sur les hommes qui travaillaient à l'en préserver?

Ainsi donc, la royauté dynastique partageait les erreurs
du temps, précisément parce qu'elle en était représentative. Mais si elle a mal gouverné les peuples, d'autres
causes y contribuaient encore : c'est d'abord que la royauté
dynastique était mal constituée, par l'effet même de la
barbarie des temps; ensuite qu'elle n'était pas tempérée
par les institutions convenables; ensuite enfin, c'est qu'elle
avait une existence à part, un intérêt à part de conquête
et de domination qui la séparait du peuple et l'excitait à
concentrer en elle-même la destinée de l'État.

Eh bien! malgré ces vices, qui n'existent plus aujour-
d'hui, l'essence de la royauté dynastique était tellement
de s'unir et de se confondre avec la nation, qu'elle a toujours été nationale, excepté dans les convulsions fatales
de notre révolution, depuis 1789; et encore faut-il observer qu'alors la royauté n'a pas été dénationalisée par elle-
même, mais tout à la fois, par l'exigence féodale et fanatique des privilégiés qui l'exploitaient, et par les ressen-

timents de la démocratie elle-même, qui traversait la
royauté de ses coups, pour aller au-delà atteindre et frapper les priviléges féodaux et ultra-montains qui s'en faisaient un rempart.

Par elle-même, la royauté dynastique tend sans cesse
à s'unir, à se confondre avec la nation dont elle est la représentation vivante; elle ne peut briller, prospérer, grandir qu'avec la nation, qu'avec toute la nation; car la nation entière paye aujourd'hui l'impôt, fournit à la couronne les soldats, les administrateurs, les soutiens de toutes sortes qui doivent illustrer son règne au dedans, et le
défendre au dehors. Chaque plaie faite à la nation est une
plaie faite à la dynastie. Les sentiments mêmes de la famille dynastique s'incorporent aux sentiments nationaux,
puisqu'en élevant la France dans toutes les voies du bonheur et de la gloire, c'est la gloire, c'est le bonheur, c'est
la grandeur politique de ses enfants, c'est l'honneur éternel de son propre trône que le ROI DES FRANÇAIS consolide et consacre dans le bonheur et l'honneur national.

Si donc autrefois, et je vous en citerai mille exemples,
malgré les vices particuliers qui dénaturaient la royauté
et lui faisaient une existence à part dans l'État, la royauté
dynastique est devenue nationale; si elle a défendu le peuple en France contre l'oppression féodale; si elle s'est je-
tée au premier rang dans toutes les luttes où la France
combattait contre l'étranger, que sera-ce donc maintenant
que la royauté dynastique est incorporée à notre destinée,
à nos lois, à nos institutions; qu'elle n'a plus un seul intérêt particulier hostile aux intérêts généraux de l'État;
qu'elle est inévitablement solidaire de nos malheurs et de
nos prospérités, et que des institutions indépendantes nous

garantissent et la garantissent elle-même contre les erreurs de ses conseillers responsables.

Et c'est dans une situation pareille que vous craignez
le gouvernement du roi, et que, pour lui échapper, vous
voulez y substituer le gouvernement bâtard d'un visiriat
électif, enfant avorté d'une souveraineté populaire qu'il
invoque et qu'il renie à la fois, image confuse, variable,
mobile, inconsistante d'une foule électorale sans unité,
sans direction, sans être homogène et compacte ! C'est
pour arriver à ce résultat, qu'après avoir imprudemment
démocratisé la charte, vous voulez la républicaniser complètement, et la détruire elle-même par les fausses conséquences des principes les plus faux, les plus erronés que
les divagations révolutionnaires aient jamais proclamés ?

Eh bien, n'y eût-il en France qu'une voix, qu'une seule
voix, pour vous reprocher le crime que vous méditez contre vous-mêmes, il y en aura une au moins, et ce sera la
mienne !

Et puisqu'il faut que chacun porte le poids de sa parole et de ses œuvres, en terminant, je vais vous dire qui
je suis, d'où je viens, où je vais, ce que je veux, ce que je
fais. Vous pourrez savoir ainsi quelle foi vous devez avoir
ou n'avoir pas en moi.

Je suis fils d'un girondin, d'un conventionnel, d'un ré-
gicide.

J'ai sucé le lait de la révolution ; j'ai été élevé par elle :
ses malheurs, ses gloires, ses principes, ont rempli l'atmosphère où ma jeunesse a vécu.

J'ai maudit l'empire, ses lois, son administration, sa
grandeur, sa chute par l'invasion de l'étranger.

J'ai accueilli la restauration avec antipathie et méfiance. J'ai fait contre elle l'opposition la plus tenace, la plus ardente, la plus inexorable, jusqu'à son dernier jour, jusqu'au jour où elle est tombée ; — mais toujours franchement et à haute voix. Jamais je n'ai participé à quelque conspiration que ce fût, grande ou petite.

C'est de là qu'en 1830, après avoir protesté publiquement, en mon nom seul, contre les ordonnances de Charles X, c'est de là que, dans les premiers jours du mois d'août, je suis parti sans transition pour demander la conservation de la charte monarchique, l'initiative du pouvoir royal, l'hérédité de la pairie ; c'est de là que je suis parti pour nier la souveraineté du peuple, l'abaissement du cens électoral, l'initiative parlementaire, et la prépondérance élective, qui termine tout cet ensemble de républicanisme déguisé.

Voulez-vous savoir où cette route m'a conduit?

Je suis volontairement resté sans fortune, comme avant la révolution, ne conservant qu'un modique débris de l'héritage paternel, échappé au 31 mai, et quelques capitaux gagnés par mon travail dans le commerce où je suis entré en 1813, simple commis à *quinze cents francs* d'appointements.

Je n'ai rien demandé! J'ai tout refusé. Je n'ai voulu rien être, pas même député, parce qu'on sait que c'est le moyen d'aller à tout ; — j'ai voulu rester en dehors de tout, pour que l'indépendance de ma parole ne pût être soupçonnée par les passions et par les préjugés que j'allais combattre sans ménagement.

Depuis huit ans, j'ai usé ma fortune, ma santé, ma vie, à m'occuper des affaires publiques, sans jamais songer aux miennes. Je n'ai eu d'amis que les amis de la monarchie. J'ai rompu avec eux aussitôt qu'ils ont rompu avec elle. J'ai accumulé sur moi les haines des adversaires que je combattais, les ressentiments des amours-propres que je froissais, les rancunes des amis qui fléchissaient et que je quittais.

Sa Majesté le Roi des Français m'a honoré deux fois dans ma vie d'un moment d'entretien. — C'est beaucoup, mais c'est tout. Et combien de citoyens en France ont eu cet honneur bien plus fréquemment et plus intimement que moi.

Moi, qu'on transforme en fanatique de la cour et du château, je n'ai aucun rapport, si faible qu'il soit, avec le château ni avec la cour.

Il y a deux ans que je n'ai vu le roi, et que je n'ai reçu aucune communication de Sa Majesté.

Eh bien! c'est du fond de ma retraite rurale où je vis dix mois de l'année, que j'écris ces lignes; c'est là que mon absolutisme et mon aristocratie prennent leurs inspirations, au milieu des vignerons, des laboureurs, des marins. Peuple moi-même, autant que ce peuple fraternel qui compte sur moi comme je compte sur lui; vêtu comme lui, travaillant comme lui, et toujours prêt à lutter pour lui, comme il est toujours prêt à venir à moi quand il souffre et qu'il a besoin d'appui.

Voyez donc maintenant, vous qui lisez ceci, s'il n'a pas fallu qu'une conviction bien profonde et bien imployable surgît de ma conscience pour m'arracher aux idées primitives de ma jeunesse, à tous les instincts de l'éducation et de l'habitude, à toutes les impressions traditionnelles de mes alentours, à mes propres œuvres, à mes propres préjugés, encore sanctifiés par des sentiments de famille dont

je m'honore, et qui n'en ont point été altérés dans mon
âme. Voyez si mon indépendance ne vaut pas celle de vos
sophistes, toujours en quête d'un ministère ou d'un tri-
bunat !

Je défends la royauté, parce qu'elle est l'âme et le salut
de la France !

Je défends le roi, parce que sans le roi il n'y a plus de
gouvernement, et sans gouvernement, il n'y a plus de
France !

J'invoque le rétablissement de l'esprit dynastique, parce
que sans esprit dynastique, il n'y aurait plus ni royauté,
ni roi, ni France !

Et pour prendre cette détermination, croyez-moi, il a
fallu plus de dévouement, plus d'abnégation de moi-
même que pour tout autre. — Il est doux, il est facile de
se faire populaire. L'éloquence tribunitienne est la plus
vulgaire, la plus commode ; elle est à la portée de tous.
Les ovations l'accompagnent, les journaux la célèbrent,
les échos du forum la répètent. Sans doute. la postérité
aura des charivaris historiques pour cette éloquence dangereuse et fausse, mais les charivaris contemporains ne lui
sont pas destinés.

Pour les défenseurs de la royauté, bien au contraire, le
soupçon, l'injure, l'ingratitude, leur indépendance niée,
leur moralité flétrie, leurs vieux services oubliés. Heureux encore lorsque leur domicile ne sera pas assailli, et
leur personne menacée. Parce qu'ils ont combattu les abus
de la royauté, on trouvera étrange qu'ils défendent la
royauté elle-même, et leur patriotisme sera qualifié d'a-
postasie. — Oh ! peu de gens savent combien il faut de
volonté d'esprit et de fermeté dans l'âme pour lutter seul

contre tous, pour résister à l'improbation de ses amis,
pour supporter sans fléchir ces injustices amères, pour se
suffire à soi-même, pour marcher le front haut, et fouler
aux pieds l'ironique dédain d'une foule abusée. Il n'y a
que la foi complète dans la vérité qui puisse donner à
l'homme ce courage méconnu.

Que Dieu nous soit donc en aide, et ne fléchissons pas!
Ceux qui me blâmaient il y a deux ans, quand j'ouvris
la lice dans le *Journal de Paris*; ceux qui m'ont blâmé, il
y a un an, en prenant fait et cause pour M. Duvergier de
Hauranne contre moi, peuvent comprendre maintenant
que j'avais pressenti la véritable nature de la lutte qui
devait s'établir entre la révolution et la royauté. — Ils
commencent à se joindre à moi dans ce débat, quoiqu'avec
ménagement et restrictions atténuantes. — Mais quand la
crise sera venue à terme, quand la lutte des deux prérogatives les aura conduits au bord du précipice, alors ils
laisseront les restrictions de côté, et s'estimeront heureux
qu'à mes périls et risques, je leur aie gardé pour le combat définitif le terrain qu'ils avaient abandonné!

Henri FONFRÈDE.

Montferrand, décembre 1838.

POST-SCRIPTUM.

———·

Le travail qu'on vient de lire a été écrit, il y a un mois, à cent cinquante lieues de la capitale.

Je n'ai rien à retrancher de cet écrit; j'aurais beaucoup à y ajouter : mais je puis, je crois, me reposer avec confiance sur l'intelligence du public. Ce qui se passe depuis quelques jours au palais Bourbon a beaucoup éclairci la question.

On ne dira plus maintenant que j'ai soulevé un débat vain et inopportun; il est trop visible que c'est, au contraire, la question fondamentale, la question qui domine toute notre situation.

Sans doute on peut se dispenser, si l'on veut, de la discuter. — Mais cela empêche-t-il que l'usurpation de la prérogative royale par le pouvoir électif ne soit la cause réelle de tout le désordre que nous voyons?

Je ne crains pas de m'expliquer clairement. Je dis que la chambre élective est, depuis huit ans, en état d'usurpation morale sur la royauté; qu'un tel état de choses n'est pas un gouvernement, mais une négation permanente de gouvernement.

Cependant, le mal n'a pas encore paru dans toute sa réalité. — Pourquoi? — Parce que la chambre n'a point une intention coupable; elle est usurpatrice malgré elle, en quelque sorte sans le savoir et sans le vouloir.

On lui a tant répété qu'elle a le droit de former le ministère et de diriger le gouvernement, qu'elle le croit de la meilleure foi du monde. Ce droit lui plaît, elle en est fière; mais en même temps, quand il s'agit de le mettre en pratique, un instinct de conservation, plus fort que les préjugés qui la dominent, lui fait sentir que sa conscience, d'une part, son impuissance, de l'autre, lui interdisent également un essai périlleux. Alors, après avoir levé la main pour prendre l'autorité gouvernementale, elle recule, et tout reste suspendu. — Puis, le lendemain, la souveraineté élective, qui n'a pas osé dominer, recommence à nier le gouvernement du roi, et monte de nouveau à l'assaut pour reculer encore une seconde, une troisième, une vingtième fois, quand la brèche est praticable. Mais le pouvoir n'en reste pas moins démantelé.

On a beaucoup parlé du gouvernement *représentatif* dans la discussion de l'adresse; — mais toujours en le confondant avec le gouvernement *électif*, toujours en supposant, comme un fait incontestable, que la chambre des députés était la *représentation du pays.* — Mais si la chambre des députés représente le pays, que représentent donc la royauté et la pairie?... Rien, apparemment; car une fois le pays représenté par la chambre élective, que reste-t-il à représenter encore?... Qu'on me le dise, qu'on me l'explique, on me rendra service. Jusque-là je dirai que M. Guizot et M. Duvergier de Hauranne nous ramènent au *trône entouré d'institutions républicaines,* et l'on sait où cette route conduit.

Le ministère, dit-on, est responsable devant la chambre : il ne faut pas le couvrir sous l'inviolabilité royale.

Dieu me garde d'en avoir la pensée! Tous les actes de la couronne, légalement considérés, sont l'œuvre du ministère ; il en répond. Il doit en porter le poids, et la peine, s'il y a lieu. Personne ne le conteste. Quoiqu'on en ait dit, jamais le ministère actuel n'a méconnu cette règle. Il a déclaré à la chambre cent fois qu'il répondait de tout ; jamais il n'a justifié aucun de ses actes, en prétextant le nom ou la volonté du roi.

Mais il est un acte dont le ministère ne peut pas répondre : c'est la formation, c'est la nomination du ministère.

Le ministère, avant d'exister, ne peut pas nommer le ministère. Il ne peut pas se créer lui-même. Il n'y a aucune fiction constitutionnelle qui puisse autoriser une pareille absurdité.

Quand on attaque la nomination du ministère, ce n'est donc pas le ministère qu'on attaque, c'est le pouvoir qui a nommé le ministère : en d'autres termes, le roi.

Benjamin Constant lui-même vous l'a dit, et je vous ai cité ses paroles textuelles.

Mais quand le pouvoir électif ne se contente pas d'attaquer la nomination du ministère, quand il veut nommer lui-même le ministère, alors il est bien évident qu'il ne se borne pas à attaquer la prérogative royale, il l'usurpe.

Or, voilà toute la question.

Eh bien ! tant qu'il en sera ainsi, aucun gouvernement durable n'est possible en France. — Une nouvelle révolution frappe à votre porte. — Loin de la fermer et de la défendre, insensés !... vous discutez gravement pour savoir quand et comment vous l'ouvrirez !

Le pouvoir royal ?... Avec vos principes, il n'y en a plus vestige. Les hommages apparents que vous lui rendez sont une dérision, une insulte, un outrage. Vous voulez, dites-vous, *couvrir* la royauté, en lui imposant votre ministère et vos lois?... Et, pour la couvrir, vous commencez par lui ôter le plus précieux de ses droits, par l'anéantir, par la tuer. Vous la couvrirez ensuite comme la pierre du sépulcre couvre le cadavre qu'on lui confie!

Couvrir la royauté!... Avez-vous bien réfléchi à l'excès de votre audace?—Qui, vous, M. Guizot; vous, M. Thiers, couvrir la responsabilité morale du Roi des Français?... Mais êtes-vous bien sûrs, après ce qui vient de se passer, qu'il vous reste assez de consistance politique pour vous couvrir vous-mêmes?

Apprenez, apprenez, c'est moi qui vous le dis, et la France entière entendra mes paroles, que si l'omnipotence des minorités coalisées au palais Bourbon, vous livrait le palais des Tuileries, et vous installait en dominateurs souverains dans les conseils du roi, ce n'est pas vous qui le couvririez, c'est lui qui vous couvrirait; c'est lui dont la majesté royale arrêterait la méfiance de l'opinion publique indignée contre votre marche usurpatrice; c'est la confiance que nous avons dans la sagesse du roi qui obtiendrait grâce pour l'inconsistance et le peu de moralité de votre ministère. — S'il n'y avait que vous, vous et la coalition, pour constituer votre prétendu gouvernement représentatif, vous verriez ce qu'il deviendrait avant quinze jours; vous verriez ce que deviendraient votre importance personnelle et votre prépondérance élective : le premier souffle populaire emporterait tout. —Mais rassurez-vous : la grandeur et la bonté du roi vous couvriront.

Si l'on veut savoir à quel degré les idées sont perverties, il faut lire le projet d'adresse, miraculeux contre-sens qui commence par nier et par détruire la dynastie pour couvrir la royauté !

Ce qui consacre la royauté, c'est l'hérédité ; ce qui confirme l'hérédité, c'est la dynastie ; la dynastie, c'est la filiation qui porte la couronne du père au fils, de telle sorte que la transmission soit de droit, et que rien ne puisse s'y opposer. — C'est cette fixité qui seule assure la stabilité des États et le sort des peuples.

Il suit de là, que rappeler à une dynastie son origine, c'est nier son droit, c'est nier son existence, c'est la détruire dans l'esprit des peuples.... car toute dynastie a pour origine un acte ANTI-DYNASTIQUE !... toutes, sans exception. Ouvrez l'histoire et lisez.

Une dynastie n'existe donc réellement que lorsque son origine est oubliée, lorsque le temps l'a soudée au passé ; quand, de générations en générations, le droit dynastique est devenu un fait, un fait actuel, dominant, un fait que la société reconnaît et contemple comme le soleil dans sa splendeur, sans s'informer de quelles régions il s'avance et dans quels climats il s'est levé.

Lorsque Hugues Capet fonda la troisième dynastie de nos rois, il s'associa son fils pour devancer l'action du temps. C'était déjà une génération de roi *anticipée*. Encore ne fut-il qu'un roi provisoire, et non pas un roi dynastique, tant qu'il put trouver sur sa route un des seigneurs qui l'avaient couronné, pour lui dire : — *Qui t'a fait roi ?*

Et vous, législateurs imprudents, lorsque, avec tant de peine, nous avons constitué un commencement, une ébauche de dynastie ; lorsque, dans ces huit années révolutionnaires, nous avons eu Louis-Philippe, roi ; le duc d'Orléans, prince royal ; le comte de Paris, prince royal futur, possesseur désigné de la couronne, quand la mort aura deux fois couvert le trône de son manteau funèbre, que faites-vous? Vous détruisez solennellement, au nom de la nation qui vous a nommés, le commencement de l'œuvre dynastique du temps; vous arrachez au comte de Paris la sanction royale de son père et de son aïeul; vous reportez violemment son berceau jusqu'aux barricades, et vous lui donnez pour baptême l'insurrection populaire!... Et vous manifestez ainsi, par la plus claire des inductions, l'intention d'employer contre le trône nouveau, les moyens qui ont renversé le trône ancien, si la nouvelle race ne courbe pas le front sous votre prépondérance!... et vous faites, par conséquent, peser sur elle une suspicion terrible et fatale!... Et vous appelez cela une adresse monarchique!... et vous appelez cela fonder une dynastie, et couvrir la royauté!

Et M. Guizot, ce grave professeur d'histoire, qui probablement a su une fois dans sa vie, quoiqu'il paraisse l'avoir oublié, comment une dynastie s'établit et se fonde, a signé cette adresse!... lui!... lui, le promoteur de la *quasi-légitimité* (1), qu'il vient de renier à la tribune,... il vient, dans une sourde et longue paraphrase, protester

---

(1) M. Guizot a dit hier, en répondant à M. de Montalivet, qu'on le calomniait en lui attribuant la doctrine de la *quasi-légitimité,* que jamais il n'avait prononcé ce mot.

Le mot, soit; mais la chose, M. Guizot l'a prêchée, l'a dogmatisée, l'a solennisée à la tribune de la chambre des députés, précisément contre M. Odilon-Barrot, qui donnait pour base à la dynastie nouvelle la toute-puissance nationale. La lutte fut solennelle. Ce fut la première rupture décisive entre ces deux hommes; et c'est maintenant sur cette question que M. Guizot vient, à la même tribune, se réconcilier avec M. Odilon-Barrot, qui, lui, n'a pas varié, car c'est la doctrine alors soutenue par M. Odilon-Barrot contre M. Guizot qui est consacrée dans l'adresse.

M. Guizot ne me démentira pas: car, à cette époque, je pris sa défense dans les journaux de la Gironde, et il m'écrivit pour m'en remercier.

devant l'Europe attentive que ses principes n'ont pas changé! Il rêve sans doute aussi que l'Europe le croira, et qu'en France il est toujours le chef du parti conservateur... sous la protection de M. Odilon-Barrot.

Quand Guillaume vit que la convention britannique voulait le revêtir d'un simulacre de royauté, et se constituer souveraine pour régner sur lui par sa femme, il leur dit :

« C'est fort bien, c'est votre droit. Moi, je m'en vais, » je pars. Régnez à votre aise. »

On sait ce qui arriva. Pensez-y.

Paris, 10 janvier 1839.

OBSERVATIONS GÉNÉRALES

SUR

la Réduction des Intérêts payés par l'État,

ET SUR LA MARCHE DU MINISTÈRE.

AVIS DE L'ÉDITEUR.

Lorsqu'en 1824, M. de Villèle présenta pour la première fois le projet de réduction des rentes, Henri Fonfrède fit insérer dans le journal *l'Indicateur*, deux articles intitulés : *Des Fonds publics* (1), dans lesquels il démontra, avec une grande force de logique, l'injustice et l'illégalité de cette mesure.

Un honorable négociant de Bordeaux, M. Jacques Galos, appartenant, comme M. Fonfrède, au parti de l'opposition, crut devoir, cependant, défendre le projet ministériel, qu'il regardait comme utile sous le point de vue financier. Il publia, à cet effet, une brochure intitulée : *De la Diminution de l'intérêt de la dette publique et des Causes qui en ont élevé le cours* (2).

Henri Fonfrède, dont les articles se trouvaient directement attaqués dans cet écrit, fit imprimer, en réplique, la brochure que je reproduis ici. Cette publication, qui contient une polémique assez vive contre les ministres de cette époque, mérite d'être lue avec une attention sérieuse; elle renferme, en effet, tous les principes que Henri Fonfrède a soutenus sur la question de la conversion des rentes jusqu'aux dernières années de sa vie. Elle est une preuve, ajoutée à tant d'autres, de la constance et de la fixité des opinions du publiciste Bordelais, sur tous les points essentiels de la politique et de l'économie publique.

Les *Observations générales sur la Réduction des Intérêts payés par l'État* furent publiées au mois de mai 1824.

(1) Voir *l'Indicateur* des 8 et 12 avril 1824.

(2) Brochure in-8° de 26 pag. — Bordeaux, chez Lawalle jeune et neveu, libraires.

OBSERVATIONS GÉNÉRALES

SUR

LA RÉDUCTION DES INTÉRÊTS PAYÉS PAR L'ÉTAT,

ET

SUR LA MARCHE DU MINISTÈRE.

De la Diminution de l'intérêt de la Dette publique :
tel est le titre d'une brochure qui vient de paraître à
Bordeaux. Essentiellement approbatrice du projet de loi
présenté par M. de Villèle, elle a pour but de réfuter les
articles que nous avons publiés dans l'*Indicateur*. L'auteur
de ces articles ne croirait pas devoir répondre à cette brochure, si elle émanait d'un écrivain ministériel, ainsi
qu'on pourrait le croire en la lisant. Mais comme le contraire est certain, comme cet écrit sort d'une plume respectable par ses bonnes intentions, il mérite et nécessite
quelques mots de réponse.

Avant d'entrer dans cette discussion, nous la ferons
précéder d'une observation importante. Nous sommes
peinés que, pour aborder une question financière, l'auteur
de cette brochure soit sorti du terrain des réalités pour
entrer dans un pays d'illusions. Il aurait dû prévoir, ce-

pendant, que tout le monde lui reprocherait un aveuglement volontaire dans l'interprétation évidemment fausse
qu'il donne au discours de la couronne. Selon lui, *fermer
les dernières plaies de la révolution*, ce n'est pas indemniser
les émigrés de leurs pertes, mais c'est diminuer le fardeau
des charges publiques.

Or, personne n'a encore entendu et n'entendra cette
phrase dans ce sens. Les royalistes et les libéraux sont
d'accord sur sa véritable signification : d'ailleurs, la phrase
même, en la citant entière, ne permet pas le moindre
doute, puisque *fermer les plaies de la révolution*, et *diminuer les impôts*, y sont deux choses positivement distinctes
et différenciées. Pourquoi donc les confondre sans motifs
et contre toute raison?

Si l'économie injuste de vingt-huit millions que l'on
veut faire sur les intérêts de la dette publique n'avait pour
but que d'amener un dégrèvement de pareille somme sur
l'impôt annuel de la propriété foncière, on pourrait, avec
quelqu'apparence de bon droit, soutenir cette mesure,
quoiqu'en réalité elle n'en fût pas moins vicieuse et fausse,
ainsi que nous aurons occasion de le démontrer tout à
l'heure. Mais, encore un coup, telle n'est point l'intention
des ministres, et, si nous ne nous trompons, voici la pensée
secrète qui les a guidés.

Indemniser les émigrés est pour nous, se sont-ils dit,
une nécessité de notre situation politique. Notre majorité
dans la chambre, et surtout dans notre parti, est à ce
prix.

Où prendre les fonds pour subvenir à cette indemnité?

Augmenter l'impôt foncier? C'est impossible. Notre
système, les relations de notre diplomatie, nos lois de

douanes, ont ruiné les propriétaires; leurs domaines sont sans revenus. Augmenter l'impôt, exciterait une clameur universelle.

Augmenter les droits de consommation acquittés par le commerce? C'est impossible; ils sont déjà au-dessus de tout équilibre : ils ont amené la décroissance des affaires et la stagnation des capitaux. Nous serions encore en butte à l'improbation générale.

Que faire donc? Écoutez un peu, aura répondu M. de Villèle. N'avons-nous pas les rentiers sous la main! N'est-ce pas la classe la plus heureuse, puisque ses capitaux ont augmenté et que ses revenus n'ont pas diminué? Pourquoi seraient-ils, dans la réduction générale, les seuls épargnés? En les attaquant seuls, nous n'aurons contre nous qu'une plainte partielle, et nous persuaderons aux agriculteurs et aux commerçants, que nous sommes guidés par leurs intérêts, que nous les protégeons spécialement! Les plaintes seront donc bientôt étouffées; et, réduisant tout le monde au même degré de ruine, nous pourrons, par l'adresse de ce procédé, nous vanter d'être les auteurs de la prospérité publique!

C'est ainsi qu'aura raisonné l'homme essentiellement *fin* qui dirige presque seul nos destinées, et l'auteur de la brochure semble prouver qu'il a eu raison de compter, pour le succès de sa ruse, sur la crédulité publique, sur la puissance des mots, sur cette facilité que nous avons en France à pallier les fautes du pouvoir. quand il peut nous persuader que ce n'est pas nous qui en sommes personnellement victimes.

La mesure financière doit être examinée sous trois faces : sa justice et sa légalité, sa convenance et son utilité, enfin son but, l'emploi des fonds qui en proviendront.

Nous n'avions, jusqu'à ce moment, examiné que sa convenance et son utilité; mais puisque, pour répondre à la réfutation qu'on nous adresse, il faut s'expliquer sur le tout, nous dirons que la mesure est illégale et injuste, et que l'emploi présumé des fonds est excessivement impolitique.

La mesure est illégale et injuste, en ce que, par la menace d'un remboursement impossible, elle oblige le rentier à perdre le cinquième d'un revenu que la foi publique lui a garanti.

Vainement dira-t-on qu'on lui rend plus que le titre ne lui a coûté : d'abord le fait est faux; vous partez de la supposition que les titres sont encore entre les mains des contractants des emprunts; et depuis qu'ils leur furent donnés, ils ont vingt fois changé de mains; ils ont peut-être coûté 105 fr. aux possesseurs actuels. Vous établissez un prix commun par comparaison de tous les cours qui ont eu lieu! Est-ce ainsi qu'on raisonne quand il s'agit d'une propriété particulière? Et qu'importe à celui qui a payé 105 fr. que d'autres aient traité à beaucoup meilleur marché? Chacun s'occupe de soi et de sa propriété, et, dans un cas pareil, il n'y a point de moyenne proportionnelle à fixer.

Mais, de plus, quand le fait serait vrai, n'est-il pas évident qu'en donnant un titre de 5 fr. de rente pour 50 fr., pour 70 fr. qu'il recevrait, le gouvernement a vendu un effet qui, loin d'être fixe, représentait seulement l'équilibre des chances bonnes ou mauvaises que l'on courait en traitant avec lui? Ce titre n'avait pas une valeur *certaine* comme celle des contrats entre particuliers, avec

lesquels on établit une comparaison fausse de tous points.
Il était une sorte de fiction susceptible de hausse et de
baisse selon le plus variable de tous les changes, le ther-
momètre politique. Le porteur pouvait le voir tomber à
40, à 30, à 20 francs, à rien. Il pouvait, une seconde
fois, voir réduire sa fortune des *deux tiers*; il pouvait
même tout perdre, si les circonstances devenaient trop
mauvaises. Par compensation, toutes les chances favorables ont dû lui être acquises. Ces chances sont l'exécution
fidèle de vos promesses, l'existence de la caisse d'amortissement, seul mode d'extinction de la dette, stipulé avec
vous, non à un cours idéal qu'il vous plaît de fixer à 100 fr.,
mais par achat au cours réel du marché. Ces chances sont
le paiement intégral de la rente qu'on lui a promise ; ces
chances sont le droit de profiter de toutes les hausses possibles, et si son titre est susceptible de valoir 120 fr., ainsi
que M. le Ministre des finances en convient, c'est 20 fr.
que vous lui prenez injustement en l'obligeant d'accepter
100 fr., sous prétexte que c'est le pair. Que signifie ce
mot : *le pair?* Rien ; le pair véritable d'un objet dans le
commerce, *c'est sa valeur vénale au moment où on l'achète.*
Le pair de la rente n'est pas plus 100 fr. que 50 fr., que
120 fr. Nous aimerions autant voir fixer le pair d'un
quintal de café que le pair de la rente. L'un ni l'autre
n'ont une valeur certaine ; les chances du commerce ou du
crédit décident tout ; et il n'y a pas plus de raison pour
établir le *maximum* de la rente à 100 fr., qui n'ont jamais été comptés, qui n'ont jamais été exigibles, ni par
le débiteur ni par le créancier, que pour établir le *maximum* du café à 100 fr. Tout *maximum* d'un objet livré
à la spéculation est une injustice et un non-sens.

En vain dira-t-on : le titre primitif porte cinq pour
cent. Que nous fait cette énonciation contraire à la vérité,
et qui n'est que l'effet d'une vieille routine? Pourquoi ne
citez-vous pas l'énonciation entière : cinq pour cent *conso-
lidés*? Que signifie ce mot consolidé? Signifie-t-il, par hasard, que cinq doit être réduit à quatre? Il ne faut déses-
pérer de rien avec le dictionnaire administratif! Et d'ailleurs c'est dix pour cent qu'il fallait mettre quand vous
traitiez à 50 fr. ; c'est 6 fr. 25 qu'il fallait mettre quand
vous traitiez à 80 fr., car tel était le taux véritable auquel vous empruntiez. Pour dissimuler votre mauvaise
position et la défaveur de vos finances, vous avez énoncé
un faux intérêt : un faux énoncé ne prouve rien.

Et s'il est vrai que les conventions doivent s'inter-
préter par les intentions des contractants au moment où
ils s'engageaient, oseriez-vous soutenir qu'au moment des
emprunts l'idée du remboursement fût un élément du
contrat? Sa possibilité existait-elle dans la pensée du vendeur, dans celle de l'acheteur? Le rachat de la dette était-
il prévu autrement que par la caisse d'amortissement?
Non, vous n'oserez-pas le soutenir..

Vous dites, après M. de Villèle, que rendre aux rentiers un capital plus fort que celui qu'ils ont prêté, ce
n'est pas les ruiner; et nous vous répondrons que cette
phrase ministérielle n'est qu'une inconvenante ironie.
Nous vous répondrons que la fortune d'un homme ne
dépend pas de son capital, mais de son revenu : il est plus
riche avec cinq francs de rente qu'avec quatre, quel que
soit le capital, s'il n'en a pas d'autre emploi. Il en est de
même pour les propriétés foncières. Si le domaine qu'il
possède rend dix mille francs de rente, et que, par une

mauvaise politique vous réduisiez ce revenu à 5,000 fr., vous le ruinez de moitié, quoique sa propriété matérielle n'ait pas changé.

Mais, peut-être, direz-vous que si l'on avait offert alors aux prêteurs l'assurance du remboursement de 100 fr. qu'on leur présente aujourd'hui, ils l'auraient acceptée avec joie. Rien de plus certain : et pourquoi ? Parce que les circonstances qui leur rendent aujourd'hui ce remboursement onéreux, n'existaient pas alors ! Parce que surtout en dénaturant le caractère du contrat, cela aurait anéanti de suite la possibilité de toutes les mauvaises chances qu'ils ont courues.

Vous leur auriez offert 100 fr. au lieu de 50, 60, 70 fr. que valait leur titre ; tout aurait été bénéfice pour eux dans cette transaction. Vous leur offrez maintenant 100 francs au lieu de 110, 120 fr., que vaudrait la rente, de votre aveu, sans le projet actuel : tout est perte pour eux, et vos inductions sont entièrement fausses.

La rente est une sorte de loterie. Quand un billet a gagné, exigeriez-vous qu'on le vendît au-dessous de ce qu'il produit, sous prétexte qu'il a coûté primitivement beaucoup moins ? Mais, s'il avait perdu, auriez-vous remboursé le coût primitif ?

Comparer un contrat aléatoire, qui ne vend pas une chose, mais une chance ; un titre de rente publique contraire à toutes les dispositions du droit civil dans toutes ses conditions ; un titre enlevé à la juridiction des tribunaux, puisqu'il ne donne aucune action contre le débiteur ; un titre, qui ne représente d'autre valeur certaine que la rente ; le comparer à un contrat entre particuliers pour le faire rentrer dans le droit commun, sous le seul rapport du remboursement forcé, c'est un contre-sens et une injustice choquante. Si le gouvernement reconnaissait l'empire du droit commun quand ce droit décide contre lui, il aurait la juste faculté de l'invoquer quand il lui est favorable. Mais il n'en est point ainsi : le gouvernement se place toujours dans un droit exceptionnel; et quand on voit la discussion relative aux papiers de M. Cambacérès, enlevée aux tribunaux et aux lois civiles, peut-on admettre que le gouvernement argüe du code civil contre ses créanciers ?

Le gouvernement voudrait réclamer contre ses créanciers l'application de l'article 1911.—Mais, pour qu'il y eût dans ce procédé l'ombre de la justice, il faudrait que le créancier pût invoquer, contre le gouvernement, l'art. 1912, qui condamne le débiteur à rembourser la rente, s'il cesse de remplir ses obligations pendant deux ans, ou s'il manque à fournir aux prêteurs les sûretés promises par le contrat.—Or, y a-t-il la moindre possibilité d'appliquer l'art. 1912 contre le gouvernement? N'est-il pas évident qu'il ne l'a jamais souffert, qu'il ne le souffrira jamais; et si, par exemple, il supprimait la caisse d'amortissement, qui est bien une *des sûretés promises par le contrat*, les porteurs de rente auraient-ils un moyen quelconque de l'obliger au remboursement? Non, jamais. De sorte que le gouvernement veut s'arroger contre son créancier l'exercice du droit civil, exercice qui est refusé au créancier contre lui! Il faut que l'art. 1911 régisse la rente publique, et qu'elle échappe à l'art. 1912! C'est une singulière manière d'appliquer les lois, que de choisir les articles qui vous sont favorables, et de répudier les autres! Et n'est-il pas évident que vous ne sauriez avoir contre les particuliers les droits qu'ils ont entr'eux, parce que vous n'avez pas les mêmes obligations?

Tous les raisonnements employés pour soutenir la justice et la légalité de la mesure, sont donc illusoires et peu fondés. Si l'on examinait le côté politique de l'art. 1911, que l'on cite, on serait encore plus convaincu qu'il n'est pas applicable. La disposition de cet article, qui rend les rentes perpétuelles *entre particuliers* rachetables, a eu pour but d'empêcher le retour des anciennes rentes féodales, et voilà tout : certes, cela est tout à fait étranger à la question; et par l'application qu'on veut faire de cet article, la féodalité serait plutôt favorisée que restreinte; car quoiqu'en dise l'auteur de la brochure, tout le monde sait quels intérêts seront favorisés par l'emploi des 28 millions de rente que l'on retranche aux rentiers.

Quant à cet emploi il serait aujourd'hui prématuré de s'en occuper et d'en exposer les inconvénients; il sera soumis aux chambres dans un projet de loi : alors viendra le moment de le discuter.

Examinant maintenant la brochure, en ce qui a trait aux doctrines que nous avions exposées, nous la trouvons bien forte d'assertions, et bien faible de preuves. L'auteur affirme (page 13) que *les capitaux refouleront vers l'agriculture et le commerce.* Mais quelle preuve en donne-t-il? Aucune. Nous avions cependant démontré l'impossibilité de ce résultat par des raisonnements qui, ce nous semble, avaient quelque force et quelque clarté; nous avions ajouté, et c'était le point important, que les capitaux n'avaient quitté l'agriculture et le commerce, que parce qu'ils n'y trouvaient plus d'emplois suffisants; et que, par conséquent, il était inutile de leur rendre des capitaux qui les quitteraient de suite une seconde fois, si de nouveaux débouchés et de nouveaux emplois n'étaient pas établis.

Nous demandons la permission de citer nos propres paroles :

« Et, maintenant, passant même à la supposition que
» la mesure proposée pût faire refouler les capitaux vers
» le commerce et la propriété, nous pensons qu'ils n'é-
» prouveraient aucune amélioration tant que nos relations
» politiques et commerciales n'éprouveraient aucun chan-
» gement. Ce n'est pas précisément faute de capitaux que
» le commerce et l'agriculture languissent, le taux de
» l'agio en fait preuve ; c'est faute de *débouchés*, faute
» d'*emplois*, comme nous l'avons déjà établi. Et cette ma-
» nière nouvelle de considérer la question nous sem-
» ble la seule véritable. Mettez dix millions de plus en
» numéraire sur la place de Bordeaux, sans augmenter
» nos relations commerciales, vous ruinerez les capitalis-
» tes déjà existants, sans enrichir ceux qui nous apporte-
» ront les capitaux qu'ils auront retirés des fonds publics,
» et qu'ils ne pourront utiliser ; ce qui les déterminera à
» ne leur laisser faire qu'un court séjour sur notre place.
» Nos produits territoriaux, nos vins, par exemple, ne se
» vendront pas plus cher qu'avant, car leur prix s'établit,
» non en proportion de l'argent qui existe à Bordeaux,
» mais en proportion du prix auquel on peut espérer les
» vendre chez l'étranger. La terre alors augmenterait
» difficilement de valeur, puisque son revenu n'augmen-
» terait pas, et lors même que la présence d'une masse
» plus forte de capitaux ferait monter le prix des terres,
» cette hausse serait illusoire, puisque, par compensation,

» le vendeur se trouverait possesseur d'un capital dont
» l'intérêt aurait diminué dans la même proportion :
» quel avantage d'ailleurs retirerait l'État d'une transac-
» tion où le capitaliste acquerrait une terre sans revenu,
» et le propriétaire un capital sans emploi ? Ces objets
» changeraient de mains, et n'acquéreraient aucune valeur
» de plus. Ainsi, par un étrange et juste résultat de l'état
» de mensonge où l'on a mis la société, vous aurez à la
» fois les inconvénients de la surabondance des capitaux
» et de la nullité des produits ! Millionnaires et miséra-
» bles tout ensemble, vous reconnaîtrez enfin que la seule
» richesse des nations est leur travail protégé par des
» lois libérales. Vous apprendrez que le seul moyen d'at-
» tirer utilement les capitaux vers l'agriculture et le com-
» merce, et de les y fixer, c'est d'ouvrir à l'agriculture et
» au commerce des voies favorables, où ils puissent mar-
» cher avec sécurité ! C'est de ne pas leur fermer de vastes
» continents, où ils pourraient écouler leurs produits, et
» qui sont livrés à une puissance rivale ! C'est de ne pas
» séparer les peuples les uns des autres par des remparts
» de douanes, barrières impénétrables à l'industrie, système
» insensé, qui rend les relations onéreuses et les échanges
» impossibles ! C'est de ne pas tenir les gouvernements en
» méfiance perpétuelle des gouvernés, et de renoncer au
» système des priviléges pour rentrer dans celui des inté-
» rêts communs et égaux ! C'est, enfin, de n'avoir plus
» besoin, pour appuyer les projets d'une politique désas-
» treuse, de deux millions cinq cent mille hommes armés
» en Europe, dans un temps de paix : fatal développe-
» ment de forces, qui absorbe annuellement le revenu
» territorial de tous les États, et leur rend indispensable

» ce vaste ensemble des exigences du fisc, et des capitaux
» trompeurs produits par l'abus du crédit public !

L'auteur prétend (page 10) *qu'à Bordeaux comme à
Lyon, à Paris comme à Marseille, l'argent abonde de 2 1/2
à 3 pour cent* pour toutes les bonnes signatures; mais
s'il en est ainsi, c'est parce que, sur ces places, il y a ou
trop d'argent, ou pas assez d'affaires ! Quel besoin avez-
vous donc d'y envoyer de nouveaux capitaux?

Un système faux amène nécessairement de nombreuses
contradictions : après avoir dit (page 10) que l'argent
abonde de 2 1/2 à 3 pour cent, et que, par conséquent,
l'État a le droit de réduire à 4 pour cent l'intérêt qu'il
paie, l'auteur prétend (page 14) que le *négociant* et le
manufacturier ne peuvent s'en procurer *qu'à 5 ou 6 pour
cent*, et que la mesure financière qui fera baisser le taux
de l'intérêt, leur sera très-profitable sous ce point de vue.

Cependant il faudrait tâcher d'être d'accord avec soi-
même. Si l'argent est partout à 2 1/2 ou 3 pour cent,
comme vous le dites (page 10), quel besoin avez-vous
d'une mesure financière pour opérer dans les transactions
privées une baisse d'agio qui existe déjà?

Mais si, au contraire, le négociant et le manufacturier
ne peuvent trouver d'argent qu'à 5 ou 6 pour cent, comme
vous le soutenez (page 14), quel droit a l'État d'arguer
d'une baisse qui n'existe pas dans les transactions privées,
pour réduire de son côté l'intérêt de sa dette à 4 pour
cent?

Il est évident que vous vous trompez matériellement
dans l'une ou dans l'autre de vos assertions, et probablement dans toutes les deux.

Cette contradiction et toutes celles qui suivent provien-

nent d'une seule erreur, mais elle est capitale : c'est de
vouloir considérer la hausse des fonds publics comme
une *cause*, tandis qu'elle n'est qu'un *effet*. Ce n'est point,
comme le dit l'auteur (pag. 14), parce que les fonds publics ont haussé que l'intérêt a baissé dans les transactions
privées : c'est précisément tout le contraire; c'est parce
que le revenu des terres a été nul, parce que le commerce
a présenté de mauvaises chances, parce que l'industrie n'a
pu employer les capitaux qu'en payant un faible intérêt,
que l'argent s'est porté vers les fonds publics, qui offraient
un plus grand revenu : c'est donc la ruine générale qui,
dans les circonstances où nous sommes placés, a produit
cette hausse démesurée, encore excitée par les manœuvres
des joueurs publics ou privés !

Nous saisissons l'occasion d'observer que la réduction
de l'intérêt des fonds publics pourrait, sinon leur arracher
les capitaux qu'ils ont déjà absorbés, ce qui occasionne-
rait une baisse que le gouvernement a pour but de rendre impossible, au moins empêcher les progrès du mal
dans l'avenir, si toutefois l'agiotage n'augmentait pas; mais
cet avantage de la réduction de l'intérêt payé par l'État,
ne provient pas de la mesure financière : la nature des
choses l'a seule amené. A 100 fr., les fonds ne donnaient
que 5 pour cent; ils étaient venus au-dessus de 100;
M. de Villèle est convenu que, sans sa loi, ils auraient
encore haussé : ils seraient maintenant de 115 à 125. Or,
à ce taux, ils ne rendraient qu'un faible intérêt; à 112
francs 50 c. ils ne donneraient que 4 fr. 44 c.; à 125,
que 4 pour cent. Pourquoi donc, puisque ce résultat était
inévitable, puisque, selon le ministre lui-même, il ne
fallait pour y arriver qu'un peu de temps et de patience,

le forcer tout-à-coup par une mesure violente, nécessairement injuste, puisqu'elle agit sur le passé au lieu d'agir
pour l'avenir, et qu'elle ruine d'un cinquième *les rentiers
qui ont contracté sans la prévoir?*

Ici se présenterait une question très-importante. Dans
l'état de civilisation où est la France, est-il utile que le taux
de l'intérêt soit maintenu aussi bas qu'il l'est aujourd'hui?
Nous n'hésitons pas à répondre, NON. Cet état de choses
qui, selon vous, favorise la production des terres et de
l'industrie, nuit à la consommation dans une proportion
beaucoup plus forte, et voilà où est notre véritable plaie.
En vain vous vous écriez (page 16) : que les fermiers amélioreront leurs terres, qu'elles produiront davantage, *et
que l'augmentation des produits augmentera la consommation.*
Cela est matériellement faux, cela est impossible à soutenir : la consommation dépend des besoins du consomma-
teur, et surtout de *ses revenus.* La trop forte diminution
de l'intérêt anéantit les revenus d'une classe immense, et
lui ôte les moyens de consommer ce qu'elle ne peut payer;
car, dans votre bizarre prospérité, vous ne voudrez pas
sans doute la condamner au bonheur de *manger son capital?* Si donc celui qui a 100 mille francs de capital, au
lieu de cinq mille francs de revenu n'en a que trois, sa
consommation doit forcément diminuer des deux cinquiè-
mes, ou il se ruine. Il est donc vrai de dire que la baisse
de l'intérêt, même dans les *transactions privées,* peut être
un grand mal !

Quoi! vous avez pu écrire : *l'augmentation des produits
augmentera la consommation !* Eh! bon Dieu, qui ne re-
culerait devant une pareille thèse? Et si l'effet de la mesure financière était ce que vous dites, s'il augmentait les

produits matériels de votre agriculture, qu'en feriez-vous?
Celui qui ne peut pas vendre cette année cinquante tonneaux de vin au plus vil prix, les vendrait-il mieux s'il
en avait cent! Nous ne pensions pas que la magie du
ministère pût aller jusqu'à faire adopter de pareilles
croyances!

Voulez-vous sortir de ce dédale de fictions contradictoires? rentrez dans la vérité. La voici : changez de système
politique, diminuez vos droits, établissez des débouchés;
alors l'intérêt de l'argent, au lieu de diminuer, *haussera*,
et tout le monde s'en trouvera bien, car les produits
hausseront aussi, dans le double rapport de la consommation locale et des exportations. Mais, diminuer forcément
l'intérêt de l'argent, c'est au mal que l'on a fait, ajouter
une nouvelle calamité!

En partant des mêmes principes, vous verrez que le
dégrèvement de l'impôt foncier, fût-il réel, comme vous
vous obstinez à l'espérer malgré l'évidence, la mesure financière ferait encore peu de bien, même à l'agriculture. Examinez ce département : il vous sera facile de voir
que telle propriété, dans les valeurs moyennes des terres,
produit annuellement 50 tonneaux de vin, et est imposée
300 fr. Admettez un dégrèvement de 10 pour cent : c'est
beaucoup! C'est plus que vous n'aurez jamais! Quelle faveur accordez-vous au propriétaire? 30 fr. par an! Et
dites-le nous, au nom du ciel! que lui importe ce misérable dégrèvement, si, en diminuant le prix de sa récolte
par un système financier et politique qui anéantit à la
fois la consommation de ses produits et l'exportation, vous
lui faites perdre seulement 40 fr. par tonneau de vin, ce
qui est très-facile, c'est-à-dire 2,000 fr., en échange des

30 francs dont vous le gratifiez? Certes, on ne peut être généreux à meilleur marché.

L'auteur n'emploie qu'une seule assertion pour démontrer que nous nous sommes trompé dans notre système. Notre erreur provient, dit-il, de ce que nous avons considéré les rentes comme presque toutes flottantes, tandis que la *majeure partie est et restera casée* (1).

Il nous semble, au contraire, que nous avons très-clairement prouvé que les casements de rente, loin d'être favorisés par la mesure financière, devaient considérablement diminuer, et que l'agiotage devait augmenter dans la même proportion.

L'agiotage a pour but le gain sur la revente du titre; le casement a pour but la conservation du titre pour en toucher les revenus. Vous augmentez le capital et les chances de hausse sur la vente du titre, et vous diminuez le revenu d'un cinquième; vous excitez donc à l'agiotage, et vous dégoûtez du placement réel. Telle était la substance de notre raisonnement. L'auteur n'y répond rien : il se contente d'énoncer une assertion contraire. Nous n'avons donc rien à lui répliquer.

L'auteur ajoute *qu'une rente qui hausse entre les mains de son propriétaire, n'absorbe pas un numéraire effectif plus considérable;* rien n'est plus vrai : mais cela n'est pas la question. Il fallait examiner si, pour faire cette hausse, il n'a pas fallu qu'une quantité de numéraire plus forte fût absorbée par la dette flottante ! Or, le fait est certain.

---

(1) En supposant la rente flottante à 18 millions, selon le calcul de M. Méchin, on voit encore l'énorme capital qui doit rester présent pour la soutenir au-dessus de 100 fr. Si le projet de loi passe tel quel, la dette flottante, au lieu d'être de 18 millions, sera probablement double dans deux ans.

Ce n'est pas parce que la rente casée est plus haute qu'elle absorbe plus de numéraire, mais c'est parce que la dette flottante a absorbé plus de numéraire que le tout a haussé. Il fallait examiner maintenant si ce numéraire peut abandonner la rente flottante, sans amener une baisse proportionnée sur le cours des fonds publics; nous avions traité cette question, nous nous flattions que la solution en était évidente : l'auteur ne répondant pas un mot, nous nous croyons dispensé de répéter ce que nous avons déjà dit.

L'auteur voit encore un avantage très-grand dans la mesure financière : c'est que le gouvernement pourra faire ses emprunts à meilleur marché. Nous reconnaissons la vérité de ce fait; mais la hausse des fonds toute seule avait le même résultat, qui, selon nous, est plus funeste que désirable. Dans les dispositions peu constitutionnelles de la politique européenne, nous croyons que les peuples auront plus à gémir qu'à se féliciter de cette facilité que les gouvernements ont à puiser, dans l'avenir, les moyens de rendre leurs volontés actuelles toutes puissantes !

Quant à l'augmentation du capital de la dette, l'auteur la regarde comme entièrement fictive, parce que la caisse d'amortissement rachètera, avec 75 fr., autant de 3 pour cent qu'elle aurait racheté de 4 pour cent avec 100 fr. Voilà qui est bien : mais ce n'est pas l'état des choses. Il fallait examiner si la subtilité avec laquelle on a substitué des 3 pour cent à 75, à des 4 pour cent à 100 fr., n'avait pas pour but et pour effet inévitable de rendre une hausse d'agiotage plus facile. Or, cela est manifeste : nous l'avions prouvé à l'avance. M. de Villèle l'a reconnu, quand il a avoué, forcé de répondre à quelques objections pres-

santes, que, s'il eût créé des 4 pour cent à 100 fr., *au-*
cune compagnie de banquiers n'aurait voulu s'en charger.
Il l'a avoué, quand il a dit que les 3 pour cent à 75 fr.,
avaient 33 1/3 à gagner avant d'arriver à 100 fr. Nous
l'avions démontré en prouvant que 5 fr. de hausse, sur
les nouveaux fonds, équivalaient à 6 fr. 66 c. 2/3 sur les
anciens; il en résulte donc que la hausse étant l'effet d'un
agiotage reconnu et encouragé, rendra l'amortissement
plus onéreux; et il ne faut pas raisonner dans l'hypothèse
où l'on rachèterait des 3 pour cent à 75, puisqu'ils sont
déjà à 82 fr. Qui peut croire que les 4 pour cent, dont
personne ne veut se charger, eussent haussé dans la même
proportion?

Nous bornons là nos réponses à cette partie de la brochure. La seconde partie, celle qui a trait à la politique
générale, est bien plus contradictoire encore, bien plus
destructrice des principes libéraux qu'elle semble proclamer.

L'auteur a senti que, faire une apologie si complète de
l'état de la France, et de la bonté de cette mesure, dite
de prospérité, c'était, en quelque sorte, faire l'apologie du
ministère et du système qu'il a suivi depuis trois ans. Il
a voulu remédier à ce grave inconvénient, et nous osons
dire qu'il n'a pas atteint son but. Il n'a réussi qu'à mettre de nouveau ses contradictions en évidence. Nous n'en-
trerons pas dans beaucoup de détails à ce sujet, persuadés
que tous les lecteurs auront fait d'eux-mêmes cette réflexion. Peu d'exemples nous suffiront pour signaler ce
vice de l'écrit auquel nous répondons. L'auteur s'écrie,
page 16 :

« Je le dis donc dans l'intime conviction de mon âme,

» et avec la plus douce satisfaction; une ère nouvelle se
» présente en faveur de toutes les classes laborieuses de
» la société, etc., etc. »

Mais, s'il en est ainsi, comment blâmez-vous, depuis
trois ans, le système d'un ministère qui a produit un
pareil résultat?

Je le blâme, répond-il, parce que ce résultat s'est opéré,
non par l'effet du système ministériel, mais malgré ce
système.

Quelle faible réponse, et qui ne voit combien les partisans du ministère la détruiront facilement !

Quoi ! selon vous, diront-ils, la fortune publique et
privée augmente rapidement, la garantie morale des créan-
ces de l'État a doublé l'accroissement de toutes les valeurs,
l'aisance générale est due à l'état de paix où nous sommes
et aux progrès de l'industrie, et vous blâmez le système
d'un ministère sous lequel s'opèrent tant de merveilles,
parce que, dites-vous, elles s'opèrent, non par lui, mais
malgré lui ! Quand il en serait ainsi, vos plaintes
sont bien exagérées, et les défauts du système ministériel
bien peu alarmants, puisqu'ils n'empêchent pas le développement d'un aussi grand bonheur! Et qu'importe que
vous soyez heureux par lui ou malgré lui, pourvu qu'enfin vous soyez heureux sous l'administration actuelle ! Ah!
que de peuples seraient moins exigeants que vous, et bé-
niraient un gouvernement qui ne *ferait* pas leur bonheur.
mais qui les *laisserait* être heureux !

Voilà ce que répondront à l'auteur les *approbateurs du
ministère*, et il leur fait, en conscience, trop beau jeu.

Il est juste de dire qu'il professe en beaucoup d'endroits
de sages maximes ; qu'il énonce des réflexions généreuses

et solides sur les résultats de la guerre d'Espagne, et qu'il
donne de très-bonnes raisons pour critiquer la conduite
du ministère. Mais l'effet de cette portion de l'écrit est
totalement détruit par la teinte générale du tableau, et
tout est définitivement vicié par ce trait qui le termine :
« Je n'hésite pas à le dire, ce mouvement progressif de
» notre prospérité s'arrêterait, le mouvement rétrograde
» commencerait le jour où nous aurions le malheur de
» voir une main sacrilége toucher à la charte, etc. L'heure
» de la décadence de nos prospérités sonnerait le jour
» malheureux où l'on parviendrait, par la ruse et l'arti-
» fice........ à obtenir une chambre élue par les déposi-
» taires du pouvoir, etc., etc.... »

Quoi ! selon vous, toute cette prospérité rétrogradera
du moment qu'une main sacrilége touchera à la charte !
L'heure de la décadence sonnera le *jour* où la ruse et
l'artifice nous auront donné une chambre élue par les dépositaires du pouvoir ! Mais, selon vous aussi, cette prospérité existe encore ; selon vous, elle fait même des progrès ; selon vous, *une nouvelle ère* de bonheur commence.
Selon vous, on n'a donc encore altéré aucun des articles de
la charte? Les élections n'ont donc pas été faites par les
dépositaires du pouvoir? Le double vote est donc constitutionnel? L'exclusion violente d'un député est donc un
acte parlementaire? Le régime de l'Université n'est donc
pas attentatoire aux droits des parents, aux droits des ins-
tituteurs, aux droits de la société tout entière? Quoi ! tout
est bien, et vous vous plaignez? Vous ne tombez pas aux
genoux d'un ministère sous qui tant de bienfaits fécon-
dent la France? Ah ! jamais écrivain ne fut aussi ministériel que vous, ou aussi contradictoire avec lui-même !

Si nous voulons qu'on nous croie, si nous voulons avoir quelque influence sur les esprits, la première de toutes les nécessités, c'est d'être conséquents avec nous-mêmes. Convenez que la hausse des fonds publics est due à la décroissance des revenus de l'agriculture et des ressources commerciales ; revenez à la réalité; vos couleurs seront naturelles, vos plaintes seront légitimes, votre libéralisme raisonnable ! Mais vouloir à la fois improuver les principes et louer les résultats, est une tâche que les flatteurs du pouvoir eux-mêmes n'oseraient entreprendre, et qu'ils ne pourraient accomplir !

Et qui pourrait, dans l'état de misère où descend chaque jour la population de ce département, malgré la paix qui seule devrait suffire à l'enrichir, qui pourrait soutenir que sa prospérité s'est accrue en raison de la hausse des fonds publics ! Le contraire n'est-il pas certain ? La gène des propriétaires, l'inactivité des chantiers, la baisse des marchandises, la stagnation de notre Bourse, les fausses spéculations auxquelles on s'est livré plutôt que de ne rien faire, tous ces signes de décadence ne prennent-ils pas un caractère plus prononcé depuis trois ans, époque où commença la hausse des fonds ! Pourquoi nier l'évidence ? Pourquoi raisonner contre les faits ? Ne serait-ce pas une sorte d'ironie déplaisante pour les masses, de leur soutenir qu'elles sont heureuses, parce qu'il y a quelques exceptions en faveur de certains individus ? Dans les temps les plus funestes, n'a-t-on pas vu s'élever honorablement quelques fortunes rapides, qui n'ont d'autre effet que de rendre le contraste plus frappant et plus amer ? Sous le système continental lui-même, les licences n'ont-elles pas enrichi quelques maisons, par l'effet même des prohibi-

tions qui anéantissaient le commerce en général? Oh!
si l'on pouvait réunir les balances de toutes les maisons
de Bordeaux depuis trois ans, qu'on verrait dans l'ensemble un triste résultat! Oh! si l'on pouvait vérifier
l'état de toutes les fortunes foncières depuis cette époque,
qu'on serait loin d'y trouver une amélioration! Et quand
la plainte est universelle, pourquoi chercher à l'étouffer
sous les acclamations d'une joie peu raisonnée, d'une joie
qui n'aurait d'autre effet que d'encenser, involontairement
sans doute, le pouvoir ministériel dont la fausse politique
consomme notre ruine!

Et puisque cette occasion nous est donnée de rompre
le silence, profitons-en pour publier à notre tour quelques
vues sur la marche générale du ministère.

Depuis que les élections ont débarrassé le ministère de
l'opposition qui *désole*, sa marche est devenue, sinon plus
franche, du moins beaucoup plus vive. On lui reprochait,
dans les sessions précédentes, d'assembler les chambres
sans travail préparé, de sorte qu'elles languissaient dans
une inactivité forcée. Il serait souverainement injuste de
faire aujourd'hui le même reproche aux ministres. Dès
l'ouverture des chambres, elles ont été pour ainsi dire
accablées d'une multitude de projets de loi. Chaque ministre a porté son tribut. Jusqu'à présent M. de Chateaubriand est le seul en retard. Sans doute il réserve pour
quelque occasion bien importante les brillantes ressources
de son éloquence romantique. La petite loi pour la puni-
tion des vols sacriléges aurait cependant été fort bien
placée sous l'égide du *Génie du Christianisme* et des *Martyrs;*
et nous ne concevons pas pour quels motifs M. le Garde
des sceaux a eu le pas dans cette carrière sacrée, sur l'écri-

vain qui s'est depuis long-temps constitué l'apôtre de toutes les mondanités religieuses ! Est-ce pour avoir présidé
le conseil d'état dans la séance où il déclara qu'il y avait
abus dans la lettre pastorale de l'archevêque de Toulouse ?

Quoi qu'il en soit, l'activité inaccoutumée des ministres
prouve un fait important. C'est qu'en dépit des apparen-
ces, toute opposition réelle est désormais éteinte dans la
chambre, et devenue impossible par l'exclusion des députés libéraux. On nous flattait d'une opposition royaliste ;
mais, en prenant ce mot dans son acception aujourd'hui
convenue en politique, il forme, avec le mot opposition,
un contre-sens qui ne doit échapper à aucun esprit éclairé.
Il est en effet impossible que le ministère et l'opposition
partent des mêmes principes politiques, et que leur discussion soit profitable à l'État. Le royalisme tend à couvrir de nuages la source mystérieuse du pouvoir, et à
renforcer son action. Le libéralisme, au contraire, tend
à dépouiller de tout faux prestige l'origine du pouvoir,
et à limiter son action par des intérêts communs, populaires ou démocratiques, peu nous importe l'expression.
On conçoit donc une discussion sérieuse entre un ministère royaliste et une opposition libérale. Cette discussion,
retenue dans les bornes de la prudence par un *sage équilibre électoral*, anime et fait mouvoir le mécanisme représentatif. Mais une opposition faite au pouvoir par les
partisans du pouvoir, est une chimère, un non-sens politique. Il n'y a plus opposition ; il n'y a plus même discussion de droits partiels : il y a querelle de personnes,
et voilà tout. C'est la lutte des ambitions déçues contre
les ambitions satisfaites, et de long-temps nous n'avons
d'autre opposition à espérer.

Ceux qui liront avec attention le discours de M. de Labourdonnaie, se convaincront que nous devinons juste. La modération même dont s'est enveloppé cet orateur, décèle sa fausse position. Admettez que le projet de loi eût été présenté par M. Decaze, ou même par M. Lainé, vous auriez vu avec quelle autre véhémence, avec quelle autre force M. de Labourdonnaie l'aurait attaqué, en faisant cependant valoir les mêmes arguments ou à peu près. Mais, dans la situation où nous sommes, plus il y a d'irritation dans l'esprit de l'éloquent ami de M. Dela-lot, plus la politique exige qu'il se contraigne. Il peut attaquer quelques conséquences des doctrines des minis-tres qu'il combat, mais non leurs principes; car son seul but, quand il sera ministre à son tour, est de s'emparer des mêmes principes pour en forcer les conséquences. Électeurs abusés; ou trop facilement séduits, vous appren-drez bientôt ce que c'est qu'une opposition véritable, en la comparant à l'opposition factice à laquelle se trouveront confiés des intérêts qui ne sont pas les siens.

Le ministère n'attache pas, à beaucoup près, la même importance à tous ses projets de lois. Il en est peut-être quelques-uns qu'il a présentés uniquement *pour les faire rejeter* ou *considérablement modifier*, comme nous allons l'expliquer. Nous les divisons en projets principaux ou essentiels, et en projets accessoires dont il ferait volontiers le sacrifice. C'est par le principe qui règne dans ces pro-jets que nous les distinguons. Nous regardons comme essentiels pour le ministère tous les projets de loi qui sont empreints d'une tendance à augmenter la fixité du pouvoir ou de ses ressources. Ainsi des députés pour *sept ans*, des conscrits pour *huit ans*, le monopole du tabac pour *dix ans*, un retranchement sur l'intérêt des rentes qui ne peut s'effectuer que d'ici à *deux ans*, voilà les projets principaux : car tous tendent à enraciner les ministres, à les lier à l'action future du gouvernement, et surtout à augmenter l'indépendance ministérielle, à la mettre, en quelque sorte, hors de discussion pour un certain laps de temps. Quant aux vols des vases sacrés, aux droits de mutation des liquides, aux droits de navigation, ce sont, pour le ministère, de petits objets en comparaison de ses grands intérêts. La loi sur les sacriléges est un sacrifice à la majorité de la chambre, sacrifice qui l'engagera peut-être à ne 'pas exiger davantage. Pour les droits de navigation et certaines clauses de la loi sur les boissons, elle peut les repousser sans trop fâcher les ministres : ils en feront généreusement l'abandon. Ils seront trop heureux, s'ils comprennent bien leur position, qu'une chambre qui aura adopté l'intégralité des élections septennales ou quinquennales, la conscription pour huit ans, le monopole des tabacs pour dix ans, et le retranchement des rentes qui ne sera terminé que dans deux ans, acquière, même à leurs dépens, une sorte de popularité !

Chaque époque a un cachet particulier qui la distingue : quelquefois on gouverne par la force cruelle, d'autrefois par la grandeur du génie ; quelquefois on met en jeu un fanatisme quelconque, et l'on conduit les peuples irrités, de réactions en réactions, au risque d'en être soi-même dévoré tôt ou tard. D'autres fois encore, on gouverne comme Louis XII et Henri IV, par une bonté généreuse, par un instinct de bienfaisance et de popularité qui supplée à tout, qui remplace tout, même la science et le talent. Quel est maintenant le cachet de notre époque? Il est difficile, mais non impossible de répondre à cette question.

Si l'on voulait considérer le ministère comme homogène, comme ayant un système unique, provenant d'un accord parfait entre ses membres, on n'arriverait à aucune solution, parce qu'on partirait d'un fait faux. Mais si l'on veut voir les choses au vrai, c'est-à-dire, d'un côté, des ministres dont certains ont la prétention avouée ou secrète de primer, et dont l'action véritable est à peu près nulle; et de l'autre, un ministre qui n'agit presque pas, et qui fait tout; un ministre qui seul est en butte à toutes les attaques, et qui résiste à tout; un ministre qui s'est fait une réputation de clarté et de bonne foi, quoiqu'il soit impossible d'apercevoir son véritable but, et quoique tous ses anciens amis l'accusent de les avoir trompés : on aura le mot de l'énigme, et l'on sera convaincu que le talisman du pouvoir est aujourd'hui *la finesse* bien plus que la force; *la subtilité* des vues bien plus que leur solidité; *le génie de l'esprit* bien plus que le génie de l'âme; en un mot, *le savoir-faire* bien plus que le véritable savoir.

Si l'on veut examiner tous les actes du pouvoir actuel en partant de cette donnée, on aura facilement l'explication de ses succès, depuis le moment où MM. de Villèle, de Corbière et Lainé se glissèrent au ministère, sans portefeuille, pour acquérir tous les portefeuilles au parti qui les députait, jusqu'au moment où M. Lainé est monté de chute en chute à la pairie, pour débarrasser entièrement les collègues qui lui doivent leur puissance, d'un auxiliaire devenu incommode, précisément parce qu'il ne pouvait pas se prêter à des calculs de *finesse*, qui s'accordent mal avec la nature de son talent et de son caractère, dont les emportements involontaires l'entraînent à des accès de franchise contraires à l'ensemble de la politique actuelle.

Il faut convenir, cependant, que cette finesse, cette subtilité, ce savoir-faire, sont parfois mis à de rudes épreuves. La discussion sur la loi des finances en présente un exemple frappant. Voyez avec quel courage M. de Villèle emploie son talent à paraître n'en pas avoir ! Voyez dans quel cercle de sophismes peu spécieux il s'enveloppe; voyez combien de fois il semble ébranler à plaisir les bases du crédit public, pour cacher son véritable dessein, qui est d'occasioner, quand le moment sera venu, une hausse la plus forte et la plus rapide qu'on ait encore vue ! Pensez à quel excès d'abnégation de lui-même, il faut qu'il soit momentanément parvenu, lui ministre des finances, pour annoncer publiquement qu'on ne peut toucher au fond de l'amortissement quoique la rente soit au-dessus de 100 fr., et qu'on sera toujours libre à l'avenir de s'emparer de ces fonds si, dans quelques circonstances fâcheuses, l'État préférait ce mode de pourvoir à ses besoins, à des emprunts devenus trop onéreux ! Fût-il jamais une profession de principes plus extraordinaire ! Quoi ! c'est quand vous proclamez votre prospérité, quand vos créanciers jouissent de la hausse, quand le rachat est onéreux à l'État, le cours étant très-élevé, que vous craignez de restreindre l'action de l'amortissement, de peur de nuire au crédit public et aux rentiers? Et vous annoncez que vous pourrez vous emparer des fonds d'amortissement, quand, dans quelles circonstances? Lorsque le gouvernement préférera cette ressource à celle de quelqu'emprunt très-onéreux, c'est-à-dire dans un moment de baisse, dans un moment où l'amortissement serait très-profitable à l'État et indispensable aux porteurs des titres, ruinés à la fois par la retenue d'intérêts que vous opérez et par la baisse que vous prévoyez possible dans l'avenir ; dans un moment où il conviendrait de doubler la force de l'amortissement, bien plutôt que de le ralentir ; dans un moment où sa suspension serait une intolérable calamité !

Or, nous le demandons avec confiance, est-il possible qu'un homme d'état, aussi distingué que M. de Villèle, soit disposé à adopter une pareille mesure (1)? Non, personne ne peut le croire; et le comble de sa *finesse*, dans cette lutte, qui au fond n'en est pas une, est de donner à des auditeurs, convaincus à l'avance, des raisons faibles ou même mauvaises, qui seront inévitablement trouvées bonnes dans sa bouche. Ce n'est pas à la tribune que les majorités se font quand une nation est réduite à être gouvernée par finesse.

Néanmoins, nous ne voulons pas prétendre que l'empire de la finesse soit éternel : il pourra quelque jour avoir le sort des rentes dites *perpétuelles*, et souffrir une réduction notoire, s'il s'élevait trop haut. M. de Chateaubriand, qui sans doute présentera le projet de loi sur l'indemnité des émigrés, a probablement aussi quelque dessein dans le choix qu'il a fait de cette thèse difficile et principale, car il aura besoin de beaucoup d'art oratoire pour persuader aux rentiers que les millions qu'on donnera aux émigrés,

---

(1) Il est juste de dire que M. de Villèle s'en est expliqué depuis, et a déclaré que, dans son opinion, une pareille mesure était mauvaise, malgré l'exemple de Angleterre.

ne sont pas les millions qu'on retranche aux possesseurs
des fonds publics, sur les intérêts que leur paie l'État. Il
lui sera également difficile de prouver aux propriétaires
fonciers, que l'impôt est dégrévé de vingt-huit millions,
parce qu'on change l'emploi de cette somme. Il est possible
que M. de Villèle soit enchanté de jeter cette tâche pénible sur son noble collègue, sur son compétiteur à la suprématie ministérielle. N'y a-t-il pas de la *finesse* à faire,
lui ministre des finances, l'économie de 28 millions, et à
laisser soutenir la mesure qui anéantira cette économie,
par le ministre des affaires étrangères ? Oui, très-certainement, c'est fort bien calculé. Mais voici le revers de la
médaille. Si M. de Chateaubriand a la difficulté à vaincre,
il aura ensuite l'immense avantage de l'avoir vaincue ; son
influence en deviendra d'autant plus grande auprès de son
parti, qui préférera de beaucoup le ministre qui fera sanc-
tionner le *principe* d'une indemnité qu'il regardera tôt ou
tard comme un *à-compte*, à celui qui n'aura fait que préparer matériellement les fonds nécessaires, par un revire-
ment de finances.

On voit donc que dans la lutte occulte qui est la seule
véritable, c'est par la finesse que chacun veut triompher.
Les chances néanmoins sont encore en faveur de M. de
Villèle ; mais il y a trop long-temps qu'il gagne à ce jeu,
il faut finir par perdre : à moins d'être plus que fin, on
ne peut pas toujours *passer*, à l'écarté ministériel.

Mais au milieu de toutes ces petitesses, qui décident de
si grands intérêts, quel spectacle présente la nation française, ce peuple le premier de l'Europe et du monde, conduit de mystifications en mystifications par un ministère
qui ne lui fait pas l'honneur de le diriger avec une cer-

taine noblesse, avec une certaine grandeur, qui rendrait sa situation non plus heureuse, mais moins humiliante ! Un peuple si renommé par la perspicacité de son esprit, perpétuellement en butte à des charlatanismes mal tissus, à des finesses qu'un enfant pourrait percer, à des paroles vides de sens, pour remplacer les réalités qu'on lui ôte ! certes, il faut le proclamer le plus confiant, le plus crédule, le plus stupide des peuples, s'il croit au bonheur présent et futur dont le ministère lui présente le tableau trompeur ; et puisse-t-il, endormi sur la foi de cette prospérité mensongère, ne pas se réveiller un jour esclave et dépouillé !

H. F.

Bordeaux, le 2 mai 1824.

_P. S._ — Depuis que ces lignes ont été livrées à l'impression, la discussion a produit des éclaircissements qui confirment notre manière de voir.

M. de Villèle est convenu de l'augmentation de la dette, et a consenti à un amendement _mitigé_, proposé par M. Leroy, afin d'atténuer ce vice du projet, en créant des 4 pour cent à 100 fr. et des 3 pour cent à 75 fr. Cet amendement rappelle beaucoup trop celui de M. Boin sur la loi des élections. Il nous faut du neuf, les mêmes manœuvres ne réussissent pas deux fois. Ce n'est plus un double vote, c'est une double rente : il y en aurait pour tous les goûts.

On a voulu simuler la part des agioteurs et la part des véritables rentiers : c'est une *finesse* de plus ; mais elle n'a pas aussi bien réussi que la première.

M. de Villèle a prétendu qu'on avait tort d'accuser le projet de favoriser l'agiotage, et a demandé en quoi *l'agiotage pouvait s'exercer sur un effet plutôt que sur un autre.* Ah ! Monseigneur, vous manquez de mémoire. Vous avez dit que vous étiez forcé de créer des 3 pour cent à 75 fr., parce qu'aucune compagnie n'aurait voulu des 4 pour cent à 100 fr. : ce qui est exactement la même chose? Vous nous dites aujourd'hui que vous ne pourriez placer des 4 pour cent même à 96, ce qui serait pourtant porter l'intérêt plus haut : il y a donc, dans les 3 pour cent à 75, un attrait de plus, et quel est cet attrait, sinon les chances favorables à l'agiotage?

Au surplus, M. de Villèle et M. le rapporteur ont persisté dans leur système hostile au crédit public : M. le rapporteur a dit qu'une débâcle de bourse n'intéressait personne ; M. de Villèle a affirmé que les joueurs actuels y laisseraient leur fortune. Ces Messieurs voudraient absolument ramener la rente à 100 fr., parce que si elle se maintient plus haut, leur injustice est plus palpable, et leur opération plus difficile.

M. le rapporteur de la commission a démontré plus fortement encore l'hostilité du système actuel contre le commerce, en soutenant qu'il n'avait pas besoin de débouchés, parce que nous avions plus de consommateurs sans denrées, que de denrées sans consommateurs.

Jusqu'à présent, tout le monde était convaincu du contraire : on croyait généralement que l'agriculture et l'industrie françaises produisaient beaucoup plus que nous ne pouvions consommer. On croyait aussi que le seul moyen d'établir une balance favorable à notre patrie, était de lui offrir des débouchés pour écouler l'excédant de ses produits sur sa consommation. M. le rapporteur change tout d'un coup les principes de l'économie politique et commerciale, et il est facile de voir quel serait l'avenir de la France agricole et commerçante, si son système était adopté !

Mais encore pourrait-on lui répondre (en supposant que de pareilles hérésies nécessitassent une réponse) : pourquoi vos consommateurs n'ont-ils pas de denrées? Ce n'est pas que les denrées manquent, c'est parce qu'ils n'ont pas d'argent pour en acheter. Pourquoi n'ont-ils pas d'argent? C'est parce qu'ils n'ont pas de travail pour en gagner. Pourquoi n'ont-ils pas de travail? Parce que le commerce manque d'activité. Pourquoi le commerce manque-t-il d'activité? Parce qu'il n'a pas de débouchés. — Vous nous parlez de canaux, de circulation intérieure?... Ah! M. le rapporteur, sommes-nous donc revenus au système continental? Vos douanes et votre diplomatie ont-elles mis notre commerce en *état de blocus?* — Prenez garde à ce que vous dites. Ceci n'est point une *finesse*; c'est, au contraire, une maladresse insigne !

Croyez-vous, d'ailleurs, en rendant les capitaux plus abondants, procurer de l'argent aux individus qui ne consomment pas aujourd'hui *faute de moyens?* Trouveront-ils à emprunter? Pas du tout; car ils n'offrent aucune garantie aux prêteurs, qui ne prêtent pas leur argent pour qu'on le consomme, mais pour qu'on l'utilise ! C'est donc du travail que la société tout entière vous demande à grands cris, et vous ne lui en donnerez jamais sans débouchés extérieurs! C'est ce que tout l'argent et tous les papiers du monde ne remplaceront jamais.

Nouvelle preuve à l'appui de notre avis sur la nature de l'opposition actuelle : M. Dudon, l'un de ses chefs, a déclaré qu'il ne regardait pas la nécessité d'une opposition comme inhérente au gouvernement représentatif; cela confirme pleinement notre observation, que l'opposition véritable est maintenant éteinte. Tout se réduit à savoir qui sera ministre!

MÉMOIRE

sur

LES PASSES DE LA GARONNE.

MÉMOIRE

SUR

LES PASSES DE LA GARONNE,

PAR HENRI FONFRÈDE.

> La théorie du mouvement des eaux courantes
> est encore sujette à beaucoup de difficultés et
> d'obscurités. Il est très-difficile de donner des
> règles générales qui puissent s'appliquer à tous
> les cas particuliers. L'expérience est ici plus né-
> cessaire que la spéculation : il faut non-seulement
> connaître par expérience les effets ordinaires des
> fleuves en général, mais il faut encore connaître
> en particulier la rivière à laquelle on a affaire, si
> l'on veut raisonner juste, et y faire des travaux
> utiles et durables.
>
> (BUFFON, vol. I, pag. 351.)

1826.

Avis de l'Editeur.

Dans les années qui précédèrent l'époque où fut écrit le *Mémoire sur les Passes de la Garonne* (mars 1826), plusieurs naufrages avaient eu lieu dans la partie de cette rivière qui se trouve située entre Bordeaux et la mer. Deux grands navires de 700 tonneaux, entr'autres, revenant de l'Inde, avec de riches cargaisons, avaient échoué dans les passes du fleuve; l'un, la *Pénélope*, avait été complètement perdu, et le second, le *Titus*, avait éprouvé de graves avaries.

Un tel état de choses ne pouvait manquer de préoccuper vivement les ingénieurs et le commerce. Divers moyens furent, en effet, proposés pour améliorer la navigation dans cette portion de la Garonne. L'examen de ces projets de travaux donna lieu à la publication de deux Mémoires, l'un émanant de la Chambre de Commerce de Bordeaux, et l'autre rédigé par M. le vicomte de Vivens, propriétaire dans le Médoc.

Ces écrits renfermaient des vues utiles, sans doute; mais leurs auteurs, fort distingués d'ailleurs, manquaient essentiellement de la connaissance pratique du régime de la rivière. — M. Fonfrède, au contraire, possédait au plus haut degré cette connaissance : aussi habile pêcheur qu'intrépide marin, il avait soit en conduisant ses filets, soit en dirigeant sa chaloupe, exploré journellement et pendant plusieurs années, tout l'espace compris entre le port de Bordeaux et le Bec-d'Ambès.

Il publia son mémoire sur les passes de la Garonne, pour

combattre à-la-fois les projets des ingénieurs, et les systèmes de la Chambre de Commerce et de M. de Vivens. Cet ouvrage obtint un succès complet ; il fit abandonner immédiatement les projets qui avaient été conçus par les ingénieurs, et il obtint l'approbation unanime des marins qui fréquentaient la rivière de Bordeaux.

AVERTISSEMENT.

———

Je prie qu'on ne juge cet écrit, ni comme ouvrage de théorie sur le cours des eaux, ni comme ouvrage littéraire.

Sur le cours des eaux, j'ai tout à apprendre des ingénieurs, et rien à leur enseigner. Je ne parle des règles qui y sont relatives, que pour appuyer mes observations sur les faits. Je désire ne pas m'être trompé dans l'application de ces règles; mais si j'ai commis quelqu'erreur de ce genre, cela ne m'étonnera nullement, et je serai toujours prêt à la reconnaître, quand on aura la bonté de me la montrer.

Sous le rapport littéraire, j'ai fait tous les sacrifices possibles au sujet. Je me suis servi de termes de marine, de mots techniques, de locutions locales et vulgaires; voici pourquoi : j'ai voulu conserver à cette question sa physionomie native ; j'ai voulu que les personnes, qui ne connaissent pas la Garonne par elles-mêmes, pussent vérifier facilement mes observations, et qu'elles eussent en conséquence sous les yeux le dictionnaire dont elles doivent se servir, et les termes qu'il faut employer pour interroger les marins et les habitants riverains du fleuve. Je ne désire pas qu'on dise que j'ai trouvé la vérité, mais je désire qu'on la trouve.

J'ai donc eu principalement en vue de montrer le

point de la difficulté, que l'on ne me paraissait pas avoir aperçu, bien plus que de fournir la solution de cette difficulté. Lors même que je me serais trompé sur cette solution, peu importe : si, en rectifiant mes erreurs, ceux qui examineront la question après moi rencontrent juste, je serai plus que récompensé de mon travail.

H. F.

Bordeaux, le 25 janvier 1826.

MÉMOIRE

SUR

LES PASSES DE LA GARONNE

Que les esprits soient divisés sur les hautes questions
de la philosophie, de la politique, de l'économie sociale;
qu'une mesure législative paraisse aux uns une réforme
salutaire, aux autres une innovation monstrueuse, c'est
ce qui se conçoit facilement, d'autant que, dans des discussions de ce genre, les erreurs des passions aggravent
encore les erreurs de l'esprit. Dans l'inextricable confusion
des théories qui se heurtent autour de nous, la raison la
plus ferme et la plus éclairée, sans cesse en garde contre
elle-même, doute presque de sa propre certitude, et demande à l'expérience dix convictions pour une, avant de
décider en dernier ressort.

Mais dans les choses matérielles que les calculs mathé-
matiques peuvent saisir, dans les résultats physiques que
nos yeux peuvent apercevoir, dans l'exposé d'une série de
faits dont nous fûmes témoins et que notre esprit ne peut
encore avoir oubliés, ne semblerait-il pas, du moins, que
l'accord le plus parfait dût régner entre tous les hommes
de bonne foi, qui, mus par le plus honorable zèle, n'ont
pour but que la prospérité de leur pays ? Et, lorsque les
éléments de conviction sont évidemment les mêmes pour

tous, comment peut-il se faire que les convictions sincères soient directement opposées, et fassent pénétrer, dans
l'ordre physique de nos intérêts communs, des divisions
qui devraient borner leur déplorable empire à l'ordre moral de nos opinions et de nos croyances?

Ces réflexions me sont suggérées par le sujet que je veux
examiner, et je n'ai pu m'empêcher de les exprimer, quoique mon intention ne soit pas d'en approfondir les conséquences : elles sont tristes et humiliantes pour la race humaine; mieux que toute autre leçon, elles nous montrent
combien sont resserrées et peu positives les notions que
nous avons sur les objets qui nous paraissent les plus simples, et combien nous devons nous défier de nous-mêmes
dans les questions d'un ordre plus élevé.

Les passes de la Garonne, entre Bordeaux et le Bec-
d'Ambès, ont éprouvé divers changements depuis quelques
années. Ces changements sont représentés comme des dé-
tériorations effrayantes qui peuvent compromettre l'importance commerciale de cette grande cité. On appelle
l'attention des administrateurs, des négociants, des ingénieurs, des marins sur cet objet; on demande à la fois
quelle est la cause du mal, et quel remède il faut appliquer.

Cette question intéresse essentiellement la ville de Bordeaux, et, comme le dit très-judicieusement la chambre
de commerce, touche en quelque sorte à son existence
même. Cette réflexion m'enhardit à publier un travail que
j'avais presque abandonné, effrayé de l'insuffisance de mes
forces, comparées avec le résultat qu'il faut obtenir, et
surtout avec l'honorable influence des négociants et des
popriétaires dont il me faut nécessairement combattre les

opinions. Néanmoins, l'intérêt du pays a dû l'emporter : je publie mon avis pour remplir un devoir, et non pour réclamer une confiance à laquelle je sens bien que je n'ai aucun titre; le désir d'être utile sera donc à la fois mon motif et mon excuse.

Deux systèmes, divergents dans leurs principes et parfaitement opposés dans leurs moyens, ont été proposés.

Dans le premier, on attribue la détérioration des passes au ralententissement des courants de jusant; on propose de les concentrer par un rétrécissement, afin de déblayer la rivière.

Dans le second, on soutient que la détérioration des passes est due au ralentissement des courants de flot; on propose de les activer et d'élargir l'embouchure de la Garonne, afin que l'introduction des eaux que la mer fait refouler soit plus facile et plus abondante.

Le premier système a été présenté par des ingénieurs instruits; le second est créé ou appuyé par des propriétaires, par des négociants éclairés, et réunit maintenant, il faut en convenir, la majorité des suffrages bordelais en sa faveur.

J'ai cherché d'abord à m'expliquer d'où pouvait provenir la contradiction radicale qu'on doit remarquer entre ces deux systèmes, et, dans l'intérêt commun, j'en ai été profondément effrayé. Il m'a semblé voir deux médecins au chevet d'un malade : si vous le saignez, dit l'un, vous le tuez; si vous ne le saignez pas, dit l'autre, il est mort : voilà où nous en sommes.

Cette tendance des esprits à butter pour ainsi dire les uns contre les autres et à s'engager dans des voies entièrement dissemblables, avec l'intention cependant d'atteindre le même résultat, a toujours existé; mais elle me semble, de nos jours, excessivement prononcée : en morale, en politique, en finances, elle fait des progrès d'autant plus effrayants, que la science du style et celle du raisonnement étant très-perfectionnées, fournissent des armes excellentes aux opinions les plus contraires. J'ai vu souvent, avec une admiration mêlée d'une certaine douleur, des écrivains engagés sous des drapeaux différents, partir de principes vrais de chaque côté, raisonner juste, conclure de même, et cependant arriver à des démonstrations dont chacune détruirait le système opposé si elle était admise.

Ce grand malheur tient à une préoccupation naturelle qui nous porte à vouloir résoudre comme simples, des questions qui sont très-complexes; à n'étudier qu'un certain ordre d'idées, quand plusieurs éléments combinés entrent dans le rapport dont nous voulons trouver le terme. En un mot, à regarder toujours d'un côté, au lieu de regarder en face, et d'embrasser notre sujet tout entier.

Dans la circonstance qui nous occupe, les deux systèmes établis partent de principes très-justes que voici :

Les ingénieurs ont dit : Il n'y a pas assez de profondeur : creusons. Pour creuser, nous n'avons qu'un seul agent : c'est le courant. Dans la rivière il y a deux courants, celui de flot et celui de jusant. Quel est celui des deux qui creuse le fond ? C'est le jusant. Ce principe est démontré par l'examen des faits et par les règles de l'art; employons donc le courant de jusant.

Le mal est grave, il faut un remède analogue, pour ne pas y revenir à deux fois : donnons donc à nos constructions une dimension gigantesque, qui réunisse le courant de jusant de la rivière entière sur le point menacé; nous détruirons tous les obstacles.

Mais ils n'ont pas réfléchi que la navigabilité de la rivière tient à d'autres causes qu'à la direction des courants; qu'elle tient aussi à la masse des eaux, dont les courants eux-mêmes tirent leur efficacité, et, diminuant la quantité de l'eau introduite par la mer, ils ont mis dans leur plan un vice qui tôt ou tard devait en détruire l'effet. C'est ce que M. de Vivens a parfaitement démontré, et le pays lui doit des actions de grâces, si, comme les probabilités l'indiquent, son travail a fait écarter le premier projet.

Mais venant à son tour, ainsi que la chambre de commerce, voici comment ils ont raisonné : La rivière n'est pas navigable, parce qu'il n'y a pas assez d'eau; augmentons-en la masse : accroître la source est impossible; la mer seule peut nous fournir ce qui nous manque : prenons de l'eau à la mer, activons les courants de flot, élargissons l'embouchure de la Garonne.

S'occupant du côté de la question négligée par les ingénieurs, M. de Vivens et la chambre de commerce surtout ont mis en avant des principes dont ils n'ont prévu ni les dangers ni l'étendue, et se sont renfermés dans un ordre de moyens évidemment insuffisants pour atteindre leur but.

C'est d'abord une grave erreur, de croire que la navigabilité d'une rivière dépend principalement de la masse de ses eaux; cette navigabilité dépend d'un grand nombre d'éléments combinés, dont cinq au moins sont indispensables, ainsi qu'on le verra ci-après. Un exemple va me faire comprendre de suite.

Admettez que, sur une largeur de demi-lieue, la Garonne

présentât partout quinze pieds de profondeur : vous auriez une masse d'eau considérable, et cependant un bâtiment calant quinze pieds et demi ne pourrait naviguer.

Admettez au contraire que, sur la même largeur de
demi-lieue, la rivière offrît dix-huit pieds d'eau dans un
quart de cette largeur, et six pieds seulement dans les trois
autres quarts : il est évident que vous auriez beaucoup
moins d'eau que dans l'hypothèse précédente, car la masse
aurait diminué dans le rapport de 60 à 36 : cependant,
un bâtiment tirant dix-sept pieds passerait facilement.

Il est donc aisé de voir que la masse de l'eau, quoique
très-importante sans doute, n'est cependant rien sans une
bonne disposition de cette eau. Or, si en proposant des
travaux qui auraient pour but d'activer l'introduction du
flot, on avait réfléchi à l'inévitable perturbation qu'ils
occasioneraient dans la rivière jusqu'à Bordeaux, on aurait été frappé des immenses dangers que ce système présente ; on aurait vu qu'il contrariait directement le régime
actuel du fleuve, et qu'il était impraticable, à moins de
le poursuivre sur tous les points, de combler les courbes
concaves, et de détruire les saillies jusqu'à l'entrée de notre rade et peut-être plus loin. En un mot, qu'en entre-
prenant de pareils travaux, si l'on voulait réussir, il ne
fallait pas réparer les passes, mais en creuser d'autres ;
qu'il fallait pour cela déplacer en grande partie le lit même
de la rivière, et que par conséquent les petits moyens qu'on
indiquait étaient dangereux par leur insuffisance même.

C'est à démontrer cette vérité que je vais travailler ;
mais il me semble nécessaire de commencer par examiner,
avant tout, l'état actuel du fleuve, depuis Bordeaux jusqu'au Bec. Tâchons de connaître le mal, avant de discu-

ter sur la nature du remède. Cette marche sera lente, mais elle me paraît la seule raisonnable, et je prie qu'on supporte avec patience des détails qui pourront paraître minutieux : c'est le seul moyen d'éclairer ce débat, surtout pour ceux qui ne connaissent pas notre rivière par leur propre expérience.

Je ferai précéder cet examen d'une seule réflexion : c'est qu'il faut bien se pénétrer, toutes les fois qu'on voudra juger l'action réciproque des courants de flot et de jusant, qu'on ne doit pas conclure rigoureusement que ce qui est vrai dans la Gironde, le soit aussi dans la Garonne, et cela par deux motifs principaux : le premier, c'est que l'action du flot diminue sans cesse en s'éloignant de la mer ; le second, c'est que le cours de la Gironde est double, en quelque sorte, par l'introduction de la Dordogne, au lieu que celui de la Garonne est simple jusqu'au Bec, n'ayant lieu que par une seule chute d'eau. Ces deux considérations sont très-importantes ; la dernière indique pourquoi il y a beaucoup plus d'îles depuis le Bec-d'Ambès jusqu'à la mer, que depuis Bordeaux jusqu'au Bec : les îles qui sont en dessus de Bordeaux, proviennent d'une divergence semblable dans le cours des eaux, mais par une cause différente.

§. Iᵉʳ.

De l'état de la rivière, depuis Bordeaux jusqu'au Bec-d'Ambès.

———

Relativement à la grande navigation, la Garonne, depuis Bordeaux jusqu'au Bec, se divise en *mouillages*, en *chenaux* et en *passes*.

Les mouillages sont les endroits profonds les plus rapprochés des passes; c'est là que les bâtiments s'ancrent, en attendant que l'eau soit assez haute pour franchir les passes elles-mêmes.

Les passes sont les détroits où il faut forcément s'engager pour éviter les bas-fonds, lorsqu'ils occupent un grand espace dans la rivière.

Toute passe qui n'est pas dans une pareille position, s'appelle simplement un *chenal*, c'est-à-dire l'endroit le plus profond du courant. Ainsi l'on dit d'un bâtiment, qu'il est *dans le chenal* ou *hors du chenal*, selon qu'il suit ou non dans sa marche le plus profond des eaux; et l'on dit qu'il est *dans la passe*, quand, arrivant à l'endroit du danger, il entre franchement dans le détroit qui sépare les deux bas-fonds qu'il faut éviter.

De Bordeaux au Bec, la continuité des chenaux n'est interrompue que deux fois, une à Bassens, l'autre à l'extrémité du Bec: voilà les deux passes dont il faut s'occuper. Les marins les nomment les *Pas*; ainsi l'on dit le *Pas de Bassens*, le *Pas du Bec*.

Chaque pas doit avoir son mouillage de flot et son mouillage de jusant.

J'appelle mouillage de flot, celui où un bâtiment qui descend s'arrête pendant le flot, qu'il doit laisser écouler avant de pouvoir continuer sa route : il se trouve en dessous du *Pas*.

J'appelle mouillage de jusant, celui où un bâtiment qui monte s'arrête pendant le jusant, afin d'attendre le retour du flot : il se trouve en dessus du *Pas*.

Si l'on voulait prendre les choses en sens opposé, on pourrait faire du mouillage de flot le mouillage de jusant, et réciproquement ; mais ce ne serait qu'une simple dispute de mots, et j'ai donné ma définition, uniquement pour que la signification des termes que j'emploierai soit bien convenue.

Pour que la rivière soit en bon état, il faut :

1° Que les mouillages soient rapprochés des passes le plus possible, surtout celui de jusant ;

2° Qu'il y ait assez d'eau dans les passes pour que les bâtiments puissent raisonnablement s'y engager à moitié flot ou aux trois quarts du flot quand ils montent, et au tiers de jusant quand ils descendent.

Toute passe où l'on ne peut s'engager, soit de flot, soit de jusant, qu'à la pleine mer, est mauvaise : la raison en est sensible.

D'abord, il est facile de se tromper sur l'heure précise de la pleine mer, et la moindre erreur exposerait le bâtiment à échouer. Une erreur semblable a contribué à la perte du *Titus*.

Ensuite, et surtout de flot, ce n'est pas tout de franchir la passe, il faut encore avoir assez de courant pour atteindre le mouillage ; car si la pleine mer avait lieu, une fois la passe franchie, mais avant que le mouillage de jusant

fût atteint, le bâtiment, ne pouvant plus avancer si le
vent n'était pas favorable, et ne devant reculer à quelque
prix que ce fût, serait obligé de jeter l'ancre, et toucherait indubitablement à basse marée.

Le danger ne serait cependant pas très-grave, car le navire toucherait faiblement, et, à moins d'être très-vieux
ou en mauvais état, il ne serait exposé ni à crever ni à se
casser : le principal risque qu'il courrait, serait de porter
sur son ancre à l'évitage; mais on obvierait facilement à
cet inconvénient, soit en virant à pic dans le moment
convenable, soit par tout autre moyen.

Quand une passe est franchie de jusant, on a toujours
assez de courant pour atteindre le mouillage de flot; néanmoins toute passe où il faut s'engager à la pleine mer,
est encore plus mauvaise de jusant que de flot. Effectivement, si l'on touche en descendant, il n'y a plus d'espoir
pour le moment; l'eau perdant de plus en plus, il faut forcément échouer. De flot, au contraire, en entrant dans la
passe un peu avant la pleine mer, lors même qu'on vien-
drait à talonner(1), on aurait encore l'espoir de s'en sortir, si l'eau montait quelques pouces de plus. En cas de
réussite, resterait, ainsi que je l'ai dit plus haut, la difficulté d'atteindre le mouillage de jusant, si ce mouillage
est éloigné, et si le vent n'était pas favorable.

Cela posé, pour l'intelligence des lecteurs auxquels les
termes de marine ne sont pas familiers, commençons par
l'examen du *Pas du Bec.*

Ici, je suis peiné de me trouver en contradiction positive avec la chambre de commerce; mais je suis dans la

_____

(1) Toucher de l'arrière.

nécessité de dire que le *Pas du Bec* est entièrement différent de la description qu'elle en donne : les renseignements qui lui ont été fournis ne sont pas exacts, d'où il résulte qu'en raisonnant avec beaucoup de précision et de sagacité, elle a pu cependant se tromper dans les points les plus importants de son travail. Voici ce qu'elle dit du *Pas du Bec* :

« Les navires de 500 et de 600 tonneaux, complètement
» chargés, naviguaient alors (autrefois) librement dans ce
» détroit. Depuis, les attérissements qu'a laissés s'accumu-
» ler le ralentissement des courants de flot, ont pris un
» accroissement tellement rapide, que maintenant, à la
» passe du Bec-d'Ambès, il ne reste plus à la basse mer
» que 4 à 5 pieds d'eau, et cela dans un canal tellement
» étroit qu'un navire ne peut y virer de bord. Les diffi-
» cultés que ce passage présente ont donné lieu à un grand
» nombre d'accidents, et notamment au naufrage du na-
» vire *la Pénélope*, qui échoua, en juin 1823, sur un des
» bancs qui forment la passe du Bec, et qui y périt avec
» la presque totalité de sa cargaison, évaluée à plus d'un
» million. » (*Page* 7).

« Et comme il n'est possible de la franchir (la passe du
» Bec) qu'à la pleine mer, l'éloignement du mouillage
» augmente nécessairement beaucoup les dangers et les
» difficultés que cet écueil présente. » (*Page* 13).

Il y a quelques années, cette description du *Pas du Bec*, quoiqu'incomplète, aurait été à-peu-près exacte dans les détails qu'elle donne; mais aujourd'hui, par suite des changements qu'a subis le banc du *Pavillon*, la passe est beaucoup plus large et beaucoup plus profonde qu'elle n'a été depuis bien long-temps. Au lieu de 4 à 5 pieds d'eau, il reste 9 pieds d'eau à basse mer, et cela sur une grande largeur, ce qui porte le niveau de la pleine mer à 18 ou 19 pieds d'eau dans les marées faibles, et 22 ou 25 pieds dans les grandes marées (1). On cite le naufrage de *la Pénélope*, mais il est peu concluant dans la question qui nous occupe, pour plusieurs raisons. D'abord, *la Pénélope* ne s'est pas perdue dans le pas, mais dans la Gironde, demi-lieue en dessous du pas, un peu plus bas que le *Pavillon*. Secondement, elle ne s'est pas perdue dans le chenal, mais bien parce que l'inadvertance du pilote la fit naviguer sur un banc où rien ne l'obligeait à passer. Enfin, et cette observation dispense de tout autre, le lit de la rivière est tellement amélioré en cet endroit, que *la Pénélope* n'y périrait pas si elle y passait aujourd'hui. On peut consulter tous les pilotes sur ce point, et certainement ils ne me démentiront pas.

Autrefois, les bas-fonds formés par le banc du *Pavillon* de l'île Cazeaux, s'étendaient, quoiqu'à diverses hauteurs, jusqu'à la pointe du Bec, et laissaient un chenal très-étroit et très-profond le long de la côte d'Ambès, chenal vulgairement nommé la *Rouille du Bec*, expression gasconne qui peint exactement sa forme. L'autre passe se trouvait entre le banc et l'île. La *Rouille du Bec* était comme une sorte de fossé; les caboteurs échouaient à une demi-encàblure de terre, ainsi que les bâteaux d'une très-faible calaison. Pour passer à basse mer et rallier la Dordogne, les embarcations de la rivière elles-mêmes éprouvaient une grande difficulté lorsque les vents étaient debout (2); il fallait venir attaquer la terre d'Ambès, comme

---

(1) Quelquefois plus haut encore.
(2) Parfaitement contraires

si on eût voulu y enfoncer son étrave (1), et, virant subitement de bord, laisser venir en relingue, et dériver
ainsi tant bien que mal dans le fil du courant; car on n'a-
vait pas de place pour louvoyer, à moins qu'on ne con-
duisît une embarcation très-courte relativement à sa largeur, et qui pût virer et revirer presque instantanément.
On sent qu'une pareille passe, si profonde qu'elle soit, ne
peut jamais être que d'une très-médiocre utilité. A moins
d'un vent portant bien décidé, elle n'était praticable pour
les bâtiments ni de flot, ni de jusant.

Maintenant, ainsi que je l'ai dit plus haut, et comme
cela sera expliqué en son lieu avec de plus grands détails,
les bas-fonds du banc du *Pavillon* ayant été considérablement rapprochés de l'île Cazeaux, et prolongés par l'effet
des courants de jusant jusqu'à l'île du Nord, il est résulté
de ce changement que la grande passe s'est considérablement creusée et élargie. On remarque aussi que le bas-
fond qui reste à franchir est beaucoup plus court, ce qui
n'est pas un médiocre avantage. Voici comment on prend
la passe de descente : on gouverne d'abord sur l'île, en
tenant à peu près le milieu de l'eau; lorsqu'on est parvenu
vis-à-vis la seconde cale de M. Lefébure, on revient dans
le Nord-Est en gouvernant sur la maison blanche qui est au
pied de la roque au-dessous des premiers moulins, et l'on
tient ainsi jusqu'à ce que les arbres de l'extrémité de la
rive d'Ambès couvrent les arbres de la presqu'île de Macau, sur la cale de M. Gouteyron; on continue, en tenant
toujours ces deux groupes d'arbres sur l'arrière dans la
même position, et la passe est franchie un instant après

---

(1) Devant du bateau.

qu'on a découvert la ville de Bourg par la pointe du Bec.
D'après la profondeur actuelle du pas, un bâtiment de
400 tonneaux, chargé, peut hardiment y passer à moitié
flot, dans les marées moyennes, et nos plus grands bâtiments marchands aux deux tiers du flot. J'ajoute qu'à
mer haute, on peut y virer facilement de bord, à moins
qu'on ne pilotàt un navire d'une dimension énorme, et
dont les évolutions fussent lentes. Quant à louvoyer bord
sur bord, lorsque le vent est parfaitement debout, c'est
autre chose, et quelque bonne que soit une passe, c'est
une manœuvre qui sera toujours, dans la Garonne, d'une
extrême difficulté pour de grands bâtiments. Au reste,
excepté le moment de la plus basse mer, les caboteurs
peuvent constamment louvoyer dans le pas.

La seule chose qu'on puisse dire avec raison contre les
améliorations survenues, c'est que le mouillage de jusant
s'est un peu éloigné : il est maintenant situé vis-à-vis la
propriété de M. Bosc, jusqu'à celle de Mme de Calvimont,
et présente à peu près vingt pieds d'eau, terme moyen,
selon qu'on est ancré plus haut ou plus bas; mais comme
le *Pas du Bec* est actuellement large et profond, l'éloignement du mouillage n'est pas un grave inconvénient, parce
qu'on a toujours le temps d'atteindre la passe quand on
descend, ou d'atteindre le mouillage quand on monte. Il
est même rare qu'on s'y arrête dans ce dernier cas, et
l'on peut essayer presque toujours de monter jusqu'au
mouillage de la Grange.

Le mouillage de flot est à l'île du Nord, ce qui, par
des raisons analogues, ne présente aucun inconvénient.

En définitive, on peut donc dire que le *Pas du Bec* est
maintenant en bon état. Je prouverai tout à l'heure que

ce sont les courants de jusant qui l'ont amélioré en revenant à leur direction naturelle, qui doit être transversale
de la rive d'Ambès sur l'île Cazeaux, et que le pas se
gâtera peut-être si, par les travaux qu'on se propose de
faire à la pointe du Bec pour améliorer le flot, on dérange
la direction des courants du jusant, ce qui est possible et
même assez probable. Selon mes faibles lumières, ce que
l'Administration des ponts et chaussées peut faire de mieux
au *Pas du Bec* en cet instant, c'est peut-être de n'y rien
faire du tout, à moins qu'on n'entreprenne un vaste système de travaux qui ait pour but d'élargir et de redresser la rivière jusqu'à Bordeaux, ainsi que je l'exposerai à
la fin de cet écrit.

Voyons maintenant en quel état est le *Pas de Bassens*.

Cette passe est mauvaise, il n'y reste à basse mer qu'environ six pieds d'eau; mais ce n'est pas encore le plus
grand de ses vices : c'est sa direction qui est essentiellement fâcheuse, en ce qu'elle est placée entre deux bancs
dont les pointes se croisent, ce qui rend la passe étroite,
difficile à attaquer et difficile à suivre. Le bateau à vapeur
y trouve maintenant assez d'eau quand il remonte contre
le jusant à basse mer; il n'en était pas ainsi il y a quelques années; alors, il était obligé de continuer sa route
entre l'île Saige et la rive gauche, et ne prenait la traverse
qu'en dessus de cette île, entre les deux autres bancs. Au
surplus, cet été, quand les eaux seront maigres, il est fort
possible que cet état de choses revienne.

J'ai vu quelquefois des bâtiments de montée réduits à
une singulière manœuvre pour franchir le pas, quand le
vent n'était pas assez portant pour qu'ils pussent rallier
de près la côte de la Grange; c'est-à-dire, quand ils étaient

Ouest-Sud-Ouest ou Sud-Ouest, selon que les bâtiments
serraient plus ou moins le vent par l'effet de leur construction. Ils étaient obligés de se laisser dériver très-près
de la rive gauche, et une fois parvenus à ce point fixe,
en dessus de l'endroit où se croisent les deux bancs, ils
se laissaient éviter du flot, soit en mouillant, soit par
un autre moyen s'ils l'avaient à leur disposition. Ils ap-
pareillaient aussi les amures à bas-bord, portant le cap
au Nord-Est, comme s'ils eussent voulu redescendre : une
fois parvenus à l'ouverture de la passe, ils y entraient en
laissant arriver tout à coup directement sur la côte de
Bassens, et continuant cette évolution, ils revenaient ensuite rapidement dans le vent, en gouvernant sur Lormont et changeant les amures. Un grand bâtiment ne
pouvait faire une manœuvre pareille qu'avec un vent frais
et favorable, et un pilote très-attentif; le pilote même
pourrait se tromper sans être réellement très-repréhensi-
ble, si ce n'est quelquefois d'avoir entrepris ce mouvement
mal à propos.

Néanmoins, tout mauvais que soit le *Pas de Bassens*,
il n'est pas exact de dire, comme la Chambre de commerce, que le *Titus y a fait complètement naufrage* (page 8).

Je l'ai vu échouer moi-même. Il faut observer d'abord
que le pilote se trompa sans doute sur l'heure. La pleine
mer était passée. L'eau avait déjà perdu, et l'on sait qu'elle
diminue très-rapidement dans les premiers moments du
descendant. Il venait grand largue, la brise étant fraîche
du Nord-Ouest; quand le pilote sentit talonner, il fit forcer de voiles, croyant par ce moyen franchir le pas, mais
ce fut impossible, et cette manœuvre contribua peut-être
à fatiguer le bâtiment. Il échoua et se cassa, mais sans

voie d'eau notable; de sorte qu'en le déchargeant en partie, on le releva et on le fit monter jusqu'à Bordeaux. Il faut ajouter que *le Titus* calait alors dix-sept pieds et demi, calaison extraordinaire et peut-être même vicieuse relativement à son tonnage; et cependant, malgré cela, je crois qu'il n'aurait pas touché si le pilote eût laissé arriver (1) un peu plus, une fois entré dans la passe.

Maintenant le *Pas de Bassens*, comme toujours, a peu d'eau : cependant, le navire *le Bourbon*, calant 15 pieds, à ce que m'ont assuré les marins des gabarres de toue qui étaient de service à son bord, l'a franchi cet hiver, dans une des plus faibles marées que nous ayons eues depuis long-temps. Voici comment on prend cette passe de descente : on tient à peu près le milieu de l'eau, vis-à-vis le coude de Bassens, un peu plus près cependant de la rive droite; on porte le cap dans le Nord-Ouest, en gouvernant sur un arbre rond très-remarquable qui est près de la Grange, et de manière à tenir sur l'arrière le coteau de Lormont couvert par la pointe de la palu de Bacalan. On entre ainsi dans les eaux de la Grange où le mouillage est excellent : il présente au moins vingt pieds d'eau, un bon fond et un abri sûr contre les vents d'Ouest. Cependant on s'y arrête le moins qu'on peut de descente, et l'on continue ordinairement jusqu'aux mouillages du Bec; souvent même, quand le vent est frais et favorable, et que les marées sont fortes, un bâtiment d'une dimension ordinaire, quittant le mouillage de Bassens avant la pleine mer, peut franchir le *Pas du Bec* du même jusant, mais

---

1 Venir sous le vent

il faut pour cela la réunion de toutes ces circonstances.

De ces éclaircissements on doit conclure :

1° Que le *Pas de Bassens* est mauvais, puisqu'un bâtiment qui cale 15 pieds d'eau, hasarde beaucoup en y passant dans les marées faibles, même à la pleine mer ;

2° Que le défaut de largeur et le croisement des bancs sont cause de la plus grande difficulté qu'éprouvent les bâtiments quand les vents sont contraires. Il me semble cependant que, sous ce point de vue, le pas a gagné quelque chose depuis un an.

Ce pas offre encore un vice très-grave : c'est que son mouillage de jusant s'est éloigné. Autrefois, les bâtiments qui avaient franchi le pas de montée, ou qui se préparaient à le franchir de descente, pouvaient s'arrêter au coude de Bassens, en prenant le mouillage dit *à la Cadichonne*, qui n'est qu'à un petit quart de lieue en dessus de la passe. Là, ils attendaient le flot pour monter, ou l'eau haute pour descendre. Dans ce dernier cas, et lors même que le vent n'était pas favorable, avec une gabarre de toue et des ancres à jet, ils pouvaient, avant la pleine mer, se hâler jusqu'au pas, où ils entraient aussitôt que le jusant commençait à se faire sentir. Maintenant, il ne reste *à la Cadichonne* que 12 pieds d'eau environ, ce qui n'est pas suffisant. Le mouillage est au *Gourdin*, et de très-grands bâtiments s'arrêtent souvent à *Lormont* pour plus de sécurité, ce qui les force à recourir aux bateaux à vapeur. Cependant, le mouillage ordinaire est au *Gourdin*, c'est-à-dire à une lieue en dessus du pas. Les bâtiments ne pouvant se servir d'ancre à jet pour parcourir contre courant un aussi grand espace, ce qui serait beaucoup trop long et trop pénible pour l'équipage, ils perdent au moins une grande heure de jusant avant d'atteindre le pas, et trouvent plusieurs pieds d'eau de moins quand ils y sont. Il en résulte que, dans les marées faibles, plusieurs jours s'écoulent souvent sans qu'ils essaient de quitter leur mouillage, étant certains de ne pas être rendus au pas assez tôt pour le franchir.

Voilà quel est l'état actuel des passes et des mouillages depuis Bordeaux jusqu'au Bec. Celle de Bassens est mauvaise ; celle du Bec est bonne et continue à s'améliorer : nous verrons tout à l'heure comment. Quant aux chenaux, ils sont constamment dans les courants de jusant, et le courant de flot s'y trouve lorsqu'une disposition accidentellement symétrique des rives l'y dirige (1), ce qui s'expliquera naturellement tout à l'heure.

Ici, c'est sans doute le moment d'examiner si l'exhaussement du lit de la Garonne a lieu par suite d'une diminution d'action dans le flot, ou si l'affaiblissement des eaux qui viennent de terre n'est pas réellement la cause du mal.

M. de Vivens et la chambre de commerce affirment positivement que l'exhaussement du lit de la Garonne est causé par la diminution du flot : le premier appuie son opinion sur la formation des attérissements qui encombrent le bras de rivière qui sépare l'île Verte, l'île du Nord et l'île Cazeaux de la rive du Médoc ; la chambre de commerce se réfère aux développements fournis par M. Vivens, et j'admets la parfaite vérité des détails qu'il donne sur les localités.

---

(1) [Quand le mot *courant* est employé dans un sens pareil à celui de cette phrase, on doit entendre *la plus forte action* de ce courant; car le courant lui-même, fort ou faible, a lieu dans toute la largeur du lit

Cependant, je pense que les attérissements qui se sont
formés dans la Garonne, sur la rive du Médoc, ne produisent pas cet effet, ou du moins qu'ils y contribuent très-
faiblement.

Et, d'abord, une première réflexion détruit presque
leur système. Depuis trois ans, le *Pas du Bec-d'Ambès*
s'est considérablement amélioré en largeur ou en profondeur. Cette amélioration est telle que les marins qui n'y
auraient pas navigué depuis 1822, ne pourraient reconnaître la passe. Cependant, les attérissements du Médoc
n'ont pas diminué depuis cette époque. Au contraire, selon
M. de Vivens, ils vont toujours en augmentant. Ils sont
donc tout-à-fait étrangers à l'existence, bonne ou mauvaise, de la passe du Bec ; ils ne l'ont pas empêchée de
s'améliorer, et ne contribuent en rien à la combler. Je
regarde ce fait comme très-certain, d'après la disposition
des localités ; et d'ailleurs, ce qui s'est passé prouve évidemment ce que j'avance.

En théorie, il est certain que lorsqu'un courant
rencontre un obstacle quelconque, il se brise et perd
de sa force, par l'effet du frottement. Il est certain aussi
que l'eau qui vient de la mer suit d'autres lois que
celles de l'eau qui descend. Il est vrai que le flot entre de l'Océan dans la Garonne par l'effet de la pression
des niveaux, et non par l'effet d'une inclinaison naturelle
du sol, inclinaison qu'il est au contraire dans la nécessité
de vaincre.

M. de Vivens en conclut que, s'il était possible de fermer l'entrée de la rivière par une digue élevée à la hauteur de la pleine mer, l'introduction du flot cesserait radi-
calement ; et que par conséquent si la digue, au lieu de

fermer l'embouchure entière, la rétrécissait de moitié, il
n'entrerait par l'action de la marée que la moitié de l'eau
qui monte aujourd'hui. Il déduit de là cette assertion, que
tout rétrécissement effectué au lit de la Garonne, nuit à
la quantité d'eau introduite, dans la proportion de l'espace qu'il enlève au fleuve.

Voici ses paroles mêmes :

« Mais il en est autrement des eaux que la marée mon-
» tante amène : que leur passage soit étroit ou qu'il soit
» large, *elles ne peuvent jamais s'élever au-dessus du niveau*
» *de la haute mer.* C'est par le seul besoin d'atteindre ce
» niveau (et non pas comme les eaux de jusant par l'in-
» vincible nécessité où elles sont de s'évacuer), qu'elles
» s'engagent dans le lit des fleuves. Vous parviendrez à leur
» en fermer totalement l'entrée au moyen d'une forte di-
» gue élevée un peu au-dessus de ce même niveau, à l'em-
» bouchure. A l'embouchure du fleuve le plus large, comme
» à celle du ruisseau le plus étroit, les eaux de la mer
» s'introduiront avec une vitesse et une force parfaitement
» égales ; il n'en passera donc qu'en *proportion* de la lar-
» geur de leur entrée. Plus vous la gènez, plus vous la
» rétrécissez, plus vous en diminuez la masse. » (pag. 26).

Ce passage contient beaucoup de vérités, mais il me
semble que l'application n'en est pas toujours juste. Je
crois, par exemple, que l'eau monte devant Bordeaux
beaucoup au-dessus du niveau de la haute mer à l'embouchure, et que l'impulsion qui lui fait ainsi vaincre les
lois de l'équilibre, est tout aussi invincible que la nécessité qui la force à s'évacuer pendant le jusant.

Je ne sais pas s'il serait rigoureusement exact, par
exemple, de dire qu'une digue qui rétrécirait de moitié

l'ouverture même du fleuve dans la mer, nous priverait de la moitié de l'eau qui entre : le fleuve se trouvant ainsi le double plus large immédiatement après l'embouchure, elle produirait un détroit entre deux masses d'eau dont la plus forte pèserait sur l'autre, et devant élever le niveau sur une largeur plus grande que celle du détroit, elle ne pourrait y parvenir qu'en augmentant de vitesse; sans cela les deux niveaux ne seraient jamais égalisés. Pendant le jusant, il me paraît aussi que tout le courant resserré dans cet espace, y coulerait avec une extrème violence. Tout porte donc à croire que le fond creuserait, et peut-être acquerrait-on en profondeur et en vitesse une portion de ce qu'on perdrait en largeur; cependant c'est ce que je n'oserais affirmer : j'exprime seulement mes doutes.

Mais ce que je crois hors de doute, c'est qu'un rétrécissement rencontré par le flot, à une certaine distance de l'embouchure, ne peut produire, proportion gardée, un empêchement analogue à la digue dont on parle, et que, surtout les attérissements qu'on cite sur la rive du Médoc, n'ont pu avoir pour la Garonne des inconvénients à beaucoup près aussi graves qu'on les dépeint.

Lorsqu'une construction quelconque fait éprouver une diminution d'espace au lit du fleuve, le courant de flot a déjà une *vitesse existante*, une *force acquise*, en outre de la pression *actuelle* de la mer; il faut que son cours s'effectue forcément; l'eau qui suit ne permet pas à l'eau qui précède de rétrograder, et s'accumulerait sur elle, si elle restait stationnaire. Il faut donc qu'elle force pour passer, et qu'elle augmente de vitesse quand elle trouve son lit rétréci, ce qui compense en partie la diminution de la

largeur. Observez de plus que cette augmentation de vitesse creuse le lit, de sorte qu'on regagne encore une portion de la perte de la largeur, par la profondeur qu'on
acquiert.

Quant à l'existence de cette force acquise, indépendante
de la pression actuelle de la mer, je ferai une observation qui, ce me semble, ne laisse pas de réplique : c'est
qu'il y a descendant à Royan plus tôt qu'à Pauillac, à
Pauillac plus tôt qu'à Bordeaux ; par conséquent, l'eau
monte ici avec la plus grande violence, lorsque déjà, vers
l'embouchure, elle redescend avec une violence égale. Or,
quelle cause pourrait la pousser vers sa source, quand
l'eau de l'embouchure coule déjà vers la mer, si ce n'é-
tait cette force d'impulsion acquise qui survit à sa cause
primitive?

Veut-on une preuve plus précise encore de cette impulsion
acquise, qui refoule l'eau vers la source, en outre de la pression actuelle des niveaux? La voici : c'est que, dans les grandes marées surtout, le courant de flot subsiste encore devant Bordeaux, quoique l'heure de la pleine mer soit passée, et que les niveaux aient déjà baissé, ici même, de
près de deux pieds à plomb. Alors il arrive que, sur le
même point, le niveau baisse, et cependant l'eau coule en
contre-sens de cette marche du niveau. Ce n'est donc plus
la pression du niveau, pour rétablir l'équilibre, qui la
pousse, mais bien son impulsion primitive qui n'est pas
encore éteinte, ce qui lui fait vaincre les lois mêmes de
l'équilibre. Le fait que je cite peut être facilement constaté.
Vers la pleine mer, dans les grandes marées surtout, parce
qu'alors l'impulsion dont je parle est plus forte, qu'on se
rende sur les rives du fleuve, et l'on verra que l'eau a

marqué (1) depuis long-temps son plus haut niveau, qu'elle
a baissé d'un à deux pieds selon les époques, et que le
courant subsiste encore dans le fil de l'eau où est sa tombée, et quelquefois très-près de la rive où l'observation se
fait, ce qui est un point important. Ainsi, par exemple,
devant Bordeaux, l'eau aura considérablement baissé, et
vous remarquerez que le courant de flot continue entre les
deux premiers rangs de navires, en face de la cale du bateau à vapeur.

D'après cette marche de l'eau, ne serait-il pas possible
que la pleine mer élevât le niveau, devant Bordeaux, au-
dessus même du niveau de l'Océan à l'embouchure? J'a-
voue que j'énonce cette supposition avec crainte : je ne
puis l'étayer que de raisonnements et de probabilités, et,
sur un fait pareil, l'expérience seule devrait prononcer (2).

Si l'on raisonnait selon les règles générales du cours
des eaux, l'inclinaison du fleuve serait considérable, ce
qui cependant ne peut être, d'après les localités. On sait
que, dans tout canal, il faut un pouce d'inclinaison par
cent toises pour éviter le *niveau réel*, c'est-à-dire pour que
l'eau commence à couler avec la plus petite vitesse possible; cela ferait deux pieds par lieue, et établirait près de
cinquante pieds d'inclinaison d'ici à la mer; ce qui, je crois,
n'est pas.

Cette règle ne doit pas être applicable, parce qu'en ap-

---

(1) On dit que l'eau a *marqué,* quand, commençant à baisser, elle laisse le long
du rivage la trace de sa plus grande élévation.

(2) Depuis que ce Mémoire est écrit, on m'a communiqué un ouvrage de M. Bremontier, qui établit positivement, et par des raisons semblables à celles qui sont
exposées ici, que le niveau de la pleine mer devant Bordeaux, est de 15 pieds au-
dessus du niveau de la pleine mer à l'embouchure. D'après cette autorité, je regarde ce fait comme certain.

prochant des embouchures, les fleuves perdent de leur inclinaison, et cependant le courant de jusant s'accroît en
raison de la charge (1) qu'il supporte, qui augmente sans
cesse, et de l'impulsion que cette charge lui occasione.
Ainsi, lors même que l'inclinaison serait infiniment faible d'ici à la mer, la Garonne continuerait à s'y écouler.

Mais, cependant, faut-il encore qu'il y ait une inclinaison quelconque, sans cela l'eau de la Garonne s'écou-
lerait sans doute, mais le point de jonction s'opérerait là
où le niveau s'établirait. Il est d'ailleurs à peu près évident
que le Bas-Médoc est moins élevé que Bordeaux.

Il y a donc une inclinaison, forte ou faible, dans le
cours de l'eau. Quelle est-elle ? Si nous voulions juger
cette inclinaison par la différence qui existe entre l'élévation du flot devant Royan, et l'élévation du flot devant
Bordeaux, elle serait presque nulle. Effectivement, les
malines (2) devant Bordeaux donnent, terme moyen, environ 15 pieds d'eau ; les marées du *délai* (3) ordinairement 9 à 10 pieds, sauf les variations accidentelles, occa-
sionées par les vents (4) ou par les crues naturelles de
l'eau qui descend de la source et des affluents, variations
qui sont souvent très-considérables.

Or, le flot ne donne, à Royan, qu'une élévation à peu
près semblable : s'il y a une différence, elle est très-faible,
d'où l'on pourrait conclure qu'il n'y a pas d'inclinaison
d'ici à la mer, ou du moins qu'elle est infiniment petite.

---

(1) Chute et masse d'eau, depuis la source jusqu'à l'endroit où l'on calcule.
(2) Fortes marées.
(3) Marées faibles.
(4) Un vent violent d'Ouest donne 2 ou 3 pieds d'eau de plus ; un vent d'Est-
Sud-Est produit l'effet contraire.

D'un autre côté, cependant, si nous partons du niveau de la basse mer devant Bordeaux, nous pouvons dire, ce me semble, que toute basse qu'elle soit alors, l'eau a encore une inclinaison quelconque vers l'Océan, puisqu'elle coule. Or, à Royan, la mer a déjà monté environ quatre heures, au moment de notre plus bas jusant ; d'où l'on est tenté de conclure que notre basse marée, ici, est au moins au niveau de l'élévation que la mer a atteinte après quatre heures de flux ; c'est-à-dire, terme moyen, 12 pieds au-dessus du niveau de la basse mer à l'embouchure : ce qui explique comment, dans les fortes marées, nous n'avons ici que peu de retard dans son invasion, tandis que, dans les faibles marées, le flot éprouve devant Bordeaux un retard considérable.

D'après cette observation, il me paraît que la pente du fleuve, d'ici à la mer, est au moins de 12 pieds ; c'est bien le moins qu'on puisse supposer. Or, en admettant cette inclinaison, il en résulte que si notre niveau de pleine mer n'était pas plus élevé que celui de l'embouchure, nos malines ne s'élèveraient ainsi que de 3 pieds (1) ; mais comme nos malines s'élèvent à peu près, terme moyen, à 15 pieds, ainsi qu'à Royan, il faut que le niveau de la pleine mer, ici, soit au moins de douze pieds au-dessus de celui de l'embouchure, sans quoi il faudrait supposer que le flot s'élève à 27 pieds à Royan, ce qui n'est pas, l'élévation que le flot y atteint, étant, à peu de chose près, la même qu'ici. Néanmoins, la différence, s'il en existe, devrait être déduite de l'estimation comparative des niveaux.

---

(1) Dans les marées du *délai,* nous n'aurions même pas de flot à Bordeaux

Je sais bien qu'on dira que l'élévation devant Bordeaux provient en grande partie de l'eau naturelle de la Garonne, qui ne peut s'évacuer pendant le flot. Cette observation est juste, ce me semble : cette eau doit y contribuer ; mais elle n'est qu'un poids de plus à soulever par le flux, ce qui donne encore une nouvelle force à mes raisonnements, puisque cette masse d'eau continue à être refoulée contre les lois de l'équilibre, pendant que les niveaux ont déjà baissé. Quelle augmentation de chute n'en résulte-t-il pas pour le jusant, quand il opère sa réaction ?

Quoi qu'il en soit de la justesse de mes raisonnements, que les gens de l'art redresseront sans doute si j'ai commis quelque erreur, il n'en est pas moins certain que, plus ou moins forte, l'impulsion dont je parle existe, d'après les faits que j'ai cités. Il y a donc une force qui refoule l'eau, en outre de la pression *actuelle* des niveaux, qui l'a primitivement fait naître, et tout rétrécissement opéré dans le cours du fleuve, ne peut apporter à l'introduction des eaux un empêchement analogue et proportionnel à celui d'une digue qui occuperait une portion de l'embouchure.

Si l'on veut avoir, par expérience, la preuve de mes assertions, qu'on examine ce qui se passe sous les arches d'un pont, par exemple du pont de Bordeaux. Certainement il amortit les courants de flot vers le haut de la rivière ; mais croit-on qu'il les amortisse en proportion de la place que ses piles occupent dans le lit ? Non, sans doute. Il ne l'amortit que dans une proportion beaucoup plus faible ; car il est visible que l'eau passe sous les arches avec une rapidité bien plus grande, en raison de l'obstacle qu'elle rencontre. Effectivement, l'eau, arrêtée par les piles, s'élève, la différence de niveau s'accroît, ce qui, joint

à l'impulsion déjà acquise qui doit avoir son cours, la précipite sous les arches avec violence.

Ainsi donc, on peut tenir pour certain que les obstacles que rencontre le courant de flot l'amortissent; mais
dans une proportion plus faible que celle de l'espace qu'ils
occupent dans le lit. Je sais bien que la surface qu'ils opposent n'est pas habilement calculée, comme celle des piles d'un pont, et que, par conséquent, ils sont plus nuisibles; mais c'est une différence du plus au moins, et non
une déviation des principes.

Il suit de là que les attérissements du Médoc n'ont pu
faire éprouver à la Garonne une très-grande diminution
dans l'introduction du flot; et ce qui semblerait contribuer à prouver ce fait, c'est que le courant de flot qui suit
la rive de Macau jusqu'à Pachan, est étroit, il est vrai,
mais très-violent.

Dans le cas spécial qui nous occupe, et d'après la
configuration des lieux, je ne crois pas que les attérissements du Médoc envoient une plus grande masse d'eau
sur la rive droite, où boit la Dordogne, ou du moins je
crois que cela doit être peu important. Voici mes motifs.

Les principaux attérissements ont eu lieu entre les îles
et la rive du Médoc, lorsque l'eau qui monte dans ce bras
de rivière y est déjà engagée; le banc qui est en face
du fort Médoc est le seul qui soit à l'ouverture même
de ce chenal : aussi est-ce véritablement l'obstacle le plus
fort.

L'opposition qu'éprouve le cours du flot, par l'effet des
îles de ce petit archipel, doit momentanément élever le
niveau, ce qui, donnant une plus grande chute et une
plus grande rapidité dans les détroits, compense en partie

ce que l'introduction perd en largeur. S'il passait cependant moins d'eau, et que cet excédant dût refluer sur la rive droite, il faudrait qu'il s'échappât par le détroit qui est entre l'île Verte et l'île du Nord, et par le *Garguil*, car il n'y a pas d'autre issue. Or, c'est tout le contraire qui arrive, puisque, pendant le flot, le courant entre dans ces deux passages, en venant de la rive droite, sur la rive du Médoc.

Il faudrait donc supposer, pour que les attérissements dont on parle envoyassent une plus grande quantité d'eau sur la rive droite de la Gironde, et favorisassent ainsi la Dordogne, qu'ils élevassent assez le niveau de l'eau pour que cette élévation fût sensible en dessous du fort Médoc, tournât le banc, et prît alors sa chute dans l'autre bras de la Gironde.

Or, je crois les obstacles trop faibles, vu les distances, pour produire un pareil résultat; mais, encore même dans cette supposition, l'eau ne serait pas repoussée vers la rive droite; une portion reviendrait sur la rive du Médoc, et l'autre passerait dans le Bec : tout le prouve.

Effectivement, l'eau qui vient de Pauillac, par le grand chenal, une fois engagée entre l'île du *Pâté* et le banc qui la suit, d'une part, et l'île Verte de l'autre, a sa direction sur les îles, et non sur la rive droite qui conduit à la Dordogne. C'est le banc surtout qui lui donne cette impulsion en arrêtant la chute de l'eau, et la repoussant sur l'île Verte. Or, il faut observer que cette direction du banc a augmenté au lieu de diminuer, tandis qu'au contraire, du côté de Plassac, il s'est miné, et s'est éloigné de la rive droite. Le coude du banc se trouve ainsi rapproché de l'extrémité nord de l'île Verte : si l'on

veut, en cet endroit, vérifier la portée des courants que
j'indique, on n'a qu'à s'éloigner à une distance modérée
de l'île Verte, et laisser dériver le bateau, de flot, surtout
dans les grandes marées; le courant vous ramènera sur la
rive du Médoc, en vous jetant dans le détroit qui est entre l'île Verte et l'île du Nord, au lieu de vous imprimer
une direction transversale sur la Roque de Tau. Si vous
faites des efforts pour prendre le large, il faut qu'ils soient
très-violents; sans cela, ils vous empêcheraient, il est vrai,
de revenir sur la côte du Médoc, mais vous tomberiez sur
les perrés de l'île du Nord, où vous péririez peut-être.
C'est un risque que courent les gabarres chargées, quand
elles ne s'en méfient pas assez tôt, ou quand le vent leur
manque. Il en est de même le long de l'île du Nord, pour
le *Garguil*, mais plus faiblement.

Or, l'eau que les attérissements du Médoc arrêtent,
lors même qu'elle élèverait assez le niveau pour influer
au-dessous du fort Médoc, ne pourrait occasioner de
chute que dans ce courant qui longe les îles, et qui, resserré par le banc de Blaye, tend à regagner la rive gauche,
et point du tout la rive droite. Le changement de direction dans la masse de l'eau ne commence réellement qu'à
l'extrémité sud de l'île du Nord, et surtout au large de
l'île Cazeaux, pour deux raisons : d'abord, parce que
l'impulsion que produit le banc de Blaye est éteinte; ensuite, parce qu'en face de l'île Cazeaux la rive de la Roque
recule considérablement, tandis que, au contraire, vis-à-
vis l'île Verte, et jusqu'au quart de l'île du Nord, la rive
de Plassac, jusqu'à la pointe de la Roque, est saillante.
Les deux grands vices locaux qui nuisent à l'introduction
du flot dans la Garonne, c'est ce recul de la rive de la

Roque, et surtout l'île Cazeaux. Or, ces causes ne sont pas récentes.

Au surplus, les faits que j'ai observés moi-même, me paraissent justifier parfaitement mon assertion. Je déclare que, depuis vingt ans, je n'ai remarqué aucune diminution à l'action du flot dans la Garonne, ni dans la hauteur de la pleine mer, qui indique bien positivement la quantité de l'eau introduite par le flot. En 1822, les passes étaient bien plus mauvaises qu'aujourd'hui, et les courants du flot furent, dans la Garonne, d'une extrême violence; ce furent au contraire les courants de jusant qui faiblirent à cause de la longue sécheresse, et je n'hésite pas à dire que je suis intimement convaincu que c'est à cette faiblesse des eaux qui coulaient de nos sources et de nos affluents, qu'on dut en partie à cette époque la détérioration de nos passes.

Je ne sais quels courants de flot on veut obtenir, mais je sais bien, moi, qui navigue souvent, que j'en ai observé depuis vingt ans de réellement épouvantables devant Bordeaux. J'ai vu périr plusieurs bateaux, pour avoir touché sur des câbles, pendant le flot, et cela dans la minute. Qu'on se rende vers les mois d'août et septembre, sur le quai du bateau à vapeur, à moitié flot, vers le plein ou le renouveau de la lune, c'est là qu'est la tombée de l'eau montante, et l'on sera certainement effrayé de sa rapidité.

Qu'on consulte les habitants riverains, depuis Bassens jusqu'à Ambès, on verra que les grandes marées s'élèvent autant qu'autrefois, on verra que les mêmes chaussées et préceintes sont comme autrefois nécessaires pour s'en garantir, et que cette année encore, les hautes marées ont plusieurs fois couvert les allées riveraines, les cales, les plantations voisines, et ont interrompu les communications dans le chemin qui conduit, le long de la rivière, de Lormont à Ambès. Les personnes qui conserveraient le moindre doute à cet égard, n'ont qu'à vérifier le fait par elles-mêmes, aux époques convenables. Elles trouveront encore les débris de roseaux et de joncs que l'eau laisse contre les murs de clôture des jardins et des vignes.

On insiste, et l'on dit que, depuis trente à quarante ans, le *mascaret* ne se fait plus sentir dans la Garonne, ce qui prouverait que l'action du flot a beaucoup perdu de sa violence; ce fait n'est pas rigoureusement exact, car j'ai vu le *mascaret* cesser, je l'ai vu reprendre, je l'ai vu cesser ensuite; or, si ce phénomène provenait uniquement de la violence de la marée, il faudrait que le flot eût éprouvé des variations analogues. Cependant tout le monde assure que les attérissements du Médoc ont augmenté progressivement : d'où il résulte que le flot n'aurait pu éprouver qu'une suite de variations décroissantes (1); mais, d'ailleurs, ce n'est pas à l'action totale du flot que tient l'existence du *mascaret*; c'est à la force de son invasion, et surtout à la disposition des lieux. N'est-il pas dans l'ordre des possibles, que l'invasion du flot soit moins violente, et que son action regagne ensuite ce qu'elle a perdu dans le premier moment? Le mouvement ne peut-il pas être moins brusque, et être ensuite plus continu? La nature secrète des marées vous a-t-elle été dévoilée, pour vous autoriser à nier cette possibilité? Bien plus, si vous avez

---

(1) Il n'y a pas six mois que le *mascaret* s'est fait sentir pendant quelques jours très-violemment à Bordeaux; j'ai vu son impulsion rompre les amarres de quatre bateaux à la fois.

observé le *mascaret*, lorsqu'il avait lieu, n'avez-vous pas remarqué un fait dont cette possibilité peut être déduite avec une justesse frappante? C'est que le *mascaret* le plus violent est immédiatement suivi d'une réaction en sens contraire; l'eau commence par s'élever, elle gonfle, elle couvre une partie du rivage; le *mascaret* continue sa route, et la plage qu'il quitte se découvre, l'eau baisse et redescend; le flot reprend ensuite une action beaucoup plus faible qui augmente graduellement, jusqu'à ce qu'il ait atteint sa plus grande force : voilà ce que j'ai souvent observé; en un mot, le *mascaret* lui-même peut tenir à des causes que nous ne connaissons pas entièrement, et lorsque l'élévation de la pleine mer n'éprouve pas de diminution, l'absence du *mascaret* ne me paraît pas motiver suffisamment une diminution dans l'action totale du flot (A).

Je crois donc que l'augmentation des attérissements de la rive du Médoc est d'une très-faible influence dans la question qui nous occupe. On ne doit pas chercher à ramener l'eau sur cette rive, pour refaire le lit du fleuve au milieu de cet archipel. Or, tant qu'on ne l'entreprendra pas, détourner quelques faibles quantités d'eau, et les diriger sur le Médoc, ne pourrait qu'en priver la passe du Bec d'Ambès; car cette eau serait prise dans le courant qui y coule, et point du tout dans l'énorme masse qui, le long de la Roque, se rend dans la Dordogne. Si l'on pouvait détruire le banc qui s'étend de l'île Verte jusqu'en dessous du fort Médoc, ce serait autre chose.

Mais ces attérissements eux-mêmes, en outre des causes accidentelles et des travaux que quelques individus ont faits mal à propos, j'en conviens, quelle est leur cause véritable? Est-ce la diminution des courants de flot? Non.

C'est la diminution des courants de jusant, jointe à ses déviations accidentelles, qui a formé ces attérissements, et tous les attérissements possibles qui surviennent dans le fleuve; et je suis forcé, ici, de me jeter dans une digression qu'on me pardonnera, j'espère, en faveur du sujet.

C'est une chose évidente, quelle que soit la violence momentanée du flot, que le jusant seul conduit à la mer les masses de vase qu'il roule, et les masses de terre, de sables, de minéraux, de végétaux qu'il entraîne dans son cours, depuis les Pyrénées jusqu'à l'Océan.

C'est d'ailleurs une règle consacrée par l'expérience et par la théorie, que les *crues accidentelles* agissent sur les bords, et que les eaux agissent sur le fond du lit, quand elles reviennent au *régime ordinaire* du fleuve; que, par conséquent, le cours naturel des choses, est que le flot élargisse les rives et que le jusant creuse le fond; ajoutez à cela la chute que lui donne l'inclinaison du lit.

C'est un fait certain, que sur chaque point il passe plus d'eau par le jusant qu'il n'en coule pendant le flot; car toute l'eau qui monte, redescend, et de plus, toute l'eau qui coule de la source et des affluents pendant les trois cent soixante-cinq jours de l'année, ce qui ne laisse pas d'être quelque chose.

C'est encore un fait que je crois certain, que, toutes choses égales d'ailleurs, la profondeur des rivières dépend de cette prédominance du jusant sur le flot, et dès-lors on verra de suite pourquoi certaines rivières, qui ont un flot très-actif et un *mascaret* épouvantable, comme celle de Rouen, par exemple, sont cependant remplies de sables et de barres, parce que la source étant maigre, le jusant a peu de prédominance sur le flot, et ne peut entraîner à l'Océan les obstacles qui les obstruent.

Cela posé, suivons le cours naturel des choses.

Il importe peu, je crois, de comparer la masse de l'eau introduite par le flot avec celle qui coule des sources, ainsi que l'a fait la chambre de commerce; quel que soit le rapport de ces deux masses, il est certain qu'elles luttent l'une contre l'autre pendant le flot, qu'elles agissent de concert pendant le jusant, et que par conséquent l'action totale de ce dernier est la plus puissante, contre le fond surtout, d'après les règles que nous venons d'établir. S'il en était différemment, les sables remonteraient au lieu de descendre, et la rivière serait promptement inavigable.

La chambre de commerce nie donc mal à propos cette puissance. D'ailleurs, sur la chose même, les renseignements qui lui ont été fournis sont inexacts. Elle prétend (*page* 19) que la diminution de l'eau dans le cours des deux rivières, en dessus du point accessible au flot, est sans influence sur le niveau de nos basses marées devant Bordeaux, ou devant Cubzac; de sorte que l'été, selon elle, nous aurions autant d'eau ici, par exemple, lorsque la navigation est presque interrompue dans le Haut-Pays, que dans les moments où l'eau y est abondante : or, le contraire est parfaitement vrai. Tous les étés, lorsque la Garonne diminue vers le haut. nous avons beaucoup moins d'eau jusqu'au Bec, et les bancs de sable découvrent d'une manière démesurée. Quelquefois même, l'eau recule tellement, que les marins se servent de cette locution expressive : *la rivière va sécher.* Il est certain, au contraire, que lorsque les eaux augmentent en dessus du point accessible au flot, soit par les pluies, soit par les

fontes de neige, aussitôt la Garonne gonfle prodigieuse-
ment devant Bordeaux, et nous avons des courants de jusant, de la violence desquels aucun courant de flot ne
peut approcher. C'est ce qu'on appelle une *souberme*; c'est-
à-dire, une chute d'eau si forte, que l'action du flot en
est quelquefois supprimée pendant plusieurs jours, non-
seulement devant Bordeaux, mais même jusqu'au Bec.
Cet hiver encore, le jusant a duré une fois trois jours sans
interruption, et le niveau de la basse mer était si élevé,
que presque aucun banc de sable n'a découvert. En cas
pareil la rivière creuse, et certainement ce n'est pas par
la puissance du courant de flot, puisque souvent il n'existe
pas pendant plusieurs jours.

Il importe peu d'examiner ce que deviendrait le fleuve
si la mer cessait de s'élever à son embouchure; il est effectivement certain que le niveau de la rivière tomberait
tout-à-coup bien plus bas que nous ne le voyons jamais,
car l'inclinaison du lit produirait alors tout son effet, au
lieu que maintenant, à nos plus basses marées, l'eau se
trouve cependant arrêtée par le flot, qui déjà a lieu depuis plusieurs heures à Royan. Tout cela est certain, et
prouve que le flot, en outre de son action, est encore utile
à la rivière, en lui servant de barrière qui l'empêche de
s'évacuer trop vite. Mais cela ne touche pas la question
véritable, car l'action du flot étant à la mer la même qu'autrefois, ce n'est pas de sa diminution propre qu'ont pu venir les attérissements qui, plus ou moins fortement, l'empêchent de s'introduire dans la rivière.

Il importe encore moins de savoir si le bassin de la Gironde est un fleuve ou un bras de mer; s'il a été ouvert
par les eaux qui se rendaient à l'Océan en sortant de la

Garonne et de la Dordogne, ou si c'est la mer elle-même qui l'a creusé. Qu'importe cette question, et quel moyen avons-nous de la résoudre? Les systèmes sur la formation des rivières, des montagnes, de tous les phénomènes remarquables que présente la surface du Globe, n'ont pas manqué, et se succéderont probablement encore. Mais quand on veut lutter contre la nature pour lui arracher ses secrets primitifs, on s'enfonce péniblement et sans utilité dans des théories tellement incertaines, que l'esprit de l'homme ne peut y porter que de trop faibles lumières, et recule enfin devant sa propre impuissance. Nos plus célèbres naturalistes en ont fait l'épreuve. Savons-nous si les fleuves sont de création primitive, ou si, postérieurement à la naissance de la terre, ils ont été formés par les eaux qui coulaient des montagnes vers la mer, ou si cette mer, rompant ses digues, a ouvert et creusé leur embouchure? Si les fleuves sont de création primitive, si le Monde est né avec ses canaux, ses montagnes, ses arbres déjà vieux; si l'Univers enfin a été organisé tout-à-coup, ouvrage complet et fini, que deviennent sur l'origine de chacune des parties qui le composent, tous nos systèmes et toutes nos suppositions? Les fleuves seraient plus profonds à leur embouchure, parce que la nature les a faits ainsi du premier jet, de même que nos artères sont plus larges à l'entrée de notre cœur qu'à l'extrémité de nos membres. Pourquoi avoir recours à l'action du flot pour creuser l'embouchure des fleuves? Est-ce l'action du flot qui a creusé les lacs et les mers intérieures? Est-ce l'action du flot qui a creusé la Méditerranée, où le flot ne pénètre pas?

Je sais qu'en outre de ses formes primitives, le Globe même, dans cette hypothèse, présente des modifications postérieures. Mais qui peut les préciser et en raconter l'histoire authentique ? Les traditions sont obscures ou muettes, et sur les divers changements que notre demeure terrestre a éprouvés, peut-être, sous le nom d'histoire, n'avons-nous que de véritables romans ?

Mais, pour revenir aux faits certains, il est positif que depuis des temps reculés jusqu'à nos jours, l'eau a successivement diminué dans la Garonne. La cause primitive ne peut en être dans la mer qui est toujours la même; ce sont donc nos eaux de terre, nos eaux de source qui ont considérablement diminué.

Alors, l'action du flot restant la même, le jusant a perdu, à chaque siècle, une portion de sa prédominance, et n'a pu expulser la totalité des vases et des sables qu'il devait conduire à la mer. Les dépôts se sont effectués sur les rives, voilà les alluvions; au milieu du lit, voilà les îles et les bancs.

Par suite, le flot trouvant le lit encombré, a été gêné dans son introduction; les remous ont augmenté, et, dans une longue suite d'années, les choses sont venues au point où elles sont. Mais imaginer que, depuis vingt-cinq ou trente ans, quelques petits changements de localités, vers le bas du fleuve, ont diminué considérablement la masse des eaux qu'il contient, et que des petits changements en sens contraire y remédieront , c'est à quoi je ne puis absolument me résoudre, et je trouve une cause bien plus simple à l'exhaussement de nos barres et à la dégradation momentanée de nos passes, c'est le déplacement de l'eau, et non sa diminution dans la Garonne : c'est ce que j'expliquerai ci-après; et je suis convaincu qu'en laissant faire la nature toute seule, ou en l'aidant dans sa marche

habituelle, les passes s'amélioreront d'elles-mêmes, ainsi
que celle du Bec s'est améliorée : non que je croie pour
cela que le mal n'existe pas. Il existe, il est peut-être inévitable; mais nous ne touchons pas au moment fatal :
grâce au ciel, il est encore éloigné, et ce que nous éprouvons n'est qu'une variation accidentelle.

Il ne faut pas se dissimuler que si l'expérience des siècles, d'accord avec la théorie, ne nous trompe pas, tous
nos fleuves doivent finir par se combler, ou du moins devenir inavigables. Il est reconnu que les montagnes d'où
découlent la source des fleuves s'affaissent en raison des
sables et des terrains que ces chutes d'eau entraînent, et
qui, se rendant à la mer, forment les barres dont la plupart des embouchures sont obstruées. Il est reconnu
qu'alors les sources s'épuisent. Il est en outre certain que,
plus la civilisation envahit la terre, défriche les landes,
dessèche les marais, détruit et rase les forêts, plus l'eau
qui coule des terres dans la mer diminue; les forêts surtout étant un point d'attraction très-influent sur les pluies
et entretenant d'ailleurs une grande humidité sur le sol,
qui, au contraire, une fois défriché et découvert, est des-
séché par la double action du soleil et des courants d'air.
Je ne comprends pas, dans toutes ces causes, l'opération
chimique par laquelle certains savants prétendent que
l'eau se convertit en terre à la longue, parce que c'est un
système que je ne puis apprécier, n'ayant pas les connaissances nécessaires à son examen; mais toutes les autres
causes sont certaines. Dès-lors, il ne faut pas s'étonner
que la Garonne ait moins d'eau que du temps des Gau-
lois, et postérieurement des Romains; il ne faut pas demander compte des rives que le fleuve a délaissées, à des

époques récentes et presque contemporaines : l'affaiblissement des sources a tout fait; leur cause la plus féconde a
disparu, avec les vieilles forêts de nos druides.

Ici, ce serait peut-être le lieu d'examiner si, comme le
dit la chambre de commerce, le confluent de la Dordogne
et de la Gironde se trouvait à une lieue seulement de Bordeaux, au pied du coteau de Bassens, à une époque qui,
selon elle, *ne serait pas très-reculée*. J'avoue que cela me
paraît absolument impossible, malgré les traditions populaires dont elle parle, et qui me paraissent mal inter-
prétées. La nature, encore un coup, n'agit pas si brusquement dans sa marche; d'ailleurs, l'aspect même des localités me semble prouver le contraire. Mais je me suis
laissé entraîner à une trop longue digression, pour oser en
entreprendre une seconde; nous examinerons cette question
plus tard : pour le moment, continuons notre sujet (B).

Nous avons vu l'état exact des chenaux, des mouillages
et des passes, depuis Bordeaux au Bec d'Ambès. Examinons maintenant pour quelles raisons la rivière est ainsi
disposée, pourquoi les barres ont toujours été à Bassens
et au Bec, par quelles causes elles augmentent, par quelles
causes elles diminuent, et pour quelles causes aussi nos
mouillages de jusant s'en sont éloignés (1). Nous analy-
serons ensuite les ouvrages qu'on propose de construire
au Bec, et nous verrons quel serait leur effet le plus probable sur la rivière.

---

(1) Il faut remarquer que le mouillage de flot n'a pas varié, ce qui rentre parfaitement dans mon système.

§. II.

Par quelles causes les barres sont-elles placées à Bassens et au Bec? Par quelles causes ont-elles varié, ainsi que les mouillages de jusant?

———

La solution de ces deux questions doit, ce me semble, éclairer la discussion.

Nous avons vu que les chenaux de la Garonne, jusqu'au Bec, sont toujours dans les courants de jusant.

Il suit de là que les sables sont placés dans les mort-d'eaux ou remous du jusant, ayant leur extrémité tournée vers l'embouchure, ainsi que le sable de *Queyries*, par exemple, en face des Chartrons. Cela n'est différemment que dans les endroits où la rivière est barrée, ou dans les remous des îles, qui sont évidemment une cause exceptionnelle.

Cette direction des chenaux et des sables prouve évidemment la puissance du jusant qui doit en définitive les conduire à la mer.

Voici un précis rapide des motifs qui établissent la prédominance d'action du jusant sur le flot.

Il a pour lui la plus grande masse d'eau (1) et la force de chute, force d'autant plus grande que notre pleine mer est de 12 à 15 pieds au-dessus du niveau de la pleine mer de l'embouchure, ce qui fait près de 30 pieds au-dessus de la basse mer.

———

(1) Puisque toute l'eau montée redescend, jointe à celle des sources et des affluents.

L'inclinaison du lit conduit naturellement l'eau qui descend dans l'endroit le plus creux.

Le flot s'élevant très-rapidement dans les premiers moments de sa durée, et le jusant abandonnant au contraire les rives beaucoup plus rapidement en commençant sa réaction, que vers sa fin, il en résulte que ce dernier agit comparativement plus long-temps sur le fond que sur les bords.

Le flot entrant d'un lit plus large dans un lit plus étroit, à mesure qu'il s'éloigne de l'embouchure, butte sans cesse contre les rives qui le resserrent, et ne peut avoir de direction régulière; il passe sur les bas-fonds ou dans les chenaux, sans distinction, selon qu'ils se rencontrent devant lui. Le jusant, au contraire, coulant sans cesse d'un lit plus étroit dans un lit plus large, a moins de frottement contre les rives, et se dirige régulièrement dans l'endroit le plus bas.

Aussi remarque-t-on, lors de l'invasion du flot, qu'il n'agit avec violence que sur les endroits plats, qu'il creuse presqu'en pure perte, puisque les passes ne peuvent s'y établir (1), tant que le courant de jusant sera invinciblement poussé ailleurs par la forme des rives. Souvent même les sédiments que le flot enlève vont se déposer dans un lieu où ils sont beaucoup plus nuisibles qu'à la place qu'ils abandonnent.

Voici une des causes de cette propriété, souvent fâcheuse, du flot : quand il se présente sur un point du

---

(1) Observez que, quoiqu'il reste peu d'eau dans une passe, elle est néanmoins l'endroit où il en reste le plus, et par conséquent celui où l'invasion du flot a le moins d'effet.

fleuve, à la Grange par exemple, il rencontre, dans le
grand chenal, 20 à 25 pieds d'eau et un fort courant de
jusant. Sur la rive opposée, au contraire, à peine ren-
contre-t-il quelques pieds d'eau et un courant de jusant
nul. Ne pouvant surmonter l'obstacle qu'il trouve d'un
bord, il se jette de l'autre avec une espèce de fureur; de là
vient l'existence du *mascaret*, qui se fait généralement sentir dans des positions semblables, et dont la suppression,
par conséquent, me semble d'un assez mince intérêt dans
la question actuelle.

Le jusant, au contraire, non-seulement continue encore dans les grands chenaux, lorsque le flux a déjà commencé son action sur les rives, mais souvent encore il
commence dans les grands chenaux, pendant que le flot
continue à se faire sentir ailleurs. Il est en effet naturel
que le fleuve commence sa réaction de jusant là où il supporte la plus forte charge; néanmoins, cela souffre des
exceptions nombreuses, à cause des sinuosités de la rivière.

Que faut-il donc pour que les chenaux de la rivière
n'éprouvent aucune interruption de Bordeaux au Bec?

Il faut que le courant de jusant puisse les suivre lui-
même sans interruption. Aussitôt qu'une cause quelconque l'en fera dévier, la rivière sera barrée, et il y aura
solution de continuité entre les chenaux.

Or, il faut observer que le cours régulier du courant
de jusant, surtout alors que l'eau commence à baisser sensiblement, est de porter de *pointe en pointe*.

Voici ce qu'on doit entendre par cette expression.

La rivière n'est point un canal droit et régulier : elle
fait plusieurs détours et présente une forme telle que lorsque l'un de ses bords fait un angle saillant dans le lit.

l'autre rive fait un angle rentrant dans les terres, l'un et l'autre plus ou moins arrondis, selon la nature du terrain. Remarquez que le côté qui est saillant, ne l'est presque jamais autant que le côté rentrant n'est concave dans les terres. C'est de cet éloignement de la parallèle, que naît successivement l'élargissement du fleuve.

Quand le courant de jusant, sortant d'un chenal droit, ou du moins prolongé, rencontre le côté saillant d'une sinuosité, la nature veut qu'il continue la ligne droite de l'impulsion qu'il a déjà reçue. Alors il prend une ligne transversale qui le conduit diagonalement sur la rive opposée, et il laisse sur celle qu'il quitte un remous, ou mort-d'eau, où les dépôts s'effectuent parallèlement à son cours, canalisant ainsi la rivière, à basse mer.

Arrivé sur l'autre rive, il lutte un instant ordinairement fort court, contre elle, et la suit après parallèlement, jusqu'à ce qu'il rencontre une nouvelle saillie, ou pointe, qui, par une nouvelle diagonale, le ramène sur la rive qu'il avait déjà quittée; ainsi de suite, en allant toujours de *pointe en pointe*, et toujours en passant dans l'endroit le plus profond du lit.

Or, quelles sont les causes qui peuvent le faire dévier de cette marche? Il y en a deux : un élargissement trop grand et trop brusque du lit de la rivière, et une trop fausse direction du courant de flot. Ces deux causes sont presque toujours simultanées et concourent au même effet, ainsi qu'on va le voir.

Quand le lit s'élargit dans une proportion trop grande et trop brusque, le courant de jusant, arrivé à la *pointe* qui devrait le diriger sur l'autre rive diagonalement, éprouve une double tendance : sa tendance naturelle qui

le porte à traverser en suivant la ligne droite de son impulsion, et une tendance accidentelle à s'épancher dans
l'élargissement qui lui est ouvert sur la rive où il se
trouve déjà. Alors, il obéit à cette tendance divergente :
une portion de l'eau passe sur une rive, l'autre portion
passe sur la rive opposée. Il s'établit deux courants de
jusant, un de chaque bord, l'eau morte, ou remous,
se trouve ainsi entre les deux courants, au milieu de la
rivière. Les dépôts de sable et de vase s'y effectuent, et
la continuité des chenaux est interrompue par une
barre.

Et si, ce qui arrive presque toujours, l'un des courants
de flot vient joindre sa fâcheuse influence à cette disposition locale; si sa plus forte action creuse le fond en
face du jusant, et sur le côté que ce dernier devrait quitter, alors le jusant, au moment de sa réaction, trouvant
cette ouverture toute faite, s'y précipite en grande partie;
l'autre partie obéit à sa direction transversale, imprimée
par l'impulsion qu'elle avait déjà; cet état de choses devient durable : le remous reste constamment au milieu du
lit, et la rivière est constamment barrée.

Voilà pourquoi la Garonne est barrée à Bassens et au
Bec d'Ambès; voilà pourquoi elle serait barrée depuis
long-temps devant les Chartrons, si les travaux des ingénieurs ne l'eussent secourue (1).

Avant de chercher la nature du remède qu'il faut employer pour creuser les passes du Bec d'Ambès et celles de

_____

(1) Les travaux ont été faits sous la direction de M. Bremontier. Sans ces travaux, la moitié de l'eau du jusant qui passe aux Chartrons, coulerait le long de
Queyries, et le chenal des Chartrons serait perdu depuis long-temps.

Bassens, avant d'entreprendre de grands travaux, et d'en-
combrer le lit de nouvelles constructions, qui sont de nouveaux obstacles aux courants, dans quelque sens qu'elles
soient dirigées, il est donc urgent de s'assurer si ces barres sont causées par la diminution réelle et récente de
l'eau, ou par l'accroissement de la fausse et mauvaise direction de cette eau, dont la masse n'a pas sensiblement
varié.

J'ai déjà exprimé, dans la première partie de ce travail,
mon opinion, que la masse de l'eau refoulée par le flux
n'avait pas sensiblement diminué depuis quelques années
dans la Garonne. Je vais établir maintenant que les barres de Bassens sont causées par la déviation des courants
de jusant, et qu'elles sont devenues plus dangereuses,
parce que cette déviation a augmenté. Je vais prouver
que la Barre du Bec était dangereuse quand cette même
déviation existait au Bec, et qu'elle a presque disparu,
parce que cette déviation a cessé.

Prenons le cours de la rivière depuis Bordeaux.

En face de cette ville, le courant de jusant se trouve
sur la rive opposée ; il suit le bord de la Souys et de la
Bastide ; le courant de flot est, au contraire, sur la rive
de Bordeaux, depuis la cale de l'entrepôt jusqu'aux Salinières.

Arrivé à la pointe de Queyries, le courant de jusant
prend la diagonale pour se rendre aux Chartrons. Cette
direction lui est imprimée (1) par le banc de sable, qui

_____

(1) La rivière est profonde, en face de Bordeaux, parce qu'elle est étroite et
coule en ligne droite, ce qui empêche les remous. Observez cependant que la rive
gauche, où passent les courants de flot, a toujours une tendance à s'envaser, non

suit absolument sa parallèle, et qui, à basse mer, canalise la rivière. Ce banc de sable a sa base sur la pointe de Queyries, et son extrémité tournée vers la mer, ainsi que tous les bancs de sable doivent être placés. Aussi le chenal des Chartrons est profond et stable, grâces aux travaux faits par M. Bremontier.

Le courant de jusant suit cette rive jusqu'à la pointe de Bacalan. Là, il la quitte, prend la diagonale sur Lormont, et laisse un gravier sur sa gauche; les deux pointes de Bacalan et de Lormont étant très-rapprochées, après ce dernier bourg, il suit le milieu de l'eau et prend le long chenal de Bassens, laissant le mort-d'eau et le sable appuyés sur l'extrémité de la palu de Bacalan, et toujours parallèlement à son cours ; arrivé au point le plus enfoncé de la courbe concave de Bassens, il la suit jusqu'à la pointe, en face de l'île *Saige*. C'est ici que le mal commence, et c'est évidemment cette île qui en est la cause.

Immédiatement après cette île, qui resserre le cours de la rivière, d'autant que ses attérages sont plats, le lit s'élargit considérablement, et le courant de jusant éprouve la double tendance dont j'ai parlé. Une portion tourne la pointe et coule vers Montferrand ; l'autre se dirige sur la Grange en suivant la diagonale qui indique le *pas*. Cette dernière portion, une fois arrivée à la Grange, s'y joint avec l'eau qui descend entre l'île Saige et la rive gauche. Il résulte de là deux courants de jusant très-prononcés : un sur la rive de la Grange, l'autre sur la rive de Mont-

vers l'extrémité nord, où il y a peu de courant de jusant, mais vers l'extrémité sud, près des Salinières, où il n'en existe pour ainsi dire pas, ce qui a nécessité *la digue de la Somys*.

ferrand. Chaque courant a son remous au large, dans le
milieu de la rivière. Les dépôts de vase s'y effectuent, les
sables s'y arrêtent, et l'interruption des chenaux a lieu :
voilà le *Pas de Bassens*.

Or, depuis quelques années, cette déviation du jusant
a considérablement augmenté. Tellement que les bas-fonds
de vase de Montferrand, chassés par cette force toujours
croissante, ont descendu de demi-lieue, et s'étendent
maintenant jusqu'à l'extrémité sud du *Caillou*. Autrefois,
vis-à-vis la propriété de M. Casteneau, dans le Haut-
Montferrand, j'ai vu le sable découvrir jusqu'à terre, de
manière à ne pas laisser passer le plus petit canot. Maintenant il y a huit à dix pieds d'eau à basse marée. Or,
cette eau manque dans le *pas*, elle y a été remplacée par
le sable qui a quitté la rive. Voilà, je crois, tout le mys-
tère. Cela est si vrai, qu'à l'époque dont je parle, époque
où les frégates sortaient de Bordeaux avec leurs mâts de
perroquet guindés et leur lest à bord, la déviation du
jusant n'avait pas lieu, ou du moins beaucoup plus faiblement, étant arrêtée par le banc de sable qu'elle a détruit depuis. Le courant portait alors de la pointe de
Bassens sur la Grange, dans la diagonale qui indique la
direction même du pas; aussi était-il en bon état. Je crois
que la quantité d'eau n'a pas diminué, mais qu'il y a eu
perturbation des eaux et des sables, et, par suite, déplacement de l'eau.

Or, comment une augmentation d'intensité dans le flot
pourra-t-elle arrêter cette déviation du jusant qui cause
ici tant de mal? Je craindrais bien plutôt qu'elle ne la
rendit plus prononcée, parce que le courant de flot est, en
cet endroit, en contradiction manifeste avec la direction

primitive du jusant. Je crois même que le *pas* s'est comblé précisément parce qu'il reçoit maintenant trop de courant de flot, relativement au courant de jusant qui s'y fait trop faiblement sentir; de sorte que les matières refoulées par le flot ne peuvent ensuite en être suffisamment expulsées par la réaction du jusant (1) : la barre s'est alors exhaussée, et par suite le mouillage du jusant s'est éloigné. Quant au mouillage de flot, il n'a pas varié, et je crois même qu'il s'est approfondi. Concluons de là que lors même que l'on augmenterait l'action du flot, on n'aurait encore rien fait pour le *Pas de Bassens*, tant qu'on n'aurait pas arrêté la déviation du courant de jusant, peut-être même augmenterait-on le vice local qu'il faudrait faire disparaître.

Voyons le cours de la Garonne jusqu'au Bec. L'eau suit le chenal de la Grange jusqu'à la pointe de Vallier. Cette pointe est peu saillante et élargit (2) peu le courant qui a une propension à la suivre, d'autant qu'immédiatement en dessous se trouve, sur l'autre rive, le bas-fonds du *Caillou*, qui le repousse. Il continue donc ainsi, contenu d'un bord par le *Caillou*, de l'autre par les attérissements vaseux de *Pachan*, et prolonge sa ligne jusqu'à cette derniere pointe. Là, l'avancement de *Pachan* fait une saillie qui est suivie d'un banc de sable qui la continue, et qui est régulièrement placé. Alors le courant prend sa direction sur Ambès; il suit la ligne parallèle de cette côte, en tenant le large, par suite de l'obstacle qu'il a rencontré au *Caillou*, et va ainsi jusqu'au coude d'Ambès, qui, je

1. Voyez la dernière note à la fin de cet écrit.
2. *Élargir*, signifie ici *éloigner des rives*.

prie qu'on l'observe, n'est point la *pointe* du *Bec*. Le coude
d'Ambès porte dans l'*Ouest-Nord-Ouest*, et la pointe du
Bec qui dévie dans la Dordogne, et qui y déviera davantage encore si on la prolonge de *manière à barrer
l'ouverture de ce fleuve;* la pointe du Bec, dis-je, porte
dans le *Nord-Est.* Arrivé à ce coude d'Ambès, qui fait
pointe dans la Garonne, la direction naturelle du courant,
pour se prolonger, serait de suivre sa tombée dans le *Nord-
Ouest*, puisque c'est l'impulsion qu'il a reçue de la rive
d'Ambès, depuis la longueur d'une lieue au moins. Alors
il porterait diagonalement sur l'île Cazeaux, de manière
à arriver obliquement et presque sans angles au chenal
de l'île du Nord. Mais il éprouve une double tendance, sa
direction naturelle dans le *Nord-Ouest*, et sa direction accidentelle dans le *Nord-Est*, par l'effet de la déviation du
Bec vers la Dordogne : c'est absolument comme à Bassens.
Il y a quelques années, cette divergence du courant était
très-prononcée, à cause du chenal étroit et profond nommé
la *Rouille du Bec*, dans lequel il s'engouffrait. L'autre
portion de l'eau se rendait sur l'île Cazeaux, en suivant
l'impulsion précédemment acquise; il y avait deux courants, deux passes et un banc dans le milieu du lit; la
passe du large se trouvait entre ce banc et l'île, ainsi que
cela est figuré dans le plan joint au mémoire de M. de
Vivens. C'est alors que l'état de la rivière était déplorable.
Mais qu'est-il arrivé? Le courant a repris sa direction
transversale sur l'île Cazeaux, en élargissant et prenant
son cours presque en ligne droite dans le chenal de l'île
du Nord. Chemin faisant, il a butté contre le banc du
Pavillon, et contre les bas-fonds que ce banc occasionait. Il
les a détruits, emportés; il les a rapprochés de l'île Cazeaux,

et prolongés sur l'île du Nord, presque jusqu'à terre, en barrant le *Garguil*. Il est résulté de ce changement, que le *Pas du Bec* est devenu plus large, s'est creusé dans la même proportion, et l'on navigue maintenant fort à l'aise à la place même où étaient les bas-fonds.

C'est ici le cas d'observer combien aurait été dangereux le système d'enrochement, contre lequel M. de Vivens s'est élevé avec tant de raison. En outre du grave inconvénient de jeter la plus grande masse de l'eau dans la Dordogne et d'en priver la Garonne, ce système établissait une digue gigantesque au milieu du courant, sans autre point d'appui que le banc sur lequel on l'aurait construite; banc tellement peu solide, que le courant de jusant l'a presque entièrement détruit, et a déplacé le peu qui en reste. Ce plan avait encore un autre vice : c'est qu'il tendait à mettre la passe entre le banc et l'île, tandis que, pour qu'elle soit bonne et large, il faut qu'elle soit entre le banc et le Bec d'Ambès, ainsi qu'elle est actuellement.

Quant au mouillage de jusant, il a remonté, parce que le courant de jusant a élargi de la rive d'Ambès vers la rive opposée, avant d'arriver au coude que fait cette rive d'Ambès dans le *Nord-Ouest*, et qu'il a été remplacé par un courant de flot qui y roule des matières qui y restent ensuite, le jusant n'ayant plus sur ce point assez de force pour les expulser; aussi les bâtiments mouillent-ils beaucoup plus au large qu'autrefois.

C'est ainsi que se représente, et se représentera toujours, jusqu'à ce que les rives soient symétrisées, le fâcheux effet de la direction que le flot et le jusant prennent sur des points opposés. Qu'on trouve le moyen de les faire passer constamment dans les mêmes chenaux, et la difficulté sera résolue; plus leur direction sera contraire, plus le mal augmentera, surtout si le flot augmente d'intensité.

Je prie les juges de cette discussion de réfléchir sur les faits que je viens d'exposer, et je crois qu'ils en tireront avec moi cette conséquence, que toutes les probabilités sont que la rivière s'est accidentellement détériorée au *Pas de Bassens*, non par une diminution sensible et récente de la masse d'eau introduite par le flux, mais par une perturbation survenue dans les courants, perturbation qui a déplacé les sables et les eaux : c'est le fait le plus important à bien vérifier, avant d'entreprendre une plus forte introduction du flot dans la Garonne, mesure dont il est presque impossible de prévoir toutes les conséquences, et qui, si l'on n'y prend garde, augmentera la perturbation des courants, au lieu d'y porter remède.

C'est ici le cas d'appliquer l'une des plus justes citations que M. de Vivens a faites, et que je lui emprunte :

« Il résulte de toutes mes observations, que le fond ac-
» tuel du lit des rivières ne change pas sensiblement, en
» les considérant dans l'ensemble de leurs cours : que ce-
» pendant, il se trouve des causes locales qui occasionent
» l'*exhaussement* ou l'*approfondissement* de quelques par-
» ties; mais ces effets sont momentanés ou variables, et
» ont des causes particulières. » (*Recherches sur la formation des ruisseaux et des rivières*, par LECREUX, *inspec-
teur-général des ponts et chaussées*, page 34).

Il peut en être différemment dans les rivières à fond de cailloux, mais ce n'est pas notre cas.

Quant à la décision prise par le conseil général des ponts et chaussées, le 21 juin 1825, elle est infiniment respectable; mais il est possible que ce Corps éclairé n'ait pas eu une connaissance exacte et entière des faits. Il avance que les barres de Bassens et du Bec diminuent quand les eaux de l'*ebbe* (du jusant) diminuent de vitesse, et que la vitesse du flot augmente. Or, je crois que l'assertion opposée est beaucoup plus vraie : c'est dans l'hiver, quand le flot est faible, et le jusant terrible par l'effet des crues naturelles, qu'on remarque généralement que la rivière creuse, et que les bancs descendent. Dans les grandes marées de flot de l'été, j'ai toujours cru voir le contraire, c'est-à-dire voir hausser et remonter tous les bancs.

Quant aux faits, la décision du conseil général des ponts et chaussées ne les relate pas exactement, puisqu'elle dit que *le Titus* et *la Pénélope* se sont perdus tous les deux au *Pas d'Ambès*, tandis qu'en réalité aucun des deux ne s'y est perdu, ainsi que je l'ai expliqué.

Examinons maintenant le système de l'introduction du flot, proposé par M. de Vivens et par la chambre de commerce.

§. III.

Système de l'augmentation de l'eau dans la Garonne, par l'introduction du flot. — Moyens proposés.

Ce système présente, au premier coup-d'œil, une apparence qui séduit; il paraît même que, dans le Génie, on commence à l'approuver.

Cependant, ainsi qu'on va le voir, il offre cette particularité très-remarquable, que, si on l'adopte, il faut sub-

stituer un nouveau régime au régime actuel de nos fleuves,
entrer franchement dans les principes qui lui servent de
base, et ne jamais employer de demi-moyens, coûte qui
coûte, et quelles qu'en soient les conséquences.

C'est pourquoi les moyens proposés par M. de Vivens et
par la chambre de commerce, sont, ce me semble, insuffisants et dangereux, ainsi que je l'ai dit, par leur insuffisance même. Examinons-les de suite, pour ne plus y
revenir, et nous occuper ensuite, sans distraction, du principe lui-même, et non de la fausse application qu'on a pu
en faire.

Observons, d'abord, que tant que le régime actuel du
fleuve subsistera, tous les travaux que l'on fera pour ramener une plus grande quantité d'eau sur la rive du Médoc,
seront excessivement nuisibles à la passe du Bec-d'Ambès,
car ils détourneront précisément cette eau du chenal qui
conduit directement à cette passe. Or, comme il vaut mieux
améliorer la passe du Bec que d'en creuser une nouvelle
au travers de l'archipel du Médoc, je n'hésite pas à dire
que, pour le moment, il faut bien se garder de construire
des éperons saillants à l'extrémité Nord de l'île Verte, de
l'île du Nord et de l'île Cazeaux, ainsi que les a des-
sinés M. de Vivens dans son plan (1). On pourrait
seulement faire détruire les perrés saillants de ces
îles qui portent dans l'Est, et qui, par conséquent, nuisent à l'introduction de l'eau par le Bec; mais alors il faut
prévoir que ces îles éprouveront de fortes dégradations,

---

(1) Le *Garguil* est barré en dehors, par suite de l'amélioration survenue au Bec.
Quand on le creuserait, il est si étroit, qu'un bâtiment ne pourrait jamais y faire
aucune évolution.

et que leurs propriétaires réclameront contre cette mesure,
qui serait très-favorable à la passe du Bec : on en serait
quitte pour les indemniser de leur perte.

Restent donc la digue longitudinale vers la pointe de
la Roque, et l'éperon saillant dont on veut armer la pointe
du Bec : ni l'un ni l'autre de ces moyens n'atteindront le
but qu'on se propose.

J'observe, d'abord, que les digues longitudinales sont
un faible moyen pour dévier le cours des eaux d'une rive
sur l'autre, surtout lorsque le fleuve est très-large; elles
ont pour effet presque certain de creuser l'endroit déjà
profond où on les établit, et par conséquent d'y attirer une
plus grande masse d'eau. Celle que M. de Vivens a dessi-
née, a en outre le double inconvénient d'être très-éloignée
du Bec, d'être située sur la rive même où boit la Dordogne,
ce qui en détruirait l'effet, et, de plus, de tourner en se
prolongeant dans le sens même du courant de flot qui
entre dans ce fleuve, courant qui par conséquent ne serait pas dévié, ou du moins qui le serait très-faiblement.
Quant à l'éperon saillant de la pointe du Bec, tel que
M. de Vivens l'a dessiné, il serait convenable pour com-
primer les courants de jusant et les empêcher de dévier
vers la Roque, mais non pour élargir l'ouverture de la
Garonne; car il est longitudinal par le fait dans la Gironde, et si l'on mesure l'ouverture qui existe entre la
pointe actuelle du Bec et l'île Cazeaux, et la distance qui
existerait entre la pointe de l'éperon et cette même île,
elles sont absolument semblables; peut-être même le flot
entre-t-il plus facilement en laissant les choses comme
elles sont.

La chambre de commerce est parfaitement convaincue

de l'efficacité de cet éperon, mais elle ne s'explique pas sur la direction qu'il faudrait lui donner. Je puis me tromper, mais je pense que de toutes les constructions qu'on peut entreprendre, c'est la moins propre à atteindre le but qu'on se propose; car ce but, si je l'ai bien compris, c'est d'empêcher le flot de dévier trop fortement dans la Dordogne, et de le diriger dans la Garonne.

Or, en premier point, quand on veut se servir du courant de flot, c'est un mauvais moyen que de construire un éperon qui est saillant en contre-sens de ce courant; on établit un frottement de plus; on rompt le courant au lieu de le diriger. C'est pourquoi tout éperon saillant, qui a pour but de diriger le courant de flot, doit avoir sa base vers l'embouchure, et son extrémité vers la source. De même qu'un éperon de jusant doit avoir sa base vers la source et son extrémité vers la mer.

Or, l'éperon dont on veut armer la *Pointe du Bec* pèchera contre cette première règle, et aura deux effets perpétuellement opposés. S'il est prolongé directement dans la Gironde, il déviera trop faiblement les eaux du flot de la Dordogne, parce qu'il n'ouvrira pas la Garonne. Si, prolongeant la pointe du Bec dans le *Nord-Est*, vous continuez la direction qu'elle a déjà, vous rétrécissez évidemment l'ouverture de la Dordogne; mais tous ceux qui connaissent les localités, verront de suite que les courants de flot tomberont perpendiculairement sur la construction. Si elle résiste, ce qui est assez douteux, elle amortira le courant beaucoup plus qu'elle ne le déviera vers notre rivière. D'ailleurs, je dois faire observer que le principal point qui fait obstacle à l'introduction du flot dans la Garonne sur cette rive, ce n'est pas la pointe du Bec, mais le

coude que fait la rive d'Ambès en dessus de cette pointe ;
coude qui, se dirigeant dans le *Nord-Ouest* quand on descend, forme une sorte d'étranglement au lit de la rivière,
en face de l'extrémité sud de l'île Cazeaux. Pour donner
plus d'ouverture à la Garonne, c'est ce coude qu'il faudrait faire disparaître. Tant qu'il restera, l'éperon, qui
plongerait dans l'ouverture de la Dordogne, la fermerait
en partie, bien plutôt qu'il n'élargirait *réellement* la Garonne. Or, il est remarquable que M. de Vivens, dans
son plan, propose de gonfler encore ce coude au lieu de
le diminuer, ce qui n'aurait d'autre effet que d'envoyer
peut-être un peu d'eau sur la rive de Macau, où la grande
navigation ne doit plus songer à s'établir.

Je suis donc convaincu que, s'il faut activer les courants
de flot dans la Garonne, les moyens proposés sont évidemment insuffisants, quant à l'augmentation de ces courants
et de la quantité d'eau introduite par eux. Mais s'il arri-
vait que, sur le point où l'on veut construire l'éperon, il
produisît l'effet qu'on en attend, ce ne pourrait être qu'en
l'inclinant transversalement dans la Dordogne. Or, voilà
quelles seraient alors ses fâcheuses conséquences.

Un violent courant de flot prendrait évidemment la direction de l'éperon, surtout si l'on gonflait encore le coude
saillant d'Ambès vis-à-vis l'extrémité sud de l'île Cazeaux.
Il porterait alors sur *Cavalier*, c'est-à-dire du *Nord-Est*
dans le *Sud-Ouest*.

Nous avons vu qu'en cet endroit le courant de jusant,
pour suivre sa direction naturelle, doit se diriger diagonalement sur l'île Cazeaux, pour aboutir directement au
chenal de l'île du Nord ; c'est-à-dire qu'il doit porter du
Sud-Est dans le *Nord-Ouest*.

Il résulterait donc de l'effet de l'éperon, que les deux courants se croiseraient à angles droits, c'est-à-dire que le courant de flot aurait la tendance la plus claire et la plus manifeste possible à creuser un chenal qui ramènerait le jusant à la divergence qui avait perdu le Bec il y a quelques années. Il creuserait de nouveau la *Rouille du Bec.* Les eaux du descendant se diviseraient : moitié passerait sur l'île, moitié passerait contre le Bec, et le remous se trouvant au milieu de l'eau, la rivière se barrerait de nouveau. Il y a cent à parier contre un qu'il en arriverait ainsi.

Effectivement, toutes les fois qu'on élargira la rivière sur un point où la déviation du jusant pouvait déjà avoir lieu, parce que l'élargissement était trop subit, il est évident que cette déviation doit renaître, et qu'il y a perturbation dans le régime du fleuve.

C'est pourquoi, si vous élargissez l'embouchure de la Garonne au Bec, il ne faut pas se borner au point où l'on opérera. On sera dans l'obligation d'élargir la rivière jusqu'à Bordeaux, sans quoi l'on augmentera évidemment la cause du mal; car on rendra le courant de flot encore plus prononcé dans sa fâcheuse propension à faire dévier le jusant de son impulsion de *pointe en pointe.* Plus la rapidité du flux sera prononcée, plus les fils de courant de flot s'établiront d'une manière stable, en contradiction du jusant; car, élargissant l'embouchure sans élargir le reste, il est manifeste que le flot augmentera de convergence, et le jusant augmentera de divergence. C'est la source féconde de tous les désordres de la Garonne.

Les moyens proposés sont donc, selon moi, impuissants ou dangereux.

Examinons le système d'une augmentation d'eau et de courant par l'introduction du flot, et nous en serons à chaque instant plus convaincus.

D'abord, il faut bien se pénétrer de l'idée que, dans ce système, relativement à la profondeur des passes, ce n'est pas la plus grande vitesse acquise par le flot qui est le point important : le point essentiel, c'est l'accroissement d'action du jusant; M. de Vivens en convient lui-même, et il a raison.

Ainsi, vous feriez entrer, je suppose, mille tonneaux d'eau de plus dans un temps donné, par le flot, il en ressortirait mille de plus par le jusant. C'est un avantage sans doute, puisque nous savons que, par sa nature, le jusant agit plus spécialement sur le fond du fleuve que sur les rives. Mais, sous le rapport des masses, la prédominance du jusant n'aurait en rien augmenté (1). Or, cette prédominance des masses entre pour beaucoup dans l'expulsion des sables, qui, ainsi qu'il est expliqué en note, ne se meuvent pas dans la rivière d'après les mêmes règles que les sédiments vaseux (c). C'est un point essentiel, et j'engage fortement à lire la note que je renvoie à la fin de cet écrit, pour ne pas interrompre la suite de mes raisonnements.

D'où il suit qu'une masse d'eau introduite par le flot n'aura jamais, sur le fond, un effet proportionné à celui d'une masse d'eau introduite par une crue d'eau naturelle à la rivière. Une augmentation d'un pied d'eau ici, ve-

---

(1) Admettons que l'eau introduite par la mer, relativement à l'eau qui coule de la source, soit comme 6 est à 3, et j'entre ainsi dans le système des partisans exclusifs du flux, la masse du jusant sera à celle du flot comme 9 est à 6.

Augmentez la masse de l'eau introduite par la mer, portez-la à 9; alors le jusant sera au flot, sous le rapport des masses, comme 12 est à 9.

Arithmétiquement, le rapport est le même : géométriquement, il est plus faible.

nant de Langon, aurait peut-être quatre fois plus d'effet qu'une augmentation d'un pied venant du Bec.

D'où l'on doit conclure, que si l'on entreprend de donner à la Garonne plus d'introduction par le flot, il faut agir en grand, et ne pas s'arrêter à de petits changements qui troubleraient le régime actuel du fleuve, sans en établir un nouveau.

Cette nécessité me paraît d'autant plus certaine, que l'effet le plus favorable d'une grande introduction de flot, consiste en ce que, refoulant plus haut et plus long-temps les eaux naturelles du fleuve, il donnera par ce moyen au jusant plus de chute et d'action. Mais, pour qu'il atteigne ce but dans une proportion convenable, il faut qu'il augmente lui-même considérablement d'intensité. Si, au lieu de remonter jusqu'à Langon, il pouvait remonter dix lieues plus loin, c'est alors qu'il y aurait une amélioration désirable; mais c'est ce que de petits moyens ne produiront jamais.

Il faut en outre être bien convaincu que, tant que l'action du flot et celle du jusant ne porteront pas constamment dans les mêmes chenaux, l'augmentation du flot peut devenir accidentellement très-nuisible, toutes les fois que les deux courants se croiseront dans leur direction : dans ce système, il faut donc nécessairement détruire les sinuosités, surtout en approchant des endroits où le lit a une propension naturelle à se barrer. Or, ce résultat ne peut être obtenu qu'en élargissant le lit, non pas seulement à l'embouchure, mais dans une proportion graduellement diminuée en remontant vers la source, au moins jusqu'à Bordeaux.

On aurait alors le double avantage de porter le cou-

rant de flot sur les mêmes points de celui de jusant, d'é-
viter les frottements du flot contre les saillies qui le resserrent, et par conséquent de le faire remonter beaucoup
plus haut vers la source. Qu'on examine les fleuves du
nouveau monde : le flot y refoule à des distances considérables. Pourquoi? Parce que le cours des rives est presque parallèle et offre peu de sinuosités; que, d'ailleurs,
sur une grande largeur, ces sinuosités sont peu sensibles,
et donnent peu de convergence au courant de flot.

L'ensemble de ces considérations prouve, selon moi,
que le système nouveau dans le Génie, de substituer l'introduction du flot par élargissement, à l'accroissement
d'action du jusant par retrécissement, peut être excellent
en principe, mais nécessite un grand développement de
moyens, et une continuité de travaux sur une longue
étendue. De petits travaux qui élargiraient une embouchure et abandonneraient ensuite le flot à sa fausse et
dangereuse impulsion, pourraient tout perdre, au lieu de
tout réparer.

Cela posé, voici comment, d'après les localités, j'enten-
drais, pour la Garonne, l'application de ce système. Je
ne conseille ni ne réprouve cette application. On va juger
ses conséquences; on verra ses avantages et ses inconvénients, et si j'ai eu tort de dire, en commençant cet écrit,
que la chambre de commerce n'avait pas vu la portée des
principes qu'elle émettait.

Je crois, d'abord, que toute construction faite à la pointe
du Bec, ne doit avoir qu'un *but défensif*, quand on aurait
fait disparaître le plus possible, par les travaux dont je
vais parler, le coude que fait, vers l'extrémité sud de l'île
Cazeaux, l'avancement de la rive d'Ambès. Tout éperon

fait au Bec, transversalement dans la Dordogne, me paraît un contre-sens ; car, faisant de l'ouverture de la Garonne une sorte d'entonnoir, il augmenterait les frottements, qu'il faut diminuer. Ce n'est pas l'endroit le plus large déjà qu'il faut élargir encore ; c'est l'endroit le plus étroit, afin que les lignes d'eau se redressent.

C'est donc sur la rive de la Roque qu'il faudrait opérer : c'est là où le courant dévie dans la Dordogne ; c'est là où l'on peut le faire changer de route, sans le briser et l'amortir.

Remarquez d'abord que la rive de Plassac, jusqu'à la pointe de la Roque, est saillante vers la Garonne, et que la déviation vers la Dordogne ne commence qu'en dessus de cette pointe.

C'est cette direction de la rive de Plassac qu'il faudrait continuer, en prenant ainsi le mal à son origine. La première digue que l'on construirait prolongeant cette rive, aurait d'ailleurs l'avantage de continuer la direction même du flot au lieu de la briser. On devrait même laisser incliner un peu cette digue dans l'Est, de manière à ce qu'une ligne droite, qui suivrait sa direction, portât sur la pointe du Bec même. Cette digue serait très-longue.

Supposez plusieurs digues ou éperons pareils, échelonnés les uns derrière les autres, en remontant vers la Dordogne, toujours en augmentant de dimension et d'obliquité dans la Gironde, en raison du recul de la rive de la Roque, et de manière que leur extrémité vînt atteindre une ligne droite, tracée fictivement de la première digue vers la pointe du Bec.

On conçoit que, malgré la violence du courant, ces éperons résisteraient, étant abrités ainsi l'un par l'autre ; de telle sorte, que celui que le courant rencontrerait le premier lui étant presque parallèle, sans soutenir un grand effort, empêcherait cependant le courant de tomber avec trop de force sur celui qui suivrait : ainsi successivement. Quant au courant de jusant qui sort de la Dordogne, on serait obligé de faire, dans cette rivière, des éperons de jusant sur la rive droite, en contre-sens de ceux de la Gironde, ce qui abriterait entièrement ceux-ci.

On voit, de suite, que la masse des eaux de la Gironde se porterait avec une grande force dans la Garonne; que, resserrée contre les îles, elle les minerait rapidement; la pointe de l'île du Nord et une très-grande partie de l'île Cazeaux disparaîtraient infailliblement. On défendrait fortement le Bec, et cette masse majestueuse d'eau entrerait directement vers Bordeaux.

Mais une fois qu'elle serait dans la Garonne, on n'aurait encore rien fait, si on ne la continuait pas dans sa même direction; c'est-à-dire, le plus près possible de la ligne droite, en l'empêchant, par des éperons qui lui seraient parallèles, de tomber dans les courbes concaves des rives.

Ces éperons de flot, établis sur les rives concaves, y fixeraient les remous, et les combleraient rapidement par le dépôt des vases; d'autant qu'on augmenterait encore ces remous, en faisant, à l'autre extrémité de la rive concave, des éperons de jusant qui empêcheraient aussi les courants de jusant d'y dévier. La masse entière de l'eau introduite irait donc tomber sur les côtés saillants des sinuosités de la rivière et les détruirait. Prolongez des travaux semblables jusqu'à Bordeaux, vous aurez une rivière large, profonde, symétrique; le flot éprouvera le moins d'obstacles possibles, son action portera dans les mêmes chenaux que le jusant, et vous aurez, ainsi que je l'ai dit en commençant, non réparé la rivière, mais fait une autre rivière, ou à peu près, en portant le courant contre les saillies, et l'éloignant des rives concaves, ce qui est précisément le contraire du régime actuel du fleuve.

Les plus grands inconvénients de ce système ne sont pas dans les grandes difficultés qu'il présente, ni dans les dépenses qu'il occasionerait. Quant aux difficultés, les ingénieurs français en connaissent peu, et quand on a fait les travaux de Cherbourg, par exemple, on pourrait évidemment entreprendre ceux-ci sans crainte d'échouer. Lorsqu'il est question de faire un port de mer à Paris, il serait bizarre et presque ridicule qu'on ne pût en faire un à Bordeaux.

Quant aux dépenses, les plus coûteuses seraient celles de la Roque; mais on aurait la pierre sous la main : point de frais de transport, par conséquent. En faisant jouer la mine, on donnerait pour base aux digues, non de simples moellons, mais des quartiers de rocs, ce qui les rendrait inébranlables. D'ailleurs, quand on a le bonheur, dans un État comme la France, d'avoir ce qu'on est convenu d'appeler un *crédit public*, il ne serait pas mal peut-être qu'on s'en servît une fois dans l'intérêt du pays : ce serait une sorte d'expiation des triomphes jusqu'à présent obtenus par l'agiotage sur la morale et sur la véritable industrie.

Dans ces dépenses, il faudrait surtout comprendre les justes indemnités que réclameraient les propriétaires dont les domaines seraient envahis par le lit du fleuve. On serait dans l'hypothèse de la construction d'une grande route : on a droit de prendre le terrain, mais il faut le payer.

Le véritable inconvénient serait la détérioration de la Dordogne qui perdrait une partie de ses eaux. Le Gouvernement pèserait cette considération, et déciderait, dans sa sagesse, jusqu'à quel point il convient de nuire à une rivière, afin d'en creuser une autre, beaucoup plus importante, à dire le vrai, pour l'ensemble de l'État. Je crois que, pour que l'intérêt public l'emportât à ce point sur la justice civile, il faudrait une nécessité bien urgente, bien impérieuse, bien inévitable : dans mon opinion, cette nécessité n'existe pas *encore*. Quoique Bordelais, je ne réclamerai point une pareille mesure; cependant, une époque viendra peut-être où l'on sera réduit à prendre ce parti; car les sinuosités de la Garonne et les dépôts déjà existants, augmenteront perpétuellement les remous du jusant, soit au large, soit sur les rives, et finiront par créer à la navigation des obstacles bien plus graves que ceux qui existent aujourd'hui, surtout si les sources continuent à diminuer, ce qui est infiniment probable.

---

§. IV.

Résumé des trois Paragraphes précédents.

Je conclus, de toutes les observations qui précèdent : Que les attérissements du Médoc nuisent, mais peu, à l'introduction du flot dans la Garonne; que, néanmoins, on doit les empêcher de s'accroître, ce qui les rendrait plus dangereux;

Qu'ils n'ont aucune influence sur la passe du Bec, puisqu'elle s'est améliorée, quoique ses attérissements aient toujours augmenté;

Qu'il ne faut pas essayer, tant que le régime actuel du fleuve subsistera, d'envoyer une plus grande masse d'eau sur la rive du Médoc, par les détroits qui sont entre les îles; car cette eau serait enlevée au courant même qui entre dans la Garonne par le Bec d'Ambès;

Qu'il vaut mieux entretenir l'amélioration de cette passe, que d'entreprendre d'en creuser une qui n'existe plus, au milieu du petit archipel du Médoc, la passe du *Garguil* surtout étant barrée, dans la Gironde, par le sable qui a abandonné la passe du Bec;

Que, quant à la passe du Bec, toute construction faite sur cette pointe ne doit avoir qu'un but défensif, et qu'étant faite dans le sens du jusant, elle entre dans un système basé sur le régime actuel du fleuve, et non dans celui d'une plus grande masse d'eau, par voie d'élargissement;

Que la quantité d'eau refoulée par la mer, dans la Garonne, depuis Bordeaux jusqu'au Bec, n'a pas diminué (1) sensiblement depuis quelques années, mais qu'elle s'est déplacée;

Que ce déplacement est très-fort à la pointe de Bassens, ce qui a occasioné la détérioration du *pas*;

Que si, au régime actuel du fleuve, on veut substituer un système contraire, ce n'est rien d'augmenter l'inten-

---

(1) J'ai vu, l'été dernier, des marées de 18 pieds

sité du flot par de petits moyens qui n'obtiendraient que
de petits et fâcheux résultats;

Qu'il faut non-seulement augmenter considérablement
l'intensité du flot, mais encore régulariser ses courants,
afin qu'ils ne croisent pas la direction du jusant;

Que, pour atteindre ce but, il faut faire de grands travaux, et les continuer depuis la pointe de la Roque, jusqu'à Bordeaux, en redressant les rives par élargissement
successif et graduellement diminué;

Qu'il est impossible de faire porter les courants de flot
dans le même chenal et dans la même direction que les
courants de jusant, lorsque la rivière présente un élargissement subit, sans employer le système ci-dessus indiqué, c'est-à-dire sans redresser les rives, en élargissant
l'extrémité la plus étroite du lit;

Que, si l'on voulait faire coïncider les courants de flot
et de jusant par un autre moyen, ce ne serait qu'en employant à la fois des éperons saillants de flot et de jusant
dirigés en sens contraire, ce qui augmenterait les sinuosités, et rétrécirait la rivière dans une proportion déplorable; car la rive saillante, abandonnée tout à coup par
les courants de flot et par ceux de jusant, serait sur-le-
champ encombrée d'alluvions, qui feraient de la rivière
un canal régulier, il est vrai, mais étroit et sinueux;

Que, par conséquent, si l'on n'ose, par des considérations particulières, ou par justice publique, entreprendre
franchement et en grand le système de l'introduction du
flot par l'élargissement successif, et le redressement des
rives jusqu'à Bordeaux, il vaut mieux laisser subsister et
améliorer peu à peu le régime actuel du fleuve, que d'é-

baucher une entreprise dont les conséquences seraient
alors bien difficiles à prévoir et à préciser ;

Que, dès-lors, il faudrait se borner à défendre le Bec
d'Ambès par un éperon qui aurait principalement pour
but d'empêcher la divergence du courant de jusant vers
la Roque ;

Qu'il faudrait empêcher surtout que, par quelque construction que ce fût, sur la rive de l'île Cazeaux, on ne
s'opposât à la direction transversale du courant de jusant ;
s'il en résultait quelques inconvénients pour le propriétaire, *on devrait sans doute l'indemniser de sa perte, mais
non l'autoriser à dévier les courants; de même pour l'action
naturelle du flot le long de cette île,* et *de celles qui la précèdent :* en un mot, il faudrait veiller soigneusement à ce
que la passe du Bec restât dans l'état où elle est aujourd'hui.

Quant à la passe de Bassens, la difficulté est bien autre :
il faut peser mûrement ce qu'on fera, et voir d'abord si la
nature ne peut y apporter d'elle-même une amélioration
pareille à celle qui est survenue au Bec.

Cette passe n'est pas formée par un seul banc, comme
était celle du Bec ; elle est formée par deux bancs dont les
pointes se croisent.

L'un est dans le remous de la pointe Nord de l'*île Saige ;*
l'autre dans le remous qui est au large de Montferrand,
surtout depuis que la déviation de jusant sur cette rive a
augmenté.

S'il était possible de creuser les attérages plats de l'*île
Saige,* et en même temps d'empêcher le courant de jusant
de dévier et de creuser sur la rive de Montferrand, je ne
doute nullement que le *pas* ne fût creusé et élargi dans la
même proportion. Mais cela est impossible, sans faire

éprouver à la rivière un rétrécissement quelconque. J'a-
voue que je ne suis pas très-effrayé de ce rétrécissement.
Il serait moins nuisible à l'action du flot, que ceux qu'on
effectue actuellement dans le port de Bordeaux, *uniquement pour l'embellissement de la ville*. Son avantage ne con-
sisterait pas seulement à donner plus de force au jusant,
en le resserrant, mais encore à lui rendre sa direction
primitive, ce qui est bien plus important. L'augmentation
de vitesse et de profondeur compenserait en grande partie
ce qu'on perdrait en largeur, surtout si les constructions
étaient faites de manière à alonger le plus possible les
lignes d'eau de la diagonale que prendrait alors le courant
de jusant dans le *pas*. Si l'on n'entreprend pas le système
général et fortement dessiné de l'introduction du flot, qui
serait un remède terrible, mais décisif, il ne reste absolument d'autre parti à prendre que de ramener le *Pas de
Bassens* à son ancien état, en canalisant la rivière artifi-
ciellement, ainsi qu'elle l'était naturellement autrefois,
par les bas-fonds de Montferrand, avant qu'ils fussent
descendus de demi-lieue. Un seul éperon, peu saillant
dans le courant, et peu prolongé en dessous de la pointe
de Bassens, et dirigé sur la Grange, atteindrait, je crois,
ce but, en augmentant très-peu la saillie de cette pointe.
Je crois qu'il serait très-avantageux, mais il occasionerait un rétrécissement à la rivière (1).

Au surplus, ce rétrécissement, comme obstacle au flot,

_____

(1) Je dois faire observer ici que le banc de sable qui est appuyé sur la pointe
de la palu de Bacalan, a été miné et coupé dans sa base par le courant de flot.
Il résulte de là qu'une portion du courant de jusant, qui devait tomber sur Bassens,
suit au contraire la rive gauche, et se rend directement à la Grange en passant
entre l'île *Saige* et cette rive : aussi le chenal de la Grange s'est approfondi, et le
Pas de Bassens s'est comblé.

n'existe-t-il pas déjà? Le sable qui est au large, et qui
comble le *pas* se trouverait à terre, en dessous de l'éperon,
voilà tout; mais je ne crois pas que le flot en éprouvât
une augmentation sensible de résistance : il coulerait avec
plus de rapidité dans le *pas*, dégagé et approfondi, et di-
minuerait de force sur la rive de Montferrand, qui serait
seule à plaindre, car elle serait promptement envasée.

Une seule objection, très-sérieuse, se présente; elle est
appuyée sur un des considérants de la décision du conseil général des ponts et chaussées.

Si l'on enlève ainsi la barre de Bassens, n'ira-t-elle pas
se placer ailleurs?

Je crois qu'on peut espérer que cette barre n'ira pas se
placer ailleurs. Voici mes motifs.

D'abord la masse d'eau devant effectuer nécessairement
son passage, je crois qu'il n'y aura jamais de barre dans
la rivière, que dans les endroits où il y a divergence
possible dans le courant de jusant.

Si donc les chenaux sont bien entretenus dans la direction qu'ils ont depuis la Grange jusqu'au Bec, je ne vois
réellement pas où la barre pourrait s'effectuer. Il n'y a
que deux déviations indiquées par la nature des rives,
une sur *Pachan*, déviation à laquelle un banc de sable
fait obstacle (1), et l'autre au Bec. Or, tant que ces deux
déviations du courant de jusant n'auront pas lieu, toute
barre me paraît impossible, et les sables seront successi-

---

(1) Si ce banc de sable disparaissait, le jusant dévierait sur Macau ; toute l'eau
qui prendrait cette déviation serait perdue pour le *Pas du Bec*. C'est ce qui avait
contribué à détériorer cette passe, en 1822. Une déviation semblable, dont il est
question dans la note précédente, concourt à la détérioration du *Pas de Bassens*.

vement entraînés jusque dans la Gironde, et de là à la mer qui les vomit ensuite sur nos dunes.

Ce qui est arrivé au Bec me semble, d'ailleurs, prouver en faveur de ce système. Le sable qui encombrait cette passe, chassé par le jusant, est sans doute allé ailleurs; mais il s'est placé le long des îles, dans un endroit où il ne gène en rien la navigation. Il faudrait obtenir, par les travaux de l'art, pour le *Pas de Bassens*, ce que la nature seule a opéré pour le *Pas du Bec*.

Ici se présente encore une considération très-grave. Pourquoi, si ces déviations, ces divergences du courant de jusant sont causées par les formes mêmes des rives, éprouvent-elles des variations si rapides? Elles peuvent donc varier encore? Le Bec s'est amélioré, qui répond qu'il ne se détériorera pas de nouveau? L'état de la rivière sera donc constamment précaire?

Cette observation est très-juste, mais elle tient à la nature même de la Garonne. Il n'appartient à personne de la résoudre, à moins, je le répète encore, qu'on n'entreprenne d'élargir et de redresser le fleuve depuis le Bec jusqu'à Bordeaux, en commençant les travaux à la pointe de la Roque.

Cependant, il y a des mesures conservatoires, générales, qui peuvent assurer, sinon une stabilité complète à la rivière, du moins des perturbations moins fréquentes.

La navigabilité d'une rivière dépend principalement de cinq causes :

L'inclinaison de son lit;

La nature comparée des rives et du fond;

La masse totale des eaux qu'elle contient, soit de la source, soit de la mer;

La prédominance d'action du jusant sur le flot;

La direction des courants, en ce sens que cette prédominance du jusant éprouve le moins de frottement possible des sinuosités des rives, et le moins de divergence possible quand elles s'élargissent.

Nous ne pouvons rien à l'inclinaison du lit.

Nous ne pouvons presque rien sur la nature du terrain. Si le lit est dur et à fond de roche, et les bords vaseux et mous, il faudra par force qu'une rivière ait tendance à s'élargir et non à creuser. Cependant, alors, il faut défendre les rives, dont le maintien est nécessaire à la bonne direction du courant.

Nous pouvons peu de chose sur la masse totale des eaux.

Quant à celles qui sont refoulées par la mer, nous avons vu ce qu'il faudrait faire pour en favoriser l'introduction. Il faut opérer en grand; toutefois, sans entreprendre de rivaliser avec la nature qui seule est créatrice, on peut au moins empêcher les obstacles de naître. Il y a, sur cette matière, beaucoup de réglements très-sages; l'administration ne les fait pas observer : à qui la faute? Quand elle demande des conseils, on ne peut lui en donner qu'un seul : c'est de veiller plus rigoureusement à l'exécution de ces réglements, et de ne pas tolérer des empiétements perpétuels sur le lit du fleuve.

Quant à l'eau qui vient de la source, même observation que la précédente; à quoi il faut ajouter que le gouvernement devrait veiller à la conservation des forêts, non pas, ainsi que l'a dit un honorable écrivain, parce qu'elles sont monarchiques, qualité qu'on pourrait facilement leur contester, mais parce qu'elles sont nécessaires à l'entretien et

à la conservation des sources. Il faut aussi, si par hasard,
dans un moment où les canaux sont à la mode, on proposait d'en creuser quelqu'un entre Bordeaux et la source,
s'opposer à tout projet de ce genre, si le canal devait être
alimenté avec les eaux de la Garonne. Ce serait nuire à sa
navigabilité devant Bordeaux, en proportion de l'eau que
ce canal emploirait et de l'évaporation que nécessiterait
l'accroissement des surfaces.

La prédominance du jusant sur le flot tient en partie à
la cause précédente. Nous n'y pouvons que peu de chose.

Seulement, c'est un des avantages d'une plus grande introduction de flot, qui accroîtrait la force de chute du
jusant, et par conséquent sa prédominance.

Reste donc la direction des courants de jusant principalement. Ici, l'action de l'homme est beaucoup plus positive et beaucoup plus puissante, dans l'endroit même
où est le mal; mais les variations que ces courants éprouvent, et qui, dans certains moments, augmentent leurs fatales divergences, tiennent à des causes multipliées et certaines, quoique souvent inaperçues. Il existe, dans le long
cours de la rivière, des modifications perpétuelles, soit
par l'effet de l'éboulement des terres, soit par les travaux
des propriétaires riverains. On doit citer encore, comme
modifications importantes, les moulins, les chaussées, l'é-
tablissement d'un pont, les perrés d'embarquement, les
avancements de toutes sortes, soit pour les bains, soit pour
les cales d'entrepôt, soit pour des écoles de natation, etc.,
etc., etc., et une infinité d'autres changements qu'il est
impossible d'énumérer, et dont il est plus impossible encore de calculer, au moment même, les effets sur un point
éloigné. Cependant, comme il y a continuité d'action dans

une masse d'eau qui se meut, la moindre déviation, quoiqu'insensible sur le lieu même où le changement s'effectue, doit produire, sur le cours total de l'eau, un effet
quelconque jusqu'à l'embouchure. C'est la masse de toutes ces variations grandes et petites qui produit de temps
à autre les variations qu'on remarque dans la portée des
courants, d'où résulte tantôt la favorable prolongation de
leurs lignes, tantôt leur fatal raccourcissement. Une fois
qu'on serait parvenu à améliorer les passes, il faudrait
donc, s'il était possible, empêcher tout changement le long
des rives, en dessus et en dessous. C'est le *statu quo* qu'il
faudrait obtenir, et qui serait au moins aussi avantageux
que le *statu quo* de la Sainte-Alliance, mais tout aussi difficile à conserver.

C'est ici le cas de faire une observation importante. Les
négociants et les marins de Bordeaux devraient réitérer
leurs instances jusqu'à ce qu'on eût fait droit à la récla-
mation qu'elle nécessite impérieusement.

Plusieurs bâtiments, la plupart d'une grande dimension, ont sombré dans la rivière depuis long-temps. Pas
un n'en a été extrait; car il ne faut pas comprendre dans
ce nombre *le Titus*, qui ne coula pas, qui continua sa
route jusqu'à Bordeaux, où il fut vendu et démoli. Ces
vieilles carcasses, ces corps morts à moitié envasés forment,
en plusieurs endroits, des écueils très-dangereux, et, faisant d'ailleurs obstacle aux courants inférieurs, peuvent
devenir la base de nouveaux attérissements. Je citerai un
exemple de ces écueils factices. Deux bâtiments se sont perdus sur le banc du *Caillou*; à basse mer, leurs membrures
forment des *bois debout*, sur lesquels tout navire qui
échouerait serait immanquablement crevé. J'ai vu moi-

même périr une goëlette de cabotage qui eut le malheur
d'y toucher, qui fut enfoncée, et que le flot porta ensuite
sur les bas-fonds de Montferrand, d'où l'on ne put la sortir qu'après de longs et dispendieux travaux. *La Pénélope* forme un écueil bien plus dangereux encore par sa
position, maintenant que le banc étant rapproché de l'île,
et ayant redescendu, cette carcasse se trouve au milieu de
la tombée des courants; il en résulte qu'en gouvernant
pour regagner le Nord-Est, les bâtiments qui ont franchi
le *pas* de descente, pourraient facilement être entraînés
sur elle, si le vent venait à leur manquer : il en est de
même de flot. Il est facile d'évaluer à quelle distance du
Bec elle est perdue, en prenant une remarque sur l'île
Cazeaux; mais il est difficile de préciser sa latitude exacte
dans la rivière. Or, comme le chenal est maintenant beaucoup plus creux, il serait avantageux de passer précisément où elle est perdue, ou à peu près, pour rallier les
vents quand ils sont dans l'Ouest-Sud-Ouest, ce qui est
très-fréquent, ou pour éviter en temps de calme les courants qui entrent dans la Dordogne. C'est probablement
ce dernier motif qui induisit en erreur le pilote qui montait *la Pénélope*, et auquel il paraît que le vent manqua.
Aujourd'hui cette manœuvre serait excellente; mais de
peur de rencontrer l'écueil, on est obligé de laisser arriver, parce qu'il vaut mieux encore passer un peu trop au
large, que de courir le risque de s'y perdre.

Cet écueil est même très-dangereux pour les caboteurs
qui n'ont point de pilote, et qui naviguent ordinairement
de jour et de nuit; ce qui, dans ce dernier cas, rend leur
route plus incertaine et plus difficile; leur péril est d'au
tant plus grand, que les courants de jusant tombent en

cet endroit avec une effrayante rapidité, rapidité qui depuis trois ans a totalement changé la passe.

Une balise, une bouée très-volumineuse pourrait remédier à cet inconvénient, dira-t-on : très-imparfaitement, selon moi; mais, enfin, elle vaudrait mieux que
rien. Pourquoi dès-lors n'y est-elle pas? Il paraît qu'on en
avait mis une; ce qui est certain, c'est qu'elle n'y était
pas la dernière fois que j'ai sondé.

Je pourrais citer les autres corps morts qui encombrent
la rivière; mais ces deux exemples sont assez remarquables pour appeler l'attention des administrateurs sur cet
objet. Aucune dépense ne devrait empêcher de procéder,
sans le moindre retard, à l'extraction des bâtiments
perdus.

NOTES.

—

(A) Le *mascaret* tient non-seulement à la violence du flot, mais encore à beaucoup d'autres causes.

Il y a, en outre de l'impulsion du flot, une force de répulsion que l'eau du jusant éprouve par l'effet de la barrière qui l'empêche de continuer son mouvement.

Cette force de répulsion tient principalement à la direction des courants, à la forme des rives, à l'inclinaison du lit, à la régularité des pentes, à la situation des bancs de sables, et peut-être encore à beaucoup d'autres causes.

Un exemple fera comprendre ce que j'entends par cette force de répulsion.

Imaginez un ruisseau d'une pente assez forte, d'une source un peu abondante et d'un cours droit; à une de ses extrémités, une écluse avec une coulisse et une vanne à peu près de la largeur du lit, pour arrêter à volonté ou permettre le cours de l'eau.

Laissez tomber brusquement la vanne : aussitôt l'eau, prenant un mouvement de répulsion sur elle-même, réagira vers sa source, en faisant un véritable *mascaret* le long des rives, et remontera peut-être deux ou trois cents pas contre les lois de l'équilibre, auxquelles elle reviendra ensuite quand le mouvement de répulsion sera éteint.

Voilà une des véritables causes du *mascaret*. On voit donc qu'il ne dépend pas de la violence seule de l'eau qui vient en sens opposé à celle qui coule; car ici il n'y a pas de flux, il y a simplement barrière. Supposez que cette barrière, au lieu d'être rencontrée perpendiculairement par le courant, fût rencontrée obliquement par lui, vous n'auriez plus de *mascaret*. D'où il suit qu'une variation dans la direction du flot, a pu contribuer à détruire le *mascaret* dans la Garonne, plus puissamment encore qu'une diminution dans la force de l'eau introduite.

Observez d'ailleurs que, de tout temps, le *mascaret* a été plus
fort, beaucoup plus fort, dans la Seine et dans la Dordogne, que
dans la Garonne, et que cependant la Garonne a toujours été
plus profonde que les deux autres rivières, parce que le jusant
y a plus de prédominance sur le flot, la source et ses affluents
étant plus considérables.

Quant à l'approfondissement actuel de la Dordogne, il n'est
peut-être pas aussi positif qu'on le dit : toutefois, en l'admettant
comme certain, sans doute l'activité du flot peut y contribuer;
mais si l'on examinait bien les localités où l'approfondissement
peut avoir lieu, on verrait qu'il tient principalement, j'en suis
convaincu, aux rectifications qui se sont opérées dans les lignes
du courant de jusant.

———

(B) Avant d'examiner la question incidente que la chambre
de commerce a soulevée sur le déplacement du confluent de la
Garonne et de la Dordogne, qu'il me soit permis de dire qu'elle
est en contradiction complète avec M. de Vivens, sur la force et
l'action des courants. Elle prétend que celui de flot a plus de
puissance que celui de jusant, et appuie principalement cette assertion sur la dégradation de la pointe du Bec d'Ambès. Or, il est
facile de voir que cette dégradation ne prouve rien. Toute pointe
saillante dans un courant ne peut être dégradée que par ce courant; c'est pour cela que les pointes qui forment les extrémités
Sud des îles de *Patiras* et de *Fagnas,* sont dégradées par le jusant, ce qui nécessite des défenses successives contre lui. Si la
pointe du Bec était tournée vers le sud, au lieu d'être tournée
vers le Nord, elle serait immanquablement dégradée par le courant de jusant, au lieu de l'être par le flot.

M. de Vivens, au contraire, dans son écrit, convient que les
courants de jusant sont les plus puissants et les plus efficaces
pour déblayer les rivières. Mais il ajoute : augmentez les courants
de flot : plus il entrera d'eau, plus le jusant sera fort et puissant,
car l'eau qui est entrée ressortira. Cela est juste : mais la difficulté consiste en ce que les courants de jusant et ceux de flot,

loin de porter sur les mêmes points, se croisent souvent dans la Garonne, ce qui cause une barre toutes les fois qu'ils se croisent à angle droit, faisant alors diverger le cours du jusant, ainsi que je l'ai exposé, Si je ne craignais de fatiguer la patience des lecteurs, je citerais les passages des deux écrits qui sont ainsi entièrement contradictoires, quoiqu'ils partent des mêmes bases.

Examinons maintenant la question relative au confluent de la Dordogne et de la Garonne.

La chambre de commerce avance que les courants de flot ont tout à la fois la double faculté de *creuser* et d'*attérir*. Ils creusent, dit-elle, par leur *action*; ils attérissent par leur *inertie* : ce qui au reste est une propriété de tous les courants possibles. L'eau qui descend, ainsi que l'eau qui monte, creuse, quand elle court avec rapidité, et dépose quand elle devient stationnaire.

Et cependant, la chambre regarde comme certain qu'autrefois le confluent de la Garonne et de la Dordogne était au pied du coteau de Bassens, à une lieue de Bordeaux ; que ce confluent a été reculé de cinq lieues par de vastes alluvions survenues assez récemment, alluvions formées par les courants de flot, *qui ont ensuite reculé devant leur ouvrage. (Page 16)*.

En admettant ce fait pour véritable, la première conséquence qu'il faudrait en déduire, c'est qu'autrefois les courants de flot devaient être singulièrement inertes et stationnaires, puisqu'ils ont formé ces immenses attérissements, et que maintenant on les suppose beaucoup plus actifs qu'alors, puisqu'on veut les employer exclusivement à creuser la rivière !

Mais, sans donner trop d'importance à cette contradiction, arrêtons-nous un instant à la supposition de la chambre de commerce, et vérifions-la. Voici ses paroles :

« Il ne peut être douteux qu'à une époque, qui, si l'on en » croyait les traditions, ne serait pas *très-reculée,* ce ne fut à » une lieue environ de Bordeaux, c'est-à-dire AU PIED DU COTEAU » DE BASSENS, où commence la palu, que se trouvât LE CON- » FLUENT DES DEUX RIVIÈRES, lequel est aujourd'hui à six lieues » de distance de cette ville. » *(Page 15)*.

Il faut nécessairement qu'il y ait eu erreur dans la rédaction, et que la chambre n'ait pas exprimé sa pensée d'une manière exacte.

Effectivement, il est de toute impossibilité que les deux rivières se soient jamais réunies au pied du coteau de Bassens, à une lieue de Bordeaux. Pour y arriver il aurait fallu que la Dordogne coulât sur les hauteurs de Montussan et de Sainte-Eulalie-d'Ambarès, et que ces coteaux eux-mêmes fussent des alluvions; supposition à laquelle on ne peut s'arrêter une minute.

Mais en outre, et en suivant la direction de la Garonne, après les coteaux de Bassens, vient immédiatement la commune d'Ambarès; c'est une *grave* sèche, caillouteuse et tellement élevée au-dessus du niveau de l'eau, que jamais personne ne pourra supposer qu'elle soit le produit d'une alluvion.

Cette *grave* s'étend jusqu'à Montferrand, près du bois de la *Blanche*, à un quart de lieue environ de la Garonne; elle suit jusqu'au château de *Fayet*, placé sur un tertre où se trouvent deux moulins à vent; le tout si élevé que jamais, certainement, à moins d'un tremblement de terre qui ait surmonté toutes les lois de l'équilibre, l'eau du confluent n'a pu passer sur ces positions. Or, le château de *Fayet* est déjà au moins à trois lieues de Bordeaux, et domine d'un côté le marais, de l'autre la palu de Montferrand, et n'est situé qu'à *un quart de lieue de la Garonne.*

Ce n'est rien encore : à partir de la *Gore*, faubourg d'*Ambarès*, se trouve un large et beau chemin, nommé le *Chemin de* LA VIE; ce chemin se dirige vers le Bec, mais en appuyant beaucoup plus vers la Dordogne que vers la Garonne; il traverse le marais qu'il laisse entre lui et le château de *Fayet*; à une lieue un quart d'Ambarès, il aboutit à un endroit nommé le *Pont de Pierre*, sur la jalle qui jette les eaux du marais dans la Dordogne; là, il détourne sur la gauche, et enfin se termine près du Bec, vis-à-vis la ville de Bourg.

Pendant tout l'intervalle que ce chemin parcourt sur le marais pour arriver au *Pont de Pierre*, c'est-à-dire pendant plus de demi-lieue, il est un véritable chef-d'œuvre de construction, et toutes les traditions en attribuent la confection aux Romains, lors de la conquête des Gaules. Le marais est sans fond : c'est une bourbe tremblante, sur laquelle, à une certaine profondeur, on a couché des arbres formant une sorte de grillage ; on a recouvert le tout de grave : de sorte qu'on a un chemin large et sec, au milieu d'un pays souvent impraticable. L'ouvrage des Romains commence au village de LA VIE, qui a pris son nom, ainsi que la route, du mot latin *via*, CHEMIN.

D'après cela, il est bien démontré que, du temps des Romains, et l'époque est passablement reculée, le confluent ne pouvait être à une lieue de Bordeaux, au pied du coteau de Bassens. On doit penser que la chambre de commerce a voulu dire que la Garonne, passant au pied du coteau de Bassens, et submergeant les palus de Montferrand, ainsi que le grand marais et tout Ambès, allait joindre la Dordogne en dessous du *Pont de Pierre*, vis-à-vis le port de *Plagne*. Alors, le confluent se serait trouvé à quatre lieues de Bordeaux, en suivant le cours de la Garonne. Ou bien encore que les deux rivières se réunissaient au milieu du grand marais d'Ambès et de Montferrand. Il est impossible d'expliquer différemment la pensée de la chambre, si l'on veut au moins lui donner une apparence de réalité.

En l'interprétant en ce sens, je ne la crois pas exacte ; car il faudrait, pour que le confluent eût été ainsi placé, que le grand marais d'Ambès et de Montferrand fût le résultat d'une alluvion assez récente, ce qu'il est très-difficile de croire, quand on a examiné la nature du terrain. Le sol du marais ne ressemble en rien à la terre qui borde les deux rivières, et offre plusieurs phénomènes que les terres d'alluvions ne présentent jamais, à ce que je pense.

C'est un caractère particulier des alluvions, que les couches inférieures soient toujours les plus solides, étant le plus anciennement délaissées par l'eau, et que les couches supérieures soient les plus molles, étant le résultat des attérissements les plus récents (1).

Dans les marais, c'est tout le contraire : la superficie est une

---

(1) Les îles font exception, à cause de la proximité de l'eau qui s'infiltre.

croûte sèche, noire, friable, durcie par l'action du soleil et de
l'air; pour peu qu'on creuse, on ne trouve qu'une bourbe·trem-
blante et corrompue, sans consistance et sans fond. On fut
obligé de réparer le chemin de *la Vie*, il y a plusieurs années;
on voulut sonder le marais sous ce chemin : une sonde·en fer,
poussée par la seule force de l'homme, y fut enfoncée de vingt-
sept pieds, et aurait pénétré plus loin, si elle eût été plus longue.

La terre des alluvions est grasse, jaunâtre, fertile; la surface
du marais présente toutes les qualités opposées : elle est sèche
noire, stérile.

Enfin la terre du marais n'est qu'une sorte de tourbe inflam-
mable : une fois que le feu s'y met, il est excessivement difficile
de l'éteindre. Ce ne sont pas seulement les végétaux, mais la
terre elle-même qui brûle et se consume. On se souvient du grand
incendie qui eut lieu dans ces contrées, il y a près de vingt-deux
ans, et qui fut allumé par les bourres de fusil de quelques chas-
seurs qui tiraient des cailles, dans le mois d'août. Je n'ai jamais
ouï dire que la terre d'alluvions de nos deux rivières fût susceptible de brûler ainsi.

Tout porte à croire que le marais existe depuis l'antiquité la
plus reculée, ce qui s'explique assez facilement. C'est une règle
à peu près générale que les palus qui bordent les fleuves sont de
plus en plus basses, à mesure qu'elles s'éloignent de la rive; il
en résulte que leur intérieur est toujours au-dessous du niveau de leur lisière : c'est ce qu'on observe dans les palus
de la Dordogne et de la Garonne, près du confluent. Dès-lors,
le centre des terres entre les deux fleuves ayant dû se trouver,
comme il l'est en effet, excessivement bas, n'a eu de tout temps,
pour se débarrasser des eaux pluviales qui s'y rendent de toutes
parts, que la simple évaporation qui n'est pas suffisante. Les
eaux, depuis plusieurs milliers d'années, ayant toujours séjourné
dans cette portion du terrain, ont dû filtrer perpendiculairement
et le corrompre à une très-grande profondeur. Elles n'ont pas eu
même la ressource de s'évacuer par infiltration latérale, parce
que la terre argileuse qui les borde s'y oppose. En partant de

cette explication, tous les phénomènes qu'on remarque dans le marais deviennent parfaitement intelligibles.

On voit donc que les proportions effrayantes des alluvions, présentées par la chambre de commerce, s'évanouissent : tout au plus peuvent-elles avoir formé une portion de la lisière des palus qui bordent les deux rivières, et quelques terres de la pointe du Bec d'Ambès.

Je sais que des traditions populaires disent qu'on a vu autrefois tout ce pays sous l'eau ; mais il faut, dans toutes les traditions de ce genre, faire la part aux erreurs et aux préoccupations des hommes peu instruits qui les transmettent. De ce que, dans quelques grandes marées, des pays marécageux ont été plus inondés que de coutume ; de ce qu'ils ont présenté l'aspect d'une sorte de lac joint à la rivière sur certains points, les écoulements n'étant pas perfectionnés comme aujourd'hui, il ne suit pas toujours que ces marécages fissent parties du lit même du fleuve. C'est cependant sur ces fausses données que les traditions dont on parle sont établies, et il ne faut pas les admettre aveuglément. Au reste, si, comme je n'en doute pas, l'eau de la rivière a considérablement diminué, c'est évidemment par suite des défrichements de notre vieille Gaule ; les sources s'épuisant, le lit s'est successivement resserré : cela n'est nulle part plus sensible que devant Bordeaux.

———

(C) Les sables sont la principale cause de la détérioration de nos chenaux, les sédiments vaseux ne pouvant s'arrêter sur les points du lit où le courant a une grande action.

Les sédiments vaseux et les sables se meuvent selon des règles toutes différentes.

La vase étant une matière terreuse, très-légère, se dissout facilement, et se mêle à l'eau pour peu que le courant ait de force : aussi la rivière est trouble et bourbeuse toutes les fois que les marées sont fortes, mais principalement sur les rives plates, où le flot exerce plus facilement son influence que dans les chenaux profonds où il trouve le jusant établi. Le jusant reprenant son cours, entraîne vers la mer les sédiments vaseux mêlés à l'eau, au moins la portion de ces sédiments qui ne se trouve pas dans ses propres remous : celle qui tombe dans ses remous, y reste.

Les sables, au contraire, sont une substance minérale, d'un poids spécifique et d'une dureté considérable; ils ne sont ni dissous par l'eau, ni mêlés avec elle : ils sont roulés sur le fond même du lit, ce qui est bien différent.

Le flot, pendant sa durée, les roule par étages, comme des sillons transversaux au courant; quand le jusant recommence, il attaque ces sillons par leur face verticale, et enlève les sommités qu'il conduit à la mer : le flot tend donc à faire remonter les sables vers la source, et le jusant les pousse vers l'Océan. Ces deux mouvements contraires sont perpétuels, et les sables, avançant et rétrogradant tour à tour, font par conséquent très-peu de chemin vers la mer où ils doivent arriver : ce chemin s'établit en raison de la prédominance du jusant sur le flot, et s'il était possible de réaliser les doctrines de la chambre de commerce, c'est-à-dire de faire une rivière où l'action totale du flot fût plus puissante que l'action totale du jusant, les sables remonteraient au lieu de descendre, ils auraient leur base en dessus de chaque pointe, et leur extrémité serait tournée vers la source. Or, la nature présente un aspect tout contraire.

Il faut conclure de là, que lorsque, dans un chenal, par l'effet de la perturbation des courants, celui de flot aura plus d'action que celui de jusant, ce chenal tendra toujours à se combler, si le flot, avant d'y arriver, traverse un banc de sable; et c'est précisément pour cette raison que le mouillage de jusant du *Pas du Bec* s'est éloigné de la passe et qu'il a gagné le large ; c'est pour cela que le *Pas de Bassens* s'est exhaussé, parce que, depuis la déviation du courant de jusant sur Montferrand, le flot, après avoir traversé les bas-fonds de Montferrand, a trop de force dans le *pas*, relativement au descendant.

Quant au *Pas de Bassens*, je dois ajouter, ce que j'ai omis de dire en son lieu, que ce *pas* est devant Montferrand, et qu'on dit à tort le *Pas de Bassens* et la *Pointe de Bassens* ; mais c'est l'expression reçue ; d'ailleurs, c'est vis-à-vis les parages presque limitrophes des deux communes.

Je termine par une observation très-importante : c'est que j'ai vérifié de nouveau le *Pas de Bassens* ; j'ai trouvé qu'il est sensiblement amélioré dans sa profondeur, et surtout dans sa direction qui est beaucoup plus longitudinale, de sorte que les pilotes, pour y passer de montée, peuvent y entrer franchement, sans avoir recours au tour de force que j'ai indiqué dans le cours de ce Mémoire. Je crois que cette amélioration provient de ce que les lignes du jusant se sont rectifiées et alongées, et qu'il faudrait très-peu de chose pour achever l'ouvrage de la nature. Le mouillage de jusant, dit de *la Cadichonne*, a maintenant quatorze à quinze pieds d'eau, ce qui est aussi une amélioration.

FRAGMENT D'UN PLAIDOYER

POUR LES PÊCHEURS

DE LA GARONNE ET DE LA DORDOGNE.

AVIS DE L'ÉDITEUR.

—

Le fragment qu'on va lire est entièrement inédit. J'ai jugé qu'il était utile de le publier ici, parce qu'il se lie d'une manière intime au *Mémoire sur les Passes de la Garonne*, et qu'il le complète en quelque sorte.

Voici à quelle occasion cette dissertation a été écrite :

En 1836, l'administration des eaux et forêts crut devoir poursuivre quelques pêcheurs de la Garonne et de la Dordogne, pour de prétendues contraventions aux lois et ordonnances sur la pêche. M. Henri Fonfrède, que son goût pour la navigation et pour la pêche avait mis en relation avec les marins des deux fleuves, fut sollicité par eux de prendre leur défense. Il s'empressa de le faire avec le zèle ardent et le désintéressement absolu qu'il apportait à toutes choses.

Il plaida successivement devant les tribunaux de première instance de Libourne et de Bordeaux, et il gagna la cause des pêcheurs devant l'un et l'autre de ces tribunaux. Le conservateur des eaux et forêts fit appel de ces jugements ; mais avant que le débat fût porté devant la cour royale, l'administration supérieure, éclairée par les avis de M. Fonfrède, ordonna à son agent de se désister des poursuites.

L'une des prétentions émises par le conservateur des eaux et forêts, était de faire payer un droit de pêche sur la Garonne et sur la Dordogne, « attendu, disait-il, que la pêche n'est libre, depuis les limites de l'inscription maritime, que sur les fleuves qui affluent directement à la mer. Or, la Garonne et la Dordogne ne sont point dans ce cas; ce sont deux rivières qui se jettent dans le fleuve la Gironde. »

Ce fut pour répondre à cette assertion, que M. Fonfrède écrivit le fragment que je publie aujourd'hui, dans lequel il démontre que la Garonne et la Dordogne sont deux fleuves qui affluent directement à la mer; que la Gironde n'est point un troisième fleuve, mais bien seulement la réunion des deux autres, dont les deux têtes se joignent pour arriver simultanément à la mer.

C'est la seule partie de ses plaidoyers que M. Fonfrède ait cru devoir écrire; tout le reste fut improvisé par lui à l'audience.

Peu de mois après qu'il eut développé cette théorie devant les tribunaux, un fait concluant vint démontrer toute la vérité de ce qu'il avait avancé, et la justesse de ses appréciations sur ce point. M. Fonfrède fit connaître cet événement dans le *Courrier de Bordeaux*, du 20 janvier 1838, en publiant les lignes suivantes.

» Nous prenons occasion des glaces que charrie la Dordogne pour éclaircir à fond un fait de statistique locale, qui intéresse les marins-pêcheurs des deux rivières.

› En effet, on remarque que la Dordogne est couverte de glaces depuis plusieurs jours; que ces glaces descendent dans la Gironde, vont de la première marée jusques à Blaye à peu près; sont prises là par le montant qui les refoule et les fait rentrer dans la Dordogne, d'où elles sortent encore pour descendre plus bas dans la seconde marée, remonter encore pour redescendre de nouveau, et arriver enfin à la mer.

» Et pendant ce temps, la Garonne ne charrie pas de glaces, ou infiniment peu, et comme celles de la Dordogne rentrent exclusivement dans le lit de ce fleuve, il en résulte que la navigation de la Garonne est libre jusque devant Bordeaux et plus haut, tandis que celle de la Dordogne est interrompue.

» Cela prouve, jusqu'à la dernière évidence, ce que disait

M. Henri Fonfrède, quand il plaidait pour les pêcheurs devant le tribunal de Libourne et devant celui de Bordeaux.

» En effet, il est bien évident que les eaux de la Dordogne et de la Garonne ne se mêlent pas dans la Gironde, et que le flux de la mer refoule dans chaque rivière les eaux qui sortent de chacune d'elles. Voilà pourquoi les glaces de la Dordogne, descendues jusqu'à Blaye, rentrent dans la Dordogne avec les eaux qui les portent. Voilà pourquoi les eaux de la Garonne, descendues sans glaces jusqu'au banc de sable de Blaye, rentrent sans glaces dans la Garonne (1).

» Ce même fait est observé quand il y a des débordements ou *soubermes* dans la Garonne et qu'il n'y en a pas dans la Dordogne, ce qui arrive souvent au printemps. Alors, l'eau trouble et froide des fontes de neige, venant des Pyrénées, une fois dans la Gironde, rentre par l'action du flot dans la Garonne, d'où elle est sortie, tandis que les eaux de la Dordogne, descendues à Blaye, rentrent dans la Dordogne, pures et franches comme elles en sont sorties. De là vient que le poisson qui remonte de la mer, déserte alors une de ces rivières pour se porter dans l'autre.

» Et c'est pour cela aussi que dans cette saison-ci, le saumon remonte presque exclusivement dans la Dordogne, et que les marins qui en font la pêche ne viennent jamais le chercher dans la Garonne.

» En un mot, la Gironde est un bras de mer, dans lequel la Garonne et la Dordogne coulent, côte à côte, chacune ayant son lit et son courant séparés, portant ainsi leurs eaux sans les mêler ensemble, jusqu'à ce qu'elles arrivent à l'eau salée, à l'eau de la mer, à la mer. »

_____

(1) On comprend que c'est de l'état normal et régulier des deux fleuves que nous parlons ; car s'il y avait un coup de vent violent du nord-est, les glaces qui surnagent à la surface de l'eau, présentant une grande prise au vent, pourraient être poussées de l'un des courants dans l'autre, et rentrer dans la Garonne. Mais à l'heure qu'il est, depuis plusieurs jours, les bateaux de la Garonne qui avaient été charger dans la Dordogne, y sont retenus par les glaces et ne peuvent revenir ; tandis que sur la Garonne, la navigation depuis le Bec d'Ambès jusqu'à Bordeaux, est parfaitement libre.

FRAGMENT D'UN PLAIDOYER

POUR LES PÊCHEURS

DE LA GARONNE ET DE LA DORDOGNE.

———————— — —◉— — ————

La Garonne et la Dordogne sont deux fleuves qui affluent directement à la mer. — **La Gironde n'est pas un troisième fleuve;** elle n'est que la réunion des deux autres, dont les deux lits se joignent pour arriver simultanément à la mer.

———

AVANT d'entrer dans la discussion, définissons les termes.

Qu'entend la loi, et que devons-nous entendre par ces mots : *fleuves et rivières affluant à la mer*? (Art. 3, loi du 15 avril 1829).

En thèse générale, tous les fleuves et rivières arrivent à la mer; tous les cours d'eau, venant de terre, se rendent à la mer.

Nous reconnaissons parfaitement avec M. le Conservateur des eaux-et-forêts, que ce n'est pas de cette tendance générale des eaux de terre vers la mer, qu'il est ici question.

Un cours d'eau fluvial est dit affluer à la mer, quand il s'y rend sans s'être perdu dans un autre cours d'eau fluvial, comme lui, en venant de terre et se rendant à la mer.

Ainsi, la rivière de l'Isle rencontre la Dordogne, ayant son nom, sa source, ses affluents, en un mot tout ce qui caractérise un cours d'eau fluvial. Elle se perd dans ce cours d'eau. La Dordogne, au contraire, continue son cours, emportant avec elle la rivière de l'Isle à la mer. — La rivière de l'Isle n'afflue pas à la mer.

Ainsi le Lot rencontre la Garonne qui vient des Pyrénées avec son nom, sa source, ses affluents, en un mot tout ce qui caractérise un cours d'eau fluvial. Le Lot se perd dans ce cours d'eau. La Garonne, au contraire, continue son cours, emportant avec elle le Lot à la mer. — Le Lot n'afflue pas à la mer.

Mais il n'en est pas de même, ni pour la Garonne, ni pour la Dordogne, quand elles se joignent au Bec d'Ambès.

Là, elles ne rencontrent pas un cours d'eau fluvial, nommé *la Gironde*, venant de plus haut, ayant une existence antérieure, ayant une source, des affluents ; la Gironde n'existe pas, elle n'a même pas un nom avant d'être formée par la Dordogne et par la Garonne.

La Garonne, en arrivant au Bec d'Ambès, rencontre un cours d'eau fluvial,... c'est la *Dordogne*.

La Dordogne, en arrivant au Bec d'Ambès, rencontre un cours d'eau fluvial,... c'est la *Garonne*.

Je concevrais donc, à la rigueur, qu'on dît que la Dordogne se jette dans la Garonne, et que la Garonne se jette dans la Dordogne, et qu'une seule des deux afflue à la mer, emportant l'autre avec elle. Je le concevrais, dis-je, quoique je n'en tombasse pas d'accord, car je démontrerai dans un instant qu'aucune des deux rivières ne se perd ; mais que toutes les deux se jettent et se perdent dans un troisième cours d'eau fluvial, qui n'existe pas, qui n'a ni source, ni affluents, ni cours antérieur ; qui ne tient

que d'elles deux son existence postérieure; que, par conséquent, *la réunion* de la Garonne et de la Dordogne se
jette dans *la réunion* de la Dordogne et de la Garonne, et
qu'aucune des deux n'afflue à la mer, parce qu'elles y affluent toutes les deux; j'avoue que tous les efforts de mon
esprit ne peuvent aller jusqu'à comprendre une telle assertion géographique.

La Gironde n'est donc point un troisième cours d'eau
fluvial, distinct, séparé, existant par lui-même, auquel
la Dordogne et la Garonne aboutissent. Il n'y a d'eau fluviale dans la Gironde, que l'eau de la Dordogne et l'eau
de la Garonne, au Bec d'Ambès. Ce qui pourrait s'y trouver de plus, ne serait exclusivement que l'eau de la mer,
la mer elle-même poussée par le flux; et, par conséquent,
là même, c'est à la mer, que la Dordogne et la Garonne
affluent. Oter de la Gironde, par la pensée, l'eau de la Dordogne et de la Garonne, qu'y restera-t-il au Bec d'Ambès?... Rien, je vous le répète, aucun cours d'eau fluvial
quelconque; s'il y avait quelque chose, ce serait l'eau de
la mer.

M. le Conservateur attache une grande importance au
changement de nom; et parce que Cassini a donné un troisième nom à la réunion de deux fleuves, il en conclut
qu'il y a là un troisième fleuve; mais un troisième nom
ne crée pas un troisième cours d'eau fluvial. Il est même
presque puéril de discuter sérieusement sur cette base. Les
deux fleuves se joignant et coulant ensuite parallèlement
en se touchant, leur importance étant d'ailleurs à peu
près égale, il n'y avait pas de raison pour sacrifier l'un à
l'autre, dans la dénomination donnée à leur union. Conserver les deux noms eût été d'une longueur assommante :

on a donc donné un troisième nom, un nom collectif aux deux fleuves réunis; mais cela ne change rien à la nature des choses.

La Gironde n'ayant rien à elle, pas une goutte d'eau fluviale à elle, n'étant que le produit des deux eaux fluviales de la Dordogne et de la Garonne, n'est donc pas un *cours d'eau fluvial* : si on veut lui donner une existence intrinsèque, une existence *à elle*, il faut la considérer comme venant de la mer; c'est à la mer qu'elle a sa source. Dans cette hypothèse, ce serait une portion de la mer poussée par le flux à l'encontre de la Dordogne et de la Garonne, une sorte de bras de mer, dans lequel ces deux fleuves affluent en se joignant : aussi, l'eau de la Dordogne refoulée par la mer reflue dans la Dordogne, l'eau de la Garonne refoulée par la mer rentre dans la Garonne; et si, maintenant, on veut suivre avec moi la description exacte des lieux et des phénomènes fluviaux qui s'y accomplissent, on verra combien les faits répondent merveilleusement aux vérités rationnelles que je viens d'établir.

Quand les deux fleuves arrivent au Bec d'Ambès, non seulement ils ne confondent point leurs eaux avec celles d'un troisième cours d'eau fluvial qui n'existe pas, mais ils ne se confondent point l'un avec l'autre.

La Dordogne, depuis Bourg, suivant la direction de son lit, passe le long de la Roque de Tau, et s'engouffrant ensuite entre le banc de Plassac et la rive droite où se trouve ce village, se rend dans le chenal de Blaye, d'où elle continue son cours sur la Saintonge. La Garonne, au contraire, passe partie sur Macau, partie le long de l'île Cazeaux, en se prolongeant sur les autres îles; elle est sépa-

rée du cours de la Dordogne par le banc de Plassac, dépôt qui s'est effectué au milieu de la Gironde dans le
mort-d'eau qui sépare la Dordogne et la Garonne. —La
Garonne continue ensuite son cours sur la rive gauche;
là, les deux parties de son lit séparées jusque-là par l'île
Cazeaux, l'île du Nord et l'île Verte, se réunissent, et la
Garonne tout entière coule dans le chenal de Pauillac
pour arriver à la mer sur la côte du Médoc.

Les deux lits des deux rivières réunies ne sont donc
point confondus; ils sont séparés, au contraire, par le fond
convexe que les dépôts, que le mort-d'eau qui se trouve
nécessairement entre les deux cours d'eaux fluviales, ont
formé au milieu de la Gironde; d'abord, le banc de Plassac,
ensuite l'île du Pâté, puis le *Fagnas du Pâté*, le *petit Fagnas*,
le *grand Fagnas* et *Patiras*. Après Patiras, se trouvent de
longs bancs de sables et des platins vaseux, puis ensuite
des bancs de roches qui continuent à séparer les deux
chenaux formés par les deux fleuves. Mais remarquez que
cela importe peu; car depuis Saint-Julien, d'un côté, et
depuis Blaye, de l'autre, l'eau est déjà salée même au
plus bas jusant, et par conséquent la Garonne et la Dordogne ont déjà afflué à la mer sur ces deux points. Cependant leur séparation, toutes nulles qu'elles sont à l'eau
de la mer, continue encore, ainsi que je viens de le dire,
jusqu'au golfe lui-même.

Pour savoir comment et dans quel mode les eaux de
nos deux fleuves affluent ainsi à la mer, il faut se rendre
compte des faits suivants qui éclairent complètement la
question.

Le cours des deux fleuves est si bien ce que je dis, que
si, dans la Dordogne, vous jetez à Bourg un morceau de

bois sur l'eau, il passera le long de la Roque, suivra entre le banc et Plassac et passera devant Blaye. Là, quand le flux de la mer se fera sentir, le morceau de bois reprendra son cours, et rentrera dans la Dordogne avec les eaux de la Dordogne qui l'ont porté.

Faites l'expérience contraire. Jetez un morceau de bois en face d'Ambès, au milieu de la Garonne, le morceau de bois se dirigera sur l'île Cazeaux, passera entre l'île Verte et le banc de Plassac, suivra au large du Pâté, et là, quand le flux de la mer se fera sentir, le morceau de bois reprendra son cours et rentrera dans les eaux de la Garonne qui l'ont porté.

Je suppose, toujours, dans l'un et dans l'autre cas absence complète de vent, car s'il soufflait accidentellement de l'Ouest ou de l'Est, il dérangerait complètement l'expérience.

Les eaux des deux rivières coulent donc chacune séparément, chacune directement à la mer, d'où le flux les refoule ensuite. Mais, comme le jusant est plus long et plus fort que le flot, elles avancent chaque fois un peu plus qu'elles ne reculent ensuite vers la source, et de cette sorte elles arrivent peu à peu jusqu'au golfe de Gascogne, l'une dans le chenal du Médoc, l'autre dans le chenal de Saintonge.

L'expérience de la pêche fournit d'ailleurs une nouvelle preuve de cette vérité qui corrobore toutes celles que j'ai exposées.

Les eaux des deux rivières ne sont pas de même nature, ce qui tient à la différence des lieux d'où elles tirent leur source et des terrains que parcourent leurs affluents. Les unes traversent des terrains ferrugineux, d'autres des terres

rouges, d'autres des terrains calcaires, et emportent avec
elles une partie des terrains qu'elles baignent; surtout
dans les moments d'inondation, elles changent de couleur,
de goût, de qualité, d'une manière encore plus sensible,
et assez fréquente.

Or, d'après les mœurs et la nature de chaque sorte de
poissons, toutes les qualités d'eau ne leur conviennent pas
également. Les uns surtout naviguent bien dans l'eau
rouge, et ont horreur des eaux blanchâtres et neigeuses;
d'autres remontent spécialement quand les eaux fraîches
se font sentir; d'autres aiment l'eau ferrugineuse.

De là il résulte que certains poissons remontent plus
abondamment dans la Dordogne que dans la Garonne.
Le saumon, par exemple; car, sur cent saumons on en
prend quatre-vingt-dix-neuf dans cette rivière, pour un
qu'on prendrait dans la Garonne, où pour cette raison
on a même renoncé à le pêcher. Quand une grande crue
d'eau de *haut*, nommée *souberme*, survient dans la Garonne, où cet accident est beaucoup plus fréquent que
dans la Dordogne, l'aloze et la gate en étant fortement
contrariées, ne rentrent plus momentanément dans la Garonne et remontent la Dordogne, où les pêcheurs se transportent à l'instant; tandis qu'en temps ordinaires, l'aloze
entre plus abondamment dans la Garonne.

Or, comment ces choses s'accompliraient-elles, si les
deux rivières, après avoir dépassé le Bec d'Ambès, se
mêlaient avec un troisième cours d'eau fluvial qu'on
nomme la Gironde, ou seulement se confondaient l'une
avec l'autre? Dans ce cas, comment le poisson, quand il
remonte de la mer, et qu'à Blaye ou à Pauillac il rencontre les deux rivières, pourrait-il en faire la différence?

Ne comprend-t-on pas que si les eaux des deux fleuves
étaient mêlées ensemble, confondues ensemble, et mélan-
gées encore avec les eaux d'un troisième fleuve, ce serait
ce *mélange combiné* que le flux de la mer refoulerait dans
les deux fleuves, au lieu d'y refouler les eaux qui sont
propres à chacun d'eux? Et qu'alors, l'eau étant la même
dans les deux rivières quand le flot y entre, les mêmes
espèces de poissons, remontant de la mer au flot, entre-
raient également dans les deux rivières, et n'auraient
aucun motif pour préférer l'une à l'autre?... Je ne sais si
je m'abuse, mais je crois que tous ces faits physiques,
spéciaux, locaux, décident complètement la question ; et,
dans ce débat, ainsi que dans celui qui sera relatif au
plombage des filets, on verra combien il est fâcheux que
les faits locaux, le régime des localités, terrestres ou aqua-
tiques, soient si peu connus des administrateurs chargés
de faire les réglements ou de les appliquer.

On doit donc regarder comme certain que la Dordogne
et la Garonne affluent à la mer directement, sans avoir
porté leurs eaux en tribut à un troisième cours d'eau
fluvial, et même sans les avoir confondues les unes avec
les autres.

En face d'une pareille évidence, quelle force peut-on
attribuer à une désignation géographique purement nominale, et qui n'a été écrite sur une carte que comme
indicative, et nullement pour décider une question administrative ou judiciaire qu'on n'avait point discutée, qu'on
n'avait point étudiée, à laquelle personne ne songeait, et
que très-certainement le géographe, dessinateur de la
carte, n'avait en aucun cas le droit de décider légalement?

Que nous importe que la Tamise soit dans la même hy-

pothèse, puisque pour elle la question n'a pas été plus
examinée que pour la Gironde, et que d'ailleurs il est
impossible, depuis ici, d'examiner le *régime* des eaux des
cours fluviaux qui forment la Tamise, et de savoir s'il
présente des faits semblables à ceux que je viens d'exposer
pour la Garonne et pour la Dordogne? Comment M. le
Conservateur n'a-t-il pas compris qu'en citant la Tamise,
il faisait une pétition de principe, et que nous nions pour
la Tamise ce que nous nions pour la Gironde ; que, par
conséquent, il décidait la question par la question elle-
même? Car s'il est vrai que la Tamise, sans source ni
affluents elle-même, ne soit comme la Gironde que la
réunion des deux cours fluviaux affluant à la mer, il est
démontré, selon moi, que la Tamise n'a qu'un bras de mer
comme la Gironde, et non un troisième cours fluvial où
se jettent les deux autres; et nous en dirons autant de
toutes les hypothèses semblables qui se présenteront. Discutons donc les faits que nous avons sous les yeux, et n'allons point les juger d'après d'autres faits que nous ne pouvons vérifier, et par une vaine appellation nominale qui
n'ayant été précédée d'aucun examen de la question administrative et judiciaire qui nous occupe, ne peut faire autorité par sa décision.

Jusqu'ici je crois avoir complètement démontré :

1° En droit, que les limites fixées par l'ordonnance du
10 juillet 1835, bien ou mal placées par le roi, doivent
être respectées par l'administration, et que les tribunaux
doivent déclarer M. le Conservateur des eaux-et-forêts non
recevable dans sa demande, sauf à lui de se pourvoir devant l'autorité compétente pour faire réformer l'ordonnance. s'il y a lieu:

2° En fait, que l'ordonnance royale a parfaitement bien décidé, parce que la Garonne et la Dordogne affluent directement à la mer.

Voilà pour le côté légal de la question. Mais si nous examinons son côté moral et politique, combien n'applaudirons-nous pas davantage encore à la sagesse royale qui en a dicté les dispositions !...

FIN DU SIXIÈME VOLUME.

TABLE DES MATIÈRES.

TABLE ET SOMMAIRES

DES CHAPITRES.

————

TOME SIXIEME.

————

DU GOUVERNEMENT DU ROI,
ET DES LIMITES CONSTITUTIONNELLES
DE LA PRÉROGATIVE PARLEMENTAIRE.

DÉDIÉ

A la Chambre des Députés de France.

————⊜————

OBSERVATIONS GÉNÉRALES SUR LA RÉDUCTION DES INTÉRÊTS
PAYÉS PAR L'ÉTAT,
ET SUR LA MARCHE DU MINISTÈRE.

Mémoire sur les Passes de la Garonne.

Fragment d'un Plaidoyer pour les Pêcheurs de la Garonne et de la Dordogne.

FIN DE LA TABLE DU SIXIÈME VOLUME.

www.ingramcontent.com/pod-product-compliance
Lightning Source LLC
Chambersburg PA
CBHW070301030726
47505CB00004B/880